Für alle, die wie ich nie genug von Fantasygeschichten kriegen können.

Blut ist das stärkste Band, hatte ihre Mutter immer gesagt.

Nicht Freundschaft.

Nicht Loyalität.

Nicht Liebe.

Blut.

Vielleicht war das der Grund, warum sie den Konflikt in der Vergangenheit so angegangen war und nicht anders. Weil das Blut sie verband und sie nicht gewagt hatte, dieses Band vollständig zu zerreißen, obwohl der Hass und die Wut in ihr es verlangten. Vielleicht war es aber auch besser so, denn der Tod wäre zu gut für sie gewesen. Für das, was sie ihr angetan hatte …

Kapitel 1

Schwarz wie die Angst

Elainia

Zu spät. Sie war zu spät. Schon wieder.

»Verzeihung!«, rief sie einem schimpfenden Kutscher zu, dem sie geradewegs vor die Pferde gelaufen war. Mit einem hastigen Blick über die Schulter versicherte Elainia sich, dass keiner zu Schaden gekommen war und eilte dann weiter durch die belebten Straßen der Hauptstadt. Sie musste den Besuch der Universitätsbibliothek von Elandria so schnell wie möglich hinter sich bringen, denn sonst würde sie ihr eigentliches Ziel niemals rechtzeitig erreichen. Und wenn sie nicht beim letzten Glockenschlag in ihrem Unterrichtsraum saß, würde Direktorin Jarna ihr Feuer unter dem Hintern machen. Und zwar im wahrsten Sinne des Wortes. Die Frau hasste Unpünktlichkeit wie den *Grauen Tod* und war leider eine sehr begabte Magierin in Sachen Feuerbeschwörung.

Mit wehenden Haaren bog Elainia von der viel bevölkerten Hauptstraße in eine Seitengasse ab. Zeit für ihre Abkürzung. Den Weg, auf dem sie ganz allein war. Den Weg über die Dächer.

Sie beschleunigte ihre Schritte, bis sie die Taverne *Zur Blauen Fee* erreichte. Gerade als sie nach dem Knauf greifen wollte, schwang die Tür auf.

»Ab nach Hause, Forn«, hörte sie die Wirtin bestimmt, aber gutmütig rufen.

Ein Mann torkelte ihr entgegen. Elainia wich mit einem Satz aus, ehe sie sich an ihm vorbeischob.

»Wieder in Eile, Mädchen?«, erkundigte Ajola sich mit einem wissenden Grinsen im geröteten Gesicht.

»Kann man sagen«, entgegnete sie. »Lange Nacht gehabt?«

Die Wirtin nickte. »Forn ist der Letzte. Ich mache gleich zu und lege mich aufs Ohr.«

»Guten Schlaf. Und danke.«

»Es ist mir ein Vergnügen, wie jedes Mal.« Ajola zwinkerte Elainia zu.

Sie neigte den Kopf, wandte sich um und lief durch den nach Bratenfett, Schweiß und Alkohol riechenden Gastraum. Binnen weniger Minuten hatte sie den Dachboden erreicht und kletterte über die kleine Fensterluke ins Freie.

Sobald sie sich aufgerichtet hatte, genoss sie für ein paar Herzschläge die Wärme der aufgehenden Sommersonne auf der Haut und die seichte Brise, die den Duft von Holunder und Lavendel aus einem der nahe gelegenen Gärten mit sich trug. Sie atmete tief durch und dankte Ajola im Stillen für ihre Dachbodenluke, die sie jederzeit nutzen durfte. Die Wirtin führte die Taverne im besseren Viertel der Stadt bereits seit einer halben Ewigkeit. Als Kind war Elainia oft mit ihrer Mutter hier gewesen. Inzwischen kam sie seit fünf Jahren regelmäßig mit ihrer besten Freundin her, um zu tanzen und unbeschwerte Abende zu genießen – oder um die Welt über den Dächern der Stadt zu erkunden.

Ihr Blick glitt über die unzähligen Giebel, Schornsteine und Fenster, bis sie in einiger Entfernung die Türme des Palastes entdeckte. Golden glänzten die spitzen Dächer im Sonnenlicht. Links daneben erhob sich das Alte Kloster in den Himmel. Weniger glänzend, dafür mit seinen rauen Mauern aus Feldsteinen und dem alten Uhrenturm umso gewaltiger. Der Anblick riss sie aus ihrer Verschnaufpause. Wenn sie pünktlich dort ankommen wollte, sollte sie sich jetzt in jedem Fall beeilen. Und sich vor Augen führen, wie dankbar sie sein konnte, das Alte Kloster ihre Akademie nennen zu dürfen. Schließlich war es *die* Ausbildungsstätte für Magierinnen aus ganz Fandoria, deren Ziel es war, einmal in die Garde der Königin aufgenommen zu werden. Diese bestand aus den zwanzig stärksten, klügsten, tapfersten Magierinnen Fandorias und diente dem Schutz der Königsfamilie, vorzugsweise dem der Königin. Die wenigen Ausbildungsplätze waren heiß umkämpft, da lediglich einmal alle zehn Jahre eine neue Klasse eröffnet wurde. Wer aufgenommen wurde, hatte nur ein Ziel: die Prüfungen am Ende der zehnjährigen Ausbildung zu bestehen und Kriegermagierin im Dienste der Königsfamilie zu werden. Wer nicht aufgenommen wurde, schlug den regulären Weg ein und besuchte eine der fünf großen Akademien des Landes.

Das Zuschlagen einer Tür von irgendwo unter ihr riss sie aus den Gedanken. Mit fliegenden Fingern kontrollierte Elainia den Sitz ihrer Tasche, band ihre schwarzen Locken zusammen und setzte sich in Bewegung. Die Sohlen ihrer Stiefel fanden guten Halt auf den rauen Schindeln, dennoch setzte sie ihre Schritte mit höchster Konzentration. Über die Dächer von Elandria zu laufen, war zwar nicht ganz ungefährlich, aber ihre ganz eigene Definition von Freiheit. Hier oben gab es keine Menschen, keine Wandler oder Magier und schon gar keine Zwerge. Die Feen verschlug es – falls überhaupt – in noch luftigere Höhen. Hier brauchte sie ihre Magie nicht hinter Mauern verstecken, um nicht von der Vielzahl an Emotionen überwältigt zu werden, die unwiderruflich von jedem Wesen ausgingen. An diesem Ort konnte sie loslassen. Und auch wenn ihre Eltern es nicht gerne sahen, verstand vor allem ihre Mutter, warum sie sich so gerne hier oben aufhielt. Immerhin teilten sie die magische Berührung der Gefühle, die einen an manchen Tagen wirklich in den Wahnsinn treiben konnte.

Schwer atmend richtete sie ihren Blick auf das nächste Dach. *Hoch und weit,* dachte sie. *Einfach hoch und weit springen*. Dutzende Male hatte sie diese Stelle schon bewältigt. Trotzdem rauschte immer wieder Adrenalin durch ihre Adern, sobald sie es auf die andere Seite geschafft hatte. Sie zählte rückwärts, kannte die Entfernung bereits im Schlaf. *Fünf, vier, drei, zwei, eins.* Mit dem rechten Fuß stieß sie sich von der Dachkante ab und für Sekundenbruchteile schwebte sie über dem Abgrund. Dann zerrte die Schwerkraft an ihrem Körper und zog sie unbarmherzig herunter. Für einen winzigen Moment fürchtete sie sich verschätzt zu haben, doch schon im nächsten landete ihr linker Fuß auf dem Dach. Gekonnt federte sie den Aufprall ab, balancierte ihr leichtes Taumeln aus und schnappte nach Luft. Geschafft. Dennoch wäre das Ganze deutlich einfacher gewesen, wenn ihre Gabe eine andere wäre.

Von allen Spezialisierungen der Gefühlsberührung hatte sie ausgerechnet die wenig nützliche Spezialisierung des Gefühle-Lesens ausgebildet. Manipulation von Empfindungen beherrschte sie ebenfalls. Leider konnte sie weder Gedanken lesen noch mental kommunizieren. Wobei auch diese Fähigkeiten wenig hilfreich beim Überqueren der Dächer gewesen wären. Da hätte sie eher Luftmagie benötigt.

In Gedanken versunken geriet Elainia für den Bruchteil einer Sekunde ins Straucheln. Ihr stockte der Atem, als ihr Blick über den Rand des Daches in die Tiefe fiel. Schnell sammelte sie sich und setzte über den Abgrund hinweg. Sekunden später folgte der nächste und der nächste, bis alles um sie herum verschwamm und sie nur noch die Magie in sich spürte. Die Magie, die so gleichmäßig in ihr pulsierte und sich mit dem Wummern ihres Herzens vermischte. Am liebsten hätte Elainia ewig so weitergemacht, doch viel zu schnell erreichte sie das robuste Rosenspalier, das an der Fassade der Universitätsbibliothek herabführte.

Außer Atem, aber noch voller Adrenalin kletterte sie die letzten Meter herunter und machte sich auf den Weg zum Haupteingang des riesigen Gebäudes. Neben dem Palast Arcandes, dem Alten Kloster und der Universität selbst war die Bibliothek eines der eindrucksvollsten Gebäude Elandrias. Erbaut aus hellen, behauenen Sandsteinquadern, Säulen, die die breite Treppe hinauf säumten, verziert mit Ornamenten um die Fenster und versehen mit einer Flügeltür aus dunklen, reich ausgeschmückten Holzschnitzereien. Doch zum Bewundern hatte Elainia an diesem Morgen keine Zeit. Sie drückte die schwere Pforte auf, schlüpfte ins Innere und wurde von Stille begrüßt. Der Tresen war unbesetzt und ihr Vater steckte vermutlich im Archiv wieder die Nase zwischen die staubigen Seiten irgendeines uralten Buches. Der Gedanke ließ sie schmunzeln.

Dennoch würde sie Hilfe bei der Suche nach dem Buch benötigen, das Magistra Ean ihnen zu lesen aufgetragen hatte. Denn obwohl ihr Vater hier arbeitete – einfach, weil er die Arbeit liebte, nicht weil er unbedingt musste –, hatte sie das System der Bibliothek noch nie durchschaut. Auch wenn er es ihr mehr als einmal zu erklären versucht hatte. Hinzukam, dass die Regale in

Höhen ragten, die sie als durchschnittsgroße Magierin von etwa einem Meter siebzig niemals erreichen würde.

Da sie nicht ewig Zeit hatte, begann sie wahllos durch die Gänge zwischen den Regalen hindurchzulaufen, Buchrücken zu überfliegen und gleichzeitig Ausschau nach jemandem zu halten, der ihr behilflich sein könnte. Vorzugsweise nach einer Bibliotheksfee.

Kaum dass sie um die nächste Ecke gebogen war, prallte sie gegen etwas. Oder besser jemanden. Etwas fiel polternd zu Boden. Bücher. Erschrocken machte sie einen Satz zurück.

»Es tut mir leid«, murmelte sie hastig. Dann fielen ihr die zarten Flügel auf dem Rücken ihres Gegenübers auf und Erleichterung durchströmte sie. »Kannst du mir helfen? Ich suche ein Buch über die Legenden der Oras. Autor unbekannt. Erschienen irgendwann in den letzten zwanzig Jahren?«

Irritiert blickte der junge Mann sie an. Eine Furche bildete sich zwischen seinen Augenbrauen.

»Ein Buch«, wiederholte sie. »Über die Legenden der Oras. Du weißt schon … das unsterbliche Elbenvolk, das fernab aller anderen Wesen tief in den Wäldern von Lóren lebt, als weise, kühl, anmutig und unmenschlich schön beschrieben wird und über Fähigkeiten verfügt, die all unsere Vorstellungskräfte übertreffen.«

Er runzelte nur die Stirn. Verstand er sie nicht? Gerade, als sie ihre Magie nach ihm ausstrecken wollte, öffnete er den Mund.

»Ich glaube, du –«, setzte er an, doch in dem Moment regte sich Elainias Magie. Sie wusste genau, wer gleich um die Ecke biegen würde, denn sie spürte die Belustigung ihres Vaters überdeutlich.

»Was ist so witzig?«, fragte sie und blickte ihren Vater über die Schulter der Fee hinweg an.

Lord Zareius Larodres deutete mit dem Kopf auf den jungen Mann, der inzwischen seine heruntergefallenen Bücher aufsammelte.

»Keine Bibliotheksfee.«

»Oh.« Verlegen, den jungen Mann so überrumpelt zu haben, biss sie sich kurz auf die Unterlippe. »Entschuldige die Verwechslung. Ich war nur so in Eile.«

Er schaute zu ihr auf. Gutmütigkeit lag in seinen braunen Augen. »Schon vergeben.« Seine Mundwinkel zuckten verdächtig.

Großartig, er schien das Ganze auch noch lustig zu finden. Rasch wandte sie sich erneut ihrem Vater zu.

Wortlos hielt er ihr ein ledergebundenes Buch unter die Nase. »Ich schätze, du suchst das hier. Wolltest du es nicht schon vor vier Tagen holen? Mal wieder kurz vor knapp, habe ich recht?«

»Möglicherweise. Ich hatte einfach keine Zeit.« Sie verzog das Gesicht, schnappte sich das Werk und hauchte ihrem Vater einen Kuss auf die Wange. »Danke, Vater. Ich muss los.«

»Ja, das glaube ich ebenfalls.«

Prompt in der Sekunde vernahm Elainia das erste helle Läuten der Palastglocke Helas. Dumpf durch Fenster und Mauerwerk, aber es ließ ihren Puls in die Höhe schnellen. Sie rannte los, stopfte das Buch in ihre Tasche, stürmte die große Treppe hinunter, wich ankommenden Studenten aus und kehrte auf die Dächer zurück. In zehn Glockenschlägen bis zum Alten Kloster. Das würde knapp werden. Sehr knapp.

***

»Zu spät, Larodres.« Direktorin Jarnas Stimme klang sanft.

Und genau das war es, was Elainia einen Schauer über den Rücken jagte. Atemlos und völlig durchgeschwitzt stand sie im Türrahmen des Unterrichtsraumes, während die Blicke der anderen wie Gewichte auf ihr ruhten. Teils mitleidig, teils schadenfroh. Elainia versuchte sie zu ignorieren, ihre Magie eingesperrt zu lassen und sich ausschließlich auf Ondina Jarna zu konzentrieren. Die saß kerzengerade hinter ihrem Schreibtisch, die kastanienbraunen Haare wie immer zu einem strengen Zopf geflochten, der Ausdruck in den graugrünen Augen unergründlich.

»Verzeiht die Verspätung, Direktorin Jarna.«

Elainia kannte die Direktorin des Alten Klosters seit sie denken konnte und sie hatte sie noch besser kennengelernt, als sie sich mit zwölf Jahren freiwillig in dieses Gemäuer hatte stecken lassen, um als Anwärterin für die

Königinnengarde unterrichtet zu werden. Daher wusste sie, dass eine einfache Entschuldigung angebracht war, aber nicht helfen würde.

»Setzen, Larodres«, entgegnete die Direktorin in einem Tonfall, der unmissverständlich ausdrückte, dass Elainia mit diesem Zuspätkommen eine Grenze überschritten hatte und es Konsequenzen geben würde.

Vorsichtig tastete sie mit ihrer Magie nach Ondina Jarna. Da diese nicht gefühlsberührt war, würde sie nicht merken, wenn Elainia sie las. Sogleich ging ihre kühle Enttäuschung auf sie über, gefolgt von Ärger und Ungeduld. Rasch zog Elainia die Magie zurück, ließ sich auf ihren Platz neben Kyria sinken und hielt den Blick gesenkt. Ein ungutes Gefühl hatte sich wie eine Schlange in ihrem Magen eingenistet und verknotete ihn gerade zu einem Klumpen.

»Das war das fünfte Mal innerhalb von neun Tagen«, wisperte ihre Freundin. »Was ist los mit dir? Sehnst du dich so sehr nach Ärger?« Sie hielt inne. Als Elainia schwieg, fuhr sie fort. »Falls du es vergessen haben solltest: Das ist unser letztes Jahr. An Mittsommer finden die Prüfungen statt. Und das ist in genau zweieinhalb Wochen.«

»Ich weiß«, hauchte sie.

Die Prüfungen waren wichtig. Zu wichtig. Durch diese konnte sie endgültig beweisen, dass sie sich einen Platz in der Königinnengarde verdient hatte. Weil sie gut war. Und nicht, weil ihre Mutter eben jene Garde anführte. Wenn sie versagte, würde sie noch immer für hochrangige Adlige arbeiten können. Möglicherweise sogar für Erzherzogin Cresendia Korrnes persönlich, doch das wollte sie alles nicht. Dafür hatte sie sich nicht die letzten zehn Jahre von Magistra Sharla vergiften und von Magistra Ean zu Tode langweilen lassen. Ganz zu schweigen von den zahlreichen blauen Flecken, verstauchten Knöcheln und etlichen Aufenthalten im Krankentrakt nach Magistra Darklas Quälereien im Nah- und Waffenkampf.

Ein Knuff von Kyria riss sie aus ihren Gedanken. Sie blinzelte, richtete sich auf und versuchte Direktorin Jarna zu folgen, die in diesem Augenblick mit nur einer Handbewegung sämtliche Kerzen des fensterlosen Raumes zum Erlöschen brachte. Schwärze legte sich über Elainia und ihre Mitschülerinnen.

»Findet den Obsidian, den ich hier versteckt habe. Keine Magie, keine

Verbündeten. Nutzt eure anderen Sinne. Gegnerinnen dürfen ausgeschaltet werden. Diejenigen sind dann von der Suche ausgeschlossen. Wer den Stein zuerst findet, bringt ihn mir. Ihr habt Zeit bis zum Ende der Stunde.« Ihre Stimme verklang. Stille folgte.

Lautlos glitt Elainia von ihrem Platz, drückte sich mit dem Rücken gegen die Steinwand und rief sich den Raum ins Gedächtnis. Es gab zwei Tischreihen, einmal mit zwei, einmal mit drei Tischen, je zwei Stühlen, dazwischen ein schmaler Gang von vielleicht vier oder fünf Fuß. Vorne mittig stand Direktorin Jarnas Schreibtisch. Versteckmöglichkeiten existierten kaum. Die hintere Wand besaß ein paar Nischen, in denen einst Reliquien der Geistlichen gestanden hatten, als das Alte Kloster noch als Kloster genutzt worden war. Also, wo konnte man ...

Jemand streifte sie. Instinktiv streckte sie ihr Bein aus. Prompt polterte es und das Stöhnen verriet ihr, dass der Sturz schmerzhaft gewesen sein musste.

»Grita, raus«, ertönte Direktorin Jarnas Stimme in der Dunkelheit. Für sie musste es wirklich amüsant sein, mithilfe ihrer Lichtmagie im Dunkeln sehen zu können, wie ihre zehn Schülerinnen übereinanderstolperten oder auf allen vieren den Boden abtasteten. Lichtmagie gehörte wie die Schattengabe zu den selteneren Spezialisierungen der häufig auftretenden Elementberührung. Feuer, Wasser, Erde und Luft waren deutlich gängiger. Normalerweise bildeten Magier und Magierinnen mit Elementberührung ein bis zwei Spezialisierungen aus. Direktorin Jarna war mit ihren drei Spezialisierungen nicht umsonst Leiterin des Alten Klosters und gehörte zu den mächtigsten Magierinnen des Landes. Allerdings half Elainia dieser Gedankengang im Moment weniger. Sie musste sich auf ihre Aufgabe konzentrieren.

Mit geschlossenen Augen lauschte sie auf die Geräusche ihrer Mitschülerinnen. Ein leiser Fluch von links. Marla. Ein Ächzen von rechts. Lia. Geraschel von Stoff, geschobene Stühle. Wo zum Grauen Tod würde die Direktorin einen Stein verstecken? Unter einen der Tische geklebt? In einer Mauerritze?

»Ich habe ihn!«, rief Trix urplötzlich.

»Das ist ein Kiesel.« Bei Ondina Jarnas trockenem Tonfall hätte Elainia beinahe aufgelacht. »Trix, raus.«

Enttäuschtes Murmeln erklang, doch der Moment der Ablenkung hatte Elainia unaufmerksam werden lassen. Ein Ellenbogen traf ihren Magen mit solcher Heftigkeit, dass sie erstickt nach Luft schnappte, sich krümmte und dabei mit dem Kopf ihre Gegnerin an der Schulter traf. Irgendwie gelang es ihr, sie zu packen und mit einiger Anstrengung zu Boden zu befördern.

»Sola, raus«, kommentierte die Direktorin. Und so ging es weiter. Ein Mädchen nach dem nächsten schied aus. Es wurde geschimpft, geflucht, aber niemand fand den Obsidian.

Elainia blieb mit Darlia und Kyria als Letzte der Gruppe übrig – mit Staub auf den Hosen, Schweiß auf der Stirn und voller Missmut darüber, den Stein nicht gefunden zu haben.

Ondina Jarna ließ die Kerzen wieder aufleuchten und offenbarte die Unordnung, die sie alle hinterlassen hatten: umgeworfene Stühle, Kerzen, verschobene Tische, herumliegende Bücher.

»Das war … recht erbärmlich, würde ich behaupten«, meinte die Direktorin. »Ich brauche euch nicht daran zu erinnern, dass in zwei Wochen die Prüfungen der Königinnengarde anstehen. Und nun beseitigt dieses Chaos.«

»Wo ist der Obsidian denn gewesen?«, fragte Kyria.

Direktorin Jarnas Lippen verzogen sich zu einem zufriedenen Lächeln. »Am sichersten Ort in diesem Raum.« Sie strich sich den Zopf über die Schulter und widmete sich einigen Unterlagen auf ihrem Tisch.

Elainia runzelte die Stirn. Ihr Blick glitt zu dem schwarzen Band, das den dicken Zopf der Magierin zusammenhielt. Dort glänzte etwas im Kerzenschein. Das durfte nicht wahr sein. Diese Frau war gerissen. Neben ihrer Fähigkeit, in Dunkelheit zu agieren, hatte sie auch ihre Beobachtungsgabe getestet. Nun ja, darin hatte Elainia heute schon zum zweiten Mal versagt.

»Der sicherste Ort?«, wiederholte Kyria neben ihr verwirrt.

»Es ist ihr Zopf. Der Stein ist in das Haarband eingeflochten.«

Ihre Freundin kniff die Augen zusammen, ehe sie sie aufriss und dann verdrehte. »Aus diesem Grund war sie wohl die Vorgängerin deiner Mutter.«

»Und wir hätten darauf kommen müssen.«

»Hätten wir.« Schwungvoll beförderte Kyria einen Stuhl wieder an seinen Platz.

Minuten des Aufräumens später erinnerte nichts mehr an den fragwürdigen Zustand von gerade. Elainia hängte sich ihre Tasche um und folgte Kyria zur Tür.

»Larodres?«

»Geh schon vor«, murmelte sie ihrer Freundin zu, ehe sie sich zu Direktorin Jarna umdrehte. Sie ahnte, was jetzt kommen würde. Kaum dass die letzte Schülerin den Raum verlassen hatte, schloss die Direktorin mit einem Fingerzeig die Tür. Sie erhob sich von ihrem Stuhl, griff nach ihrem Stock aus Bronzeholz, stützte sich auf den silbernen Knauf, der den Kopf eines Wolfes darstellte. So fein gearbeitet, dass Elainia glaubte, er würde gleich zum Leben erwachen, wenn sie ihn nur lange genug anstarrte.

Direktorin Jarna trat um den Tisch herum. Aufrecht, stolz, respekteinflößend. Trotz ihres steifen Beins. Jener Verletzung, die sie gezwungen hatte, die Königinnengarde zu verlassen, obgleich sie damals keine vierzig Jahre alt gewesen war. Nichtsdestoweniger war sie noch immer kampferprobt.

»Eine weitere Verspätung deinerseits werde ich nicht tolerieren«, kam sie unumwunden auf Elainias Fehler zu sprechen. »Du willst zu den Prüfungen antreten? Dann benimm dich entsprechend.«

»Natürlich, Direktorin Jarna.« Während sie antwortete, hielt sie mit erhobenem Kinn den Blickkontakt.

»Gut. Es wäre eine wahre Verschwendung, dich aufgrund solcher Lappalien von den Prüfungen ausschließen zu müssen. Du stehst deiner Mutter in nichts nach. Abgesehen von deiner Pünktlichkeit.« Nun schlich sich ein Lächeln auf das Gesicht von Ondina Jarna. Es vertrieb die Härte aus ihrer Miene, die Unnachgiebigkeit aus ihren Augen.

Erleichtert atmete Elainia aus. Das war ja noch einmal gut gegangen. »Ich danke Euch.«

Die Direktorin nickte kaum merklich, für Elainia das Zeichen, dass ihr Gespräch beendet war. Mit einem Stein weniger auf dem Herzen steuerte sie die Tür an, doch ein Klappern sowie ein dumpfes Stöhnen ließen sie innehalten. Rasch warf sie einen Blick über die Schulter und erschrak. Mit wenigen Schritten erreichte sie ihre Magistra, die gegen einen Tisch gesackt war. Ihr Stock lag auf den glatt gehauenen Steinen.

Elainia schlang der blass gewordenen Magierin einen Arm um die Taille und half ihr hoch. »Alles in Ordnung?«, erkundigte sie sich behutsam, während sie sie zu ihrem Schreibtisch geleitete, wo Ondina Jarna in ihren Stuhl sank, sich die Schläfen rieb, tief Luft holte.

»Danke für deine Hilfe, aber es geht mir gut«, antwortete die Direktorin schließlich bestimmt.

Elainia glaubte ihr jedoch keine Sekunde lang. Vorsichtig fuhr sie die Mauern um ihre Magie ein Stück herunter. Gerade so weit, dass die Gefühle der Magistra auf sie einströmen konnten. Als Erstes spürte sie deren Irritation. Wirr und fetzenhaft. Dann drängte sich Scham hinzu. Scham, vor den Augen einer Schülerin solch eine Schwäche gezeigt zu haben. Aber das war noch nicht alles. Elainia ließ ihre Magie tiefer graben und stieß auf einen schwarzen Knäul der Angst. Fest wie ein Geschwür. Stetig wachsend. Er jagte Elainia einen Schauer über den Rücken. Sie kannte Angst. Wusste, in wie viel verschiedenen Arten sie sich in einem Mensch manifestieren konnte, doch solch einen Klumpen sah und spürte sie zum ersten Mal. Rasch zog sie die Magie zurück, bevor das Gefühl auf sie übergehen konnte. Wovor fürchtete ihre Direktorin sich so sehr?

»Seid Ihr sicher?«, hakte sie nach, wohlwissend, gleich des Raumes verwiesen zu werden.

»Hast du nicht in ein paar Minuten Giftlehre?«

»Im Grunde genau jetzt«, meinte Elainia, als die Glocke des Alten Klosters zu läuten begann. »Allerdings kann ich Euch nicht in dieser Verfassung allein lassen. Das wird Magistra Sharla sicher verstehen.«

Kaum merklich kniff Ondina Jarna die Augen zusammen. Elainias Argument war auf der richtigen Ebene angekommen. Denn unter den Schülerinnen des Alten Klosters war es absolut kein großes Geheimnis, dass die rothaarige Magistra mit der Vorliebe für Gifte und Direktorin Jarna das Bett teilten.

»Du solltest jetzt gehen.«

Dass dieser Satz ein Befehl und keine Empfehlung war, konnte Elainia deutlich an der Schärfe in ihrer Stimme hören. Es wäre ratsam zu gehorchen, doch die Neugier herauszufinden, was der Magierin solch eine Angst machte, rang in ihrem Inneren gegen die Vernunft.

»Larodres.«

»Na schön, ich gehe«, gab sie nach.

»Gut.« Beiläufig strich Magistra Jarna sich ihren geflochtenen Zopf von einer Schulter auf die andere und da entdeckte Elainia ihn: den Grund ihrer schrecklichen Angst.

Kapitel 2

Grauer Tod

Elainia

Herzschlag um Herzschlag konnte Elainia das graue, schuppenähnliche Geflecht in Größe einer Münze nur anstarren. Ihre Gedanken rasten, doch sie bekam keinen von ihnen zu fassen.

»Elainia!«

Sie zuckte zusammen. Direktorin Jarna hatte sich erhoben, musterte sie mit einer Mischung aus Ärger und Ungeduld.

»An Eurem Hals«, brachte Elainia hervor. »Ihr seid krank.«

Vor ihren Augen fasste die Magierin sich an die Kehle. Sie musste das raue Geflecht ertastet haben, denn ihr Gesicht verlor auch den letzten Rest Farbe. Die Stille im Raum wurde unerträglich, während Elainia realisierte, dass der *Graue Tod* ihre Direktorin befallen hatte.

»Lass mich allein.« Ondina Jarnas Stimme brach.

Diesmal gehorchte Elainia sofort. Sie floh förmlich aus dem Unterrichtsraum, hetzte durch die leeren Gänge des Alten Klosters und steuerte die Eingangshalle an. Ihre Tasche schlug unangenehm gegen ihre Hüfte, doch sie ignorierte es. Sie musste zum Palast. Musste mit ihrer Mutter sprechen.

Sie kann ihr auch nicht helfen, erinnerte die kleine Stimme ihres Verstandes sie an die unumstrittenen Tatsachen. Niemand überlebte den *Grauen Tod*. Die Seuche war unerbittlich und kannte keine Gnade. Und das seit Jahrhunderten soweit Elainia von Magistra Ean wusste. Es gab kein Heilmittel gegen den Ausschlag, das Fieber, das unnatürlich schnelle Welken des Körpers, das nach wenigen Tagen zum Tod führte. Dennoch stürmte

Elainia auf die Straße und steuerte den Palast an. Ondina Jarna war die Vorgängerin ihrer Mutter gewesen, sie war zu wichtig für die Königinnengarde, sie verdiente ...

»Nicht so schnell, junge Dame.«

Fluchend bremste Elainia ihren Lauf und schaffte es gerade so, nicht in die gekreuzten Lanzen der Palastwachen zu rennen. Die Gesichter der beiden Männer waren ihr neu. Offenbar wussten sie ebenso wenig mit ihr anzufangen wie sie mit ihnen.

»Verzeihung. Ich muss zu meiner Mutter. Lady Amanda Larodres. Es ist dringend.«

»Lasst sie durch«, tönte jemand von der Mauer.

Elainia erkannte Roxana Fardres' Stimme sofort. Als stellvertretende Anführerin der Königinnengarde besaß sie Befehlsgewalt über jeden Wächter im Palast. Ihr zu widersprechen, galt weithin als unratsam. Und so schwangen die Lanzen auch augenblicklich zur Seite.

Elainia rief ein Dankeschön nach oben und rannte sogleich über den gepflasterten Innenhof. Durch den Dienstbotentrakt gelangte sie ungehindert bis zum Quartier der Königinnengarde. Dank ihrer Mutter kannten die anderen Magierinnen sie und duldeten es, wenn sie einige ihrer freien Nachmittage hier verbrachte, obwohl das Anwärterinnen der Garde nicht gestattet war.

Schwer atmend drückte sie die große Flügeltür auf. Sollte sie ihre Mutter in diesem Trakt nicht finden, würde ihre Suche deutlich länger dauern. Doch das Glück war auf ihrer Seite. Ihre Mutter befand sich im Gespräch mit zwei jüngeren Magierinnen, wandte sich jedoch um, als Elainia auf sie zulief. Bevor sie auch nur ein Wort über Ondina Jarna verlieren konnte, hatte ihre Mutter sie bereits am Arm gepackt und sie von den anderen fortgeführt.

»Was im Namen der Mutter tust du hier? Solltest du nicht im Unterricht sitzen?«

»Das habe ich getan.«

»Und trotzdem bist du hier. Sicherlich ohne die Erlaubnis einer Magistra. Elainia, du hast bald Prüfungen. Du kannst es dir nicht erlauben, unentschuldigt zu fehlen. Du ...«

»Mutter, stopp«, fiel Elainia ihr ins Wort. »Ich wäre nicht gekommen, wenn es nicht wichtig wäre. Direktorin Jarna hat den *Grauen Tod*. Ich habe den Ausschlag an ihrem Hals gesehen.«

Das nahm ihrer Mutter den Wind aus den Segeln. Oder besser den Unmut aus dem Blick. Stattdessen huschte ein Schatten der Furcht über ihr sonnengebräuntes Gesicht und zwischen ihren geschwungenen Brauen bildeten sich zwei Furchen. Sie drückte die schmalen Lippen aufeinander und schien nachzudenken, ehe sie eine Frage stellte. »Wie weit fortgeschritten?«

»Noch nicht sehr stark. Sie wird sterben, nicht wahr? Wie all die anderen auch.«

Ihre Mutter schloss für wenige Herzschläge die braunen Augen, ehe sie kaum merklich nickte. »Wir können nur versuchen, es ihr so wenig qualvoll wie möglich zu machen. Komm.«

»Was hast du vor?« Rasch schloss Elainia zu ihrer Mutter auf. Sie verließen das Gardequartier, überquerten den Palasthof und ließen die hohen Mauern hinter sich.

»Ich werde ihr anbieten, dass unsere Heilerin sich um sie kümmert. Hier im Quartier.«

»Und du glaubst, sie lässt sich darauf ein? Du glaubst, sie wird das Alte Kloster freiwillig verlassen? Es ist ihr Zuhause.«

Ihre Mutter seufzte. »Ich hoffe es. Sie war meine Mentorin und ich weiß um ihre Sturheit, aber sie ist auch vernünftig. Sie sollte wissen, dass sie als Kranke eine Gefahr für euch und die anderen Magistra darstellt und wie jeder andere isoliert werden muss. Wir dürfen nicht riskieren, dass ihr euch ansteckt. Und ich muss herausfinden, wie sie sich die Seuche zuziehen konnte.« Den letzten Satz murmelte ihre Mutter so leise, dass Elainia sie kaum verstand.

Da sich alle Schülerinnen im Unterricht befanden, herrschte in den steinernen Gängen des Klosters eine unheimliche Stille. Elainia führte ihre Mutter zu dem Raum, in dem sie Direktorin Jarna zurückgelassen hatte. Gerade als sie nach der Klinke greifen wollte, schüttelte ihre Mutter den Kopf.

»Du wirst jetzt in den Unterricht gehen und die Sache mir überlassen.«

Elainia brauchte ihre Magie nicht einsetzen, um zu merken, wie ernst es ihrer Mutter war. Alles an ihr wollte protestieren, doch sie hielt den Mund, ließ ihren Arm sinken und nickte mit zusammengebissenen Zähnen.

»Und bitte verlier vorerst kein Wort über Ondinas Krankheit.«

»Natürlich nicht.«

Ihre Mutter betrachtete sie einige Sekunden lang mit weicherer Miene. »Es war richtig, mich zu holen.« Damit wandte sie sich ab, drückte die Tür auf und verschwand im Inneren des Raumes.

Blitzschnell schob Elainia eine Fußspitze in die Tür, bevor sie zufallen konnte. Verfluchte Neugierde!

»Amanda? Was machst du hier?« Die Stimme der Direktorin klang fest. »Lass mich raten ... deine Tochter hat dich geholt.«

»So ist es. Ist es wahr, was sie mir erzählt hat? Hast du dich angesteckt?«

Vorsichtig vergrößerte Elainia den Spalt zwischen Tür und Rahmen und sah, wie die Direktorin ihrer Mutter mit versteinerter Miene den Ausschlag an ihrem Hals zeigte, ehe sie ihn rasch wieder unter ihrem Zopf verbarg.

»Wie ist das passiert?«

»Was spielt das für eine Rolle, Amanda? Es ist vorbei. Solange ich noch stehen kann, werde ich mich um eine Nachfolgerin kümmern müssen. Das Alte Kloster muss weitergeführt werden. Du solltest deine kostbare Zeit nicht damit verschwenden, mich zu bemitleiden. Ich weiß, was ich tun muss. Dass ich eine Gefahr für jeden in diesem Gemäuer bin.«

»Mitleid steht mir genauso wenig wie dir«, konterte Elainias Mutter. »Du warst meine Mentorin, Ondina. Du hast mich zur Anführerin der Königinnengarde gemacht. Also verzeih mir, wenn es mir nicht egal ist, was mit dir geschieht und ich mir Sorgen mache.«

»Sorgen.« Die Direktorin lachte auf. Bitter und ohne jeden Hauch von Freude. »Ich bin so gut wie tot. Um Tote sollte man sich nicht sorgen.« Sie klang so frostig, dass es Elainia einen Schauer über den Rücken jagte.

Ihre Mutter ballte hinter dem Rücken die Hände zu Fäusten. Es war das einzige Anzeichen, das ihre Anspannung offenbarte.

Etliche lange Sekunden verstrichen in erdrückender Stille. Elainia wagte kaum zu atmen. Schließlich sank Direktorin Jarnas aufrechte Gestalt ein Stück in sich zusammen.

»Sag, was auch immer du loswerden willst, Amanda.«

»Du kannst mit ins Quartier kommen und bei uns bleiben. Du bist dort willkommen, das weißt du. Bestimme deine Nachfolgerin, um den Rest kümmere ich mich. Und rück im Namen der Mutter endlich mit der Sprache raus, wie du dich anstecken konntest.«

Elainia rechnete mit Widerspruch, wurde jedoch überrascht, als die Magistra bloß nickte. »Es ist auf dem Marktplatz passiert. Vor zwei Tagen. Ich wurde angerempelt, bin gestürzt ...« Die Worte schienen ihr nur schwer über die Lippen zu kommen. »In der Pfütze lag eine tote Krähe. Als ich sie registrierte, war es zu spät. Meine Hände waren bereits mit dem blutigen Regenwasser in Berührung gekommen. Ich habe bis heute gehofft, dass ... ich weiß auch nicht, verdammt. Ohne dieses verfluchte Bein hätte ich den Sturz verhindern können. Ich –« Abrupt brach sie ab, als wäre ihr in dem Moment bewusst geworden, wie sehr sie sich in Rage geredet hatte.

Elainia brauchte die Mauern um ihre Magie nur ein winziges bisschen lösen, schon spürte sie die verzweifelte Wut gemischt mit kalter Hoffnungslosigkeit, die von ihrer Direktorin in Wellen ausging. Ihr Herz verkrampfte sich. Es war so ungerecht. Krähen übertrugen den *Grauen Tod* seit jeher in Fandoria und den anderen Ländern des Kontinents Sándren. Sie galten als die Unglücksvögel schlechthin.

Ihre Mutter legte ihrer ehemaligen Mentorin eine Hand auf die Schulter. »Komm.«

Widerstandslos ließ Ondina Jarna zu, dass Elainias Mutter ihr aufhalf.

Zeit, den Rückzug anzutreten. Lautlos zog Elainia ihren Fuß aus der Tür, entfernte sich schleichend, ehe sie davoneilte.

***

»Wo warst du?«

Blinzelnd sah Elainia von ihrem Platz in der Sonne auf und blickte direkt in die vorwurfsvoll funkelnden Augen ihrer Freundin. Diese ließ ihre Tasche auf die gepflegte Grasfläche fallen, ehe sie ihr auf den Boden folgte.

»Magistra Sharla war nicht erfreut über dein Fehlen oder darüber, dass niemand wusste, wo du dich herumtreibst. Mich eingeschlossen.«

Elainia seufzte. Kyrias Worte schürten ihr schlechtes Gewissen wegen der verpassten Stunde nur noch mehr, aber sie hatte sich einfach nicht in der Lage gesehen, sich nach diesem Morgen mit der Magistra auseinanderzusetzen. Ständig mit der Erinnerung, dass deren Geliebte bald bloß Asche sein würde. Also hatte sie sich in den alten Uhrenturm zurückgezogen und den Unterricht geschwänzt. Die dicken Feldsteinmauern hielten die Sommerhitze draußen und durch die schmalen, verstaubten Fenster fiel lediglich schwaches Sonnenlicht. Hierher verirrten sich höchstens Mäuse, Spinnen und Motten, denn der Turm war schon jahrelang nicht mehr in Betrieb. Sobald die Glocke das Ende der Stunde verkündet hatte, war sie nach draußen zurückgekehrt.

»Hatte es etwas mit deinem Gespräch mit der Direktorin zu tun?«, hakte Kyria nach.

»Ja und nein«, murmelte Elainia vage. Sie hatte ihrer Mutter versprochen, vorerst Stillschweigen über Ondina Jarnas Erkrankung zu bewahren. Daran würde sie sich halten müssen. Auch ihrer Freundin gegenüber. So schwer es ihr nun einmal fiel. Also entschloss sie sich zu einem Themenwechsel. Zu etwas Unverfänglichem, das nichts mit den Prüfungen, der Seuche oder dem versäumten Unterricht zu tun hatte.

»Weißt du schon, was du zum Geburtstagsball des Prinzen tragen wirst?«

Umgehend begannen Kyrias graue Augen zu leuchten. Der Ball, auf den alle Anwärterinnen der Königinnengarde eingeladen waren, sorgte bereits seit Wochen für Vorfreude unter Elainias Mitschülerinnen und ihre Freundin bildete da keine Ausnahme. Elainia entspannte sich ein wenig und ließ sich von Kyrias Begeisterung für die neuste Mode der Adeligen mitreißen, wenngleich sie Bälle als anstrengend empfand. All diese Förmlichkeiten, oberflächlichen Gespräche über Politik, Tratsch, heimliches Geläster und erst das Tanzen. Ihre armen Tanzpartner vergangener Bälle waren vermutlich alle froh gewesen, sobald sie sie wieder losgeworden waren. Wenn es ums leichtfüßige Schweben übers Parkett ging, war alle Hoffnung bei ihr verloren. Zwar hatte sie schon von klein auf gelernt mit dem adeligen Teil der Gesellschaft umzugehen, zu dem sie aufgrund ihrer Abstammung selbst gehörte, aber beim Tanzen hatte sie aus unerfindlichen Gründen zwei linke Füße. Ein ungünstiger Umstand angesichts der Tatsache, dass die Larodres-Familie – ihre Familie – seit langer Zeit das Ansehen der Königsfamilie genoss und von Königin Moiraine Orles vor etwa sechshundert Jahren in den Adelsstand erhoben worden war. An manchen Tagen wünschte sie, es wäre nicht so.

Als schließlich die Klosterglocke zur nächsten Stunde läutete, wusste Elainia alles über die beliebtesten Farben, Stickmuster, Frisuren und Stoffe. Nur über ihr eigenes Kleid hatte Kyria sich mit einem geheimnisvollen Glitzern in den Augen ausgeschwiegen.

»Lass dich überraschen«, meinte sie bloß und lächelte, während sie sich auf den Weg Richtung Hauptgebäude machten.

Elainia gab sich damit zufrieden. Sie war sich sicher, dass egal in welchem Kleid Kyria am Ende im Ballsaal des Palastes erscheinen würde, sie sämtliche Blicke auf sich ziehen würde. Das tat sie immer. Ihre zierliche Gestalt, die langen, blonden Haare und ihre großen, grauen Augen strahlten Unschuld aus, weckten den Beschützerinstinkt in jedem, der sie ansah. Dabei war Kyria hervorragend in der Lage, sich selbst zu verteidigen.

»Es ist nicht das Schlechteste, von Menschen unterschätzt zu werden«, lautete ihr Motto. »Dann rechnen sie nicht damit, dass ich ihr Leben innerhalb von Sekunden auslöschen könnte.« Eine Aussage, deren Wahrheitsgehalt Elainia nicht anzweifelte. Dafür kannte sie Kyria schon zu lange. Zehn Jahre, um genau zu sein. Anders als sie kam ihre Freundin jedoch nicht aus Elandria. Ihre Heimat war die Stadt Caras im Westen Fandorias.

»Bei der Mutter, Elainia«, schimpfte Kyria und zog sie ruckartig zur Seite, da sie sonst frontal gegen eine Säule gelaufen wäre. »Was ist los mit dir?«

Hitze kroch ihr in die Wangen. Kyria hatte recht. Sie musste sich endlich zusammenreißen.

Mit allergrößter Konzentration überstand sie sowohl Magistra Eans Historienunterricht als auch Magistra Darklas Kampfstunde, ohne dabei negativ aufzufallen. Bestleistungen erzielte sie jedoch nicht. Heute machte ihr das aber relativ wenig aus, denn ihre Gedanken kreisten schon längst wieder um die erkrankte Direktorin.

Sobald sie sich umgezogen hatte, verabschiedete sie sich rasch von Kyria, um ihre Mutter im Gardequartier aufzusuchen. Diesmal ließen die beiden neuen Soldaten sie sofort passieren. Sie wurde allerdings enttäuscht, denn bis auf zwei Magierinnen waren die Räume wie ausgestorben. Die beiden Frauen schenkten ihr weiter keine Beachtung und so beschloss sie zu warten. Um sich die Zeit zu vertreiben, schlenderte sie ein wenig umher, ehe sie vor der schweren Flügeltür zum Krankentrakt zum Stehen kam. Sie wollte nicht hineingehen, doch in dem Moment wurde die Tür aufgedrückt und ein junger Mann, den Elainia aufgrund seiner sandfarbenen Kleidung als einen von Dunia Giras Lehrlingen identifizierte, trat in den Gang. Wie war noch gleich sein Name? Gero?

»Ah, Elainia, dich schickt die Mutter. Könntest du kurz helfen? Juri, Leila und Faro sind alle drei krank und die Meisterheilerin ist ziemlich missgelaunt.«

»Aber sicher«, hörte sie sich sagen, während ihr Gehirn ihr empfahl, sich höflich zu entschuldigen und einfach zu verschwinden.

»Wunderbar.« Er strahlte sie an, als hätte sie ihm den Schlüssel für die Schatzkammer des Königspalastes versprochen. »Ich muss zum Kräuterhändler. Würdest du solange die Patienten im Auge behalten und die leeren Betten neu beziehen?«

Betten beziehen. Was für eine Aufgabe. Sie hätte doch einfach verschwinden sollen, als sie noch die Gelegenheit gehabt hatte. Zugegeben, das war nicht der eigentliche Grund. Früher hatte sie Dunia ständig ausgeholfen und auch eine Menge Betten bezogen. Vielmehr fürchtete sie sich davor, auf ihre Direktorin zu treffen.

Stumm nickte sie.

»Danke. Ich verspreche, mich zu beeilen.« Damit hastete er davon.

»Gern geschehen«, brummte Elainia in die Stille, holte tief Luft und betrat den Krankentrakt. Sogleich schlug ihr der unaufdringliche Geruch nach Dunias Kräutermixturen, Schweiß und Seife entgegen. Die auf Blut spezialisierte Magierin hatte zum Glück schon immer Wert auf eine saubere Unterkunft für ihre Patienten gelegt. Nun gut, etwas anderes sollte man im Krankensaal des Palastes auch nicht erwarten.

Ihr Blick glitt über etliche freie Betten. Der Lehrling schien übertrieben zu haben, denn die einzigen Patienten waren ein älterer Mann mit ergrautem Haar, der zu schlafen schien, ein Kind, an dessen Bett eine Frau mittleren Alters hockte und etwas abseits die Direktorin des Alten Klosters. Elainias Herzschlag beschleunigte sich. Die Magistra saß mit dem Rücken zu ihr auf der Bettkante und starrte aus einem der hohen Fenster, durch das helles Sonnenlicht fiel.

So leise wie möglich begann Elainia frische Bettwäsche aus dem gewaltigen Holzschrank neben der Tür zu holen. Vorrangig, um den alten Mann nicht zu wecken, aber auch, um Ondina Jarna nicht auf sich aufmerksam zu machen. Sechs von zu vielen Betten lang ging das gut, dann stürmte jemand mit flatternden Gewändern in den Saal.

Elainias Blick zuckte zu dem Störenfried, der sich keine Mühe gab, leise zu sein. Feuerrote Locken sowie ein Schwall an Gefühlen, der so stark war, dass er sogar ihre Blockade rund um ihre Magie durchdrang, ließen sie erstarren.

Magistra Sharla. Sie war aufgebracht. Besorgt. Beinahe schon panisch. Und Elainia stand direkt in ihrem Sichtfeld. Großartig.

Die Augen der Magistra verengten sich. Mit ziemlicher Sicherheit dachte sie bereits darüber nach, welches Gift wohl am besten dazu geeignet war, sie für das unentschuldigte Fortbleiben vom Unterricht zu bestrafen.

Obwohl ihre Hände vor Anspannung schweißig wurden, hielt Elainia dem Blick ihrer Magistra stand. So lange, bis diese deutlich gemäßigteren Schrittes an ihr vorbeimarschierte.

Angespannt atmete Elainia aus und widmete sich wieder der Bettwäsche. Dennoch erwischte sie sich dabei, wie sie immer wieder zu den beiden Frauen hinübersah, die sich leise miteinander unterhielten. Zu leise, als dass sie etwas hätte aufschnappen können. Ihre Körpersprache konnte sie dennoch lesen. Ihr fiel auf, dass Direktorin Jarna versuchte Magistra Sharla auf Abstand zu halten. Mutmaßlich aus Gründen der Ansteckungsgefahr, die allerdings nur bestehen würde, wenn die Giftmischerin in Todessehnsucht beschließen sollte, Ondina Jarna zu küssen oder ihr die Kehle aufzuschlitzen, was jedoch alles andere als wahrscheinlich war. Denn bloß direkter Kontakt mit Speichel, Blut oder Urin einer erkrankten Person führte zur Übertragung des *Grauen Tods.*

Auf einmal richtete Magistra Sharla sich auf. So ruckartig, dass sie gegen den kleinen Nachttisch stieß und die Vase samt rosafarbener Nelken herunterfiel. Das Zerspringen des Glases erschien Elainia so laut wie eine Explosion von Schwarzeisenpulver. Zeitgleich begann das Kind zu weinen, sie sah den alten Mann hochschrecken und sich irritiert umblicken, die Giftmischerin fluchte.

Wie nicht anders zu erwarten, stürzte sogleich Dunia aus der Tür, die in ihr persönliches Heilerinnenreich führte. »Was soll dieser Krach? Ich dulde keine Unruhe in diesen Räumen.« Ärger schwang in ihrer Stimme mit. Sie schien wirklich in keiner guten Stimmung zu sein.

»Verzeihung, Dunia«, erhob Direktorin Jarna das Wort. »Ich habe die Vase umgeworfen.« Sie stand auf und machte Anstalten, sich nach den Scherben zu bücken, doch die Heilerin kam ihr mit deutlich weniger Härte im Gesicht zuvor.

»Schon gut. Lasst gut sein. Es ist ja nichts passiert. Ruht Euch aus.« Geschäftig wirbelte sie herum, bis ihr Blick Elainia erfasste. Kurz runzelte sie die Stirn, dann stand sie auch schon vor ihr. »Hat Gero dich etwa zum Helfen verdonnert, Liebes?«

»Ja, irgendwie hat er das.« Sie zuckte die Achseln.

»Sieht ihm ähnlich.«

Elainia setzte zu einer Antwort an, doch in dem Moment ertönte das Getrappel etlicher Stiefelpaare, das rasch näher kam. Sekunden später platzte eine Gruppe Magierinnen der Garde herein, an der Spitze Elainias Mutter.

»Dunia«, rief sie, doch die Heilerin hatte sich längst in Bewegung gesetzt.

Elainia ließ die Bettwäsche Bettwäsche sein und folgte ihr.

»Legt sie dorthin«, wies Dunia die Kriegerinnen an, die sofort gehorchten, dann zurücktraten, um Platz zu machen.

Die Verletzte war eine junge Frau, fast noch ein Mädchen. Blond und schmal gebaut. Ihre hellblaue Tunika war blutgetränkt, ihr Gesicht erschreckend bleich.

»Ein weiteres Opfer?«, fragte Dunia.

Elainias Mutter nickte grimmig. »Wir haben sie nahe dem Markt gefunden. Vom Täter keine Spur. Wie immer. Nur das hier hat er uns hinterlassen.« Sie ließ sich von Roxana einen Dolch reichen. Seine dunkle Klinge war fleckig vom Blut des Mädchens.

Schwarzeisen. Elainia verstand. Eine weitere Magierin war dem unbekannten Mörder zum Opfer gefallen, der seit Wochen sein Unwesen in der Stadt trieb, scheinbar willkürlich mordend. Scheinbar, weil seine Ziele nur Magier und Magierinnen waren. Egal ob Händlersohn, Schmiedin, Bettlerin oder Adliger. Keine Menschen, Zwerge, Feen oder Wandler. Immer nur Magier.

»Wo genau habt ihr sie gefunden?«

Elainia wandte sich um. Ondina Jarna war an Magistra Sharlas Seite näher getreten. Ihr Zopf schaffte es nicht länger, das graue Geflecht der Seuche an ihrem Hals zu verbergen. Es hatte sich rasend schnell ausgebreitet.

»Eine halbe Meile südlich vom großen Markt«, entgegnete Elainias Mutter.

Die Direktorin nickte langsam. »Er oder sie arbeitet sich weiter nach Norden vor. Du weißt, was das bedeuten könnte.«

Amanda nickte und Elainia wurde bewusst, dass Ondina Jarna offenbar weiterhin bestens über alle Geschehnisse in der Stadt informiert war. In ihrem Kopf versuchte sie das Gesagte in einen sinnvollen Zusammenhang zu bringen, die losen Fäden zu verknüpfen, doch dazu fehlten ihr die Informationen, über die ihre Mutter verfügte.

In dem Augenblick stieß Dunia ein scharfes Zischen aus, richtete sich auf, feucht glänzendes Blut an den Händen. Das Mädchen auf dem Bett lag vollkommen still. Sie war tot.

Bedauern erfasste Elainia, obwohl sie sie nicht einmal gekannt hatte. Eine Gardistin zog die Decke über ihren dünnen Körper.

»Ihr müsst dafür sorgen, dass dieser Wahnsinn ein Ende nimmt. Sonst gibt es in dieser Stadt bald keine Magier mehr.« Energisch wischte Dunia sich die Hände an ihrer Schürze ab. Rote Flecken auf hellem Grund.

»Ondina!« Magistra Sharlas erschrockenes Keuchen lenkte die allgemeine Aufmerksamkeit erneut um. Die Direktorin des Alten Klosters war in den Armen der Giftmischerin zusammengebrochen.

Kapitel 3

Ein Geheimnis

Miranda

»Miranda, hör auf zu schäkern und hol Tarian, damit er dich vertritt, während du für mich auf den Markt gehst.«

Ihre Mutter war wirklich reizend.

»Einfach ignorieren«, raunte Miranda der braunhaarigen Schönheit zu, der sie gerade einen Laib Brot überreicht hatte.

Die junge Frau schmunzelte, drückte ihr ein paar Münzen in die Hand und richtete das Tuch über ihrem Korb. »Stimmt so.« Damit drehte sie sich herum und verließ die Bäckerei mit schwungvollen Schritten.

Seelenruhig wandte Miranda sich ihrer Mutter zu. »Warum kann Tarian nicht zum Markt gehen?«

»Weil auf dich mehr Verlass ist als auf ihn. Das letzte Mal hat er zu wenig Mehl gekauft, das Salz vergessen und sich auch noch bestehlen lassen.« Mirandas Mutter schnaubte. »Wenn ich Zutaten kaufen lasse, möchte ich sie in der richtigen Menge bekommen. Von dem Geld einmal ganz zu schweigen.«

»Schon gut, Mutter, ich bin so gut wie weg. Was brauchst du?«

Während ihre Mutter den Einkauf herunterrasselte, drückte sie ihr einen Beutel Münzen in die Hände. Mehl klebte an dem braunen Stoff. »Danke, Schatz.« Ein flüchtiges Streicheln über die Wange, ein Lächeln, dann wirbelte sie wieder herum und fuhr mit ihrer Arbeit fort.

Kopfschüttelnd verließ Miranda den Vorraum der Bäckerei, band den Geldbeutel an ihrem Gürtel fest, schnappte sich einen Korb aus der Vorratskammer und bahnte sich einen Weg durch die Backstube. Hier war es so warm, dass ihr augenblicklich der Schweiß ausbrach, gleichzeitig roch es himmlisch nach frischem Teig, flüssiger Schokolade und Karamell. Alia und Korta backten, was das Zeug hielt.

Rasch ließ sie das hektische Treiben hinter sich und trat in den Hinterhof. Irgendwie hatte sie auf Erfrischung gehofft, aber die Sonne brannte erbarmungslos vom Himmel. Ein Sommer, der sich von seiner besten Seite zeigte.

»Wen haben wir denn hier?«, ertönte eine Stimme.

»Einen Bäcker, der von meiner Mutter abkommandiert wurde, um beim Verkauf zu helfen, während ich nicht da bin«, erwiderte Miranda. Sie baute sich vor Tarian auf, der sich auf der Bank neben dem Fliederstrauch in den Schatten gesetzt hatte und sichtlich genüsslich seine Pfeife rauchte.

»Meine Pause ist aber noch nicht vorbei«, nuschelte er. »Ich habe mindestens –«

»Heute leider nicht. Ich würde es mir an deiner Stelle nicht mit meiner Mutter verscherzen. Sie ist ziemlich angespannt und du weißt, wie sie sein kann, wenn dann nicht genau das passiert, was sie will.«

Sein ergebenes Seufzen klang, als wäre er mindestens an die siebzig Jahre alt und nicht erst Anfang vierzig.

»Wo du bedauerlicherweise recht hast, Mira.«

»Ist mir bewusst. Also, bis nachher und hindere meine Mutter bitte daran, völlig durchzudrehen.«

»Nichts leichter als das.« Er zog eine Grimasse.

Miranda konnte sich ein Augenrollen nicht verkneifen. Tarian arbeitete für ihre Mutter, seit sie die Bäckerei nach dem Tod von Miras Vater im belebten Ostviertel der Stadt vor zwölf Jahren eröffnet hatte. Er war ein gutmütiger Kerl, unendlich geduldig, ein bisschen vergesslich, aber dafür umso kreativer. Torten verzieren konnte er wie kein anderer. Selbst Miranda fand es jedes Mal schade, seine Kreationen zu zerstören. Dabei war kein Kuchen vor ihr sicher – solange er nur genügend Zucker beinhaltete.

Nach allem anderen, bloß nicht nach Zucker roch die Luft, sobald sie den großen Markt von Elandria erreichte. Hier reihten sich die Stände aneinander wie Perlen auf einer Schnur, bunte Tücher flatterten im Sommerwind, es wurde durcheinandergerufen, geschimpft, gefeilscht, gedrängelt und geklaut.

Miranda atmete einmal tief ein, ehe sie sich in das Getümmel vorwagte. Sie kannte keinen Ort, an dem man das Leben so sehr spüren konnte wie zwischen den Obstständen, Räucheröfen und Karren voller Getreide, Reis, Kartoffeln und Käse. An jeder Ecke wurde sie von neuen Gerüchen überflutet. Da war der Duft von geräuchertem Fisch aus den Seen und Bächen der Flusslande, das Aroma von unzähligen Gewürzen, die an den Ständen der Krondaner feilgeboten wurden. Kardamom, Thymian, Rosmarin, Ingwer, Nelken, Koriander, getrocknet oder frisch. Dann würziger Käse aus Westria, nach Honig duftende Kerzen, Seifen mit Rosenblättern, seidige Stoffe, die im Sonnenlicht schillerten, Holzarbeiten, Waffen geschmiedet von den Zwergen Hirimas, Fandorias Heiltinkturen, Silber- und Goldschmuck, frisch gebackenes Brot mit fester Kruste und weichem Teig, eingelegtes Fleisch, Gemüse aus den Feldern der Provinzen Fandorias … kurz, hier gab es nichts, was es nicht gab. Neben dem Nützlichen auch allerlei Plunder wie angeblich magische Amulette, gepanschten Wein, einen Blick in die Zukunft, falsche Kristalle, Artefakte aus dem Zeitalter der Schatten, die so neu aussahen, dass sie nur gefälscht sein konnten, Tränke, die dies und jenes versprachen, Dolche von Königen und so weiter. Gab man nicht acht, konnte man leicht übers Ohr gehauen werden.

Das nächste Problem der überwältigenden Vielfalt des Marktes waren die Diebesbanden, die meist dann zuschlugen, wenn ihre Opfer vor Staunen und Faszination nicht mehr auf ihre Geldbörsen achteten. Diesen Fehler machte Miranda nicht. Von klein auf hatte ihre Mutter sie gelehrt, gut auf ihr Geld aufzupassen, den Beutel stets dicht am Körper zu tragen, sich ständig zu vergewissern, dass er noch war, wo sie ihn verstaut hatte.

»Kirschen, brauner Zucker, Zimt, Mohn«, murmelte sie die Liste ihrer Mutter vor sich hin, während sie sich zwischen schwitzenden Leibern hindurchdrängte. Zum Glück kannte sie den Markt gut genug, um zu wissen, wo sie was finden konnte, und die meisten der Händler und Händlerinnen kannten sie gut genug, um zu wissen, was sie brauchte, wenn sie an ihren Stand kam.

So auch heute. Trotz alledem dauerte es eine halbe Ewigkeit, ehe Mirandas Korb voll und die Liste in ihrem Kopf abgearbeitet war. Nun klebte ihr die helle Sommerbluse endgültig am Rücken und Strähnen ihrer schwarzen Haare hatten sich aus ihrem Zopf gelöst.

Als sie sich endlich aus dem Pulk geschoben hatte, nicht mehr Ellenbogen zwischen den Rippen oder Absätze auf ihren Füßen spürte, sondern Freiheit, stieß sie erleichtert Luft aus. Ihr nächstes Ziel war der idyllische Platz am Ende der Händlerstraße. Denn dessen Zentrum zierte ein riesiger Brunnen, aus dessen Steinstatuen kaltes Wasser plätscherte. Fünf Minuten Pause würde sie sich gönnen, ehe sie in die Bäckerei zurückkehrte.

Von Idylle konnte an diesem Tag allerdings keine Rede sein. Bereits von Weitem vernahm sie das Kreischen etlicher Kinderstimmen. Normalerweise war das Baden im Brunnen verboten, aber die Männer und Frauen der Wächtergarde ignorierten das fröhliche Plantschen an diesem heißen Tag gekonnt. Vermutlich wünschten sie sich selbst ins Wasser springen zu können, so sehr mussten sie in ihrer hochgeschlossenen Uniform schwitzen. Miranda beneidete sie nicht um ihre Arbeit, auch wenn ihre eigenen Aufgaben in der Bäckerei nicht weniger anstrengend waren. Zumindest hatte sie ihren Spaß daran, Kunden zu bedienen, beim Backen zu helfen und zwischendurch Kuchen naschen zu können. Nichtsdestoweniger würde sie bei dieser Hitze am liebsten überhaupt nichts tun wollen.

Mit einem Seufzen stellte sie den schweren Korb auf dem breiten Brunnenrand ab, raffte den Saum ihres Rocks, streifte ihre Schuhe ab und kühlte ihre Füße im klaren Wasser. Es war eine Wohltat durch und durch. Reglos blieb sie einfach so stehen, lauschte dem Kinderlachen, dem Plauschen der Mütter sowie dem regelmäßigen Sprudeln des Brunnens.

Irgendwann – es waren ganz sicher mehr als fünf Minuten vergangen – beschloss sie schweren Herzens, dass es Zeit war zu gehen. Sie drehte sich um und sah sich einer ihr sehr vertrauten Person gegenüber, die sich gerade eine Kirsche aus ihrem Korb stibitzt hatte.

»Wie viele hast du schon gegessen?«, wollte sie wissen.

»Ach, nur so drei oder vier. Vielleicht auch fünf oder sechs.« Elainia Larodres grinste. »Sie haben einfach zu verlockend ausgeschaut und du hast mich nicht bemerkt. Also habe ich die Gelegenheit beim Schopfe gepackt.«

»Du hättest dich bemerkbar machen können«, erwiderte Miranda halb im Ernst, halb belustigt.

»Dann hätte ich aber weniger Kirschen abgekriegt.«

»Umso besser. Die sind nämlich für meine Mutter.«

»Macht sie wieder ihren himmlischen Kirschkuchen?«

»Ich weiß es nicht. Im Moment geht bei ihr nämlich alles drunter und drüber. Ich sollte übrigens auch langsam zurückgehen. Meine Mutter ist ziemlich unausstehlich geworden«, berichtete sie, während sie aus dem Brunnen stieg und in ihre Schuhe schlüpfte. »Sie kommandiert jeden herum, alles muss hervorragend sein. Bis auf die letzte Zuckerperle. Und gewissermaßen ist das deine Schuld.« Sie warf ihrer Freundin einen vielsagenden Blick zu.

Elainia hakte sich bei ihr unter und gemeinsam ließen sie den Brunnen hinter sich. »Was? Ich wasche meine Hände in Unschuld. Ich habe nur zufällig vor meiner Schwester erwähnt, dass eure Torten die besten der Stadt sind. Außerdem weiß das doch sowieso jeder. Und dass sie den Prinzen gleich dazu überredet, euch die Kuchen für seinen Geburtstagsball backen zu lassen, konnte ich absolut nicht ahnen.«

»Und das soll ich dir glauben, was?«

Elainia lachte. »Ich würde mir vermutlich auch nicht glauben. Sieh es positiv. Ihr werdet euch nach dem Ball vor Kundschaft nicht mehr retten können.«

»Die Mutter stehe mir bei«, stöhnte Miranda. »Dann werde ich Elandria wohl verlassen müssen. Oder am besten gleich Fandoria. Meine Mutter wird mich sonst in den Wahnsinn treiben.«

»Jetzt wirst du melodramatisch.«

»Gut, du hast recht. Ich sollte am besten direkt verschwinden. Je eher, desto besser.«

»Dann wirst du aber nie erfahren, ob ich offiziell Magierin der Königinnengarde werde. Könntest du damit leben?«

»Elainia Larodres, diese Frage zwingt mich all meine Fluchtpläne über Bord zu werfen. Natürlich will ich erleben, wie du von der Königin persönlich in die Garde berufen wirst. Nichts würde mir ferner liegen, als das zu verpassen.« Sie schenkte ihrer besten Freundin ein Lächeln. Doch zu ihrer Überraschung erwiderte Elainia es nicht. Stattdessen machte sie einen ziemlich unglücklichen Eindruck. Sorge stieg in Miranda auf und ließ den Schalk von eben verpuffen. »Was ist los?« Sie konnte förmlich sehen, wie ihre Freundin mit sich rang. Irgendetwas quälte sie. »Raus damit, Ela. Egal, was es ist.«

»Eigentlich hatte ich meiner Mutter versprochen, Stillschweigen zu bewahren ...« Sie brach ab, ehe die Neuigkeit aus ihr herausplatzte: »Ondina Jarna ist heute am *Grauen Tod* erkrankt.«

Miranda erstarrte. Selbst als gewöhnliche Bürgerin von Elandria kannte sie die ehemalige Anführerin der Königinnengarde. Sei es auch nur aus den zahlreichen Geschichten, die von ihrem Kampf gegen ein Dutzend abtrünnig gewordener Palastwachen berichteten, die Königin Cierra im Schlaf hatten ermorden wollen. Keiner von ihnen hatte es ansatzweise in ihre Nähe geschafft. Sie alle hatten ihren Verrat mit dem Tod durch Ondina Jarnas Klinge bezahlt. Alle zwölf hatte sie umgebracht. In mondloser Finsternis. Ohne zu zögern, ohne Gnade. Dabei hatte sie eine solch schwere Beinverletzung davongetragen, dass es ihr unmöglich geworden war, weiterhin für die Königinnengarde zu arbeiten. Dieser Teil wurde in den Geschichten entweder ganz weggelassen oder so sehr ausgeschmückt, dass er absolut unglaubwürdig wurde. Diese Frau war eine Legende. Bereits jetzt.

»Das ist schrecklich«, brachte sie hervor.

»Es kommt noch besser.« Elainia wischte sich den Schweiß der Sommerhitze von der Stirn, senkte die Stimme. »Dunia Gira, die Palastheilerin, besitzt ein Heilmittel.«

Miranda öffnete den Mund und schloss ihn gleich darauf. Sich bewusst, dass sie aussehen musste wie ein Fisch, starrte sie ihre Freundin an. Fassungslos. Ungläubig.

»Kannst du das wiederholen?«

Elainia nickte und zog sie in eine etwas weniger belebte Gasse.

»Es gibt ein Heilmittel. Ich war dabei, als Dunia Direktorin Jarna vorhin davon erzählt hat. Und damit habe ich dir gerade das wohl am besten gehütete Geheimnis der Königsfamilie verraten.« Sie schnaubte.

Mirandas Auffassungsgabe schien sich in eine Schnecke verwandelt zu haben, denn sie begriff rein gar nichts. Ein Heilmittel für den *Grauen Tod* existierte nicht. Hatte nie existiert. Nur hatte Ela gerade das Gegenteil behauptet.

»Aber wie?«, stammelte sie.

»Es ist ein einziges Fläschchen mit dem Extrakt der Feuerblume. Einer Pflanze mit leuchtend roter Blüte, die nach innen erst orange dann gelb wird und deren Essenz den *Grauen Tod* besiegt. Allerdings gilt die Blume als ausgestorben. Und genau da liegt das Problem. Dieses eine Fläschchen ist einzig der Königsfamilie vorbehalten. Nur glaubt Dunia, dass die Königin ihr erlauben würde, Direktorin Jarna damit zu heilen.«

»Weil sie ihr damals das Leben gerettet hat«, vervollständigte Miranda langsam.

Elainia nickte. »Und weil sie viel zu wichtig für die Königinnengarde ist. Vor allem so kurz vor den Prüfungen. Aber Direktorin Jarna weigert sich.«

»Sie möchte nicht bevorzugt behandelt werden. Nicht, wenn täglich Menschen am *Grauen Tod* sterben.«

»So ist es. Sie ist sogar so weit gegangen, Dunia anzuweisen, die Essenz zu vernichten.«

Ein ungläubiger Laut entfuhr Miranda, während sie gleichzeitig nachzuvollziehen begann. Sollte bekannt werden, dass dieses Heilmittel existierte, würde es wer weiß wie viele verzweifelte Seelen geben, die es mit aller Macht in ihre Gewalt bringen wollen würden. Was unnötige Unruhen in der Stadt auslösen würde. Miranda wusste besser als jede andere, was es hieß, einen geliebten Menschen an die Seuche zu verlieren. Was sie nicht alles gegeben hätte, um ihren Vater zu retten. Verzweiflung und Hoffnung waren ein gefährliches Gemisch.

»Jedenfalls herrscht ziemliche Anspannung zwischen Dunia, Ondina, meiner Mutter und Magistra Sharla. Viel Zeit, um eine Entscheidung zu treffen, bleibt ihnen jedoch nicht, denn sonst ist die Krankheit schneller.« Ela seufzte.

»Und was ist mit dir?«, hakte Miranda nach. »Welchen Weg würdest du wollen, den sie einschlagen?«

Ein weiteres Seufzen. »Ich bin nicht sicher. Nein, ich weiß, dass ich nicht möchte, dass sie stirbt. Die anderen Anwärterinnen und ich brauchen sie. Meine Mutter braucht sie, auch wenn sie das offen niemals zugeben würde. Und von Magistra Sharla will ich gar nicht erst anfangen. Sie würde vor Trauer sicherlich sämtliche Gifte und Gegengifte vertauschen, was uns bestimmt nicht sonderlich gut bekäme.«

Mira merkte, wie sehr ihre Freundin versuchte sich ihre Unsicherheit und Sorge nicht anmerken zu lassen. Aber sie schwangen dennoch in jedem Wort mit.

»Dir ist nicht zufällig bekannt, wie sie sich anstecken konnte?«

»Zufällig ist mir das bekannt. Krähenblut.«

»Bei der Mutter, ich hasse diese Viecher.« Auf Miras Fluch hin stoben prompt vier der schwarzgrau gefiederten Vögel laut krächzend von einer Wäscheleine auf, die quer über die Gasse gespannt war. Unheimlich. Ein Schauer lief ihr über den Rücken.

»Ich fange an, es dir gleichzutun«, brummte Elainia, während sie den Krähen hinterherblickte. »Doch genug davon. Ich brauche jetzt dringend etwas Süßes für meine Nerven.«

Dem konnte Miranda nur zustimmen. Den Weg zurück plauderten sie über Belanglosigkeiten wie das heiße Wetter und den Geburtstagsball des Prinzen. So richtig bei der Sache waren sie allerdings beide nicht. Zumindest bis zu dem Moment, in dem in der Ferne bedrohliches Glockengeläut ertönte. Elainia blieb mit gerunzelter Stirn stehen und blähte die Nasenflügel. »Riechst du das?«

Mira, die ebenfalls innegehalten hatte, nickte. »Irgendwo brennt es.«

Ohne sich abgesprochen zu haben, setzten sie sich gleichzeitig wieder in Bewegung und hasteten die wenigen Gassen entlang, die sie von ihrem Ziel trennten. Noch bevor sie die Bäckerei erreichten, hörten sie die Rufe. Gebrüllte Befehle. Es stank furchtbar nach Qualm. In Mira zog sich alles vor Furcht zusammen.

»Bitte nicht die Bäckerei«, murmelte sie. »Bitte nicht.« Ihr Herz raste, ehe es für einen Moment zu schlagen aufhörte. Sie sah nur schwarzen Rauch, eine Menschenmenge, die sich auf der Straße gegenüber ihrer Bäckerei versammelt hatte, Frauen und Männer der Stadtwächtergarde, die die Schaulustigen auf Abstand hielten.

»Nein.« Mehr brachte sie nicht über die Lippen. »Nein.«

Elainia schob sich in ihr Sichtfeld. Sie war blass um die Nase. »Kannst du deine Mutter irgendwo sehen? Eure Angestellten? Tarian?«

Ihre Fragen bewirkten, dass ein Teil der Lähmung von Miranda abfiel. Nur, um von Panik ersetzt zu werden. Gehetzt flog ihr Blick über die umstehenden Menschen. Suchte nach irgendeiner vertrauten Gestalt und fand sie in Alia, Korta und Janu. Ihre Beine trugen sie wie von selbst zu den dreien hinüber. Korta hielt Alia im Arm. Sie alle waren rußverschmiert.

»Wo ist meine Mutter? Wo ist Tarian?«, stieß sie hervor. Atemlos, hektisch.

Alia schluchzte leise auf, Korta senkte die Lider. Janu hielt als Einziger mit gequälter Miene ihrem Blick stand.

»Wo. Sind. Sie?« Sie packte den jungen Mann an den Schultern, bereit ihn so lange zu schütteln, bis er ihr eine Antwort gab. Eine Antwort, die nicht beinhaltete, dass die beiden sich noch in dem brennenden Haus befanden.

»Mira, es tut mir leid«, presste er hervor.

Sie wollte es nicht hören. Ihr Verstand weigerte sich, es zu begreifen. Erst als er ein leises Stöhnen ausstieß, registrierte sie, wie fest sie ihre Nägel in seine Schultern gebohrt hatte. Ruckartig ließ sie ihn los, wirbelte herum. Alles, was sie sah, war die Bäckerei. Der Gedanke, dass ihre Mutter und Tarian dort drinnen waren, hilflos den Flammen ausgesetzt, dem Qualm, der Hitze, brachte ihr Blut zum Rauschen. Und niemand schien Anstalten zu machen zu helfen. Sie rannte los, hielt geradewegs auf das bedrohliche Knacken, Knistern und Tosen zu.

»Mira, nein!« Jemand riss sie zurück. Elainia. »Du kannst da nicht rein!«

Und ob sie das konnte. Sie versuchte sich dem Griff ihrer Freundin zu entwinden, doch diese packte nur noch fester zu.

»Ich werde nicht zulassen, dass du dich umbringst. Hilfe ist bereits unterwegs. Ich habe mit einem Wächter gesprochen. Es kann nicht mehr lange dauern.«

Die Worte erreichten Miras Gehör, aber ihr Gehirn wollte sie nicht verarbeiten. Mit aller Kraft kämpfte sie gegen Elainias erbarmungslosen Griff an, wollte brüllen, sie von sich stoßen. Warum war ihre Freundin so ruhig? Warum blieb sie so gelassen? Und warum fühlte Miras Herz sich an, als würde es gleich zerbrechen?

Als ein Teil der Bäckerei unter ohrenbetäubendem Krachen in sich zusammenstürzte, schrie sie auf. Beißender Qualm stob in den Himmel, Splitter und Funken flogen, Asche regnete auf sie nieder. Sie schrie nach ihrer Mutter, schrie Tarians Namen, lehnte sich gegen Elainias Arme, die sie von hinten fest umschlungen hielten. Und mit einem Mal flaute ihre Panik ab, die Angst löste ihre spitzen Klauen aus ihrem Herzen, der Druck auf ihre Brust verschwand. Ihre Gegenwehr erschlaffte. Es war falsch. So falsch. Sie sollte sich nicht geborgen und getröstet fühlen. Nicht in diesem Moment. Ihr Blick glitt über das halb zertrümmerte Haus, über die verkohlten, glühenden Holzbalken, den Rauch, die Flammen. Und sie empfand noch immer dieselbe Ruhe.

»Es tut mir leid, Mira«, hörte sie Elainia flüstern. »Es tut mir so unendlich leid.«

Kapitel 4

Ein weiterer Angriff

Elainia

Es war nicht richtig und trotzdem tat sie es. Manipulierte die Gefühle ihrer besten Freundin. Inzwischen hatte Miranda aufgehört, sich gegen sie zu wehren. Stumm hing sie in ihrer Umarmung, während um sie herum das Chaos regierte. Wie viele Hiobsbotschaften an einem Tag konnte es noch geben?

Der Wind drehte und trieb giftigen Qualm in ihre Richtung. Elainia zog Mira zurück. Ihr Hals kratzte, ihre Augen brannten. Ihre eigene Panik tobte in ihr wie ein Wirbelsturm, der ausbrechen und Verwüstung anrichten wollte, doch sie ließ ihn nicht. Kämpfte ihn nieder. Um Miras Willen. Krachend stürzte ein weiterer Teil der Bäckerei in sich zusammen. Flammen, Rauch und Asche. Mehr konnte sie nicht erkennen. Bis jemand aufschrie. Finger deuteten in den Qualm. Elainia kniff die Lider zusammen. Ein Schatten. Eine Silhouette. Ihr Herz pochte plötzlich heftiger. Konnte das sein?

»Bei den Seelen der toten Götter«, hauchte sie. Es war Tarian, der da auf die Straße stolperte. Und er trug jemanden auf den Armen.

Noch während sie sich mit Miranda in Bewegung setzte, unterbrach sie den Magiefluss zwischen ihnen. Langsam, um ihrer Freundin keinen Schock zu verpassen. Kurz bevor sie Tarian erreichten, ließ sie Mira frei. Ihre Freundin sank neben ihm zu Boden, schluchzte.

Elainia tat es ihr gleich. Tarian hustete und würgte. Er war rußverschmiert. Blut vermischte sich in seinem Gesicht mit Asche. Schlimmer allerdings traf Elainia der Anblick von Fara. Sie sah kaum mehr lebendig aus. Einzig und allein dem schwachen Glimmen ihrer Emotionen konnte Elainia entnehmen, dass sie nur bewusstlos und noch nicht tot war.

»Mama«, wisperte Miranda erstickt.

»Sie lebt«, murmelte Elainia sanft. »Sie lebt.«

***

»Die Bäckerei ist vollkommen zerstört«, berichtete ihre Mutter beim Abendessen. Sie saßen zusammen mit ihrem Vater und ihrer Schwester am großen Esstisch ihres Anwesens. Auf ihrem Teller dampfte ein Auflauf aus Kartoffeln, Basilikumsoße und Hühnchen, doch Elainia verspürte keinen Hunger. Zu sehr schlugen ihr die Ereignisse des Tages auf den Magen. »Wir können von Glück reden, dass der Brand nicht auf die umliegenden Gebäude übergegriffen hat.«

»Die Feuerwacht hat zu lange gebraucht«, entgegnete sie dumpf. »Sie hätten schneller da sein müssen.« Dann wäre vielleicht noch etwas zu retten gewesen. Mehr als nur ein paar Balken und die Steinöfen.

Ihre Mutter seufzte. »Wächterin Ophra konnte mir auch nicht erklären, warum der Trupp aufgehalten worden ist.«

»Und was wird nun aus Cassians Geburtstagsball?«, mischte Lariel sich ein. »Ohne Bäckerei fällt der Auftrag für die Torten ins Wasser.«

»Wenn das im Moment deine größte Sorge ist.« Elainia konnte den Ärger nicht aus ihrer Stimme verbannen. »Fara Durna hat fast alles verloren. Sie liegt mit schwersten Verbrennungen im Hospital, kämpft um ihr Leben und du sorgst dich um ein paar Kuchen für diesen dämlichen Ball.« Lauter als beabsichtigt ließ sie ihre Gabel auf den Tisch fallen. Immerhin besaß ihre Schwester den Anstand, zumindest ein wenig schuldbewusst dreinzuschauen.

Wie immer war ihr Vater derjenige, der die angespannte Situation entschärfte, indem er ihr sanft eine Hand auf den Unterarm legte und sie seine Ruhe spüren ließ. Ihr Herzschlag verlangsamte sich, ihr Ärger verlor an Schärfe.

»Es tut mir leid, Ela«, murmelte Lariel. »Das war das Unpassendste, was ich hätte von mir geben können.«

»Da kann ich dir nicht widersprechen.« Elainia schaffte es, ein versöhnliches Lächeln aufzusetzen. Sie wusste, wie sehr ihre Schwester unter Druck stand, denn immerhin würde sie an Mittsommer Prinz Cassian heiraten. Die beiden hatten sich bei der Vereidigungszeremonie ihrer Mutter zur Anführerin der Garde vor einigen Jahren kennengelernt und verliebt. Ein Umstand, der für Trubel gesorgt hatte, da der Prinz bereits der Tochter von Herzog Rolar Jarnes versprochen gewesen war. Dennoch hatte er diese Verbindung mit dem Segen seiner Eltern lösen dürfen und Lariel zu seiner Verlobten gemacht.

Ihr Vater nickte zufrieden, dann endlich schien auch ihre Mutter sich ein wenig zu entspannen.

Obwohl die Wogen einigermaßen geglättet waren, hielt sie es nicht viel länger im Kreis ihrer Familie aus. Sie liebte die drei von Herzen, aber genau das war der Grund, weswegen sie in Momenten wie diesen Abstand benötigte. Ihre Gefühle auszublenden, kostete sie mehr Anstrengung als bei anderen, denen sie nicht einmal ansatzweise so nahestand. Und die Mischung aus der nagenden Sorge ihrer Mutter, dem Durcheinander an Scham, Verärgerung und Unruhe ihrer Schwester sowie der gut versteckten Beunruhigung ihres Vaters war einfach zu viel für den heutigen Tag.

Minuten später entschuldigte sie sich unter dem Vorwand, sich hinlegen zu wollen, und floh förmlich aus dem Esszimmer. Doch sobald sie nicht mehr gegen die auf sie einstürmenden Emotionen ihrer Familie ankämpfen musste, kehrten ihre Gedanken prompt zu der Erkrankung ihrer Direktorin sowie dem Brand der Bäckerei zurück. Sie hatte es vorhin fast nicht übers Herz gebracht, ihre beste Freundin im Hospital allein zu lassen. So aufgelöst und durcheinander, wie sie gewesen war. Aber da Tarians Verletzungen rasch versorgt gewesen waren, war sie nicht völlig allein. Er würde zusammen mit ihr an der Seite ihrer Mutter wachen. Elainia betete, dass Fara die Nacht überstand.

In Gedanken versunken begab sie sich in das kleine Bad, das an ihr Zimmer angrenzte, erklärte ihrem Dienstmädchen, dass sie keine Hilfe benötigte, entledigte sich ihrer nach Rauch stinkenden Sachen und ließ sich ein Bad ein, von dem sie hoffte, dass es ihre verspannten Muskeln lösen und ihrem Geist ein wenig Erholung verschaffen würde. Das Lavendelöl im heißen Wasser verströmte einen angenehmen Duft und war eine Wohltat für ihren müden Körper.

Schläfrig fiel sie schließlich ins Bett, aber die schrecklichen Geschehnisse des Tages hatten sich eingebrannt und ließen sie nicht zur Ruhe kommen. Noch vor dem nächsten Morgengrauen schreckte sie aus einem Alptraum hoch und gab es schließlich auf, wieder einschlafen zu wollen. Sie packte ihre Sachen zusammen und schlich aus dem Haus. Kurz entschlossen steuerte sie das Hospital an und entdeckte zu ihrer Überraschung Mira neben dem Eingang auf einer Bank. Ihre beste Freundin trug die gleichen rußverschmierten Sachen wie gestern und ihr langes, schwarzes Haar war nur zu einem losen Zopf gebunden. Gedankenverloren starrte sie in den Himmel, der durch die ersten Sonnenstrahlen des Tages in einem warmen Orange erglühte.

»Guten Morgen«, machte sie sich bemerkbar.

Mira fuhr zusammen. »Ela? Hast du mich erschreckt. Was tust du um diese Zeit hier?«

Elainia ließ sich neben sie auf die Bank sinken. »Ich habe nicht sonderlich gut geschlafen und wollte vor dem Unterricht nach euch schauen. Wie geht es dir? Wie geht es Fara und Tarian?«

Mira seufzte schwer. Ihre Sorge war so allumfassend, dass Elainia sich nicht einmal groß anstrengen musste, um sie zu spüren. Mitfühlend ergriff sie Miras Hand und drückte sie.

Ihre Freundin schenkte ihr ein kleines Lächeln, ehe sie antwortete. »Tarian geht es schon wieder ziemlich gut. Er hatte nur einige leichte Verbrennungen und Schürfwunden. Zwar hustet er eine Menge, aber die Heilerin meinte, das würde sich legen.« Sie stockte.

»Das ist gut«, erwiderte Elainia.

»Ja.« Mira nickte. »Ja, ist es.«

»Und deine Mutter?«

»Sie ist noch nicht bei Bewusstsein. Ihre Verbrennungen sind schwerwiegend. Sie muss direkt neben dem Ursprung des Feuers gestanden haben. Die Heilerin geht von einer explosionsartigen Ausbreitung aus.«

»Ich wünschte, ich könnte irgendetwas für sie tun«, murmelte Elainia betroffen. »Ich wünschte, ich wäre nicht nur mit dieser anstrengenden Gefühlsmagie geboren. Die Blutberührung wäre so viel hilfreicher.«

»Das weiß ich wirklich zu schätzen.« Mira drückte nun ihrerseits Elainias Hand. »Aber ich muss wohl der Heilerin vertrauen, dass sie meiner Mutter hilft. Gehen wir ein Stück?«

»Gerne.«

Seite an Seite schlenderten sie durch die noch menschenleeren Gassen des Handwerksviertels, in dem auch das Hospital errichtet worden war. Hier reihten sich Werkstätten von Schuhmachern, Sattlern, Webern, Hutmachern, Steinmetzen, Buchbindern, Schlossern, Schreinern und Glasern an Schneidereien und Schmieden, aus denen bereits gedämpftes Hämmern durch die geschlossenen Tore zu hören war. Das Handwerksviertel grenzte an die Stadtmauer und bildete somit den äußersten Bezirk der Stadt, ehe sich das Handelsviertel mit dem großen Marktplatz und den vielen gepflegten Gasthäusern und Tavernen anschloss. Dieses ging nahtlos ins Adelsviertel über, wo Gärten die Straßen säumten und der Reichtum Elandrias nicht nur aus fein geputzten Fassaden sprach, sondern vor allem aus prunkvoll verzierten Balkonen, Fensterrahmen und Vorgärten sowie der Universität mit ihrer Bibliothek. Das Herz der Stadt bildete natürlich der Palast samt Gardequartier und Altem Kloster gleich nebendran.

Als Miranda abrupt stehen blieb, bemerkte Elainia, wohin ihr Weg sie geführt hatte. Vor ihnen ragten die verkohlten Grundmauern der Bäckerei auf. Eine Absperrung hielt neugierige Kinder von dem Unglücksort fern. Elainia wurde das Herz schwer, als sie die Trauer spürte, die von ihrer besten Freundin ausging.

»Wie konnte das nur passieren?«, murmelte Mira mit belegter Stimme.

Elainia strich ihr sanft über den Rücken. »Erinnerst du dich an den Tag, als du mich Fara vorgestellt hast?«

»Natürlich.« Miras Mundwinkel wanderten in die Höhe. »Sie wollte dir unbedingt einen Kuchen schenken, als sie gehört hat, dass du Amanda Larodres' Tochter bist, aber du hast hartnäckig darauf bestanden, ihn zu bezahlen.«

»Weil ehrliche und so wundervolle Arbeit wie die eure angemessen belohnt werden sollte. Eure Bäckerei war wie ein zweites Zuhause für mich und ich werde mich mit Leib und Seele dafür einsetzen, dass sie so schnell wie möglich wieder aufgebaut wird. Und wenn ich dafür zu Aja, Amun und Noraja beten muss.«

Mira lachte und schniefte gleichzeitig. »Ela, Aja, Amun und Noraja sind tot. Die Götter können uns wahrlich nicht mehr helfen.«

»Es gibt immer noch vereinzelt Tempel, die ihnen huldigen«, hielt Elainia dagegen.

»Und wenn auf den Akademien nicht gelehrt werden würde, wer unseren Kontinent vor Jahrtausenden geschaffen hat, würde sich wohl niemand mehr an Aja, die Gebieterin der Sonne, des Lichts und des Lebens, unsere ›Mutter‹«, Mira zeichnete mit den Fingern Anführungsstriche in die Luft, »ihren Gemahl Amun, den Gebieter über Mond, Sterne, Schatten und Tod und ihre Tochter Noraja, die Gebieterin über die vier Elemente, erinnern.«

»Da kann ich nicht widersprechen. Sehr gut rezitiert übrigens.«

»Danke sehr.« Für einen Moment kehrte das kecke Funkeln in Miras Augen zurück, ehe es beim nächsten Blick auf die Trümmer ihres Zuhauses erlosch.

»Wollen wir zurückgehen?«, erkundigte Elainia sich.

Mira nickte nur.

»Dann komm. Es wird sowieso Zeit, dass ich zum Alten Kloster aufbreche und mich quälen lasse.«

»Sei ehrlich, Ela, eigentlich genießt du das Gequältwerden. Sonst hättest du dich niemals freiwillig entschieden, die Ausbildung zu machen. Immerhin wusstest du genau, was dich erwarten würde.«

»Mit zwölf hat meine Euphorie überwogen und ich habe die Erzählungen meiner Mutter für vollkommen übertrieben gehalten.«

»Und doch würdest du eher die Wochenenden mit zusätzlichem Unterricht verbringen, als dich auf einen der vielen, meist gut aussehenden Kerle einzulassen, die dir regelmäßig Avancen machen, sobald wir bei Ajola tanzen.« Vielsagend hob Mira die Augenbrauen.

Elainia grinste. »Da hast du absolut recht.«

***

Avis

»Und du kommst aus Kronda?«

Avis nickte abwesend, während er versuchte dem Gespräch am Nachbartisch zu folgen, das ihn im Moment bei Weitem mehr interessierte als diese neugierige Wandlerin, die sich unaufgefordert zu ihm an die Theke gesetzt hatte. Seitdem löcherte sie ihn mit Fragen, die er so einsilbig wie möglich beantwortete, in der Hoffnung, sie würde irgendwann gelangweilt sein und von selbst verschwinden. Was sie zu seinem Verdruss aber nicht tat. Es schien sie einfach nicht zu stören, dass er kurz angebunden war und sein Blick immer wieder abschweifte. Diesmal zu den beiden Männern, die unweit der Theke beisammensaßen, jeder ein Glas schäumendes Bier vor sich, die Gesichter gerötet von der Hitze, die im Gastraum der Taverne herrschte.

Soweit er bis jetzt hatte verstehen können, unterhielten sie sich über den großen Brand von vor drei Tagen. Er hatte die Glocke gehört und den schwarzen Qualm vom Fenster seines kleinen gemieteten Zimmers aus sehen können.

»Wächterin Ophra ... Brandstiftung gewesen ... Magie im Spiel«, schnappte er auf, bevor die junge Wandlerin neben ihm eine weitere Salve an Fragen auf ihn abfeuerte.

»Weißt du was, aber vielleicht solltest du dir andere Gesellschaft suchen«, unterbrach er ihren Wortschwall. »Ich bin gerade nicht in der Stimmung.«

Sie verstummte, runzelte die Stirn, ehe sie mit den Schultern zuckte. »Habs sowieso nicht so mit Feen.« Damit griff sie nach ihrem Glas, glitt vom Hocker und marschierte davon.

Irritiert starrte Avis ihr hinterher. Das war überraschend einfach gewesen. Und doch kam er nicht umhin sich zu fragen, warum sie ihn dann überhaupt angesprochen hatte. Immerhin hatte er jetzt endlich seine Ruhe. Also konzentrierte er sich wieder auf die beiden Männer.

»... habe mich im Hospital nach Fara erkundigt. Laut der Heilerin, die ich angetroffen habe, hat sie das Schlimmste überstanden.«

»Das sind gute Neuigkeiten.«

Sie stießen an und tranken. Avis tat es ihnen gleich, nahm einen großen

Schluck aus seinem noch fast vollen Glas und dachte nach. Seit er vor knapp einer Woche nach Elandria gekommen war, war die glanzvolle Vorstellung dieser Stadt, die er seit seiner Kindheit im Kopf gehabt hatte, deutlich abgestumpft. Die Abende im Schankraum der Taverne hatten ihm ein aufschlussreiches Bild der Probleme geliefert, mit denen die Bürger hier zu kämpfen hatten. Eine tödliche Seuche, für die es seit Jahrhunderten kein Heilmittel zu geben schien, ein Attentäter, der es auf Magier abgesehen hatte, und nun der offensichtlich absichtlich gelegte Brand in einer geachteten Bäckerei, von der nur noch die Grundfesten existierten.

»Der Mutter sei gedankt«, mischte eine ältere Frau sich in die Unterhaltung der Männer ein. »Aber ich sage euch, das war ein Akt puren Neids.«

»Was meint Ihr?«

»Es heißt, Fara Durna hätte vom Prinzen persönlich den Auftrag bekommen, die Torten für seinen Geburtstagsball zu backen. Diese Ehre ist noch nie einer Bäckerei des gewöhnlichen Fußvolks zuteilgeworden. Nicht, soweit ich zurückdenken kann und das sind immerhin stolze siebzig Jahre.« Sie hob vielsagend die dünnen Brauen, sodass sich weitere Falten auf ihrer Stirn bildeten.

»Möglich«, erwiderte einer der Männer.

»Eine plausible Erklärung«, stimmte der zweite zu.

Was sie dann sagten, konnte Avis nicht mehr verstehen, denn die Musiker beendeten ihre Pause und kurz darauf ertönte der fröhliche Klang von Fiedeln und Flöten. Tische wurden beiseitegeschoben, Stühle gerückt und die ersten Paare begannen über die improvisierte Tanzfläche zu wirbeln.

Avis blieb, wo er war, ließ sich vom Gelächter, dem Alkohol, der langsam in sein Blut überging, sowie der stickigen Hitze einlullen, ehe es ihm schließlich zu viel wurde. Rasch packte er der Wirtin die Münzen für seine Getränke auf den Tresen, zog die Flügel an und bahnte sich seinen Weg durch die fröhliche, halb betrunkene Meute in Richtung Treppe. Sein Zimmer lag im ersten Stock, allerdings ganz am Ende des Ganges, sodass er vom Lärm unten nur gedämpft etwas mitbekam. Er schloss die Tür hinter sich ab, öffnete das schmale Fenster, um wenigstens ein wenig frische Luft in den Raum zu bekommen, und widmete sich dem, was ihm bereits in den letzten Nächten den Schlaf geraubt hatte: der Suche nach einer Lösung. Doch auch das letzte Buch seiner zusammengetragenen Sammlung enthüllte ihm nicht das, was er wissen wollte. Ja, sogar wissen musste, denn sonst war es irgendwann zu spät.

Ein Blick aus dem Fenster verriet ihm, dass die Sonne längst hinter den Häusern der Stadt versunken war, die Öllampe auf seinem Nachttisch flackerte ruhig. Frustriert beförderte er das Buch zu den anderen auf den Boden, drehte sich auf den Rücken, löschte die Lichter und streckte seine müden Knochen. Nichts. Nichts, das auch nur ansatzweise in die richtige Richtung ging. Was für eine unsagbare Zeitverschwendung.

Bevor er sich jedoch über sein weiteres Vorgehen Gedanken machen konnte, überwältigte ihn der so dringend benötigte Schlaf – der jedoch nicht allzu lange währte. Bereits vor den ersten Sonnenstrahlen wurde er wach. Das Fenster stand noch immer weit offen, er trug dieselben Sachen wie am Tag davor und dem Tag davor. Außerdem knurrte sein Magen. Gerädert stieg er aus dem Bett, fuhr sich mit den Fingern nachlässig durch die braunen Haare und verließ das Zimmer. Die Taverne war wie leergefegt, im Gastraum herrschte wieder Ordnung. Das musste man der Wirtin lassen. Sie kümmerte sich gut um ihr Geschäft.

Sobald er auf der Pflasterstraße stand, entfaltete er seine Flügel, genoss das Gefühl der frischen Morgenluft, die die schimmernde Membran einhüllte und lockerte seine Muskeln. Dann stieß er sich ab und beobachtete, wie die Häuser unter ihm langsam kleiner wurden. So früh am Morgen hatte er den Himmel über Elandria vollkommen für sich allein. Je später es werden würde, desto mehr Feen würde er begegnen. Also musste er die Zeit nutzen.

Er wandte sich nach rechts, bis er in der Ferne die goldenen Türme des Palastes aufblitzen sah. Ohne weiter darüber nachzudenken, schoss er voran. Der Wind zerrte an seiner Kleidung, er presste die Arme eng an den Körper, um den Luftwiderstand zu verringern, und beschleunigte sein Tempo etwas mehr. Endlich hörte das Gedankenkarussell in seinem Kopf auf sich zu drehen. Was blieb, war eine wunderbare Leere und das intensive Gefühl von Freiheit. Auch wenn es ihn an die Zeit mit seinem Adoptivbruder erinnerte, als sie noch gemeinsam über die Baumwipfel von Kronda gejagt waren. Leichtsinnig, sorglos und verwegen.

Hastig verdrängte er die längst vergangenen Bilder und konzentrierte sich stattdessen auf das, was vor ihm lag. Elandria im warmen Licht der aufgehenden Sonne und der Palast, der rasant näher kam. Kurz bevor er jedoch mit dem höchsten Turm kollidierte, drehte er scharf nach links ab. Grinsend verharrte er in der Luft. Beim ersten Versuch dieses Manövers hatte er die Kurve falsch abgeschätzt und schmerzhaft Begegnung mit dem Dach gemacht. Die blauen Flecken waren bis jetzt nicht ganz verheilt.

Deutlich gemäßigteren Tempos machte er sich auf den Rückweg. Das letzte bisschen Müdigkeit hatte sich verabschiedet, sodass er sich trotz der wenigen Stunden Schlaf frisch und energiegeladen fühlte. Bereit für einen weiteren Tag in der Bibliothek. Vielleicht sollte er sich bei dem freundlichen Bibliothekar nach Antiquariaten erkundigen. Die Wahrscheinlichkeit, dort auf noch ältere Exemplare zu stoßen, die ihm tatsächlich weiterhelfen konnten, war hier um einiges höher. Zuallererst würde er sich jedoch ein ausgiebiges Frühstück genehmigen.

Zufrieden mit seinem Plan ließ er den Blick über die unter ihm liegenden Straßen schweifen, die sich nach und nach mit Leben füllten. Hufgetrappel schallte zu ihm hinauf, Wagenräder holperten über das Pflaster. Als er über eine weitere Häuserreihe schwebte, zog plötzlich etwas seine Aufmerksamkeit auf sich. Instinktiv sank er tiefer, sich gleichzeitig wohl bewusst, dass er sich eigentlich geschworen hatte, sich von Konflikten jeglicher Art fernzuhalten. Doch das Schlimmste schien wohl schon vorüber zu sein, denn einer der zwei Menschen, die in der schmalen Seitengasse miteinander gerungen hatten, war inzwischen nicht mehr zu sehen. Sicherlich war sie längst im größer werdenden Gedränge der Hauptstraßen untergetaucht. Als jedoch die andere Gestalt keine Anstalten machte, sich zu bewegen, siegte sein anerzogener Drang zu helfen über die leise Stimme in seinem Hinterkopf, die ihm riet, einfach davonzufliegen. Also sank er noch tiefer und landete nur wenige Fuß von der Gestalt entfernt in der Gasse.

Ihm fielen gleich mehrere Dinge auf, die sein Herz schneller schlagen ließen.

Die Frau gehörte zur Garde der Königin. Das verrieten ihre weiße Uniform mit den eisenverstärkten, schwarzen Lederarmschienen, der breite, schwarze Gürtel für Schwert und Dolche, aber vor allem der schwarze Umhang mit der weißen Wölfin der Familie Orles drauf. Nur dass die Uniform nicht länger weiß war, sondern staubig grau. Ihre Besitzerin lag auf der Seite, die dunklen Locken wirkten zerzaust, ihre Hände drückte sie auf ihre Taille.

Er ging neben ihr auf die Knie, registrierte das Blut, das zwischen ihren Fingern hervorquoll, sah ihr ins Gesicht. Ihre Augen waren geöffnet, Schmerz lag in ihrem Blick und noch etwas anderes. Eine unbändige Entschlossenheit. Und Wut.

»Folge ihm«, presste sie hervor. »Deine Flügel … du bist schneller. Diese Morde müssen aufhören.«

»Wie bitte?« Avis glaubte sich verhört zu haben. Sie verlangte von ihm denjenigen zu jagen, der sie niedergestochen hatte? Eine Magierin der Königinnengarde? Anstatt ihr zu helfen?

Stöhnend stemmte sie sich hoch, rutschte ein Stück über den Boden, ehe sie mit dem Rücken gegen eine Hauswand sackte. Ihr Brustkorb hob und senkte sich angestrengt.

»Ihr braucht Hilfe«, entgegnete er energisch. Sein Versuch, sich ihre Wunde anzuschauen, scheiterte, als sie ihre blutigen Finger urplötzlich um sein Handgelenk schlang. Bei der Mutter, die Frau war stark.

»Folge ihm. Beobachte, wo er hinwill. Unauffällig. Na los. Hilfe für mich wird kommen.« Ihr Blick war gnadenlos.

Sie meinte es wirklich ernst. Wie verzweifelt musste sie ihren Angreifer erwischen wollen, wenn sie einen Zivilisten wie ihn hinterherschickte? Also nickte er und sie ließ ihn los. Er war verdammt noch mal zu gutmütig. Warum hatte er nicht Nein gesagt und war verschwunden?

»Melde dich … am Palast, um Bericht zu erstatten. Man wird dich empfangen. Er ist nach Norden geflohen.« Ihr Atem stockte, ihre Lider flatterten.

Es behagte Avis überhaupt nicht, sie in diesem Zustand hier allein zu lassen. In dieser dämmrigen Gasse. Andererseits … was hatte er zu verlieren? Sie würde wissen, was sie tat.

Trotzdem meldete sich sein schlechtes Gewissen, als er sich aufrichtete, mit den Flügeln zu schlagen begann und rasch höher in den Himmel stieg. So viel zu seinem großartigen Tagesplan. Das Ganze war völlig unsinnig. Wer auch immer sie angegriffen hatte, war auf und davon. Dennoch schwebte er höher, den Blick fest auf den Boden gerichtet. Sobald die Gasse sich mit einer breiteren Straße kreuzte, war ihm klar, dass er den Angreifer niemals finden würde. Es sei denn ...

»Das darf nicht wahr sein«, stöhnte er, als er eine dunkel gekleidete Gestalt zwischen drei Häusern in einem kahlen Hinterhof entdeckte, die gerade einen Kanaldeckel zur Seite schob und sich in das schwarze Loch drängte. Er war eine Fee, verdammt! Wenn es eines gab, das er verabscheute, dann waren es unterirdische Gänge. Leider war inzwischen sein Ehrgeiz geweckt und ein Zurück mehr als unmöglich. Also ging er in den Sinkflug, den Eingang zur Kanalisation entschlossen im Blick.

Kapitel 5

Schlechte Neuigkeiten

Elainia

Drei Tage waren vergangen, seit Magistra Sharla Direktorin Jarnas Posten vorrübergehend übernommen hatte. Drei Tage, die Elainia damit verbracht hatte, den Unterricht zu überstehen, der auf einmal endlos schien, und Mira im Hospital zu besuchen. Ihren freien Vormittag verbrachte sie lesend im Quartier der Garde, um auf die Rückkehr ihrer Mutter zu warten, die laut Fria irgendwo in der Stadt unterwegs war. Es herrschte angenehme Stille, denn die meisten Gardistinnen befanden sich bereits im Dienst. Umso stärker zuckte sie zusammen, als die gewaltige Flügeltür so heftig aufgestoßen wurde, als hätte jemand mit Magie nachgeholfen. Sie ließ ihre eher weniger spannende Lektüre über die Legenden der Oras sinken, runzelte die Stirn und beobachtete den kleinen Trupp Magierinnen, der zielstrebig den Eingangsbereich durchquerte. Ihr Blick fiel auf die Bahre zwischen ihnen. Sie wusste genau, was sie sah und doch wollte ihr Verstand es nicht begreifen. Als es dann so weit war, gefror ihr das Blut in den Adern.

»Mutter.« Hastig sprang sie von ihrem Platz auf der Mauer nahe der Treppe und lief mit rasendem Herzen auf die Gruppe zu. Ein Blick in Roxanas dunkle Augen genügte, um Elainia spüren zu lassen, wie viel Furcht, Wut und Sorge in der Stellvertreterin ihrer Mutter tobten. Eilig unterbrach sie die Verbindung, drängte ihre Magie zurück und zwang ihre eigene Angst beiseite.

»Was ist passiert?«

»Sie wurde angegriffen. Hinterrücks und feige.« Roxanas Stimme klang gepresst vor Zorn. »Unsere Fiducia-Verbindung hat mich merken lassen, dass ihr etwas zugestoßen ist. Ich bin sofort los, um sie zu suchen.«

Während sie die breite Treppe hinaufeilten, dankte Elainia wieder einmal den alten Göttern für das mentale und emotionale, magische Band, das ihre Mutter und Roxana miteinander teilten. Dieses ermöglichte ihnen über eine geringe Distanz hinweg eine starke mentale Kommunikation und über eine weite Distanz den Austausch von Gefühlen oder Schmerz. Es beruhte auf blindem Vertrauen und unendlicher Loyalität und konnte von jeder Gefühlsmagierin und jedem Gefühlsmagier eingegangen werden. Geschaffen durch ein heiliges Ritual, bei dem beide Partner durch Leitung einer Gefühlsmagierin erst ihre tiefsten Ängste miteinander teilten und dann mithilfe einer Blutmagierin ihr Blut mischten, konnte eine solche Verbindung ausschließlich durch den Tod selbst gelöst werden.

»Los, los, Beeilung«, trieb Roxana die Gruppe an.

Minutenlang war das Klappern von Absätzen mehrerer Stiefelpaare das einzige Geräusch, das den langen Gang zum Krankentrakt erfüllte. Elainia versuchte immer wieder einen Blick auf ihre Mutter zu erhaschen, doch die Roben der anderen Gardemitglieder nahmen ihr die Sicht.

»Dunia!«, brüllte Roxana, sobald sie das Reich der Heilerin betraten. Gleichzeitig dirigierte sie den Trupp zum nächsten Bett und ließ sie ihre Anführerin von der Bahre heben. Endlich konnte Elainia zu ihr. Der Anblick des großen Blutflecks, der sich auf dem weißen Stoff ihrer Gardeuniform ausgebreitet hatte, ihre rot glänzenden Finger, die sie auf die Wunde an der Taille gepresst hatte, sowie ihr bleiches Gesicht, das von den schwarzen Locken umrahmt noch viel blasser wirkte, erschütterten sie zutiefst. Ihre Mutter hatte die Augen geschlossen und atmete schwer.

»Wie wurde sie verletzt?«, stieß sie hervor.

»Schwarzeisenklinge.« Roxana hätte nicht finsterer klingen können.

»Doch nicht etwa der gleiche Attentäter wie …?«

»Vermutlich ja.«

»Verfluchter Krähendreck.«

»Was im Namen der Mutter ist hier eigentlich schon wieder los?« Dunia

Giras scharfer Tonfall ließ nicht nur Elainia verstummen. Auch Roxana presste die Lippen aufeinander und trat zur Seite, um der Heilerin Platz zu machen.

Als deren Blick auf die Verletzte fiel, die halb besinnungslos auf der Matratze vor ihr lag, weiteten ihre Augen sich für den Bruchteil einer Sekunde, ehe kühle Geschäftigkeit den Anflug von Schreck aus ihrer Miene vertrieb.

»Elainia und Roxana bleiben. Alle anderen verschwinden. Sofort!«

Niemand widersprach Dunia. In diesen Räumen waren ihre Worte Gesetz. Alle wussten und respektierten das. Kurz darauf fiel die Tür ins Schloss. Es wurde merklich ruhiger, nur hatte Elainia nun das Gefühl, dass jeder hier ihren wummernden Herzschlag hören musste. Denn Schwarzeisenwunden konnten nicht mit Magie geheilt werden. Mit aller Kraft unterdrückte sie die aufsteigende Panik und zog sich ans Kopfende des Bettes zurück, um nicht im Weg zu stehen.

»Wie schlimm ist es?«, fragte Roxana, während Dunia die Wunde freilegte.

Ohnmächtig starrte Elainia auf das Blut. Unablässig quoll es aus dem Stich hervor. Ihre Mutter stöhnte leise.

Währenddessen zog die Heilerin nur ein fleckenfreies Tuch von ihrem Gürtel, drückte es Roxana in die Hände und sagte: »Versuch weiter die Blutung zu stoppen. Ich hole Nähzeug.«

»Das klingt nicht gut«, bemerkte Elainia. Ihr Herz verkrampfte sich bei jedem gequälten Laut, der ihrer Mutter über die Lippen kam.

»Sie wird nicht sterben«, presste Roxana hervor. Unter ihren Händen färbte sich der weiße Stoff bereits rot.

Nein, sie durfte nicht sterben. Das kam absolut nicht infrage. Ein Leben ohne ihre Mutter konnte und wollte Elainia sich einfach nicht vorstellen.

»Wo warst du, als …« Sie beendete ihren Satz nicht. Roxana verstand sie trotzdem.

»Zu weit weg.« Ein Anflug von Schuld huschte über ihr Gesicht. »Wenn ich näher gewesen wäre …« Ihre Stimme stockte.

»Noch bin ich nicht tot.«

Elainias Blick zuckte zu ihrer Mutter, die die Lider geöffnet hatte, ihre Augen waren glasig. »Die Zeit für Schuldzuweisungen ist nicht jetzt.« Ihre

Stimme war kaum mehr als ein heiseres Flüstern, doch die Entschlossenheit darin verlieh Elainia Hoffnung. Amanda Larodres war eine Kämpferin. Sie würde sich wohl kaum von einer Stichwunde unterkriegen lassen. Einer Stichwunde, aus der weiterhin Blut drang, was die Verfärbung des Stofftuches unter Roxanas Händen deutlich bewies.

Eilige Schritte verkündeten Dunias Rückkehr. Die Heilerin zog sich den hölzernen Nachttisch heran, fegte alles darauf beiseite, ehe sie mit flinken Fingern frische Bandagen und streng riechenden Alkohol bereitlegte. Bevor Ela es sich versah, hatte sie einen Faden durch das Öhr einer Nadel gezogen, diese sterilisiert und Roxana zur Seite gescheucht.

»Ich weiß, dass du ziemlich hart im Nehmen bist, Amanda, aber das hier wird unschön. Roxana, pass auf, dass sie sich nicht zu sehr bewegt.«

»Tu es einfach«, presste Elainias Mutter hervor, ehe sie die Lippen aufeinanderdrückte, bis diese kaum mehr als eine schmale Linie bildeten.

Elainia kam sich vollkommen unnütz vor, doch sie zwang sich zu bleiben, wo sie war, und Dunia ihre Arbeit machen zu lassen. Und dass diese wirklich unschön war, bewies bereits der erste Stich, der ihre Mutter dazu brachte, sich sichtbar zu verkrampfen.

Voller Sorge biss sie sich auf die Unterlippe und verstärkte ihre inneren Mauern noch einmal, denn ansonsten würden die intensiven Gefühle ihrer Mutter sie wie eine wilde Sturmflut mitreißen. Ihr Herz pochte viel zu schnell, während sie Dunia dabei zusah, wie sie die Wunde vernähte. Die Prozedur schien eine Ewigkeit anzudauern. Als die Heilerin endlich mit blutigen Fingern den Faden verknotete, stand Roxana der Schweiß auf der Stirn und ihre Mutter sank keuchend in die Kissen. Ihre Lider flatterten.

»Ela?«

»Ja?«

»Sag deinem Vater und deiner Schwester, dass sie sich keine Sorgen machen müssen. Alles ist gut.«

Elainia nickte, obwohl überhaupt nichts gut war. Ihre Mutter war von demjenigen angegriffen worden, der bereits ein Dutzend Magier und Magierinnen auf dem Gewissen hatte und er oder sie hatte sie ernsthaft verletzt. Eine der besten Kriegermagierinnen der Stadt. Das war alles andere als gut.

Roxanas Blick verriet Ähnliches, aber auch sie schwieg.

»Schlaf jetzt, Amanda«, meinte Dunia sanft. »Du musst dich ausruhen, damit die Wunde heilen kann. Ich werde sie rasch verbinden. Wenn sie sich nicht entzündet, hast du großes Glück gehabt. Eure Fiducia-Verbindung hat dir das Leben gerettet.« Sie nickte Roxana zu.

»Meisterin Gira!«

Magistra Sharlas Ruf lenkte Elainias Aufmerksamkeit fort von ihrer Mutter. Jetzt erst fiel ihr ein, dass Direktorin Jarna nach wie vor hier lag, während die Seuche sie Tag um Tag dahinraffte. Und noch immer wehrte sie sich dagegen, dass Dunia die Königin um Erlaubnis bat, ihr das kostbare Heilmittel zu verabreichen.

Die Heilerin richtete sich auf und marschierte zu Elainias Magistra für Giftlehre hinüber.

»Ich habe lange genug mit angesehen, wie sie sich quält. Gebt es ihr«, verlangte diese sichtlich verzweifelt.

»Das kann ich nicht. Nicht ohne die Einwilligung der Königin«, erwiderte Dunia ruhig, aber bestimmt.

»Dann fragt sie im Namen der Mutter.«

»Magistra Sharla, Ondina hat deutlich gemacht, dass sie damit nicht einverstanden ist. Ich denke, Ihr solltet diese Entscheidung respektieren.«

»Das kann ich nicht«, presste die rothaarige Magistra hervor. »Ich kann nicht. Schaut sie euch doch an.«

Elainia bemühte sich nach Kräften, die Mauern um ihre Magie zu halten. Dennoch traf die Verzweiflung, die der Stimme ihrer Magistra, ihrem Blick und jeder ihrer Gesten innewohnte, ihre Abwehr wie eine Kanonenkugel.

»Ich kenne den *Grauen Tod,* Lanara. Ich kenne ihn besser als jeder Bewohner dieser Stadt. Selbst wenn wir die Königin fragen würden, ihr bleibt kaum noch Zeit. Sie würde es nicht schaffen.« Unheilvolle Stille legte sich über den Raum. »Bleibt bei ihr, verabschiedet Euch.«

Elainias Mauern splitterten weiter, bröckelten und fielen schließlich in sich zusammen. All die Emotionen, die in diesem Raum brodelten, brachen mit einem Mal über sie herein. Lanara Sharlas Entsetzen scharfkantig und spitz, ihre Trauer erstickend und tief, der pochende Schmerz ihrer Mutter gemischt mit Roxanas prickelnder Sorge und Dunias kalter Resignation. Keuchend presste sie sich die Hände auf die Brust. Hätte sie nicht gesessen, wäre sie auf die Knie gesunken. Die fremden Gefühle rissen sie mit sich, die Welt um sie herum begann zu verschwimmen.

»Elainia!« Es war Roxana, die sie an den Schultern packte, sie schüttelte und zu dem Anker wurde, den sie brauchte, um nicht vollständig im Rausch der Emotionen unterzugehen.

Wegschließen, aussperren, die Kontrolle zurückerlangen.

Es kostete sie alle geistige Kraft, die sie hatte, um genau das zu tun. Ihre Magie wegzuschließen, die Gefühle, die nicht ihre waren, auszusperren, Kontrolle zu erlangen. Über ihre Kräfte, ihren Körper, ihre Empfindungen.

Schwer atmend schlug sie die Lider auf und blickte in Roxanas dunkelbraune Augen.

»Zu viel?«, fragte diese behutsam.

Elainia nickte. »Ich muss hier raus«, flüsterte sie.

***

Miranda

»Mira?« Tarians Stimme riss sie aus dem Schlaf. Ruckartig fuhr sie hoch.

»Was?« Sofort schnellte ihr Blick zum Bett ihrer Mutter, doch die wirkte friedlich. Wenn man von den unzähligen Verbänden absah, die unter den Ärmeln des Leinenhemds hervorlugten und sich um ihren Oberkörper hinauf zu ihrem Hals wanden.

»Schon gut. Ich wollte dich nicht erschrecken.« Tarian ließ sich auf ihre harte Pritsche sinken, die sie seit vier Tagen ihr Bett nannte.

Seufzend strich sie sich die zerzausten, schwarzen Haare aus dem Gesicht. Seit sie sich hier im Hospital einquartiert hatte, um bei ihrer Mutter sein zu können, hatte sie keine Bürste geschweige denn Wasser mehr gesehen. Noch immer haftete ihnen der Gestank von Rauch an.

»Entschuldige. Es ist beinahe Mittag. Du musst etwas essen und eine Wäsche täte dir ebenfalls nicht schlecht.«

»Willst du sagen, dass ich stinke?«

»Ja. Ja, genau das will ich damit sagen. Fara ist stabil. Es ist in Ordnung, wenn du ein paar Minuten lang kein Auge auf sie wirfst.« Als sie unwillig das Gesicht verzog, legte er ihr eine Hand auf die Schulter. »Ich passe in der Zwischenzeit auf sie auf, einverstanden?«

Miranda haderte mit sich. Es stimmte, dass ihre Mutter nicht mehr in Lebensgefahr schwebte, doch sie war auch nicht zu sich gekommen, seit die Heilerin sie behandelt hatte. Und Mira wollte um jeden Preis bei ihr sein, sollte sie wach werden. Gleichzeitig musste sie zugeben, dass Tarian nicht unrecht hatte. Sie war hungrig. Ihre letzte Mahlzeit lag mindestens einen Tag zurück. Außerdem roch sie selbst, dass sie alles andere als einen lieblichen Duft verströmte.

»Na schön. Aber wenn sie aufwacht, hol mich sofort.«

»Worauf du dich verlassen kannst.«

Sobald ihr Tarian Platz gemacht hatte, schälte sie sich aus dem dünnen Laken, das ihr als Decke diente, und schlüpfte in ihre Schuhe. Rasch griff sie nach dem weißen Handtuch, das eine der Schwestern ihr hingelegt hatte, und huschte in den Gang. Keine zwei Minuten später betrat sie auch schon die Waschräume des Hospitals. Den Blick in den Spiegel vermied sie lieber gänzlich. Sie konnte sich vorstellen, wie schrecklich sie nach vier Nächten auf der harten Pritsche aussehen musste. Stattdessen schälte sie sich aus ihren verqualmten Sachen und warf sie achtlos auf den Boden. Schnell stellte sie sich unter den kalten Wasserstrahl, der aus der Decke schoss, sobald sie einen Hebel betätigt hatte. Fließendes Wasser aus der Wand war ein Luxus, den die wenigsten Gebäude von Elandria besaßen. Das Hospital war eines davon. Der Palast und das große Badehaus zwei andere. Im Palast sollte es sogar fließend warmes Wasser geben. Zuhause hatte sie Eimer für Eimer vom Brunnen holen müssen, um damit den Zuber zu füllen, der dann ihrer Mutter und ihr als Badewanne gedient hatte. Bloß dass es dieses Zuhause nicht mehr gab.

Miranda biss die Zähne zusammen, während ihre Nase zu kribbeln begann. Ein untrügliches Zeichen dafür, dass die Tränen, die sie tagelang zurückgedrängt hatte, erneut versuchten auszubrechen. Hastig legte sie den Kopf in den Nacken und ließ sich das kalte Wasser ins Gesicht laufen. Es half nur bedingt. Trotzdem griff sie nach der Seife, schrubbte jeden Millimeter ihrer Haut, um auch das letzte Staubkorn loszuwerden, und wusch ihre Haare.

Als sie endlich fertig war, spürte sie ihre Fingerspitzen kaum, ihre Haut war gerötet und sie zitterte. Dennoch fühlte sie sich um Längen besser als zuvor. In ihre schmutzige Kleidung zu steigen, kostete sie Überwindung, doch im Moment hatte sie nichts zum Wechseln und nackt durch das Hospital laufen, war keine Option. Mit noch immer feuchten Haaren kehrte sie in ihr Zimmer zurück. Überrascht stellte sie fest, dass Tarian nicht mehr allein war.

»Ela?«

Ihre beste Freundin drehte sich um. Miranda besaß zwar nicht die magische Berührung der Gefühle wie Elainia, aber sie erkannte sofort, dass etwas nicht stimmte. Unter ihrer Sonnenbräune wirkte sie blass, Aufruhr stand in ihrem Blick.

»Ich lasse euch allein.« Tarian stand auf, strich Fara flüchtig über die Wange, ehe er Miranda ein aufmunterndes Lächeln schenkte und die Tür hinter sich ins Schloss zog.

»Wie geht es ihr?«, fragte Elainia mit einem Kopfnicken zu Mirandas Mutter.

»Den Umständen entsprechend sagt die Heilerin. Wir sollen ihr Zeit geben. Bisher ist sie noch nicht aufgewacht.«

Mitgefühl trat in Elas grüne Augen, ehe sie nach Miras freier Hand griff und sie sanft drückte.

»Sie wird wieder gesund.«

Mehr als ein Nicken brachte Miranda nicht zustande.

»Ich habe dir frische Kleidung mitgebracht, die dir passen sollte.« Ela deutete auf einen Stapel Stoff, der auf ihrer Pritsche lag. »Die Fetzen hier gehören gründlich gewaschen, wenn das überhaupt ausreicht.« Sie zupfte an Miras Bluse.

»Danke dir«, erwiderte sie. »Und jetzt sagst du mir, was mit dir los ist.«

»Hast du von den Angriffen auf Magier gehört?«, wollte ihre Freundin wissen. »Von dem Attentäter, der seine Opfer mit Schwarzeisenwaffen überfällt?«

»Flüchtig.«

»Heute früh hat er meine Mutter erwischt.« Miranda sog scharf Luft ein, während Elainia fortfuhr. »Roxana hat sie dank ihrer Verbindung gerade noch rechtzeitig gefunden.«

»Das ist furchtbar«, murmelte Mira betroffen. Sie kannte Amanda Larodres durch ihre Freundschaft zu Elainia gut und bewunderte sie sehr. Als Anführerin der Königinnengarde genoss sie einen ausgezeichneten Ruf. Von ihr hatte Elainia die dicken schwarzen Locken und die athletische Figur. Nicht zu vergessen die Magie.

»Aber ich verstehe einfach nicht, wie er sie überwältigen konnte«, erhob ihre Freundin die Stimme. »Sie hätte ihn spüren müssen, bevor er überhaupt nah genug an sie herankommen konnte. Sie ist Amanda Larodres, verdammt noch mal. Und trotzdem hat er sie niedergestochen. Er muss ein Geist sein.«

»Mach dich nicht lächerlich. Es gibt keine Geister. Das ist ein Mistkerl aus Fleisch und Blut, der ganz offensichtlich etwas gegen Magier hat.«

»Du hast recht.« Elainia holte tief Luft. »Ich weiß, dass meine Mutter, Roxana, ja selbst Direktorin Jarna irgendetwas wissen. Zumindest haben sie eine Vermutung.«

»Die sie allerdings nicht mit dir teilen.«

»Natürlich nicht. Schließlich bin ich nur eine Anwärterin. Im Grunde ist dieser Attentäter nicht einmal ihre Angelegenheit. Die Stadtwacht kümmert sich darum. Oder besser, sie sollte es.«

»Ich schätze, nach heute ist dies sehr wohl ihre Angelegenheit.«

»Wo du recht haben könntest. Königin Cierra wird es nicht gerne sehen, dass man ihre Magierinnen angreift. Das gleicht einem Angriff auf die königliche Familie selbst.« Und auf dieses Verbrechen stand die Todesstrafe.

»Da ist noch etwas.« Elainia ließ sich auf die Pritsche sinken.

»Mehr schlechte Neuigkeiten?«

Ihre Freundin nickte. »Ondina Jarna liegt im Sterben. Sie weigert sich nach wie vor, die Königin um das Heilmittel zu bitten und Dunia akzeptiert diese Entscheidung.«

»Das tut mir so leid«, murmelte Miranda sanft. Sie merkte, wie ihre Freundin sich um ein Lächeln bemühte, während ihre Augen verdächtig zu glitzern begannen.

»O nein, nicht weinen«, bat sie hastig. »Wenn du anfängst, dann muss ich auch heulen. Und ich versuche seit Tagen es zu vermeiden.«

Das entlockte Elainia ein Schnauben. »Du bist unmöglich.«

»Danke für das Kompliment.«

»Gern geschehen.«

Plötzlich huschte der Blick ihrer Freundin zu Mirandas Mutter. »Sie wacht auf. Ich kann es spüren.«

Sofort war Miranda an der Seite ihrer Mutter und wartete auf eine Regung. Auf etwas, das ihr bestätigte, was Elainia gefühlt hatte. Endlos lange Sekunden verstrichen, ehe die Lider ihrer Mutter zu flattern begannen und ihre Finger sich um die Decke krümmten.

Das war der Moment, in dem Miranda ihre Tränen nicht mehr zurückhalten konnte. Der Damm in ihr brach. Erst langsam und als ihre Mutter die Augen aufschlug, immer schneller. Sie spürte, wie Elainia einen Arm um sie legte.

»Kannst du Tarian holen?«, fragte sie schniefend.

»Bin sofort wieder da.« Elas Schritte verklangen im Flur des Hospitals.

»Mi ...ra«, wisperte ihre Mutter kaum hörbar.

»Ich bin hier, Mama.« Sie drückte ihre Hand. »Ich bin hier.«

»Wo ... bin ich?«

»Im Hospital. In Sicherheit. Brauchst du etwas? Wasser?«

»Wasser.«

Hastig griff Miranda nach dem gefüllten Glas, das auf dem Nachttisch stand, stützte den Kopf ihrer Mutter und setzte ihr das Glas an die spröden Lippen. Minuten später war es leer. Gerade als sie es zurück an seinen Platz stellte, trat Elainia mit Tarian ein.

»Fara.« Die grenzenlose Erleichterung in seiner Stimme, die Sanftheit, mit der er ihrer Mutter über den Handrücken strich, zeigten Miranda, was sie schon eine Weile vermutet hatte. Er empfand etwas für sie, das über Freundschaft hinausging, und es stimmte sie froh. Tarian war ein wundervoller Mensch. In jeglicher Hinsicht. Wenn er auch ab und an etwas vergesslich war, saß sein Herz doch am rechten Fleck. Ihre Mutter verdiente jemanden wie ihn an ihrer Seite.

Kapitel 6

Diebstahl und Strafe

Elainia

Eigentlich hatte sie die Nase voll davon, Überbringerin schlechter Nachrichten zu sein. Vom Hospital aus war sie auf größten Umwegen nach Hause gelaufen, um Zeit zu schinden, doch nun würde ihr nichts anderes übrig bleiben, als ihrem Vater und ihrer Schwester vom Angriff auf ihre Mutter zu berichten. Bevor sie ins Haus schlüpfte, holte sie tief Luft und wappnete sich, innerlich hoffend keinem ihrer wenigen, aber umso vertrauteren Bediensteten zu begegnen. Dann betrat sie den prunkvollen Eingangsbereich. Der Parkettboden glänzte wie poliert, die Blumen in den vergoldeten Vasen rechts und links der breiten Treppe verströmten einen süßen Duft und die Kristalle am Kronleuchter funkelten im Sonnenlicht, das durch das glasdurchsetzte Dach fiel.

»Vater? Lariel?«

»In der Bibliothek«, tönte es zurück.

Das hätte sie sich eigentlich auch denken können. Ihr Vater war immer dort zu finden, wo es Bücher gab. Wenn er nicht in der Universitätsbibliothek steckte, dann hier in ihrer eigenen urigen, mit Holzregalen vollgestopften Bücherei, in der der Geruch von Siegelwachs, Tinte und Papier dauerhaft in der Luft hing.

Sobald sie in das Reich ihres Vaters vorgedrungen war, stellte sie zu ihrer Überraschung fest, dass sich ihre Schwester zusammen mit ihm über ein Buch beugte, die Stirn konzentriert gerunzelt. Strähnen ihres glatten, braunen Haares fielen ihr über die Schulter, den Rest hatte sie mit einer perlenbesetzten Spange am Hinterkopf fixiert. Das Cremeweiß der Perlen fand sich auch in ihrem hübschen Sommerkleid wieder, das sanft bis zum Boden floss. Alles in allem war sie von Kopf bis Fuß die Eleganz in Person und damit das komplette Gegenteil von Elainia.

»Was macht ihr da?«, erkundigte sie sich, wohlwissend, dass sie bloß versuchte die Zeit hinauszuzögern. Erneut.

»Wir suchen eine besondere Pflanze«, meinte ihr Vater, ohne den Blick zu heben.

»Für mein Kleid«, fügte Lariel hinzu.

Elainia verstand. Ihre Schwester arbeitete wieder an ihrem Ballkleid. Obwohl sie sich vom königlichen Hofschneider persönlich ein Kleid hätte anfertigen lassen können, hatte sie beschlossen es selbst zu nähen. Anders als Elainia besaß sie nämlich ein unglaubliches Talent im Umgang mit Nadel und Faden. Ihre Kreationen waren einzigartig und atemberaubend schön. Wäre sie nicht die Verlobte des Kronprinzen und damit die zukünftige Königin von Fandoria, hätte sie das Potenzial gehabt, Meisterschneiderin im Palast zu werden. Elainia konnte sie für ihr Können nur bewundern. Sobald sie eine Nadel in die Hand nahm, stach sie sich höchstens die Finger blutig.

»Ich möchte euch ungern unterbrechen, aber ich muss euch etwas sagen. Es geht um Mutter.«

»Diese ist es.« Triumphierend deutete Lariel mit dem Finger auf eine Buchseite und ihr Vater nickte bedächtig.

»Wollt ihr mir kurz zuhören?« Elainia konnte nicht verhindern, dass ihr Ton gereizt klang. Die Geschehnisse des heutigen Tages hatten an ihren Nerven gezerrt.

»Was ist mit Amanda?«, fragte ihr Vater. »Übernimmt sie mal wieder die Nachtschicht und kommt erst morgen früh nach Hause?«

»Nein. Sie wird vorerst gar nicht nach Hause kommen, weil sie heute Morgen auf der Straße angegriffen und niedergestochen wurde.«

Nun hatte sie die volle Aufmerksamkeit ihrer Familie. Lariel schlug sich entsetzt die Hände vor den Mund, während ihr Vater sichtbar erblasste.

»Sie ist im Palast. Dunia hat sich um sie gekümmert. Ich soll euch ausrichten, dass ihr euch keine Sorgen machen sollt. Die Waffe hat ihre Organe glücklicherweise verfehlt. Es sieht schlimmer aus, als es ist.«

»Natürlich hat sie das gesagt«, murmelte ihr Vater und fuhr sich durch die Haare.

»Können wir zu ihr?« Lariel hatte ihre Stimme wiedergefunden, aber sie klang erschüttert.

»Ich denke schon.«

»Dann gehen wir.« Der Holzstuhl schabte über den Boden, als ihr Vater aufstand.

»Wenn es euch nichts ausmacht, würde ich gerne hierbleiben. Es war vorhin alles ein bisschen viel.«

»Natürlich nicht.« Sanft strich ihr Vater ihr über die Wange. Verständnis glomm in seinen Augen. »Bis zum Abendessen sind wir zurück.«

Kurz darauf verließen die beiden das Haus. Elainia zog sich derweil auf ihr Zimmer zurück, streifte sich die Schuhe von den Füßen und ließ sich rücklings auf ihr Bett fallen. Der einzige Trost dieses Tages war die Tatsache, dass Mirandas Mutter auf dem Weg der Besserung zu sein schien. Alles andere würde ihr in der Nacht mit Garantie Albträume bescheren. Die Bilder von ihrer Mutter und der blutenden Wunde an ihrer Taille hatten sich tief in ihre Erinnerungen gebrannt. Ebenso der Anblick von Direktorin Jarna und dem Grau in ihrem kastanienbraunen Haar. Von ihren eingefallenen Wangen und dem dunklen Geflecht an ihrem Hals. Ihre Kehle schnürte sich zusammen. Bereits morgen könnte sie tot sein. Dahingerafft von dieser grässlichen Seuche, die schon so viele Leben gefordert hatte. Zu viele. Wenn sie die Augen schloss, glaubte sie wieder Magistra Sharlas Trauer zu spüren. Sie war wie ein Echo, das ihre eigene Niedergeschlagenheit verstärkte.

Sie rollte sich auf die Seite, umklammerte ihre Decke und wünschte sich vergessen zu können, was sie gespürt hatte, als sie die Kontrolle über ihre Kräfte verloren hatte.

***

Dämmriges Zwielicht fiel durch die weißen Vorhänge ihrer Fenster, als Elainia am nächsten Morgen von ihrem knurrenden Magen geweckt wurde. Sie brauchte einen Moment, um sich daran zu erinnern, dass sie den gesamten gestrigen Nachmittag verschlafen und somit das Abendessen verpasst haben musste. Dementsprechend hohl fühlte Elainias Magen sich an. Als Nächstes kamen die Bilder ihrer Mutter hoch, die blutend auf der Bahre gelegen hatte, und der Hunger verging ihr beinahe wieder.

Obwohl die Müdigkeit an ihr klebte wie Honigtau, schob sie sich aus dem Bett, tauschte ihre alten Sachen gegen eine frische Hose und eine dünne Leinenbluse, ehe sie mit den Fingern ihre Locken zu entwirren begann und sich letztendlich dazu entschied, sie einfach an ihrem Hinterkopf hochzustecken. Was bei der Sommerhitze sowieso die angenehmste Art und Weise war, ihre Haare zu tragen.

Darauf bedacht, keinen Lärm zu verursachen, um die Dienstboten und ihre Familie nicht zu wecken, schlich sie die Treppe hinunter, mied jene Stufen, die immer knarrten, sobald man einen Fuß auf das alte Holz setzte, und zog die Eingangstür hinter sich ins Schloss. Einen Moment verharrte sie an Ort und Stelle, ließ sich den lauen Wind ins Gesicht wehen und beobachtete, wie sich der Himmel über den Dächern der Nachbarhäuser im Osten blassorange färbte.

Doch schon bald forderte ihr knurrender Magen ihre ganze Aufmerksamkeit und so beschloss sie, auf dem Weg zum Palast einen Abstecher zum Markt zu machen. Die Straßen waren wie leer gefegt und Elainia genoss es, durch die Gassen zu streifen, ohne auf Kutschen, Reiter oder ihre Magie achtgeben zu müssen. Als sie den Marktplatz erreichte, waren die meisten Händler noch dabei, ihre Stände mit frischen Waren zu bestücken. Vögel taten sich an heruntergefallenen Resten gütlich und die ersten Bewohner der Stadt schlenderten mit leeren Körben durch die Reihen. Elainia folgte ihrer Nase zum Stand der Bäckerin.

»Dich habe ich ja eine Weile nicht mehr hier gesehen.« Nareine wischte sich die Hände an der Schürze ab und stemmte sie dann in die ausladenden Hüften.

»Ich weiß. Hatte viel zu tun in letzter Zeit.«

»Die Prüfungen, richtig?«

»Genau.« Die Prüfungen, die sie die letzten Tage erfolgreich verdrängt hatte.

»Was soll es sein?«, fragte die Bäckerin.

»Eins davon.« Elainia deutete auf ein Buttergebäck, das mit Marmelade gefüllt schien. Allein der Anblick ließ ihr das Wasser im Mund zusammenlaufen.

»Macht drei Kupferstücke.«

Rasch zog sie das verlangte Geld aus der Tasche an ihrem Gürtel und reichte die Münzen über den Tresen. Im Gegenzug reichte die Bäckerin ihr ihr Frühstück.

»Danke.«

»Lass es dir schmecken.«

Sie nickte der Händlerin zum Abschied kurz zu, ehe sie den kürzesten Weg zum Palast einschlug und nebenbei das süße Gebäckstück verschlang. Die Wachen am Tor ließen sie, ohne zu zögern ein, sodass sie Minuten später den Krankenflügel betreten konnte.

Dunia bemerkte sie sofort. »Guten Morgen, Liebes. Was machst du zu dieser frühen Stunde hier?«

»Nach Mutter schauen.«

»Sie schläft. Die Wunde sieht gut aus. Alles, was sie braucht, ist viel Ruhe.«

»Das ist gut.« Unschlüssig stand Elainia im Gang zwischen den Betten, nicht sicher, was sie jetzt tun sollte.

Dunia schien ihr das Unbehagen von der Nasenspitze abzulesen. »Wenn du schon da bist, kannst du mir gerne ein wenig zur Hand gehen. Ich bin auch erst vor ein paar Minuten eingetroffen. Gero hatte Nachtschicht und ist noch nicht aufgetaucht.«

»Was soll ich tun?«

»Nachsehen, wie es um unsere Seuchenpatientin steht. Ich befürchte fast, dass sie die Nacht nicht überstanden hat.« Ehrliches Bedauern zeichnete Dunias Miene.

Elainia schluckte. Es war zu erwarten gewesen. Dennoch kostete sie die kurze Entfernung zum Bett der Direktorin unendlich viel Überwindung. Ondina Jarna sah schrecklich aus, doch ihr Brustkorb hob und senkte sich gleichmäßig. Dann bemerkte sie etwas, das ihr den Atem stocken ließ.

»Dunia? Das müsst Ihr Euch ansehen.«

Die Heilerin eilte an ihre Seite, musterte ihre Patientin und sog scharf Luft ein. »Das ist unmöglich.«

Vorsichtig trat Elainia noch näher an Direktorin Jarnas Bett heran. Dunia rieb sich die Augen, beugte sich erneut über die Frau und schüttelte ungläubig den Kopf. Elainia brauchte nicht zu fragen, was die Heilerin so aus dem Konzept brachte. Sie sah es ja selbst klar und deutlich. Der Ausschlag an Hals und Oberkörper war deutlich zurückgegangen, ihre Haut wirkte nicht länger wie faltiges Papier und von den grauen Strähnen in ihren Haaren war keine Spur mehr zu erkennen.

»Elainia, Liebes, sag mir, dass ich nicht halluziniere.«

»Ihr seid bei klarem Verstand«, erwiderte sie. »Es scheint ihr besser zu gehen.«

»Offensichtlich. Aber das dürfte nicht möglich sein. Als ich Magistra Sharla gestern Abend nach Hause geschickt habe, hat sie kaum noch geatmet.«

»Was ist mit dem Heilmittel?«

»Was soll damit sein? Es ist sicher verwahrt und Gero hätte mich sofort informiert, wenn jemand hier eingedrungen wäre.«

»Doch es liefert die einzig sinnvolle Erklärung für ihre Genesung«, hielt Elainia dagegen. »Ihr habt selbst gesagt, dass ihr den *Grauen Tod* besser kennt als jeder andere. Ihr wisst, dass niemand diese Seuche überlebt, geschweige denn, sich davon erholt.«

Dunias Miene verdüsterte sich, Unruhe flackerte in ihren dunkelbraunen Augen. »Das ist wahr. Komm mit.« Abrupt machte sie auf dem Absatz kehrt und marschierte auf die Tür im hinteren Teil des Raumes zu.

Elainia folgte ihr hastig. Das angrenzende Zimmer war Dunias persönliches Reich. Hier lagerten Dutzende Salben, Säfte und Tränke in durchsichtigen Glasflakons, sorgfältig beschriftet und in schmale Holzregale einsortiert. Von der Decke hingen Sträuße getrockneter Kräuter, die intensiv dufteten.

Auf dem breiten Holztisch verteilten sich Mörser, Schalen, kleine Messer und Wasserkaraffen. Doch heute konnte all das Elainia nicht wirklich beeindrucken, zu sehr war sie auf die Heilerin konzentriert, die gerade zu einem der Schränke ging. Einen Hauch zu schwungvoll schob diese einen Stapel Bücher über seltene Heilkräuter außer Reichweite und aktivierte irgendeinen speziellen Mechanismus, denn es klickte vernehmlich. Geräuschlos glitt das Regal daneben beiseite und gab den Blick auf eine Vertiefung in der Wand frei, in der ein hölzernes Kästchen ruhte.

Unter ihrem hochgeschlossenen Kleid zog die Heilerin nun eine Kette hervor. Daran baumelte ein kleiner, goldener Schlüssel. Die Scharniere des Behältnisses quietschten leise, als Dunia es öffnete. Ihr Luftschnappen verriet Elainia alles, was sie wissen musste. Das Heilmittel war fort.

»Wo ist Gero, dieser Nichtsnutz?« Mit einem Knall klappte die Heilerin den Deckel des Kästchens zu, verschloss das Geheimversteck und wirbelte herum. Ärger funkelte in ihren Augen und die Absätze ihrer Schuhe hämmerten auf dem Steinboden, als sie die nächste angrenzende Tür aufriss. Elainia erhaschte einen Blick über ihre Schulter. Der Lehrling lag auf der schmalen Pritsche und schien tief und fest zu schlafen. Dunia packte ihn unsanft an den Schultern und rüttelte ihn so lange, bis er ächzend die Lider aufschlug.

»Ich bezahle dich nicht fürs Schlafen während deiner Schicht!«, fuhr sie ihn ungehalten an.

Der arme Kerl wirkte vollkommen verwirrt, verzog das Gesicht, als hätte er Kopfschmerzen. »Ich habe nicht geschlafen«, verteidigte er sich.

»Und wie nennst du das, was du gerade getan hast?«

»Dunia, das bringt doch nichts«, mischte Elainia sich ein, die Mitleid mit ihm verspürte. »Wer auch immer hier eingedrungen ist, war entweder so leise, dass Gero nicht wach geworden ist oder er hat ihn betäubt.«

»Betäubt?«, echote Gero. »Das würde meine höllischen Kopfschmerzen erklären.« Er rieb sich die Schläfen, kaum dass die Heilerin von ihm abgelassen hatte.

»Erzähl mir, was du gestern gemacht hast, nachdem ich gegangen bin«, forderte Dunia ihn auf, diesmal etwas weniger forsch.

Gero stützte den Kopf auf die Hände und schloss die Augen. »Ich habe aufgeräumt, etwas gegessen und meine Runde gedreht. Dann habe ich mich kurz vor Mitternacht erleichtert, meinen täglichen Tee getrunken und …« Er stockte und blickte auf.

»Danach kannst du dich an nichts mehr erinnern«, folgerte Elainia.

Er nickte niedergeschlagen.

»Wie es aussieht, wurdest du wirklich betäubt.« Dunia schürzte die Lippen.

»Worum geht es hier eigentlich?«, wollte er wissen. »Wer sollte mich betäuben? Und warum?«

»Unwichtig«, verwehrte die Heilerin ihm eine Antwort. »Geh nach Hause, Gero. Ich befreie dich für heute von deinem Dienst. Nimm dir Weidenrinde und Melisse gegen die Schmerzen mit.«

»Na schön.« Brummend sammelte er seine Sachen ein, stopfte sich die Kräuter in seinen Lederbeutel und schlurfte mit verkniffener Miene aus dem Raum.

»Wer wusste alles von der Existenz des Heilmittels?«, erkundigte Elainia sich, sobald sie allein waren.

»Die Königin, deine Mutter, Roxana, Direktorin Jarnas, du, weil ich dich kenne und dir vertraue, Magistra Sharla und ich«, zählte Dunia auf.

Und Miranda, fügte Elainia in Gedanken hinzu.

Die Falten auf der Stirn der Heilerin vertieften sich, so sehr grübelte sie. »Es gefällt mir gar nicht«, fing sie schließlich an, »aber die Einzige, die für mich als Täterin infrage kommt, ist Lanara. Amanda hätte sich ohne Hilfe nicht einmal aus dem Bett bewegen können, Roxana würde sich niemals dem Befehl einer ehemaligen Kriegermagierin wie Ondina widersetzen, ich habe ihren Wunsch akzeptiert und du würdest keine solch törichte Dummheit begehen. Dieses Heilmittel gehörte der Königsfamilie.«

»Magistra Sharla also.« Elainia seufzte schwer.

»Ich fürchte ja.« Dunia klemmte sich ein paar Strähnen ihres schwarzen Haars hinters Ohr, die sich aus ihrem Knoten am Hinterkopf gelöst hatten.

»Sie war verzweifelt«, murmelte Elainia in Erinnerung an die starken Gefühle der Giftmischerin.

»Das wird sie teuer zu stehen kommen. Sie muss das gewusst haben und hat es trotzdem getan.« Resigniert massierte sich die Heilerin den Nasenrücken. »Ich frage mich nur, woher sie wusste, wo sie nach dem Heilmittel suchen musste. Es hätte sich auch in der Schatzkammer befinden können.«

»Vermutlich erschien es ihr naheliegend, zuerst bei Euch danach zu suchen. Das Geheimversteck mag gut sein, aber Magistra Sharla ist Ondina Jarnas Geliebte und alles andere als auf den Kopf gefallen.«

Dunia seufzte. »Und von ihr hat sie im Laufe der Zeit sicher einiges über die Abläufe und Wachen erfahren.«

Bevor Elainia zu einer Antwort ansetzen konnte, erklang aus dem Krankensaal aufgebrachtes Stimmengewirr. Noch vor Dunia schlüpfte sie aus dem Zimmer und eilte auf die Quelle der Aufregung zu.

»Ich werde mich nicht dafür entschuldigen, dich vor dem Tod bewahrt zu haben.« Magistra Sharla bemühte sich nicht einmal ihre Stimme zu senken.

Direktorin Jarna stand ihr gegenüber, stützte sich jedoch an der Wand ab. In dem weiten Leinennachthemd wirkte sie wie eine geisterhafte Erscheinung. Eine zornige geisterhafte Erscheinung.

»Wie konntest du dein Leben so unbedacht wegwerfen?«

»Mein Leben wäre ohne dich nichts mehr wert gewesen. Du bist mein Ein und Alles, Ondina, und das weißt du ganz genau.«

Elainia überlegte, wie sie sich bemerkbar machen sollte, doch Dunia nahm ihr die Entscheidung ab.

»Dann wart Ihr es wirklich«, mischte sie sich ein. »Ihr habt Gero betäubt und das Heilmittel gestohlen, um es Direktorin Jarna zu verabreichen. Ist noch etwas übrig oder habt Ihr alles verbraucht?«

Magistra Sharla fuhr herum. Der Schreck in ihren Augen verblasste jedoch schnell. »So ist es. Ich habe ihr alles verabreicht, um sicherzugehen, dass es auch wirklich wirkt.«

Elainia ließ ihre Magie ganz vorsichtig hinter ihren Mauern hervor. Wie erwartet empfand die rothaarige Giftmischerin keinerlei Reue bezüglich ihrer Tat. Da waren nur kühle Entschlossenheit und eine tiefe Erleichterung darüber, dass Ondina Jarna am Leben war.

»Ihr werdet Euch dafür vor der Königin verantworten müssen«, erwiderte Dunia ruhig. »Sie wird über Euer weiteres Schicksal entscheiden.«

»Dann sei es so. Das war es mir wert.«

»Das hätte es nicht sein sollen«, entgegnete Direktorin Jarna leise und ließ sich sichtlich erschöpft auf ihr Bett sinken.

»Ich werde jetzt die Königin holen. Diese Angelegenheit muss mit allergrößter Vorsicht und unter dem Tuch der Verschwiegenheit behandelt werden.« Damit wandte Dunia sich ab und verließ den Saal.

Währenddessen zog Elainia sich ans Bett ihrer Mutter zurück. Was hatte Dunia ihr bloß für Kräuter verabreicht, dass sie das ganze Chaos einfach verschlafen konnte? Schweigend beobachtete sie, wie Magistra Sharla sich von Direktorin Jarna wegdrehte, die offensichtlich nicht mit ihr reden wollte, und aus dem Fenster starrte. Ihre Haltung wirkte angespannt. Die Stille dehnte sich aus, wurde schwerer und schwerer, bis Elainia das Gefühl hatte, erdrückt zu werden. Aus einer Minute wurden fünf, dann zehn, dann fünfzehn, ehe vom Gang her endlich Schritte ertönten.

Hinter Dunia erschien Königin Cierra höchstpersönlich im Türrahmen. Im Schlepptau hatte sie zwei Gardistinnen. Sie war gekleidet in ein bodenlanges Kleid aus fließender Seide in einem so dunklen Rot, das es beinahe purpurfarben wirkte. Goldene Stickereien zogen sich über die Säume an Ärmeln, Ausschnitt und Rock. Die Schnürung an der Taille betonte ihre schlanke Gestalt. Um ihren Hals lag eine schmale rubinbesetzte Kette, die wundervoll mit dem Diadem auf ihren hochgesteckten blonden Haaren harmonierte. Ihre Miene verriet nicht einmal ansatzweise, was sie dachte, und Elainia hütete sich davor, ihre Magie einzusetzen, um herauszufinden, was sie fühlte. Stattdessen erhob sie sich und knickste mit respektvoll gesenktem Kopf.

»Was mit Amanda geschehen ist, ist schrecklich«, richtete die Königin sanft das Wort an sie, während sie die Anführerin ihrer Garde mit einem besorgten Blick bedachte. »Sei versichert, dass ich alles daransetzen werde, denjenigen zu finden, der für diesen feigen Überfall auf deine Mutter verantwortlich ist.«

»Danke, Euer Majestät.«

Cierra Orles lächelte, doch dieser Ausdruck der Freundlichkeit vertrieb weder die Härte noch den Ärger, die sich bei ihren letzten Worten in ihre seeblauen Augen geschlichen hatten.

»Nun zu dem Vorfall, der Dunia dazu veranlasst hat, mich herholen zu müssen.« Ihre Aufmerksamkeit richtete sich auf Ondina Jarna und Magistra Sharla. Die Direktorin wollte aufstehen, aber Königin Cierra hinderte sie mit einer Handbewegung daran. Stattdessen neigte sie selbst vor ihr den Kopf und zollte ihr damit den Respekt, den sie sich durch ihre heldenhafte Tat vor vielen Jahren verdient hatte.

»Ondina.«

»Euer Hoheit.«

»Es freut mich, Euch auf dem Weg der Besserung zu sehen, auch wenn die Umstände Eurer Genesung alles andere als erfreulich sind.« Damit glitt ihr Blick zu Magistra Sharla, die ihn unerschrocken erwiderte. »Das Heilmittel, das Ihr gestohlen habt, war von unschätzbarem Wert und im Besitz meiner Familie«, sagte sie. »Ihr wart Euch darüber im Klaren und habt es dennoch entwendet. Genauso wie Ihr Euch darüber klar wart, welche Konsequenzen Euer Handeln nach sich ziehen würde. Als Magistra des Alten Klosters kennt Ihr die Gesetze dieser Stadt bis ins kleinste Detail, richtig?«

»So ist es«, antwortete die Giftmischerin fest. »Diebstahl von königlichem Eigentum wird mit drei Tagen Pranger und fünfzig Peitschenhieben bestraft.«

Elainia bewunderte Lanara Sharla für ihre Ruhe. Kein Zittern ließ ihre Stimme beben, kein unruhiges Kneten ihrer Finger verriet ihre Nervosität.

»Ich werde Euch den Pranger erlassen, denn ich möchte nicht, dass diese Angelegenheit die Mauern des Palastes verlässt«, fuhr Königin Cierra fort. »Ihr habt Euch über Ondinas Entscheidung, mich nicht um das Heilmittel zu bitten, hinweggesetzt – aus Liebe zwar, aber Ihr habt es getan. Nichtsdestoweniger seid Ihr wichtig für das Alte Kloster und die Anwärterinnen der Garde. Einen Ersatz für Euch so kurz vor den Prüfungen zu finden, ist unmöglich. Deswegen reduziere ich die Anzahl der Peitschenhiebe auf fünfunddreißig und erlaube, dass Dunia Euch danach heilen darf, sodass

Ihr imstande seid Euren Pflichten nachzukommen. Sobald die Prüfungen vorüber sind, werdet Ihr jedoch unverzüglich Eure Stelle als Magistra des Alten Klosters aufgeben. Lasst Euch das eine Lehre sein. Dieses Mal lasse ich Milde walten, weil Ihr jene Frau gerettet habt, der auch ich mein Leben verdanke. Zwar hätte ich ihren Entschluss, den Lauf der Dinge geschehen zu lassen, akzeptiert, doch es hätte mir das Herz gebrochen. Verstehen wir uns?«

»Ja, Euer Majestät.« Demütig beugte Lanara Sharla den Kopf und sank in einen tiefen Knicks.

»Gut. Dann wäre das geklärt.« Die Miene der Königin glättete sich. Mit ihrem Urteil hatte sie bewiesen, dass das, was die Bewohner von Elandria über sie erzählten, richtig war. Cierra Orles herrschte und richtete mit Güte und Nachsicht, obwohl sie in diesem speziellen Fall allen Grund zur Wut gehabt hätte. Immerhin würden sie, der König oder der Prinz nun sterben, sollten sie je am *Grauen Tod* erkranken. Dennoch war Elainia froh, dass ihre Direktorin geheilt war.

»Dunia, tragt dafür Sorge, dass Amanda schnellstmöglich gesund wird. Ondina, erholt Euch und präsentiert mir in einer Woche Eure Anwärterinnen auf die Garde. Elainia?«

Elainia zuckte zusammen. »Ja?«

»Begleite Magistra Sharla in die Verliese. Ich lasse euch den Strafvollzieher und Roxana schicken.«

»In Ordnung.«

»Wunderbar. Ganz Amandas Tochter. Es wäre mir eine Freude, dich in die Garde aufzunehmen, solltest du die Prüfungen erfolgreich bestehen.«

Ohne dass Elainia es verhindern konnte, schlich sich ein Lächeln auf ihre Lippen. Ihr Herzschlag hatte sich merklich beschleunigt. Das war es, worauf sie so hart hingearbeitet hatte. Und nun war ihr Ziel zum Greifen nah.

Cierra Orles erwiderte ihr Lächeln warm. Dann besann Elainia sich ihrer Aufgabe und bedeutete der Magistra, ihr zu folgen. Stumm ließ die Giftmischerin zu, dass Elainia sie aus dem Gardequartier hinaus über den gepflasterten Innenhof zu einer eisenverstärkten Tür führte, die von zwei uniformierten Palastwächtern behütet wurde. Sie ließen sie passieren, ohne Fragen zu stellen.

Kurz darauf befanden Elainia und ihre Magistra sich auf einer langen Steintreppe, die sie immer tiefer unter die Erde führte. Vereinzelte Fackeln erhellten die Dunkelheit und mit jeder Stufe, die sie bewältigten, wurde die Luft kühler und feuchter. Elainia war noch nicht oft hier unten gewesen, aber die wenigen Male, die Magistra Darkla sie und ihre Mitschülerinnen an diesem Ort über die verschiedensten Foltermethoden unterrichtet hatte, hatten bereits ausgereicht, um ihr unruhige Nächte zu bescheren. Diese Verliese waren das kalte, dunkle und dreckige Gegenteil der prachtvollen Gemächer des Palastes. Gefangene gab es jedoch nur selten, denn die Quote an Verbrechern, die es verdienten, hier und nicht im Stadtgefängnis untergebracht zu werden, war verschwindend gering. Das lag vor allem daran, dass Wohlstand in Elandria herrschte. Bettler sah man selten und die Diebe auf dem Markt stahlen meist bloß aus Vergnügen und nicht aus Not.

»Wir warten hier«, meinte sie, sobald sie die vergitterten Zellen hinter sich gelassen und einen weiteren Raum betreten hatten. Eiserne Ketten samt Handschellen hingen von den Wänden und Decken, in der Ecke stand ein Wasserzuber, der allerdings leer war. Es roch nach Rost und Moder. Dunkle Flecken auf dem Stein zeugten von bereits vergossenem Blut. Elainia empfand Mitleid mit der Frau neben ihr. Fünfunddreißig Hiebe mit der Peitsche waren viel. Sehr viel.

Es dauerte nicht lange, ehe Roxana in Begleitung des Strafvollziehers auftauchte. Der war ein wahrer Berg von Mann mit Muskeln, die das Leinenhemd um seine Brust spannen ließen, und einem grimmigen Gesichtsausdruck. Routiniert entzündete er weitere Fackeln, sodass die Folterkammer – denn nichts anderes war dieser Raum – in flackerndes Licht getaucht wurde. Dann befestigte er Handschellen an Magistra Sharlas Gelenken und betätigte die Kurbel, sodass sie in die Höhe gezogen wurde, bis nur ihre Zehenspitzen den Boden berührten.

Roxana löste die Schnürung vom Kleid der Giftmischerin und legte deren Rücken frei, bevor sie sich zu Elainia gesellte. Weder schickte sie sie fort, noch fragte sie, ob Elainia sich das wirklich ansehen wollte. Stattdessen nickte sie ihr nur ernst zu und Elainia erwiderte die Kopfbewegung. Als der Strafvollzieher die Peitsche aus der Truhe an der hinteren Wand holte, wappnete sie sich, verstärkte die Mauern um ihre Magie, bis sie überhaupt nichts mehr wahrnahm außer ihrem eigenen schnellen Herzschlag.

»Fangt an«, befahl Roxana knapp.

Kapitel 7

Gifte und Klingen

Elainia

Wieder und wieder fuhr die Peitsche auf Magistra Sharlas nackten Rücken nieder. Elainia zwang sich den Blick nicht abzuwenden. Mit zusammengebissenen Zähnen zählte sie die Schläge und zuckte innerlich bei jedem schmerzerfüllten Schrei der Giftmischerin zusammen. Deren bleiches Gesicht war das Abbild reiner Qual. Es brannte sich tief in Elainias Gedächtnis und würde sie vermutlich in ihren Träumen verfolgen. Ihr Verlangen, die Magie von ihren Fesseln zu befreien und ihrer Magistra den Schmerz zu nehmen, ihn zumindest abzuschwächen, wuchs. Dennoch tat sie nichts. Stand nur stumm neben Roxana, deren Miene keinerlei Regung zeigte.

Achtzehn, neunzehn, zwanzig.

Die Schreie erstarben. Lediglich die Fesseln verhinderten, dass Lanara Sharla zu Boden sank. Sie hielten ihren reglosen Körper aufrecht, während der Strafvollzieher stoisch die Peitsche auf sie niedersausen ließ. Das Zischen und Klatschen war beinahe noch schlimmer als die Schreie. Es hallte von den Wänden wider und brachte Elainias Puls zum Rasen.

Fünfundzwanzig, sechsundzwanzig, siebenundzwanzig.

Magistra Sharla kam zu sich, verkrampfte, wimmerte. Die Magie in Elainia begehrte gegen ihre Mauern auf. Aber sie durfte nicht loslassen. Konnte nicht.

Dreißig.

Fünf weitere Male fuhr die Peitsche nieder. Fünf weitere Male, die Elainia den Schweiß auf die Stirn trieben, obgleich sie in dem kalten Raum in ihren dünnen Sachen beinahe fror.

»Genug.« Roxana bedeutete dem Strafvollzieher aufzuhören. Dieser nickte. Die eintretende Stille war Balsam für Elainias aufgewühltes Inneres.

»Komm, hilf mir«, bat Roxana, trat auf Magistra Sharla zu, die nun wieder besinnungslos in den Ketten hing, und machte sich daran, die Handschellen zu lösen.

Elainia nickte und legte sich den Arm der Giftmischerin um die Schulter, stemmte die Füße in den Boden, um unter deren Gewicht nicht das Gleichgewicht zu verlieren. Es wurde leichter, als Roxana sie auf der anderen Seite ebenfalls stützte. Gemeinsam schleppten sie die verwundete Magistra durch die Verliese, die Treppe hinauf ins Freie, bis zum Krankentrakt.

Dunia erwartete sie bereits mit düsterer Miene.

»Legt sie dorthin.« Sie deutete auf ein leeres Bett.

Als Magistra Sharla bäuchlings auf der Matratze ruhte, offenbarte sich Elainia das schreckliche Ausmaß der Folter. Ihr Rücken war ein blutiges Feld aus Hautfetzen und tiefen Striemen, die sich kreuz und quer vom Nacken bis zum aufgeschnürten Saum ihres Kleides zogen.

»So eine Närrin.« Direktorin Jarna war an das Kopfende des Bettes getreten. Sie wirkte eine Spur erholter als noch vorhin. Beinahe wieder ganz gesund. »So eine verdammte Närrin.« Ihre Stimme klang unendlich sanft, Sorge glänzte in ihren Augen. Behutsam strich sie Magistra Sharla eine rote Locke aus dem blassen Gesicht.

»Das könnt Ihr laut sagen«, murmelte Dunia grimmig, ehe sie die Ärmel hochschob und ihre Hände mit gespreizten Fingern über dem Rücken der Giftmischerin ausbreitete.

Elainia kannte nicht viele Magierinnen, die wie sie die Berührung des Blutes besaßen. Es war eine seltene Gabe, die sowohl Leben schenken als auch nehmen konnte. Dunia Gira hatte sich dem Leben verschrieben. Ihre Spezialisierung lag in der Heilung, nicht im Verletzen oder gar Töten. Fasziniert beobachtete sie, wie die Wunden ihrer Magistra sich zu schließen begannen. Wie die Haut zusammenwuchs, das stetige Herausquellen von Blut versiegte und die Rötungen um die Striemen herum verblassten. Kurz darauf zeugte nur noch das geronnene Blut von der Strafe, die sie auf sich genommen hatte. Dieses entfernte Dunia rasch mit einem feuchten Tuch.

Erst in diesem Moment lockerte Elainia die Fesseln um ihre Magie und atmete selbst auf, jetzt, da keine Gefahr mehr bestand, von Magistra Sharlas Schmerzen überwältigt zu werden. Alles, was sie nun fühlte, war Direktorin Jarnas Anspannung und Dunias innere Ruhe.

Es dauerte keine Minute, bis Magistra Sharla zu sich kam, sich aufsetzte und dankend vor Dunia den Kopf neigte. Diese nickte knapp und wandte sich ab, das blutige Tuch noch zwischen den Fingern. Schließlich fiel Lanara Sharlas Blick auf Direktorin Jarna. Sie öffnete den Mund, doch die andere Frau kam ihr zuvor.

»Nicht jetzt. Wir unterhalten uns später. Allein.« Von der Sanftheit in ihrer Stimme war nicht mehr viel übrig. Stattdessen schwangen die gewohnte Autorität und Härte darin mit.

Die Giftmischerin sah aus, als wollte sie protestieren, tat es aber nicht. Stattdessen rappelte sie sich auf, nahm Ondina Jarnas Gesicht in ihre Hände und küsste sie.

Elainia senkte den Blick, während Roxana sich hörbar räusperte.

»Was bei den Seelen der toten Götter geht hier vor?« Die schwache Stimme ihrer Mutter verhinderte, dass die Situation noch unangenehmer werden konnte.

Elainia huschte sofort an ihre Seite. »Das ist eine lange Geschichte, die du vollständig verschlafen hast.«

***

Am nächsten Tag in den Unterrichtsräumen des Alten Klosters zu sitzen und Magistra Sharla die Wirkung von Nachtschwarzgiften erklären zu hören, erschien Elainia angesichts der gestrigen Ereignisse vollkommen merkwürdig. Ihre Mutter hatte die Neuigkeiten von Ondina Jarnas Heilung aufgrund der schmerzlindernden Tränke, die Dunia ihr verabreicht hatte, erstaunlich gelassen aufgenommen. Ganz begreifen würde sie die Ereignisse, sobald ihr Verstand nicht mehr von Kräutermixturen benebelt wurde.

Rasch schob Elainia die Gedanken an ihre Mutter beiseite und fokussierte sich auf den Unterricht.

Magistra Sharla schenkte ihr nicht mehr Beachtung als jeder anderen Schülerin und bis auf die dunklen Ringe unter ihren Augen sah man ihr die Strapazen der Folter nicht an. Also bemühte Elainia sich nach Kräften, es ihr gleichzutun und sich zu konzentrieren. Die stetig näher rückenden Prüfungen sollten von nun an ihre oberste Priorität darstellen. Viel zu sehr hatte sie sich bereits ablenken lassen. Berechtigterweise zwar, doch das würde den Prüfern egal sein. Was zählte, war Leistung.

»Alle Nachtschwarzgifte wirken augenblicklich nach der Einnahme. Wollt ihr dem Opfer helfen, müsst ihr schnell sein. Das Gegengift lässt sich leicht aus wenigen Zutaten herstellen, aber vergesst ihr auch nur eine Komponente oder täuscht euch in der Menge, kann es passieren, dass ihr den Vergiftungsprozess nicht aufhaltet, sondern beschleunigt. In den beiden Gläsern vor euch befindet sich Sonnentraubenwein. Einmal mit dem Nachtschwarzgift der Sichelrose versetzt und einmal nicht. Findet heraus, welches Glas kein Gift enthält. Ich habt Zeit, bis die Sanduhr einmal durchgelaufen ist. Dann trinkt ihr aus dem Glas, für das ihr euch entschieden habt.« Magistra Sharla hob die Sanduhr von ihrem Tisch und drehte sie um. Sofort rieselte der feine Staub auf die andere Seite.

Elainia unterdrückte ein Seufzen. Das war der Grund, weswegen sie Giftlehre verabscheute, denn Magistra Sharla ließ sie alles, was sie ihnen beibrachte, am eigenen Leib erfahren. Niemand schaffte es durch ihren Unterricht, ohne nicht mindestens einmal vergiftet worden zu sein.

»Ich hasse sie«, wisperte Kyria neben ihr und starrte missmutig auf die beiden Gläser.

»Ich auch.« Elainia griff sich einen ihrer Kelche und schnupperte daran. Der Wein roch gewohnt süß mit einer leicht fruchtigen Note und dem typischen Aroma von Alkohol.

»Nachtschwarzgifte sind geruchlos«, erinnerte Kyria sie.

»Ich weiß. Aber es ist Magistra Sharla. Ich traue ihr zu, dass sie jemandem von uns etwas anderes untergemischt hat.«

»Gut möglich.« Ihre Freundin hielt die Gläser gegen das Licht, prüfte den Wein auf eine ungewöhnliche Trübung oder Flocken am Boden. Ohne Erfolg. Gemeinsam gingen sie alle anderen Möglichkeiten durch, Gifte in Flüssigkeiten zu erkennen, während der Sand unaufhörlich durch die Uhr floss. Um sie herum wurde ebenfalls gemurmelt. Elainia spürte die Anspannung in der Luft, spürte die aufkeimende Unruhe der anderen Anwärterinnen. Kyria und sie schienen nicht als einzige Probleme beim Lösen der Aufgabe zu haben.

»Und das ist der Grund, warum diese dämlichen Nachtschwarzgifte so effizient sind«, grummelte Kyria. »Sie wirken rasant, schmecken nach nichts, riechen nach nichts und sind damit fast unmöglich nachzuweisen.«

»Du sagst es«, erwiderte Elainia. »*Fast* unmöglich.«

»Nur fehlt uns die Zeit für einen ausführlichen Test.« Prompt in der Sekunde rutschte der letzte Rest Sand durch die Uhr.

»Entscheidet euch für ein Glas«, durchschnitt Magistra Sharlas Stimme das Gemurmel.

»Ich würde behaupten, die Chancen stehen fünfzig zu fünfzig.« Kyria musterte ihre Gläser abwägend, ehe sie das rechte ergriff.

Elainia nickte und wählte das linke. Sie verspürte nicht die geringste Lust, sich gleich unter Krämpfen am Boden zu winden, aber sie wusste auch, dass Magistra Sharla keine von ihnen würde sterben lassen. So weit war sie noch nie gegangen. Sie reizte solche Situationen zwar gerne aus, doch am Ende hatte sie niemals zugelassen, dass ihre Schülerinnen an ihren Giften verendeten.

»Trinkt.« Der Befehl ließ keine Widerrede zu.

Bevor sie es sich anders überlegen konnte, setzte Elainia das Glas an die Lippen und nahm einen Schluck. Der Wein schmeckte so süß und fruchtig, wie sie es gewohnt war, und prickelte sanft auf ihrer Zunge. Abwartend blickte sie sich um. Gläser wurden gesenkt, Stille legte sich über ihre Köpfe. Nun hieß es warten. Magistra Sharla lehnte mit einem zufriedenen Lächeln am Pult, die Arme locker vor der Brust verschränkt. Der schwache Ausdruck von gespannter Vorfreude in ihren Augen behagte Elainia ganz und gar nicht. War am Ende überhaupt kein Gift in den Gläsern gewesen und sie hatte sie alle zum Narren gehalten?

Doch in diesen Moment krümmte Kyria sich neben ihr zusammen.

»Verfluchter Krähendreck«, keuchte sie und verzog das Gesicht. Zeitgleich begannen die Mädchen an den anderen Tischen ebenfalls Symptome einer Vergiftung aufzuweisen. Ausnahmslos alle bis auf Elainia selbst. Ihr Herzschlag beschleunigte sich. Das war kein Zufall. Sie konnte niemals die Einzige sein, die sich für das richtige Glas entschieden hatte. Ihr Blick schoss zu Magistra Sharla. Unverändert entspannt beobachtete diese das Geschehen. Dann sahen sie einander in die Augen.

»Was habt Ihr getan?«, brachte sie hervor, während ihre Kameradinnen sich teils stöhnend, teils wimmernd auf ihren Plätzen wanden oder bereits zu Boden gerutscht waren. Eine allumfassende Angst drückte gegen die Mauern von Elainias Magie. Angst von knapp einem Dutzend Magierinnen, die nicht verstanden, was gerade geschah. Sie eingeschlossen.

»Zehn Anwärterinnen, neun Gifte, neun unterschiedliche Wirkungsweisen, neun Gegengifte. Zeit, dein Können unter Beweis zu stellen, Larodres.«

Endlich begriff Elainia. Die Magistra hatte alle Gläser vergiftet. Alle bis auf ihre beiden. Und nun verlangte sie von ihr ihre Mitschülerinnen zu retten. Sie biss die Zähne zusammen, um die aufkeimende Furcht zu verdrängen, die ihren Verstand zu lähmen drohte. Gleichzeitig schob sie die Wut auf Lanara Sharla beiseite und zwang sich ruhig zu bleiben. Zeit war ihr größter Feind. Also würde sie schneller sein müssen. Sie packte Kyria an den Schultern. Ihre Freundin war noch bei Bewusstsein. Ihre Lippen waren angeschwollen, sie krümmte sich, als hätte sie Magenkrämpfe. In Gedanken sortierte Elainia die ersten Giftpflanzen aus, deren Symptome nicht passten.

»Mund auf«, forderte sie Kyria auf. Auch ihre Zunge und ihre Schleimhäute waren dick.

»Seidelbast«, flüsterte sie mehr zu sich selbst. Die Samen der roten Beeren sowie die Rinde enthielten ein hochwirksames Gift, das im Verlauf der Wirkung zu Erbrechen und Durchfall führte, Schwindel und Kopfschmerzen hervorrief, Herzschlag sowie Körpertemperatur ansteigen ließ und letztendlich zum Versagen des Kreislaufs führte.

»Seidelbast«, wiederholte sie laut und deutete auf Kyria.

Magistra Sharla holte ein Fläschchen aus einer Kiste neben ihr. Elainia zögerte keine Sekunde. Sie sprang von ihrem Platz, hastete nach vorne und riss es ihr aus der Hand. Sie durfte sich nicht geirrt haben. Kyria schluckte das Gegenmittel mit sichtlicher Anstrengung.

Elainia wartete nicht, bis sie ausgetrunken hatte. Stattdessen widmete sie sich Sola, die stöhnend auf dem Boden lag, eine Pfütze aus Erbrochenem zu ihrer Linken. Ehe sie damit Zeit verschwendete, sie nach ihrem Befinden zu fragen, senkte sie die Mauern um ihre Magie und richtete sie ausschließlich auf das Mädchen vor sich. Ihr Schmerz und ihre Angst verrieten ihr alles, was sie wissen musste. Da war ein Brennen, das ihre gesamte Haut umfasste, Panik, nicht mehr richtig sehen zu können, ein lähmendes Gefühl, das ihre Muskeln ergriffen hatte.

»Eisenhut!« Wieder ließ sie sich von Magistra Sharla ein Fläschchen reichen und zwang Sola, es auszutrinken, bevor sie zu Grita eilte. Ihre Gedanken rasten. All das Wissen der letzten Jahre, das sie sich über Gifte und ihre Wirkungsweise angeeignet hatte, wirbelte in ihrem Kopf wild durcheinander. Dennoch gelang es ihr, die richtigen Schlüsse zu ziehen. Zumindest hoffte sie es.

Hundsbaum, Oleander, Tollkirsche, Sichelrose, Zerberusbaum, Rizinus, Wasserschierling. Magistra Sharla hatte mit den Dosierungen nicht gegeizt. Einige der Gifte wirkten deutlich langsamer im Vergleich zur Sichelrose, doch all ihre Mitschülerinnen sahen ausnahmslos aus, als wären sie bereits dem Tode nah. Trix war die Letzte, der sie das Gegenmittel einflößte. Die Tunika klebte Elainia am Rücken, ihr Atem ging schwer und das Blut pulsierte durch ihre Adern wie ein reißender Fluss.

»Gut gemacht.« Magistra Sharlas Stimme schaffte es durch den Adrenalinrausch, der ihre Sinne benebelte.

Gut gemacht? Fast hätte sie aufgelacht. »Hättet Ihr sie sterben lassen? Wenn ich mich geirrt hätte? Oder zu langsam gewesen wäre?« War sie sich vorhin noch so sicher gewesen, die Antworten auf diese Fragen zu kennen, so musste sie sich jetzt eingestehen, sich vielleicht geirrt zu haben.

»Wäre nicht das erste Mal, dass eine Anwärterin es nicht bis zu den Prüfungen schafft«, erwiderte ihre Magistra.

»Ach ja?«

»Es gab Zeiten, da waren die Regeln an diesem Ort andere. Härtere. Da sorgte man dafür, dass nur die Besten der Besten zu den Prüfungen angetreten sind, denn einzig und allein sie gehörten in die Königinnengarde. Und nun pack deine Sachen. Der Unterricht ist beendet.« Sie drehte sich um. Einfach so. Ein eindeutiges Zeichen dafür, dass das Gespräch für sie beendet war.

Elainia biss die Zähne zusammen und kämpfte sich mit Wut im Bauch auf die Beine. Jetzt, da das Adrenalin abflaute, verspürte sie eine bleierne Müdigkeit, die sich ihrer Glieder bemächtigte. An ihrem Platz angekommen, verstaute sie rasch Stifte und Bücher in ihrer Tasche. Kyria wirkte mitgenommen, doch die Schwellung ihrer Lippen klang bereits ab.

»Ich hasse sie wirklich«, grummelte sie. Mitgefühl leuchtete in ihren grauen Augen, als sie zu Elainia aufsah.

»Nur hilft uns das nicht weiter. Ich glaube, das war ein Vorgeschmack dessen, was uns in den Prüfungen erwarten wird. Wir sollten ihr vermutlich eher dankbar sein, dass sie uns nicht ins offene Messer laufen lässt.«

»Sobald ich bestanden habe, werde ich darüber nachdenken. Über die Dankbarkeit.« Sie verzog das Gesicht. »Meine Zunge brennt immer noch.«

Mehr als ein müdes Lächeln brachte Elainia nicht zustande. Sie musste sich ihre verbliebene Kraft für den Kampfunterricht aufsparen.

Gemeinsam schlenderten sie durch die steinernen Gänge und hinaus auf den Innenhof, der zum größten Teil aus einer Sandfläche bestand. Magistra Darkla erwartete sie bereits mit gewohnt strenger Miene. Obgleich sie von allen Lehrerinnen des Alten Klosters die älteste war, besaß sie Ausdauer, Kraft, Geschick und Wendigkeit wie keine andere. Ihr sehniger Körper steckte wie gewohnt in einer lederbesetzten Tunika und eng anliegenden Hosen. Trotz der Hitze, die schon wieder herrschte, glänzte nicht ein Tropfen Schweiß auf ihrer Stirn. Elainia hingegen spürte bereits, wie ihre Haare im Nacken zu kleben begannen.

»Taschen weg und antreten«, befahl die Magistra in einem Kommandoton, der dem eines Heerführers in Nichts nachstand.

Eilig gehorchten sie und stellten sich nebeneinander der Magistra gegenüber auf. Der Blick aus ihren dunklen Augen glitt über jede von ihnen hinweg. Unwillkürlich straffte Elainia die Schultern.

»Heute finden wir heraus, wer von euch Mädchen wirklich bereit für die Prüfungen ist.«

Prompt schossen ihr Magistra Sharlas Worte durch den Kopf.

»Das bedeutet, ihr werdet im Zweikampf gegeneinander antreten. Die jeweilige Siegerin ist eine Runde weiter. Ein Kampf gilt als beendet, wenn ihr den abgesteckten Bereich verlasst, ...« Sie deutete hinter sich und Elainia entdeckte ein Viereck, das mit roten Fähnchen markiert war. »... Blut fließt oder ihr euch ergebt.«

Das klang gar nicht mal so schlimm.

»Sollte eine von euch aber so närrisch sein und sich wirklich ergeben wollen, dann endet ihre Ausbildung hier und heute.« Magistra Darkla übertönte das erschrockene Luftschnappen einiger Anwärterinnen mit ihrer rauen Stimme. »Als Kriegermagierin der Königinnengarde oder Wächterin eines hohen Adelshauses werdet ihr kämpfen und euer Leben opfern, wenn es sein muss. Niemals – niemals – ergebt ihr euch dem Feind. Unsere hochgeschätzte Direktorin hat sich der Übermacht, die ihr in den Gemächern der Königin gegenüberstand, nicht ergeben. Sie hat gekämpft, gewonnen und überlebt. Nehmt euch ein Beispiel daran.«

Elainia biss sich angespannt auf die Unterlippe. Erst Magistra Sharla, jetzt Magistra Darkla. Die Prüfungen mussten härter sein als alles, was sie sich bisher ausgemalt hatte, und das ließ Furcht durch ihre Adern kriechen.

»Bisher habe ich euch erlaubt, beim Kämpfen auf eure Magie zuzugreifen, was zum Vorteil derer mit stärkeren Kräften, mehr Spezialisierungen oder Berührungen gewesen ist. Doch heute werdet ihr eure Gaben außen vor lassen. Und um sicherzugehen, dass das passiert, tragt ihr einen dieser Armreifen.« Die Magistra hob einen Ledersack auf, der bis dahin zu ihren Füßen gelegen hatte. Aus dem Inneren erklang leises, metallisches Klimpern.

Kyria verkrampfte sich spürbar neben Elainia. Ihr war klar warum. Ihre

Freundin war eine herausragende Kriegerin, aber nur solange sie ihre Elementberührung einsetzen konnte. Ihre Kombination aus Feuer, Erde und Luft war eine echte Naturgewalt. Rein körperlich hatte sie den meisten anderen von ihnen aber nicht viel entgegenzusetzen und würde sich auf ihre Geschwindigkeit und Ausdauer verlassen müssen.

Elainia unterdrückte ein Seufzen. Sie selbst hatte ihre Magie meist genutzt, um ihre Gegnerinnen zu verwirren, ihnen Unsicherheit einzupflanzen und sie so abzulenken, was die Übungskämpfe für sie zu einer ziemlich leichten Angelegenheit gemacht hatte. Dennoch hatte sie sich nie vollständig auf die Kräfte verlassen, denn es war ihr zuwider, die Emotionen ihrer Mitschülerinnen zu manipulieren.

»Eure Partnerin für die erste Runde steht auf der Tafel. Nehmt euch ein Armband und sucht euch eine Waffe aus. In fünf Minuten fangen wir an.« Damit öffnete Magistra Darkla den Beutel.

»Das wird eine Katastrophe«, murmelte Kyria und zwirbelte nervös eine blonde Haarsträhne zwischen den Fingern, während sie auf ihre Magistra zuliefen.

»Wird es nicht«, versuchte Elainia sie aufzumuntern. »Du bist flink wie ein Wiesel und keuchst noch nicht mal, nachdem wir meilenweit durch die Stadt gerannt sind.«

»Da war ich aber auch ausgeschlafen und wurde vorher nicht vergiftet.«

»Zumindest in dieser Hinsicht herrschen gleiche Bedingungen für alle«, kommentierte Elainia.

»Für alle außer dich.«

»Ich musste euch alle neun retten. Das war vielleicht nicht körperlich schlimm, nervlich dafür umso mehr.«

»Na schön. Das lasse ich gelten.« Kyria griff in den Beutel und zog eines der Armbänder hervor.

Elainia tat es ihr gleich. Sie erkannte sofort, woraus die schlichten, breiten Schmuckstücke gefertigt worden waren. Schwarzeisen. Dieses matte, extrem harte und doch leichte Metall, das von den Zwergen aus den unendlichen Tiefen des Großen Gebirges des Ostens Hirimas geschürft wurde und die Eigenschaft besaß, Magie zu unterdrücken. Trotz der Hitze rann ihr ein unangenehm prickelnder Schauer über den Rücken, als sie den Verschluss des Armbands um ihr Handgelenk einrasten ließ. Kälte legte sich um die Magie in ihrer Brust und verwehrte ihr den Zugriff auf sie. Das unterschwellige Surren fließender Emotionen, das sie beständig wahrnahm, verstummte. Plötzlich erschien ihr die Welt trüb und still. Sie sah zu Kyria. Ihre Freundin machte ebenfalls keinen glücklichen Eindruck.

Stumm begaben sie sich zu der Tafel. Elainia suchte nach ihrem Namen, fand ihn neben dem von Sola und atmete auf. Sola war gut, aber sie war besser und das wussten sie beide. Trotzdem würde sie sie nicht unterschätzen. Mit einem Blick auf das abgesteckte Sandviereck entschied sie sich für ein schlankes Kurzschwert. Distanzwaffen waren für den Nahkampf ungeeignet und ein schwerer Zweihänder würde sie zu schnell ihrer Kräfte berauben. Kyria entschied sich für zwei lange Dolche.

»Trix und Darlia zuerst.« Magistra Darkla scheuchte die beiden Anwärterinnen auf.

Mit ernsten Mienen traten diese in das Viereck, die Haare zurückgebunden, die Körper voller Anspannung. Dann gab ihre Magistra das Startzeichen. Keine der beiden zögerte lange. Klingen blitzten im Sonnenlicht, als Darlia sich auf Trix stürzte. Metall traf klirrend auf Metall. Trix' Armmuskeln spannten sich an, während sie Darlias Angriff abwehrte und sie mit zusammengebissenen Zähnen zurückdrängte. Ihre Schwerter wirbelten in einer Geschwindigkeit durch die Luft, die sie zu silbernen Streifen werden ließen. Sowohl Darlia als auch Trix schienen sich die Worte der Magistra zu Herzen genommen zu haben. Aufgeben war keine Option. Ihr Keuchen, Ächzen und Knurren erfüllte die Luft, bis Trix mit einem Aufschrei zu Boden ging. Ein blutiger Schnitt zog sich quer über ihren linken Unterschenkel. Mit schmerzverzerrtem Gesicht lehnte sie Darlias helfende Hand ab und stemmte sich auf die Beine. Magistra Darkla nickte knapp, ehe sie das nächste Paar heranwinkte.

Kyria gewann ihren Kampf gegen die große, muskulöse Grita nur knapp, aber sie gewann, weil sie die winzige Lücke in Gritas Deckung genutzt hatte, die selbst Elainia beim Zusehen beinahe entgangen wäre. Schwer atmend gesellte ihre Freundin sich zu ihr. Ein erleichtertes Lächeln zog ihre Mundwinkel in die Höhe.

»Sola und Elainia«, rief Magistra Darkla sie und ihre Gegnerin auf.

»Viel Glück«, raunte Kyria.

»Danke.«

Elainia lockerte ihre Arme, ehe sie hinter Sola das Viereck betrat. Die Sonne stand inzwischen fast senkrecht über dem Innenhof und versengte ihre Haut. Sola erging es jedoch nicht besser. Auf ihrer Tunika zeichneten sich gleichermaßen nasse Flecken ab.

»Kämpft.« Magistra Darklas strenge Aufforderung riss Elainia aus ihren Gedanken.

Sie würde nicht verlieren. Das verboten sowohl ihr Stolz als auch ihr Ehrgeiz.

Konzentriert blendete sie ihre Umgebung aus. Richtete ihren Blick einzig und allein auf die junge Frau vor ihr. Dann griff sie an.

Kapitel 8

Ein ungerechter Kampf

Elainia

»Steh auf, Elainia! Mach schon.« Kyrias Stimme drang scharf durch den Nebel in ihrem Kopf.

Mühsam schüttelte sie die Benommenheit ab, die von dem Schlag herrührte, den Darlia ihr gerade verpasst hatte. Ihre Muskeln protestierten lautstark, als sie sich auf die Beine kämpfte und ihre Klinge dabei vom Boden aufklaubte. Sie bekam kaum Gelegenheit, sich zu orientieren, da drosch die andere junge Frau bereits wieder auf sie ein. Elainias Arm erzitterte unter der Wucht ihres Schlags. Ächzend stemmte sie sich gegen Darlia und drückte deren Schwert mit einem Keuchen zur Seite. Schweiß rann ihr übers Gesicht, Sand klebte auf ihrer Haut, ihr Atem ging schwer. Darlia und sie waren die letzten beiden, die übrig geblieben waren. Die beiden, die ihre drei vorherigen Gegnerinnen erfolgreich besiegt hatten. Dementsprechend ausgelaugt fühlte Elainia sich inzwischen. Hinzukam die gnadenlose Hitze, die ihren Mund austrocknete und ihr den Schweiß aus jeder Pore treten ließ. Darlia sah genauso erschöpft aus wie sie, doch in ihren blauen Augen brannte ein Feuer der Entschlossenheit, sie um jeden Preis zu bezwingen.

Hastig wischte Elainia sich die feuchten Locken aus der Stirn und verteilte dabei nur noch mehr Sand auf ihrem Gesicht.

»Gibst du auf?«, fragte Darlia und spuckte aus.

»Im Leben nicht«, erwiderte sie.

»Gut, ich nämlich auch nicht.«

»Weniger reden, mehr kämpfen«, dröhnte Magistra Darkla.

Elainia verkniff es sich, die Augen zu verdrehen. Stattdessen zapfte sie ihre letzten Energiereserven an. Sie musste Darlia irgendwie aus der Reserve locken. Musste dafür sorgen, dass diese ihre Deckung vernachlässigte, damit sie endlich den Treffer landen konnte, der das alles hier beendete. Einen tiefen Atemzug nehmend, schloss sie die Finger fester um den Griff ihrer Klinge und sprang vor. Darlia riss ihrerseits die Waffe hoch, um ihren Schlag abzufangen. Metall klirrte. Elainia feuerte ihre Muskeln zu Höchstleistungen an, ließ ihr Schwert immer und immer wieder auf Darlia niedersausen. Schneller und schneller. Rechts, links, rechts, links. Darlia durfte keine Gelegenheit zum Nachdenken bekommen. Sie musste gezwungen sein, ihre Schläge abzuwehren, ohne selbst anzugreifen. Ein letztes Mal erhöhte Elainia die Geschwindigkeit. Ihre Schulter brannte. Kurz bevor ihre Muskeln den Dienst versagten, machte sie einen Schritt zur Seite, drehte sich um Darlia herum, die ihrer Bewegung nicht schnell genug folgen konnte, und ließ ihre Klinge über deren Wade gleiten. Stoff riss, Blut quoll aus dem Schnitt. Es war vorbei. Sie hatte gewonnen. Darlia stolperte und fiel auf die Knie. Keuchend beugte Elainia sich vor, stützte ihre Hände auf die Oberschenkel und rang nach Luft. Ihr Schwert lag längst im Sand.

»Kyria, hilf Darlia«, forderte Magistra Darkla ihre Freundin auf. Sie gehorchte, stützte die junge Frau und verließ mit ihr das Viereck, dessen Sand sich an etlichen Stellen bereits rot gefärbt hatte. Als Elainia Anstalten machte, ihr zu folgen, trat die Magistra ihr in den Weg. »Gut gekämpft, Larodres.«

»Danke.«

»Nur hast du noch nicht alle besiegt.«

»Was?« Irritiert schaute sie in die Runde und registrierte plötzlich die beiden Dolche in Magistra Darklas Händen. Ihr Herz setzte einen Schlag aus. Das konnte sie nicht ernst meinen. Gegen die ausgeruhte, kampferprobte Kriegerin hatte sie überhaupt keine Chance. Nicht einmal, wenn sie selbst im Vollbesitz all ihrer Kräfte gewesen wäre. Hätte sie doch bloß Darlia gewinnen lassen.

»Ihr wollt, dass ich gegen Euch antrete?«, vergewisserte sie sich ungläubig.

»Wonach sieht es denn sonst aus? Na los, nimm dein Schwert oder ich werte das als aufgeben.« Magistra Darklas Tonfall ließ keinen Zweifel daran, wie ernst es ihr war.

Ärger über diese Ungerechtigkeit brandete in Elainia auf, doch sie schluckte ihn herunter und packte ihre Klinge. Sand klebte am lederumwickelten Griff und scheuerte an ihrer Haut.

»Gleiche Regeln«, meinte die Magistra.

Elainia nickte knapp. Was sollte sie auch anderes tun. Beschweren würde sie sich nicht, obwohl der Kampf alles andere als gerecht war. Die beiden Dolche in den Händen ihrer Magistra funkelten unheilvoll in der Mittagssonne. Resigniert bezog Elainia Stellung, obwohl ihr erschöpfter Körper gegen jede Bewegung protestierte. Ihr Kopf dröhnte. Wenn Magistra Darkla sie nicht außer Gefecht setzte, würde die Hitze es tun.

Ohne weitere Vorwarnung erfolgte der erste Angriff. Sie duckte sich unter den zischenden Klingen hinweg, huschte an ihrer Magistra vorbei und wartete ab, was als Nächstes kommen würde. Bloß keine Kraft verschwenden, denn davon konnte sie wirklich nicht mehr viel vorweisen. Sie spürte die erwartungsvollen Blicke ihrer Mitschülerinnen auf sich ruhen. Fühlen konnte sie nichts, denn das dämliche Armband verhinderte noch immer, dass sie auf ihre Magie zugreifen konnte. Ihre Magie.

Ein Gedanke schoss ihr durch den Kopf. Wenn Magistra Darkla ungerecht war, dann konnte sie es auch sein. Hastig löste sie das Armband von ihrem Handgelenk. Sofort strömten die Emotionen ihrer Zuschauerinnen auf sie ein, doch sie konzentrierte sich einzig und allein auf ihre Gegnerin. Zu ihrer Überraschung begann diese zu lächeln, als sie bemerkte, was Elainia getan hatte.

»Jetzt kämpfen wir richtig«, meinte sie zufrieden. Schwarze Schatten schlängelten sich um ihre Arme, das Weiß ihrer Augen färbte sich grau.

Elainia zögerte nicht länger und stürzte sich auf die ältere Frau. Zeitgleich tastete sie mit ihrer Magie nach Magistra Darklas Innerem. Deren Schattenmagie bildete eine schützende Barriere um ihre Gefühle. Ihre Konzentration geriet ins Wanken, als sie wie Darlia vorhin gezwungen wurde, blitzschnell ausgeführte Dolchstöße abzuwehren. Neuer Schweiß perlte über ihre Stirn, tropfte von ihrer Nasenspitze. Sie schmeckte das Salz auf der Zunge. Ihr Puls hämmerte in einem Tempo, das vermutlich nicht mehr gesund war. Sie musste durch diese Barriere!

Urplötzlich wand sich ein Schattententakel um ihren linken Knöchel und zog ihr den Boden unter den Füßen weg. Mit einem schmerzhaften Aufprall landete sie im Sand. Fluchend rappelte sie sich wieder auf. Drängte ihre Magie in Magistra Darklas Brust, zerrte an ihrer Abwehr, wich ihren Tentakeln aus Dunkelheit aus und parierte ihre Dolchstöße, die auf sie niederfuhren wie Schlagen, die zubissen.

Endlos lange Sekunden verstrichen, ehe es ihr schließlich gelang, die Barriere um die Emotionen ihrer Magistra zu durchbrechen. Bevor sie allerdings auch nur daran denken konnte, Verwirrung und Unsicherheit zu sähen, rasten mehrere Schattenarme gleichzeitig auf sie zu, packten sie und schleuderten sie zu Boden. Diesmal stand sie nicht wieder auf. Der Aufprall hatte ihr jeglichen Atem aus den Lungen gepresst. Grelle Lichter tanzten vor ihren Augen, die Welt begann sich zu drehen. Schneller und immer schneller. Dann wurde alles in Finsternis getaucht.

***

Sie erwachte im Krankentrakt des Alten Klosters. Stöhnend setzte sie sich auf. Jeder Muskel in ihrem Körper schmerzte, die Zunge klebte ihr am Gaumen. Ihre Kehle fühlte sich so trocken wie die Wüste selbst an. Zumindest war es um sie herum angenehm kühl, denn die dicken Mauern hielten die Sommerhitze draußen.

»Hier.« Kyria reichte ihr ein Glas Wasser, das sie in einem Zug leer trank.

»Schon besser«, krächzte sie. »Was ist passiert?«

»Du bist ohnmächtig geworden, nachdem Magistra Darkla dich mit ihrer Magie zu Boden befördert hat. Das sah schmerzhaft aus.«

»War es.« Elainia massierte sich die Schläfen. »Ich hatte sie fast. Ein paar Sekunden mehr und ich hätte ihre Gefühle manipuliert bekommen.«

»Mach dir nichts draus. Du hast bewiesen, wie herausragend du bist.« Ihre

Freundin schenkte ihr ein Lächeln. »Keine von uns hätte auch nur ansatzweise so lange gegen die Magistra bestanden wie du.«

Die neidlose Bewunderung in Kyrias Stimme wärmte Elainias Inneres. Dennoch nagte es an ihr, so kurz vor einem möglichen Sieg versagt zu haben. Sicher, dass sie gewonnen hätte, war sie allerdings nicht. Bevor sie sich jedoch länger darüber Gedanken machen konnte, rumorte ihr Magen. Das nicht zu überhörende Knurren ließ Kyria schmunzeln.

»Ich dachte mir, dass du Hunger haben wirst. Deswegen habe ich das da aus dem Speisesaal mitgehen lassen.« Sie deutete auf das Tischchen neben Elainias Bett. Darauf stand ein Tablett. Die Teller waren gefüllt mit frischem Salat, dampfendem Reis, würzig duftendem Gemüse und dazu gab es noch eine Schale voll mit Schokoladencreme.

Allein der Anblick der Speisen ließ Elainia das Wasser im Mund zusammenlaufen. »Du bist die Beste«, sagte sie, während sie sich das Tablett auf den Schoß zog. Ihre Schultern schmerzten allein bei der kleinen Bewegung. Die nächsten Tage würden ziemlich übel werden.

»Ach ja, du bist vom restlichen Unterricht heute befreit.«

»Immerhin etwas«, nuschelte sie zwischen zwei Bissen. Viel verpassen würde sie nicht. Magistra Ean hatte bereits angekündigt nur zu wiederholen, was sie bereits durchgenommen hatten. Sie war die einzige Magistra, bei der man sich nicht vor unerwarteten Tests in Acht nehmen musste.

»Erzählst du mir trotzdem, was ihr gemacht habt?«, fragte sie und Kyria nickte.

»Jede Einzelheit. Ich sollte wohl los, sonst komme ich noch zu spät. Erhol dich.« Sie lächelte sanft, erhob sich mit der ihr so eigenen Eleganz und war kurz darauf verschwunden.

Elainia widmete sich genüsslich ihrem Essen und war froh, als ihr Magen nach dem Schokodessert endlich Ruhe gab.

Heilerin Moraia entließ sie eine gute Stunde später mit einem nachsichtigen Lächeln. Auf ihre Frage, ob sie nicht etwas gegen den stärker werdenden Muskelkater tun konnte, erhielt Elainia nur ein »Das wirst du aussitzen müssen.«

»Ich habe es geahnt.« Sie zog eine Grimasse. So aufrecht wie möglich ließ sie den Krankentrakt hinter sich.

***

Avis

Drei Tage waren vergangen, seit er die verletzte Wächterin der Königinnengarde in der Gasse zurückgelassen und den unbekannten Attentäter in die Tunnel unter der Stadt verfolgt hatte. Selbst jetzt schüttelte es Avis noch immer jedes Mal, wenn er an die feuchte Dunkelheit und den modrig-fauligen Geruch dort unten dachte. Leider hatte sich diese Tortur nicht wirklich bezahlt gemacht, denn viel Erfolg hatte er bei seiner Beschattung nicht gehabt. Der Kerl war flink und überaus vorsichtig gewesen. Ständig hatte er sich umgedreht, war scheinbar willkürlich abgebogen und hatte Avis vollkommen die Orientierung verlieren lassen. Dennoch hatte er nicht aufgegeben, hatte sich in feuchte Ecken gedrängt, um nicht entdeckt zu werden, war durch stinkendes Wasser gewatet, wenn die Gänge zu niedrig wurden, um fliegen zu können, und hatte Bekanntschaft mit den Ratten gemacht. Als Avis langsam aber sicher geglaubt hatte, dem Mann bis in alle Ewigkeit hinterherpirschen zu müssen, war dieser vor einer eisernen Tür stehen geblieben, hatte geklopft und war von jemand anderem eingelassen worden. Bevor die Tür ins Schloss gefallen war, hatte er Stimmen vernommen. Mindestens drei verschiedene.

Sicher, nichts mehr ausrichten zu können und zu wollen, war er umgedreht und hatte mit Glück recht schnell einen Schacht gefunden, der ihn zurück an die Überfläche geführt hatte. Herausgekommen war er zu seinem Ärger in der Nähe der Stadtmauer, sodass er die vielen Meilen zu seinem Gasthaus hatte stinkend und verdreckt hatte fliegen müssen. Aus Pflichtgefühl hatte er zusätzlich einen Schlenker in die Gasse gemacht und erleichtert festgestellt, dass die Magierin verschwunden gewesen war.

Ajola, die Wirtin der Taverne, hatte bei seinem Anblick missbilligend die Nase gerümpft, sich jedoch einen Kommentar verkniffen. Stattdessen hatte sie ihm ein Stück Seife zugeworfen und ihm angeboten, ein Bad in der

Waschküche für ihn einzulassen. Dankend hatte er angenommen. Der Gestank in seinen Haaren hatte sich äußert hartnäckig gehalten und war erst nach der fünften Wäsche ertragbar gewesen. Es war aber auch möglich, dass er es sich eingebildet hatte, da er selbst Stunden später noch das Gefühl hatte, Kloake und fauliges Wasser zu riechen.

Nachdem er zwei Tage überlegt hatte, ob er sich wirklich tiefer in die Angelegenheiten dieser Stadt hineinziehen lassen wollte und sich dank seines Pflichtgefühls dafür entschieden hatte, ging er nun vor dem vergoldeten Tor des Palasts Arcandes in den Sinkflug und landete leichtfüßig vor den Wachen.

»Ich bin hier, um der Königinnengarde Bericht zu erstatten«, meinte er.

»Name?«, grummelte der ältere der beiden Männer.

»Avis Landro.«

»Nie gehört.«

Woher auch? Er hatte ihn der Magierin nicht genannt. Ebenso wenig, wie er ihren Namen erfragt hatte. Im Nachhinein betrachtet ziemlich dämlich, da er jetzt auf verlorenem Posten stand.

»Mit wem willst du denn sprechen, Bursche?«, erkundigte sich der andere Mann.

»Wenn ich das wüsste. Schwarze Locken, ist vor drei Tagen angegriffen und niedergestochen worden.«

Da hellte sich die Miene der Wache auf und sie beugte sich zu seinem Kollegen. »Er meint Lady Larodres.«

»Ich weiß, wen er meint. So viele Kriegermagierinnen wurden hier schließlich nicht verletzt hergebracht«, erwiderte der ungehalten.

»Probleme, die Herrschaften?« Eine Frau war ans Tor getreten. Ihr rotbraunes Haar, das auf einer Seite fest zurückgeflochten war, glänzte feurig im Licht der Sonne. Sie trug die Rüstung der Königinnengarde.

»Der Feenjunge –«

»Avis Landro«, fuhr Avis dazwischen, denn es war ihm ein Dorn im Auge, wenn man in seiner Anwesenheit über ihn sprach, als wäre er nicht da. Die Unterbrechung handelte ihm einen grimmigen Blick der Wache ein.

»Der Feenjunge will mit Lady Larodres sprechen. Behauptet, er müsse Bericht erstatten. Vielleicht solltet Ihr Euch darum kümmern.«

»Das werde ich.« Die Fremde nickte. »Lasst ihn rein.«

Schweigend traten die Wachen beiseite, sodass Avis zwischen ihnen hindurchschlendern konnte.

Die Magierin bedeutete ihm, ihr zu folgen. »Du bist also der junge Mann, der Amanda gefunden hat. Sie hat mir von dir erzählt und dass sie dich hinter dem Angreifer hergeschickt hat.« Sie taxierte ihn mit einer gewissen Neugier in den braunen Augen.

»Der bin ich. Und mit wem habe ich das Vergnügen?«

»Roxana Fardres, stellvertretende Anführerin der Königinnengarde.«

Avis neigte leicht den Kopf.

»Ich bringe dich zu ihr.«

»Danke.«

Schweigend folgte er der Magierin über den sorgfältig gepflasterten Innenhof. So viel Stein, so viel Marmor, so viel Prunk. Im Palast des lichten Feenvolks, seines Volks, hatte die Natur die Oberhand, nicht Gold und Alabasterstuck. Wenn er ehrlich sein sollte, fehlte ihm seine Heimat, doch er hatte ihr aus gutem Grund den Rücken gekehrt. Elandria war der Ort, an dem er mit seinem Leben weitermachen wollte.

Roxana Fardres führte ihn zu einer fein verzierten Flügeltür aus dunklem Holz. Auch davor standen Wachen, aber diesmal handelte es sich um zwei Frauen in den gleichen Uniformen, wie die Magierin sie vor ihm trug. Eine der beiden drückte die Klinke herunter und öffnete ihnen. Im Inneren des Gebäudes war es kühl, der Prunk von draußen setzte sich jedoch gleichermaßen hier fort. Kristallbehängte Kronleuchter zierten die hohe Decke, an den Wänden hingen goldgerahmte Gemälde früherer Magierinnen der Königinnengarde. Zumindest vermutete er das wegen ihrer strahlend weißen Rüstungen. Jede von ihnen blickte streng, aber nicht ohne einen gewissen Stolz auf ihn herab. Vermutlich sollte diese Galerie Ehrfurcht einflößen. Avis hingegen fühlte nichts als Bewunderung für den Künstler, der die Gesichter der Frauen in solcher Lebendigkeit eingefangen hatte.

»Warte hier.« Roxana war vor einer weiteren Tür stehen geblieben, die Hand bereits um den Knauf gelegt.

Er nickte, woraufhin sie in dem Zimmer verschwand und ihn in der totalen Stille des breiten Ganges zurückließ. Glücklicherweise vergingen nur einige Minuten, ehe Roxana ihn hereinholte. Sofort schlug ihm über dem Duft von Tinte und Papier der Geruch von Kräutersalbe und Ingwertee entgegen. Eine Mischung, die ihm durchaus willkommen war.

Neugierig ließ er den Blick über den gesamten Raum gleiten und registrierte an der rechten Wand ein riesiges Bücherregal, die Bücher darin sorgfältig nach Alphabet sortiert. Dass Amanda Larodres wohl einen ausgeprägten Sinn für Ordnung zu haben schien, wurde ihm spätestens dann klar, als er den penibel aufgeräumten Schreibtisch entdeckte. Das Einzige, was das helle Licht, das durch die zwei hohen Fenster fiel, offenbarte, waren die Staubkörner in der Luft – und die Waffen an der gegenüberliegenden Wand, deren silberne Klingen in der Sonne gefährlich aufblitzten. Doch das war wohl bei einer Kriegermagierin nicht allzu verwunderlich.

Abrupt erinnerte er sich wieder an den Grund seines Hierseins und wandte sich der Frau zu, die sich gerade von einem samtüberzogenen Kanapee erhob und dabei an der Kante des gewaltigen Schreibtischs abstützte. Sie war noch immer blass, doch bei Weitem nicht so erschreckend fahl wie vor drei Tagen. Ein entschlossener Zug lag um ihre Mundwinkel. Roxana Fardres eilte an ihre Seite und gab ihr Halt.

»Komm näher«, bat Lady Larodres freundlich. »Ich habe Anweisung, mich nicht mehr zu bewegen als nötig. Wenn es nach meiner Heilerin ginge, läge ich weiterhin bei ihr im Krankentrakt.«

»Es freut mich, Euch wohlauf zu sehen«, erwiderte Avis höflich, obwohl wohlauf vermutlich das falsche Wort war, um ihren Zustand zu beschreiben. Das Stehen bereitete ihr Schmerzen. Er konnte es deutlich in ihren braunen Augen lesen, die im hereinfallenden Sonnenlicht die warme Farbe von Karneol hatten.

»Setzen wir uns doch und dann möchte ich, dass du mir berichtest, was du in Erfahrung bringen konntest.« Mit einer Hand deutete sie auf das Kanapee.

Er folgte ihrer Aufforderung und wartete, bis sie sich neben ihm niedergelassen hatte. Roxana holte indes Tinte, Feder und Pergament aus einer Schublade am Schreibtisch.

»Vorab möchte ich mich dafür entschuldigen, dich dem Angreifer hinterhergeschickt zu haben. Das war verantwortungslos.«

Sein Respekt vor ihr wuchs. Er kannte nicht viele Wesen, die so offen ihre Fehler eingestanden. Vor allem nicht, wenn sie sich in höheren Positionen befanden. Das hatte er in Kronda zu Genüge erfahren.

»Ich hätte es auch einfach nicht tun können und Ihr hättet mich nie wiedergesehen. Schließlich kanntet Ihr mich nicht«, entgegnete er.

»Wohl war. Aber da du jetzt hier bist, bist du ihm gefolgt.«

Er nickte. Dann berichtete er ihr in allen Einzelheiten, was er beobachtet hatte. Die Feder zwischen Roxanas Fingern kratzte eilig über das Pergament, während Lady Larodres ihm aufmerksam zuhörte.

»Schließlich wurde er von irgendwem eingelassen, nachdem er geklopft hatte. Ungefähr so.« Er demonstrierte das Klopfzeichen am Holzbein des Kanapees. »Ich habe drei Stimmen hören können, bevor sie die Tür geschlossen haben. Alle männlich. Über einen Schacht ganz in der Nähe bin ich wieder an die Oberfläche gelangt.«

»Dann arbeitet der Kerl nicht allein«, murmelte Lady Larodres nachdenklich. »Kannst du uns auf einer Karte zeigen, wo genau du herausgekommen bist?«

Wie aufs Stichwort sprang Roxana auf und griff nach einer Pergamentrolle im Regal an der Wand. Langsam dämmerte Avis, welche Rolle Lady Larodres in der Hierarchie der Garde einnehmen musste, wenn die stellvertretende Anführerin ihr, ohne zu zögern, gehorchte. Er beugte sich über den fein gezeichneten Stadtplan, orientierte sich am Palast und wanderte mit dem Finger in südwestliche Richtung, ehe er kurz vor der Stadtmauer innehielt.

»Den Straßennamen habe ich mir nicht gemerkt, aber irgendwo in diesem Umkreis muss der Ausgang des Tunnels gelegen haben.«

Die beiden Magierinnen nickten gleichzeitig.

»Das hilft uns mehr, als du dir vorstellen kannst.« Lady Larodres lächelte zufrieden. »Roxana, stell einen kleinen Trupp zusammen. Sucht diesen Schacht, findet den unterirdischen Raum.«

»Wie du wünschst.« Die Angesprochene machte auf dem Absatz kehrt und verließ das Arbeitszimmer.

Nun wandte Lady Larodres sich an Avis. »Gibt es etwas, womit ich deinen Mut belohnen kann?«

Er wollte schon ablehnen, als ihm ein Einfall kam. »Wenn es möglich ist, würde ich gerne einen Blick in die Schlossbibliothek werfen.«

»Ich werde sehen, was sich machen lässt. Komm am besten morgen wieder. Ansonsten würde ich mich gerne mit einer Einladung bedanken.« Sie machte Anstalten aufzustehen. Schmerz ließ sie jedoch das Gesicht verziehen und scharf Luft holen.

Intuitiv sprang Avis hoch, um im Notfall handeln zu können, sollte sie sich nicht aufrecht halten können.

»Deine Eltern haben dich gut erzogen, Avis Landro«, kommentierte sie sein Verhalten mit einem anerkennenden Lächeln.

»Ja«, murmelte er. Nicht bloß seine Eltern.

»Du stammst vom lichten Feenvolk.« Es war eine Feststellung keine Frage. Trotzdem bejahte er abermals. »Ich bin noch nie am Hofe von König Kiovar und Königin Naira gewesen«, fuhr sie fort, lief um den Schreibtisch herum und schob einen Stapel Briefe beiseite.

»Sie empfangen selten Besuch.«

»Das habe ich auch gehört. Ah, hier ist er.« Vielsagend hielt sie einen versiegelten Briefumschlag in die Höhe.

»Was ist das?«, erkundigte er sich.

Sie reichte ihm den Brief. »Eine Einladung zum Geburtstagsball von Kronprinz Cassian in vier Tagen. Du hast mir und der Königsfamilie einen großen Dienst erwiesen, obwohl du es nicht hättest tun müssen. Ob du die Einladung annimmst oder nicht, überlasse ich dir.«

»Das ist sehr großzügig von Euch.« Sorgfältig verstaute Avis das Pergament in seiner Tasche. »Wenn es Euch nichts ausmacht, würde ich jetzt gehen. Ich finde selbst hinaus. Denkt an die Worte Eurer Heilerin.«

Ein Schmunzeln erhellte ihre Miene, obwohl sie eigentlich jeden Grund gehabt hätte, ihn für sein vorlautes Mundwerk zu tadeln. Was erlaubte er sich auch, der Anführerin der Königinnengarde Anweisungen zu erteilen?

»Auf Wiedersehen, Avis.«

»Lady Larodres.« Er deutete eine Verbeugung an, drehte sich um und verließ mit einer Balleinladung und der Hoffnung, die Palastbibliothek aufsuchen zu dürfen, das Zimmer.

Kapitel 9

Ballnacht mit Folgen

Elainia

»Lariel, das reicht«, stöhnte Elainia. »Wenn du dieses Kleid noch enger schnürst, kriege ich keine Luft mehr.« Essen konnte sie dann ebenfalls vergessen. Dabei war das ihr einziger Lichtblick an diesem Abend.

»Dafür, dass du diese Woche mehr Prellungen und Verletzungen angeschleppt hast als in den letzten Jahren zusammen, jammerst du ziemlich viel, Schwesterherz.«

»Das kannst du nicht vergleichen«, konterte Elainia. »Diese Kleider sind wahre Folter. Dagegen sind die Kampfstunden bei Magistra Darkla ein Spaziergang.« In den letzten Tagen war es zwar eher ein Wettrennen gewesen, das ihr selbst den letzten Atemzug aus der Lunge gequetscht hatte, aber das musste sie ihrer Schwester nicht unter die Nase reiben. Ihre Magistra hatten keine Mühen gescheut, ihnen den Ernst der Prüfungen zu verdeutlichen.

Lariel kicherte. »Du übertreibst mal wieder maßlos, Ela. Ich mag zwar nur schwach gefühlsberührt sein, doch deine Abneigung gegen dieses wunderschöne Kleid spüre ich deutlich. Aber gut, dann will ich mal nicht so sein.«

Zu Elainias Erleichterung lockerte ihre Schwester die Schnürung so weit, dass sie nicht länger das Gefühl hatte, um jeden Atemzug kämpfen zu müssen.

»Seid ihr fertig?« Ihre Mutter erschien im Türrahmen von Lariels Ankleidezimmer. Ausnahmsweise trug sie nicht ihre übliche Uniform, denn Königin Cierra hatte sie für diesen Abend von ihren Pflichten befreit und Roxana die volle Verantwortung über die Garde übertragen. Es war ungewohnt, sie nicht in Leder und Metall zu sehen. Stattdessen umspielte ein bodenlanges Kleid aus mehrlagigem, dunkelrotem Chiffon ihre athletische Figur. Tausende goldene Sterne funkelten auf dem Rock im warmen Licht der Abendsonne und auch wenn ihre Mutter noch immer einen Verband trug, war von diesem heute Abend nichts zu sehen. Dafür sorgten die eleganten Ärmel, die Lariel angenäht hatte.

»Wir sind fertig«, erklärte Elainia hastig und hielt ihre Schwester davon ab, ihr erneut an den Haaren herumzuzupfen. Sie hatte lange genug stillgehalten, als Lariel ihre Lockenmähne mit unzähligen Klammern festgesteckt und ihre Zofe Lisira Cremes und Puder auf ihr Gesicht getupft hatte.

»Ihr seht wundervoll aus.« Stolz schwang in der Stimme ihrer Mutter mit.

»Du ebenfalls«, entgegnete Elainia. »Das Kleid ist großartig geworden, Lariel.«

Die Wangen ihrer Schwester röteten sich unter der dünnen Puderschicht, die ihre ebenmäßige Haut nur noch feiner wirken ließ. So selbstbewusst Lariel oft auftrat, sobald man ihr Komplimente zu ihrer Arbeit machte, verwandelte sie sich in das schüchterne Mädchen, das sie früher gewesen war. Bevor sie gelernt hatte, dass sie sich nicht dafür schämen musste, als Tochter von Amanda Larodres nur sehr schwach magisch berührt zu sein. Sie kam eben viel mehr nach ihrem Vater. Sowohl äußerlich als auch bezogen auf die Magie. Er war ein einfacher Mensch, doch der wundervollste, den Elainia kannte.

»Lasst uns aufbrechen«, brach ihre Mutter die einvernehmliche Stille und gemeinsam stiegen sie die breite Treppe hinunter.

Elainia hatte wie immer Mühe, in den hohen Schuhen nicht das Gleichgewicht zu verlieren. Lariel dagegen schwebte wie eine Fee über die Stufen.

»Da sind ja meine drei Damen.« Ihr Vater stand am unteren Treppenabsatz und erwartete sie mit einem liebevollen Lächeln auf den Lippen. Sobald sie bei ihm angekommen waren, reichte er ihrer Mutter den Arm, die ihn dankbar ergriff. Elainia spürte, dass die Stichwunde sie selbst nach einer Woche intensiver Behandlung noch schwächte. Zugegeben hätte sie das natürlich niemals.

Während sie auf die Straße traten, wo die Kutsche der Königsfamilie bereits auf sie wartete, hakte sich Lariel bei ihr unter. Selbstverständlich hatte Cassian es sich nicht nehmen lassen, seine Verlobte höchstpersönlich abzuholen. Das glückliche Prickeln ihrer Schwester schwoll an, als der Kronprinz vom Kutschbock sprang. Elainia verstand, was Lariel an ihm fand. Er war unbestreitbar attraktiv mit den blonden Haaren, den graublauen Iriden, die an die aufgewühlte See erinnerten, und den kantigen Gesichtszügen, die er von König Cain geerbt hatte.

Lariel löste sich von ihr, eilte ihrem Prinzen entgegen und ließ sich von ihm in die Arme nehmen.

Elainia schmunzelte, als ihre Mutter sich räusperte und die beiden rasch auf Abstand gingen.

»Lady Larodres, Lord Larodres, Elainia.« Er neigte den Kopf.

Über die Förmlichkeiten konnte Elainia nur die Augen verdrehen. Mit einem Grinsen auf den Lippen tat sie es ihrer Schwester gleich und umarmte Cassian fest.

»Schön, dich endlich mal wiederzusehen«, meinte er.

»Gleichfalls, Hoheit. Alles Gute zum Geburtstag.«

Bevor er etwas erwidern konnte, schaltete der Kutscher sich ein.

»Mein Prinz, wir sollten fahren. Die Zeit drängt.«

»Natürlich, Andre. Was für eine Schande, wenn ich zu spät zu meinem eigenen Ball kommen würde.« Er lachte leise, marschierte zur Kutsche und half Lariel beim Einsteigen. Nachdem auch sie selbst und ihre Eltern Platz genommen hatten, schloss er die Tür.

Kurz darauf ging ein Ruck durch das Gefährt. Hufgeklapper auf Stein verkündete, dass sie sich in Bewegung gesetzt hatten. Zu Elainias Erleichterung dauerte die Fahrt nicht allzu lange. Sie hatte sich für diese Art der Fortbewegung noch nie begeistern können. Kutschen waren ihr zu eng, die kleinen Fenster ließen kaum Licht herein und auf unebeneren Wegen übertrug sich jedes Schlagloch, jede Wurzel und jeder Stein auf die Sitze. Viel lieber wäre sie wie der Prinz selbst geritten, doch das ging in ihrem Ballkleid schlecht. Der lange, fließende Rock mit den silbernen Stickereien und den vielen

Schichten violetten Seidenchiffons würde schon verhindern, dass sie überhaupt einen Fuß in den Steigbügel gesetzt bekam. Von den weiten, geschlitzten Ärmeln und der festen Schnürung einmal ganz zu schweigen. Das Kleid war wunderschön, nur trug sie einfach lieber Hosen.

Kurze Zeit später fuhren sie bereits in den festlich geschmückten Innenhof des Palastes ein. Dutzende Fackeln markierten den Weg für die Kutschen, die gewaltigen Flügeltüren am Fußende der breiten Treppe waren geöffnet. Bedienstete in tadellos sitzenden Uniformen kümmerten sich beflissen um Mäntel und Stöcke der Gäste, wobei Elainia nicht verstand, wozu man bei den noch immer warmen Temperaturen einen Mantel benötigte. Bevor jedoch jeder Gast in die royalen Räumlichkeiten vordringen durfte, wurden die Einladungen von zwei Gardemagierinnen kontrolliert. Unter ihnen auch Roxana, wie sie an dem rotbraunen Haarschopf erkannte.

»Lariel, wir nehmen einen anderen Eingang«, meinte Cassian. »Einen, wo weniger Trubel herrscht. Meine Eltern erwarten uns für die offizielle Eröffnung des Balls.«

Ihre Schwester nickte und winkte ihnen kurz zu, ehe sie ihrem Prinzen hinterherlief.

Währenddessen folgte Elainia ihren Eltern die Treppe hinauf. Schon jetzt strömten unzählige Emotionen auf sie ein, obwohl sie ihre Mauern fest hochgezogen hatte. Allerdings handelte es sich ausnahmslos um positive Gefühle, was es leichter machte, sie zu ertragen.

»Amanda.« Roxana winkte sie mit einem Lächeln durch.

Durch einen hell erleuchteten Gang gelangten sie schließlich zusammen mit anderen eintreffenden Gästen in den Thronsaal, der dem Anlass entsprechend hergerichtet worden war. Allerdings wurde Elainias Aufmerksamkeit sofort von dem üppigen Buffet anzogen, das sich über die gesamte linke Seite zog und die himmlischsten Düfte verströmte. Wie auf Kommando knurrte ihr Magen. Sie hatte absichtlich wenig gegessen, um in jedem Fall hungrig genug zu sein, um sich mindestens von einer Ecke zur anderen durchzukosten.

»Wein?« Eine Bedienstete war mit einem Tablett an sie und ihre Eltern herangetreten.

Lächelnd griff sie zu. Mit genügend Leckereien und Wein würde sie den Abend hoffentlich überstehen. Bedächtig ließ sie ihren Blick über die Gäste schweifen. Der gesamte Beraterstab der Königsfamilie war anwesend. Erzherzogin Cresendia Korrnes umgab sich ausnahmslos mit ihrem Gefolge an Feen und Herzogin Wylidia Durnes hatte sich offensichtlich bereits am Buffet bedient, denn sie tupfte sich die Mundwinkel mit einem Taschentuch ab. Hätte Elainia nicht gewusst, dass sie wie der König zum großen Volk der Wandler gehörte, hätte sie sie für einen einfachen Menschen gehalten. Wandlern sah man ihre außergewöhnlichen Fähigkeiten nämlich nicht an. Sie wirkten wie normale Menschen, waren allerdings außerordentlich mächtig, sofern sie ihre Gabe beherrschten. Eine Verwandlung war allerdings nur möglich, wenn sie etwas berührten, das Teil des Gegenstands, der Pflanze, des Tiers oder Wesens gewesen war, in das sie sich zu verwandeln beabsichtigten. Alles andere war ihrer Vorstellungskraft überlassen. Die Wandler-Gabe setzte sich immer durch. Deswegen war Kronprinz Cassian ebenso ein Wandler wie sein Vater und nicht magieberührt wie Königin Cierra.

Elainia löste ihre Aufmerksamkeit von der Wandler-Herzogin und betrachtete die anderen Gäste. Herzog Rolar Jarnes unterhielt sich angeregt mit Herzogin Zalaria Wahnes, während Herzog Xandro Orfnes, seines Zeichens Zwerg mit grauem Haar und ebenso grauem Bart, mit mürrischer Miene einen Bediensteten verscheuchte, der ihm ein Glas Wein anbieten wollte. Ein paar Schritte weiter entdeckte sie Kyria in einem traumhaft funkelnden Kleid, das die Farbe von Sommermoos hatte, neben ihrem Vater unweit von Herzogin Zalaria. Bevor sie ihr allerdings winken konnte, verstummte die Musik. Mit ihrem Wein in der Hand wandte sie sich in Richtung der Throne. Der Zeremonienmeister verschaffte sich mit dem hallenden Pochen seines Stabs die Aufmerksamkeit aller Gäste. Stille legte sich über den großen Saal.

»Ihre Majestäten Königin Cierra, König Cain, Kronprinz Cassian und seine Verlobte Lariel Larodres!«

Zwei Diener zogen den samtroten Vorhang auf der linken Seite beiseite. Zuerst betrat Königin Cierra an der Seite des Königs den Saal. Ihre Schönheit überstrahlte die eines jeden Anwesenden um Längen. Sie trug das dicke, blonde Haar geflochten wie eine Krone um den Kopf, darauf funkelte ein mit weißen Diamanten besetztes Diadem.

»Die Hofschneiderin hat sich wieder selbst übertroffen«, hörte Elainia eine Dame neben sich murmeln. Jemand Zweites stimmte ihr zu. Obwohl sie selbst einfache Tuniken und Hosen bevorzugte, musste sie zugeben, dass die Frau recht hatte. Königin Cierras Kleid war atemberaubend. Dunkelblauer Seidentaft, glänzend wie die Nacht, schimmerte im Licht der unzähligen Fackeln, Kerzen und Laternen mit den Kleidern der Gäste um die Wette – und gewann haushoch. Goldene Stickereien an den Schultern und um die Taille wirkten wie Bande aus Lichtmagie, der Rock war weit gefächert, die Ärmel geschlitzt und versehen mit fließender Seide, die bis zum Boden reichte. Dieses Kleid musste ein Vermögen gekostet haben.

Schließlich wurde Elainias Aufmerksamkeit auf das Paar hinter der Königin und dem König gelenkt. Prinz Cassian war nicht weniger edel gekleidet als sein Vater, während das petrolblaue Kleid ihrer Schwester, an dem sie tage- und nächtelang genäht hatte, mindestens ebenso viele Bewunderer fand wie das der Königin. An Cassians Seite trat ihre Schwester vor die Gäste und das Königspaar ließ sich auf die Throne nieder.

»Liebe Freunde«, erhob der Prinz die Stimme. »Ich freue mich, dass Ihr die Einladungen zu diesem Ball anlässlich meines Geburtstags angenommen habt. Amüsiert euch, esst, trinkt, tanzt. Geschenke nehme ich natürlich gerne entgegen, auch wenn ich das kostbarste Geschenk bereits habe und sie in vier Tagen hoffentlich für immer mein sein wird.« Er lächelte Lariel liebevoll zu.

Elainia schmunzelte, als hier und da ergriffen aufgeseufzt wurde.

»Genug geredet. Musik!« Cassian gab den Musikern ein Zeichen. Sofort war die Luft erfüllt vom harmonischen Klang der Violinen und Flöten.

Die Menge teilte sich, um Lariel und ihn durchzulassen. Wie es Brauch war, eröffnete er mit ihr die Tanzfläche. Kurz darauf wirbelten etliche Paare mit ihnen übers Parkett. Elainia hielt sich absichtlich zurück, arbeitete sich stattdessen zum Buffet durch und füllte sich einen Teller mit allerlei Leckereien. In Schokolade getauchte Früchte, kleine Törtchen dekoriert mit bunter Sahne,

Zuckergebäck, glasierte Teigtaschen, Zimtrollen, Obstsalat und, und, und. Nicht zu vergessen die mehrstöckige Torte. Der Anblick erinnerte sie schmerzlich an Mira und ihre Mutter, die noch immer im Hospital wohnten und alles verloren hatten, anstatt hier zu sein und sich anzuhören, wie köstlich ihre Kuchen waren. Sie würde sich später bei Cassian erkundigen, an wen er den Auftrag so kurzfristig weitergegeben hatte.

Die nächsten Stunden verbrachte sie mit Essen und diversen Unterhaltungen. Wie immer war es ermüdend, ständig dieselben Fragen zu ihrer Ausbildung, ihren bevorstehenden Prüfungen und ihren Zukunftsplänen beantworten zu müssen. Zwischendurch lehnte sie jedes Angebot zu tanzen höflich ab. Ihr war heute einfach nicht danach. Irgendwann entschied sie, dass sie dringend frische Luft brauchte. Mit einem höflichen Lächeln entschuldigte sie sich bei Herzogin Zalaria und schob sich zwischen den anderen Gästen hindurch in Richtung Terrasse. Unbemerkt schlüpfte sie hinaus, schloss die Tür hinter sich und atmete tief ein. Stille. Kein Stimmengewirr, kein Gelächter, keine Musiker.

Gemächlich schlenderte Elainia über die weitläufige Terrasse zur Balustrade. Der Stein fühlte sich warm an, als sie sich mit den Unterarmen aufstützte und in den Palastgarten starrte, der ausschließlich vom Licht des Mondes beleuchtet wurde. Ihre Füße schmerzten vom langen Tragen der unbequemen Schuhe, die ihre Schwester ihr aufgedrängt hatte. Sekunden später stand sie barfuß da.

»Viel besser«, murmelte sie in die Stille.

Das Alleinsein währte jedoch nicht lange, denn nur wenige Minuten später hörte sie, wie die Tür geöffnet und wieder geschlossen wurde. Schritte ertönten. Sie blickte über die Schulter und entdeckte die Gestalt eines jungen Mannes, die sich gegen das warme Licht der Fenster abhob. Ein Paar Flügel schimmerten grüngolden.

»Entschuldige«, meinte er im Näherkommen. »Ich dachte, hier wäre niemand.«

»Schon gut. Es ist doch genügend Platz.«

»Darf ich?« Er deutete neben sie auf die Balustrade.

»Bitte.« Elainia sah ihn an, konnte aber nicht viel von seinem Gesicht erkennen, denn es lag zu sehr im Schatten. Aber er hatte eine angenehme Stimme, machte keinen aufdringlichen Eindruck und als sie ihre Magie nach ihm ausstreckte, spürte sie überraschenderweise nichts. Seine natürliche Barriere musste sehr ausgeprägt sein. Es sollte ihr recht sein. So brauchte sie sich bloß mit ihren eigenen Gefühlen herumschlagen.

»Auch geflüchtet?«, fragte sie.

»Ja. Es ist ziemlich überwältigend.«

»Dein erster Ball bei den Orles'?«

»Ist das so offensichtlich?«

Elainia schmunzelte. »Nein, es war bloß eine Vermutung.«

»Es ist mein erster Ball. Und vermutlich auch mein letzter.«

»Warum das? Gehörst du nicht zum Gefolge der Erzherzogin?«

»Meinst du diese dürre Fee mit den ergrauenden Haaren und den spitzen Gesichtszügen? Die, die aussieht, als hätte sie einen Stock verschluckt?«

»Genau die.« Elainia musste ein Kichern unterdrücken, denn seine Beschreibung traf auf Cresendia Korrnes zu wie die Faust aufs Auge.

»Ich habe sie heute zum ersten Mal getroffen, aber ich verstehe, warum du glaubst, ich gehöre zu ihr. Immerhin tun das, soweit ich mitbekommen habe, alle Feen auf diesem Ball.«

»Das stimmt. Gut beobachtet. Mit wem bist du dann hier?«

»Mit niemandem. Ich wurde von einer Magierin der Königinnengarde eingeladen.«

»Ach, sag bloß. Wen genau meinst du?«

»Hochgewachsen, schlank, schwarze Locken.«

»Amanda Larodres hat dich eingeladen?« Überrascht schaute Elainia ihn an.

Er wandte den Kopf und erwiderte ihren Blick offen. »Ich habe sie vor einigen Tagen verletzt in einer Gasse gefunden und wollte ihr helfen, doch sie hat mich stattdessen angewiesen, dem Angreifer zu folgen und mich anschließend im Palast zu melden. Ich bin froh, dass es ihr wieder besser zu gehen scheint.«

Er war also dieser Informant, von dem ihre Mutter kürzlich gesprochen hatte. Derjenige, der der Garde Hinweise auf den Unterschlupf des Attentäters gegeben hatte. Roxana und ihre kleine Gruppe an Magierinnen hatten in den Tunneln unter der Stadt tatsächlich ein Quartier gefunden, in dem es Spuren von mehreren Personen gegeben hatte. Allerdings hatte es verlassen gewirkt. Dennoch war ihre Mutter zuversichtlich endlich voranzukommen.

»Und du?«, drehte er den Spieß um. »Mit wem bist du hier?«

»Mit Amanda Larodres. Sie ist meine Mutter.«

Er lachte leise. »Das sollte mich eigentlich nicht überraschen. Deine Locken verraten dich.«

»Wieder gut beobachtet.«

Mondschein blitzte auf, als die Wolken sich verzogen und den Nachthimmel freigaben. Das silberne Licht ermöglichte Elainia endlich einen genaueren Blick auf ihr Gegenüber zu werfen. Sie runzelte die Stirn.

»Auf die Gefahr hin, dass das jetzt seltsam klingt, aber ich habe das Gefühl, dich irgendwo schon einmal gesehen zu haben.«

»Ist das so?«

»Ja … ich kann nur nicht zuordnen wo …« Eine Erinnerung stieg aus ihrem Unterbewusstsein auf, allerdings bekam Elainia sie nicht zu fassen.

»Soll ich dir auf die Sprünge helfen?«

»Bitte.«

»Bibliotheksfee.«

Da fiel es ihr wie Schuppen von den Augen. »O nein.« Er war die Fee, die sie in der Universitätsbibliothek erst angerempelt und dann fälschlicherweise für eine dort angestellte Bibliotheksfee gehalten hatte.

»O doch.« Er lachte leise, klang amüsiert, jedoch nicht spöttisch.

»Ich hoffe, das hängt mir jetzt nicht auf ewig nach«, meinte sie.

»Wir werden sehen.«

»Verrätst du mir deinen Namen?«, fragte sie.

»Avis.«

»Freut mich. Elainia.«

»War mein Ausflug in die elandrische Unterwelt denn hilfreich?«

»Du klingt, als hättest du der Totenwelt einen Besuch abgestattet und nicht den Tunneln.« Sie verkniff sich ein Lachen.

»Was daran liegt, dass ich immer noch Albträume von diesem Ort habe.«

»Stimmt, ihr Feen habt es nicht so mit tonnenweise Erde über dem Kopf.«

»Da gibt weitaus Besseres. Also? Hat es sich gelohnt, dass ich auch drei Tage später nach Brackwasser und Moder gerochen habe?«

Nun konnte Elainia sich nicht länger beherrschen. Hastig versuchte sie ihr Kichern mit einem Husten zu kaschieren.

»Du machst dich über mich lustig«, stellte er trocken fest.

»Vielleicht ein bisschen«, gab sie zu.

»Dann bist du bisher nicht da unten gewesen.«

»Das nicht, aber meine Magistra hat mich und meine Mitschülerinnen mehr als einmal auf dem Friedhof Gräber für Seuchenopfer ausheben lassen. Bei strömendem Regen. Wir sahen danach aus, als hätten wir uns im Schlamm gewälzt. Von dem Geruch der Toten ganz zu schweigen.«

»Auf welche Akademie bist du denn gegangen?« Avis klang regelrecht entsetzt, was sie nur umso mehr belustigte.

»Als Anwärterin für die Königinnengarde darf man nicht zimperlich sein.«

»Ich merke schon. Allerdings hast du meine Frage noch immer nicht beantwortet.«

»Stimmt, entschuldige. Dein Hinweis war gut, aber das unterirdische Versteck wirkte verlassen. Dennoch haben Roxana und die anderen einige Spuren gefunden, denen sie nun weiter nachgehen. Eigentlich sollte ich das gar nicht wissen, doch wenn meine Mutter sich einen Raum weiter mit meinem Vater unterhält, kann ich schlecht weghören.«

»Wäre ja auch zu einfach gewesen.«

»Stimmt.«

Sie schwiegen eine Weile.

»Königinnengarde also?«, nahm er den Faden schließlich erneut auf.

Elainia brummte zustimmend.

»Dann musst du eine Magierin sein.«

»Treffer.«

»Berührung Elemente?«

»Knapp vorbei ist auch daneben. Drei weitere Möglichkeiten stehen Euch zur Auswahl.« Sie erwiderte seinen Blick, ohne zu blinzeln. Seine intensive Musterung ertrug sie mit Gelassenheit.

»Gefühle?«

»Und versenkt.«

»Ich bin in meinem Leben noch nicht vielen Magiern begegnet, dennoch habe ich eine Menge über euch und eure Magie gelesen. Kannst du Gedanken lesen?«

»Nein. Roxana Fardres hingegen ist ziemlich begabt darin.«

»Gut zu wissen. Mit ihr hatte ich auch schon das Vergnügen.«

»Dann nimm dich besser in Acht. Sobald sie dir länger als ein paar Herzschläge in die Augen sieht, kannst du dich von deinen Geheimnissen verabschieden.«

»Wer sagt denn, dass ich welche habe?«

»Jeder hat seine Geheimnisse oder nicht?«

»Möglich.«

In dem Moment ertönte der Elainia so vertraute Glockenklang von Helas. Mitternacht. Prompt wurden die Glastüren zur Terrasse aufgeschoben und die Meute lachender, plaudernder Ballgäste drängte sich ins Freie. Vorbei war es mit Stille und wohltuender Einsamkeit. Der offizielle Teil des Balls endete nun nämlich mit einem pompösen Auftritt von vier elementberührten Magierinnen, die die Nacht in ein Meer aus Flammen und Licht tauchten. Es war beeindruckend. Manchmal erwischte Elainia sich sogar dabei, wie sie sich wünschte, ihre Gefühlsmagie gegen die Elementberührung tauschen zu können. Abende wie diese erschöpften ihre Konzentration und die dauerhafte Zufuhr emotionaler Wellen trotz dicker Mauern um ihre Kräfte war einfach nur anstrengend. Trotzdem gelang es ihr bis zum Schluss durchzuhalten.

Die vier Magierinnen verneigten sich unter tosendem Beifall. Für die meisten Gäste bedeutete es nun, den Heimweg anzutreten. Für Elainia hieß es, die nächsten Stunden im Salon des Palastes auszuharren. Bei mehr Sonnentraubenwein, während ihre Eltern sich mit König Cain und Königin

Cierra über die bevorstehende Hochzeit austauschten. Kurz entschlossen wandte sie sich an Avis, der sichtlich fasziniert von der Vorstellung war.

»Hast du noch Pläne?«

»Für jetzt?« Überraschung huschte über seine feinen Gesichtszüge.

»Ja.«

»Nein. Warum?«

»Lust, die Königsfamilie kennenzulernen?«

***

»Wen hast du denn da aufgegabelt, Schwester?«, erkundigte sich Lariel neugierig, sobald Elainia mit Avis den Salon betreten hatte.

»Darf ich vorstellen? Avis. Avis, meine Schwester Lariel und zukünftige Königin von Fandoria.«

Avis verbeugte sich elegant. »Es ist mir eine Ehre.«

»Nicht doch«, wehrte Lariel ab. »Noch bin ich einfach nur Lariel.« Sie schenkte ihm ihr wunderschönes Lächeln.

Ihre Eltern gesellten sich zu ihnen. Elainia bemerkte, wie erschöpft ihre Mutter wirkte und wie blass sie um die Nase war. Der lange Abend schien für sie ebenso kräftezehrend gewesen zu sein wie für Elainia.

»Lady Larodres, schön, Euch wiederzusehen. Lord Larodres.«

»Gleichfalls.« Ihre Mutter nickte ihm zu, ihr Vater lächelte herzlich.

»Ich habe ihn eingeladen. Ist das in Ordnung?«, fragte Elainia.

Ihre Mutter lächelte. »Natürlich.«

»Wo stecken deine Eltern, Cassian?«, wollte Lariel wissen, nachdem ihr Verlobter ebenfalls zu ihnen getreten war.

»Sie verabschieden noch die Herzöge. Dann stoßen sie zu uns. Je nachdem wie schnell Vater Erzherzogin Cresendia abgewimmelt bekommt, kann sich das nur um Stunden handeln.« Er rollte mit den Augen.

Glücklicherweise behielt der Prinz unrecht. Schon wenige Minuten später öffnete sich die Flügeltür.

»Verzeiht, dass ihr warten musstet«, entschuldigte der König sich. Sein Blick landete auf Avis. Er runzelte die Stirn. Bevor Elainia ihn vorstellen konnte, richtete ihre Mutter das Wort an ihn und erklärte knapp, wer Avis war. Noch während sie sprach, glätteten sich die Furchen auf Cain Orles' Stirn.

»Wenn das so ist, habe ich nichts gegen einen zusätzlichen Gast«, meinte er wohlwollend. »Lasst uns nun in kleiner Runde auf meinen Sohn anstoßen.« Er winkte den Bediensteten mit dem Tablett abgezählter Weingläser heran, der die Kelche rasch verteilte und ein weiteres Glas für Avis bringen ließ. Kaum hielten alle eines zwischen den Fingern, huschte der Mann aus dem Raum und König Cain hob den Arm.

»Auf Cassian und meine wundervolle zukünftige Schwiegertochter. Auf die Vereinigung unserer Familien.«

Gläser klirrten, Wein schwappte sprudelnd von einer Glaswand zur anderen und die gute Stimmung schenkte Elainia neue Energie. Lächelnd beobachtete sie, wie Lariel sich ans Klavier setzte und Cassian sich hinter sie stellte, die Hände sanft auf ihre Schultern gelegt. Während die ersten sanften Töne erklangen, schlenderte sie zur Sitzecke und machte es sich gemütlich. Avis folgte ihr.

»Da bin ich nicht einmal zwei Wochen in der Stadt und schon befinde ich mich mit der gesamten Königsfamilie in einem Raum.« Er lachte leise.

»Irgendetwas hast du wohl richtig gemacht«, erwiderte sie schmunzelnd.

»Bist du allein in der Stadt?«

»Ja.« Er setzte sich neben sie.

Ein schwacher Geruch von Apfel und Sandelholz stieg ihr in die Nase.

»Ich habe viel von der großen Universitätsbibliothek gehört und wollte sie endlich einmal mit eigenen Augen sehen. Dass ich am Ende sogar die Palastbibliothek besichtigen durfte, hat die lange Reise hierher auf jeden Fall ausgeglichen.«

»Du solltest dich mit meinem Vater unterhalten, falls du das nicht schon längst getan hast. Er ist verrückt nach Büchern und arbeitet in der Universitätsbibliothek.«

»Daher kenne ich sein Gesicht. Sag mal, gibt es noch mehr von euch? Vielleicht eine Tante, die die Taverne betreibt, in der ich wohne, oder einen Cousin im Badehaus?«

Elainia verpasste ihm einen spielerischen Schlag auf den Oberarm. »Sei nicht albern. Auch wenn ich zugeben muss, dass es wirklich viele Zufälle waren, die dich mit meiner Familie zusammengebracht haben.«

»In der Tat.«

Ein plötzlicher Schwall Unwohlsein erreichte Elainia. Aber er konnte nicht von Avis kommen. Ihr Blick huschte durch den Salon und blieb am König hängen. Er hatte seine Hand in Königin Cierras Arm gekrallt. Schweiß perlte auf seiner Stirn, obwohl es angenehm kühl war.

»Was hast du?«, hörte Elainia die Königin besorgt fragen.

Er öffnete den Mund, setzte zu einer Antwort an, doch heraus kam nur ein Keuchen, ehe seine Beine unter ihm nachgaben.

»Cain!« Von seinem Gewicht mitgezogen, stürzte Königin Cierra ebenfalls auf die Knie.

Gleichzeitig kamen die Gespräche im Raum zum Erliegen. Lariels Klavierspiel erstarb. Elainia spürte das Entsetzen der Anwesenden am ganzen Körper. Cassian hastete zu seinem Vater, Lariel im Schlepptau.

»Vater! Verdammt, was ist mit ihm?« Beunruhigung färbte die Stimme des Kronprinzen.

Elainia drängte ihren ersten Schreck beiseite und sprang auf. Im nächsten Moment krampfte der König in den Armen seiner Gemahlin, Schaum bildete sich an seinen Mundwinkeln. Die gequälten Laute, die er ausstieß, ließen ihr Herz rasen.

»Nicht festhalten«, schritt Elainias Mutter ein, als Cassian Anstalten machte, den zuckenden Körper seines Vaters zu Boden zu drücken. Sekunden später war der Spuk vorbei. Vollkommen reglos lag König Cain da, sein Gesicht bleich und schweißnass. Das war kein gewöhnlicher Schwächeanfall.

»Amanda«, flüsterte Königin Cierra hilflos. Sie war nicht minder blass als ihr Ehemann.

»Mutter, trink etwas«, meinte Cassian behutsam und reichte ihr einen Weinkelch.

»Nicht!« Der Schrei war Elainia über die Lippen gerutscht, bevor sie groß darüber hatte nachdenken können.

Kapitel 10

Vergiftet

Elainia

Alle Augenpaare im Raum richteten sich auf sie, die Hand der Königin war auf halbem Weg zum Mund erstarrt.

»Gift«, stieß Elainia hervor. »König Cain ist ein gesunder Mann. Es gibt keinen anderen Grund für seinen Zustand als Gift. Die Krämpfe, der Schaum, der plötzliche Zusammenbruch.«

Sie sah, wie ihre Worte bei den anderen ankamen, wie der Verstand hinter ihren Schläfen arbeitete.

»Du hast recht.« Ihre Mutter nickte langsam. »Niemand rührt die Getränke oder Speisen an. Wenn das wirklich Gift ist, dann handelt es sich um einen gezielten Anschlag. Die Bediensteten müssen befragt werden. Niemand verlässt den Palast.«

»Kümmert Euch darum, Amanda«, stimmte die Königin zu. »Sofort.«

»Natürlich.« Damit wandte Elainias Mutter sich um und stürmte aus dem Salon. Die beiden Wachen vor der Tür verließen alarmiert ihre Posten und verharrten, als Cassian ihnen zu verstehen gab, dass keine unmittelbare Gefahr drohte.

»Wir sollten ihn in sein Gemach bringen und Dunia informieren«, ergriff der Prinz das Wort. Seine Stimme klang belegt. Er rappelte sich auf.

»Hoheit?« Elainia reichte Königin Cierra ihre Hände. Mit einem dankbaren Ausdruck in den Augen ließ sie sich von ihr auf die Füße helfen.

»Zareius, würdet Ihr meinen Sohn unterstützen?«

Elainias Vater neigte den Kopf, eilte an König Cains Seite und hievte ihn zusammen mit dem Prinzen und einer Wache hoch.

»Lariel?« Elainia berührte ihre Schwester am Arm. Deren Augen waren noch immer vor Schreck geweitet. Mitgefühl erfasste sie. Anders als sie hatte Lariel nie gelernt mit solchen Situationen umzugehen. Sie hatte sich stets mit den schönen Dingen des Lebens beschäftigt und nur ihre hübsche Nase gerümpft, wenn Elainia von ihren Übungskämpfen und Vergiftungen berichtet hatte. »Wieso du dir das antust, werde ich nie verstehen«, hatte sie einmal gesagt. »Wieso du freiwillig Kleider nähst, werde ich nie verstehen«, hatte Elainia erwidert. Sie hatten einander angegrinst und waren schließlich in Gelächter ausgebrochen.

»Wer tut so etwas?«, hauchte Lariel, während sie den anderen aus dem Salon folgten.

»Ich weiß es nicht«, gab Elainia ratlos zu und blickt sich hastig nach Avis um. Er befand sich nur wenige Schritte hinter ihnen.

Die Königsfamilie war in Elandria beliebt. Offen ausgesprochene Drohungen waren ihr bisher nie zu Ohren gekommen. Der Attentäter, der ihre Mutter angegriffen hatte, kam ihr in den Sinn. Hatte er etwas damit zu tun? Die Art des Anschlags stimmte jedoch an keiner Stelle mit seiner Vorgehensweise überein. Der Kerl bevorzugte Schwarzeisendolche, seine Opfer waren Magier. König Cain hingegen war ein Wandler.

In Gedanken versunken registrierte sie Lariels Stolpern erst, als das Gewicht ihrer Schwester sie aus dem Gleichgewicht brachte. Sie reagierte instinktiv, schlang ihre Arme um Lariels Taille und hielt sie aufrecht.

»Mir ist schwindelig, Ela«, wisperte sie.

»Ist gut. Atme. Tief ein und aus. So wie ich.« Beruhigend strich Elainia ihrer Schwester über den Arm, ließ dabei sanfte Ströme ihrer Magie fließen, um deren aufsteigende Panik zu schwächen. Bebend rang Lariel nach Luft. Doch entgegen Elainias Erwartungen half es nicht. Stattdessen verdrehte ihre Schwester die Augen, wimmerte und sackte in sich zusammen.

»Verflucht, Lariel!« So vorsichtig wie möglich ließ Elainia ihren schlaffen

Körper zu Boden gleiten. Ein mulmiges Gefühl knotete sich in ihrem Magen zu einem harten Klumpen zusammen.

Avis ging neben ihr in die Hocke. Ihre eigene Sorge spiegelte sich in seinem Blick wider.

»Wach auf«, bat sie und versetzte ihr mit der flachen Hand einen Schlag auf die Wange. »Komm schon, Schwesterchen.« Nichts. »Das ist jetzt wirklich nicht der richtige Zeitpunkt für eine Ohnmacht.« Sie hörte selbst, wie kläglich sie sich auf einmal anhörte. Der Grund dafür war diese dumpfe Vorahnung in ihrem Hinterkopf, dieses leise Wispern ihrer inneren Stimme, der sie immer vertraute. Und die sich mal wieder bewahrheitete, als ihre Schwester ebenso zu krampfen begann wie der König vor wenigen Minuten. Ihre Kehle schnürte sich zusammen, als sie Lariels Kopf auf ihren Schoß bettete, damit er nicht bei jeder ruckartigen Zuckung auf den Boden krachte. Sie zählte die Sekunden, die es dauerte, ehe die Krämpfe verebbten, nur um irgendetwas zu tun.

»Elainia!« Der Ruf ihres Vaters schallte durch den Korridor.

»Hier«, erwiderte sie laut. Schnelle Schritte kamen näher. Sie spürte seine Anspannung noch bevor sie sie in seinen Zügen lesen konnte. Als er sie und ihre Schwester entdeckte, verloren seine Wangen das letzte bisschen Farbe.

»Nicht sie auch«, presste er hervor und sank neben ihr auf die Knie. »Den Prinzen hat es ebenfalls getroffen. Er ist zusammengebrochen, kaum dass wir den König auf das Bett legen konnten.«

»Was?« Elainias hart umkämpfte Selbstbeherrschung verpuffte im Nichts. »Wie, warum? Was ist mit Königin Cierra?«

Ihr Vater seufzte schwer. »Ihr geht es noch gut, aber sie ist verständlicherweise vollkommen erschüttert, obwohl sie versucht es sich nicht anmerken zu lassen. Bringen wir Lariel zu ihnen. Dunia sollte bald auftauchen.«

Mehr als ein Nicken brachte Elainia nicht zustande. Stumm sah sie zu, wie ihr Vater ihre Schwester auf den Arm nahm.

»Komm«, murmelte Avis neben ihr und brachte sie dazu, sich in Bewegung zu setzen.

Als sie die königlichen Gemächer betraten, schlug sich Königin Cierra die

Hände vor den Mund. Tränen glänzten in ihren blauen Augen. Ihre Hilflosigkeit flirrte wie eine zweite Haut um sie herum.

»Es tut mir so leid.« Ihre Stimme bebte.

»Das ist nicht Eure Schuld, Hoheit«, presste Elainia hervor. Sollte es sich wirklich um einen Giftanschlag auf die Königsfamilie handeln – daran hegte sie inzwischen keine Zweifel mehr –, dann hatte der Mörder vorausschauend gehandelt, denn Lariel war die zukünftige Herrscherin Fandorias.

Eilige Schritte näherten sich der Tür. Ihre Mutter und Dunia. Noch nie zuvor hatte Elainia gesehen, wie Ersterer so deutlich die Gesichtszüge entglitten. Als hätte man sie mit einem Zauber belegt, erstarrte sie beim Anblick ihrer regungslosen Tochter, die neben dem Prinzen auf dem Bett lag.

Zareius war sofort an ihrer Seite.

Dunias Miene verfinsterte sich wie der Himmel bei einem heraufziehenden Sturm.

Elainia übernahm es, der Heilerin in knappen Worten zu berichten, was vorgefallen war. Ihr Vater ergänzte den Zusammenbruch des Prinzen. Dunia lauschte aufmerksam, nickte immer wieder, ehe sie sich daran machte, König Cain zu untersuchen. Niemand sprach, während sie sich über ihn beugte, ihre Hand auf seine Stirn legte, die andere auf den Brustkorb.

»Kein Fieber«, murmelte sie. »Atmung ist etwas flach, aber regelmäßig.« Mit den Fingern öffnete sie seinen Mund und stutzte. »Schwarzfärbung der Zunge.« Hastig eilte sie zum Bett des Prinzen. »Ebenfalls schwarz. Bei Lariel auch. Es handelt sich eindeutig um eine Vergiftung, selbst wenn ich nicht sagen kann welche. So eine Schwarzfärbung mit den beschriebenen Symptomen ist mir noch nie untergekommen.«

»Könnt Ihr ihnen helfen?«, fragte Königin Cierra müde.

Dunia schüttelte den Kopf. »Im Moment nicht. Allerdings sind die drei soweit stabil. Ich werde den Rest der Nacht auf sie Acht geben und jedes Buch wälzen, das ich habe, um herauszufinden, womit sie vergiftet wurden. Ihr anderen solltet ein wenig schlafen. Sobald es hell wird, sehen wir weiter.«

Niemand widersprach ihr. Allerdings bestand Elainias Mutter darauf, im Gardequartier zu übernachten. Elainia war das nur recht.

»Ich bringe Avis zum Tor«, meinte sie, sobald sie die Räume der Garde erreicht hatten. Ihre Mutter nickte.

Kaum waren sie ins Freie getreten, atmete Elainia tief durch.

»Was mit deiner Schwester passiert ist, tut mir furchtbar leid«, sagte Avis.

Seine ehrliche Betroffenheit berührte sie. Er war ein Fremder, kannte weder sie noch ihre Familie richtig und doch war er aufrichtig besorgt.

»Ich werde morgen bei Sonnenaufgang zum Alten Kloster gehen. Wenn sich jemand mit Giften auskennt, dann ist es Magistra Sharla. Vielleicht kann sie mir erklären, um was für eines es sich handelt.«

»Das klingt nach einer guten Idee«, erwiderte er.

Sie nickte, öffnete den Mund, um sich von ihm zu verabschieden, aber heraus kam etwas anderes: »Würdest du mich begleiten? Ich weiß, ich kann das nicht von dir verlangen. Vermutlich hast du ganz andere Pläne für den Tag und –«

»Ich komme mit«, fiel er ihr sanft ins Wort. »Wenn ich helfen kann, dann tue ich es gerne.«

»Wirklich?«

»Aber sicher. Schließlich stecke ich in der Sache viel tiefer drin, als mir lieb ist. Jetzt so zu tun, als wäre nichts geschehen, würde nicht funktionieren. Außerdem ist die Gesellschaft sehr angenehm. Also bei Sonnenaufgang am Alten Kloster? Ich werde da sein.«

»Ich danke dir, Avis.«

Sie erreichten das Tor. Die Wachen öffneten es.

»Dann bis morgen.« Elainia lächelte und hoffte, er würde es im schwachen Schein der Fackeln sehen.

»Bis morgen.« Schon war er auf die Straße getreten, breitete die Flügel aus und löste sich vom Boden.

Nachdenklich starrte sie ihm nach, bis er mit der Dunkelheit der Nacht verschmolzen war. Sie konnte sich selbst nicht wirklich erklären, warum sie ihn gefragt hatte. Vielleicht, weil sie seine Gesellschaft genossen hatte und es schön war, sich mit jemandem unterhalten zu können, ohne dabei ständig mitzubekommen, was derjenige fühlte.

***

Avis hielt sein Versprechen. Er wartete bereits am Haupttor zum Alten Kloster, als Elainia und ihr Vater mit den ersten Sonnenstrahlen dort eintrafen. Ihr Vater hatte darauf bestanden, sie zu begleiten, denn er wollte genauso dringend etwas tun wie sie selbst. Einfach nur an Lariels Bett zu sitzen, war für ihn nicht infrage gekommen.

Im Gegensatz zu Elainia wirkte Avis deutlich ausgeruhter, auch wenn sein Hemd knittrig war. Sie selbst hatte das Ballkleid der Nacht gegen eine graue Tunika getauscht, die ihre Mutter aus einer Truhe mit alten Gardeuniformen gekramt hatte.

»Sollen wir?«, erkundigte er sich.

Elainia nickte und rieb ihre von Unruhe und Nervosität kalten Hände aneinander. Der kurze Besuch bei ihrer Schwester hatte sie aufgewühlt. Lariel hatte so zerbrechlich ausgesehen. So hilflos. Magistra Sharla musste einfach wissen, womit sie vergiftet worden war. Sie musste. Entschlossen packte Elainia die schwere Klinke und drückte die Tür auf. Sie wählte den direkten Weg zu Magistra Sharlas Büro im ersten Stock und klopfte energisch. Als niemand reagierte, pochte sie ein zweites und drittes Mal gegen das Holz. Endlich vernahm sie Schritte, dann wurde die Tür aufgerissen.

»Weißt du, wie spät es ist?«, knurrte die Giftmischerin unwirsch.

»Ja. Aber ich weiß auch, dass Ihr immer vor Sonnenaufgang hier anzutreffen seid. Es ist wichtig, Magistra.«

Deren Blick glitt über Elainia, zu ihrem Vater und weiter zu Avis.

»Lass sie rein, Lanara.« Die Stimme gehörte Direktorin Jarna.

Kommentarlos machte die Giftmischerin ihnen Platz.

»Also, was wollt ihr?«, fragte sie und schritt unterdessen zu ihrem Tisch, um sich neben Ondina Jarna zu stellen. In deren Augen las Elainia Neugier.

»Gestern Abend nach dem Ball wurde ein Giftanschlag auf die Königsfamilie verübt«, erklärte sie rasch. »Der König, Prinz Cassian und meine Schwester wurden Opfer eines Giftes, das Dunia Gira, meiner Mutter und mir unbekannt ist. Wir hatten gehofft, Ihr könntet uns helfen.«

»Das kann ich, wenn du mir mehr Informationen gibst.« Während auf dem Gesicht der Giftmischerin ein Hauch von Erschütterung lag, konnte Elainia in Direktorin Jarnas Miene überhaupt nichts lesen. Falls die Neuigkeit sie entsetzte, konnte sie es gut verbergen.

So detailliert wie möglich beschrieb sie Lanara Sharla die Symptome. Als sie die Schwarzfärbung der Zunge erwähnte, wanderten deren Augenbrauen in die Höhe. Sie wandte sich ihrem Bücherregal zu, schritt bedächtig auf und ab, ehe sie aus der oberen Reihe ein dickes Buch in einem Ledereinband herauszog. Staub wirbelte auf, als sie es auf den Tisch legte und aufschlug. Gezielt blätterte sie durch die vergilbten Seiten.

»Das ist es.« Magistra Sharla tippte mit dem Zeigefinger auf einen Absatz.

Elainia trat an sie heran und beugte sich sofort tiefer, um entziffern zu können, was dort in verblichener Schrift geschrieben stand.

»Krampfwurzkraut? Nie davon gehört.«

»Das klingt nicht sonderlich gefährlich«, kommentierte Avis neben ihr.

Sie nickte, ohne den Blick von dem Text darunter abzuwenden. An einem Wort blieb sie hängen. »Ausgestorben?« Ihr Kopf ruckte in die Höhe.

Magistra Sharla seufzte. »In der Tat scheint diese Pflanze weder sonderlich beeindruckend in ihrer Erscheinung noch existiert sie momentan überhaupt.«

»Und trotzdem behauptet ihr, meine Schwester, der Prinz und König Cain seien damit vergiftet worden? Das solltet Ihr uns genauer erklären.«

Die Giftmischerin nickte. »Krampfwurzkraut ist ein Gewächs, das sehr nährstoffreichen Boden benötigt, um zu gedeihen. Da es für die Menschen keinerlei nützliche Eigenschaften besaß und zudem giftig für das Vieh war, hat man es akribisch herausgerissen und vernichtet. Ganze Landstriche wurden niedergebrannt, um ihm den Garaus zu machen und die gewonnene Fläche zum Getreide-, Kartoffel- oder Gemüseanbau zu nutzen. Viele Bauern haben mit der Zeit gemerkt, dass der Boden, auf dem das Kraut wucherte, besonders ertragreich zu sein schien und förmlich Jagd auf es gemacht. So ist es über die Jahrhunderte hinweg ausgerottet worden.«

»Und was genau daran ist jetzt so ungeheuer giftig?«, hakte Elainia ungeduldig nach.

»Ihr Samen. Man braucht ihn bloß aus den schmalen Schoten pressen, gründlich zu feinem Pulver zerreiben und mit Wasser zu mischen. Das Pulver löst sich rückstandslos auf, trübt weder das Wasser noch hinterlässt es Geschmack oder Geruch. Dieses Gift ist vollkommen unsichtbar. Allerdings verursacht es bei den Opfern eine schwarze Färbung der Zunge. Bereits die Menge einer Messerspitze reicht aus, um tödlich zu sein. Krampfwurzkraut wirkt nach der Einnahme sehr schnell, bis jedoch das Herz versagt, dauert es mehrere Wochen. Den alten Berichten nach etwa vier.«

Damit erstickte Magistra Sharla jeden Funken Hoffnung in Elainia. Lariel war todkrank. Ihre Nase kribbelte unheilvoll, ihre Augen brannten. Hastig blinzelte sie gegen die Tränen an und klammerte sich an die letzten Worte der Giftmischerin. Vier Wochen. Sie hatte noch vier Wochen. Das war gut, denn es bedeutete, dass sie Zeit hatten. Zeit, ein Gegenmittel herzustellen.

»Was ist mit einem Gegengift?«, erkundigte ihr Vater sich, bevor sie es tun konnte.

Die Art und Weise, wie Magistra Sharla mit der Antwort zögerte, behagte Elainia überhaupt nicht. Die Giftmischerin warf Direktorin Jarna einen kurzen Blick zu. Diese nickte kaum merklich. Auch ihre Miene wirkte wie gemeißelt.

»Es gibt keines, oder?«, fragte Elainia tonlos.

»Keines, das sich aus Zutaten herstellen lässt, so wie ich dir das beigebracht habe«, stimmte ihre Magistra zu.

Elainia schloss die Augen. Ihre Finger bohrten sich in das weiche Pergament des alten Buches unter ihr, während Verzweiflung ihr die Kehle zusammenschnürte.

»Aber?«, warf Avis ein. »Zu jedem Ding in dieser Welt existiert ein Gegenstück. Kein Schatten ohne Licht, kein Leben ohne Tod, Feuer gegen Wasser. Es muss auch dazu ein Gegenstück geben.«

»Er hat recht.« Ein Anflug von Hoffnung klang in der Stimme ihres Vaters mit und ließ Elainia aufschauen.

Seine gequälte Miene brach ihr das Herz. Sie wollte gar nicht wissen, wie es hinter seiner bemüht gelassenen Fassade aussah.

»Das ist wahr, junger Mann.« Diesmal war es Direktorin Jarna, die sprach. Sie löste sich von dem Bücherregal, an dem sie gelehnt hatte und trat zu ihnen an den Tisch. Der Fuß ihres Stockes verursachte ein hartes Klappern auf dem hölzernen Boden.

»Das Gegenmittel des Gifts ist kein Trank oder Pulvergemisch. Es ist eine Kombination magischer Berührungen.«

Elainia horchte auf. »Welche?«

»Da liegt das Problem«, entgegnete die Direktorin ruhig, während Elainia vor Anspannung beinahe barst. »Es braucht einen Magier oder eine Magierin mit den Berührungen Blut und Seelen, denn das Gift greift nicht nur offensichtlich den Körper an, sondern versetzt die Vergifteten in einen Zustand so tiefer Bewusstlosigkeit, dass ihre Seelen sich nach und nach auflösen. Dunia Gira könnte höchstens ihre Körper heilen, doch am Ende würden sie trotzdem sterben.«

»Krähendreck«, entfuhr es Elainia. Sie wusste genau, warum dieser Fakt ein Problem darstellte. Die Berührung der Seelen war die seltenste Gabe bei den Magiern. Sie selbst hatte noch niemanden kennengelernt, der über diese Kräfte verfügte.

»In Fandoria hat es seit Beginn des Zeitalters der Königinnen vor über 1400 Jahren genau dreiundzwanzig Magier mit der Seelengabe gegeben«, fuhr Direktorin Jarna fort, nicht ohne Elainia für ihren Fluch einen mahnenden Blick zuzuwerfen. »Die Aufzeichnungen darüber sind detailliert und ohne jegliche Lücken. Es bestehen also keine Zweifel. Soweit ich mich erinnern kann, war die letzte Magierin mit der Seelenberührung Königin Viveda. Sie trug als Einzige die Magie des Blutes ebenfalls in sich.«

»Was aus ihr geworden ist, wissen wir alle«, schloss Magistra Sharla sich an.

Elainia konnte nur nicken. In Magistra Eans Historienunterricht hatten sie die tragische Geschichte der verrückten Königin ausführlich behandelt. Dass sie allerdings zusätzlich zur Seelenmagie auch Blutmagie beherrscht hatte, war ihr neu.

»So wie ihr ist es den meisten Magiern mit der Seelenberührung gegangen.« Ondina Jarna seufzte. »Sie haben ihren Verstand an den Wahnsinn verloren.«

»Das heißt ... wir können nichts tun?«, presste Elainia hervor. »Wir müssen sie alle drei sterben lassen?«

»Dunia kann ihren Zustand mithilfe ihrer Kräfte stabilisieren, doch damit zögert sie das Unvermeidbare nur hinaus. Es tut mir leid.« Magistra Sharlas Bedauern war aufrichtig, ihre Miene sanft.

Wut schwelte in Elainias Bauch, angetrieben von der Verzweiflung angesichts der Erkenntnisse. Wie konnte jemand Samen eines Krauts besitzen, das seit Jahrhunderten ausgerottet war? Wieso hatte es ihre Schwester treffen müssen? Wieso? Noch nie in ihrem Leben hatte sie sich so hilflos gefühlt wie jetzt. So nutzlos trotz ihrer Ausbildung, trotz ihres Standes und ihrer Magie.

Die Empfindung hielt den Rest des Tages an, der wie ein Falke im Sturzflug an ihr vorbeiraste. Nachdem sie sich von Avis verabschiedet hatte, reichte ihre Zeit gerade aus, um ein schnelles Frühstück im Gardequartier einzunehmen und nach ihrer Schwester zu sehen, deren Zustand unverändert schien. Den Unterricht brachte sie irgendwie hinter sich, obgleich ihre Gedanken immer wieder abschweiften und selbst die besonnene Magistra Ean sie für ihre fehlende Konzentration rügte. Am Abend ging sie früh schlafen, wälzte sich aber bis tief in die Nacht in ihrem Bett hin und her. Wie sehr sie es auch versuchte, der Schlaf wollte einfach nicht kommen. Die Gedanken in ihrem Kopf kreisten und kreisten in einer endlosen Schleife, die sie nicht zur Ruhe kommen ließ. Ihre Schwester würde sterben. Nur die Berührung von Seelen und Blut konnte sie retten. Doch sie existierte nicht.

Schließlich gab sie es auf, sich zum Schlafen zwingen zu wollen und schlug die Decke beiseite. Barfuß tappte sie aus ihrem Zimmer und tastete sich im Dunkeln die Treppe hinunter, bis sie die Küche erreichte. Zu ihrer Überraschung brannten die Kerzen auf dem Tisch und der angenehme Geruch von Ingwertee lag in der Luft.

»Kannst du auch nicht schlafen?«, flüsterte sie.

Ihre Mutter nickte. Sie löste eine Hand von ihrem Tonbecher und deutete auf den Stuhl neben sich. »Tee?«, fragte sie, nachdem Elainia sich gesetzt hatte.

»Gerne. Aber mit Honig.«

»Ich weiß, Liebling.«

Kurz darauf hielt sie ebenfalls einen Becher zwischen den Händen. Gedankenverloren starrte sie in die flackernden Kerzenflammen.

»Wir müssen jetzt stark sein«, murmelte ihre Mutter.

»Wie?« Sie stellte die Frage, obwohl sie spürte, dass ihre Mutter die Antwort nicht kannte. Ihre innere Zerrissenheit zwischen Ohnmacht und zorniger Verzweiflung war ebenso heftig wie ihre eigene.

»Ich weiß es nicht.« Das Beben in ihrer Stimme traf Elainia trotzdem.

Sie streckte eine Hand aus, ergriff die ihrer Mutter und drückte sie. »Erzähl mir eine Geschichte«, wisperte sie. »So wie früher, wenn Lariel und ich nicht schlafen konnten.«

»Nicht schlafen wolltet, meinst du wohl.« Ein schwaches Lächeln zupfte an Amandas Mundwinkeln.

»Vielleicht eher das.« Elainia erwiderte das Lächeln.

»Welche möchtest du hören?«

»Eine, die Lariel mochte, ich aber überhaupt nicht ausstehen konnte.«

»Na schön.« Ihre Mutter holte tief Luft, ehe sie zu sprechen begann. Ihre leise, sanfte Stimme erfüllte die Küche und versetzte Elainia zurück in ihre Kindheit. Erinnerte sie an die vielen Abende, an denen sie im Bett ihrer Schwester gehockt, sich an die Seite ihrer Mama geschmiegt und ihren Erzählungen gelauscht hatte. Meist war dann ihr Vater dazugestoßen, hatte sich zu ihnen gesetzt und ebenfalls zugehört. Plötzlich drängte sich eine Erinnerung penetrant in den Vordergrund. Zuerst begriff Elainia nicht warum, doch dann hörte sie die Stimme ihrer Mutter, die von Krähen, Seelen und Magie berichtete. Ihr stockte der Atem.

»Die Legende der Krähenkönigin«, stieß sie hervor.

Verblüfft verstummte Amanda. »Wie bitte?«

Elainia drückte den Rücken durch. Aufregung kribbelte in ihr wie ein Haufen Ameisen.

»Du hast uns irgendwann einmal die Legende der Krähenkönigin erzählt, weißt du noch?«

»Ja. Worauf willst du hinaus?«

Nun war es an Elainia, tief Luft zu holen, während sie in ihrem Gedächtnis nach der alten Geschichte kramte.

»Vor vielen Jahren lebte ein wunderschönes Mädchen aus adeligem Haus, das lieber durch die Wälder streifte anstatt zu lernen, wie es sich für jungen Damen ziemte. Sie war gesegnet mit magischen Gaben, die es ihr erlaubten, in Dunkelheit sehen zu können, Feuer ohne Hilfsmittel zu machen, Wunden zu heilen und anderer Menschen Gefühle zu spüren. Außerdem – und diese Gabe liebte sie ganz besonders – konnte sie die Welt aus den Augen der Vögel betrachten. Ihre Eltern jedoch konnten mit dem Freigeist ihrer Tochter nichts anfangen. All ihre Reden und Ermahnungen halfen nicht. Also entschlossen sie sich das Mädchen einem Grafen zu versprechen. Unter dem Hut der Ehe würde sie ganz sicher zur Vernunft kommen. Das Mädchen aber durchschaute den Plan ihrer Eltern und rannte fort. Sie rannte und rannte durch Wälder und Sümpfe, über Wiesen und Felder tief hinein ins Gebirge. Hoch oben zwischen nacktem Fels und blattlosen Bäumen versteckte sie sich in einer Höhle. Ihre Gaben halfen ihr zu überleben und durch die Augen der Krähen, die auf dem Gipfel hausten, hielt sie Ausschau nach den Soldaten ihrer Eltern. Niemals, das schwor sie sich, würde sie zurückkehren. Lieber war sie allein und frei, als gefangen in einer Ehe, die sie niemals gewollt hatte.« Elainia runzelte die Stirn. »So ungefähr jedenfalls hast du sie uns erzählt.«

»Das stimmt.« Ihre Mutter neigte sacht den Kopf. »Aber es ist nur eine Geschichte, Ela. Worauf willst du hinaus?«

»Jede Geschichte hat einen wahren Kern, oder nicht? Das Mädchen konnte in die Seelen der Vögel schlüpfen. Sie war eine Seelenberührte. Und sie konnte heilen – mit Blutmagie. Woher kennst du die Geschichte?«

Ihre Mutter überlegte eine Weile. »Roxana und ich hatten einen freien Abend und waren in der Stadt unterwegs. In einer Taverne haben wir gegessen und den Gesprächen der anderen Gäste gelauscht. Unter ihnen waren drei abgerissene Gestalten. Vagabunden aus Kronda, die über das Carasgebirge nach Fandoria gekommen waren. Sie berichteten von einem Krähenschwarm, der über einem bestimmten Gipfel kreiste, und davon, das Gefühl gehabt zu haben, von ihnen beobachtet und verfolgt zu werden. Einer von ihnen war der Überzeugung, während seiner Nachtwache gesehen zu haben, wie eine der Krähen im Schein des Feuers auf einem Felsen gelandet ist und ihn mit schräg gelegtem Kopf angestarrt hat. Minutenlang. Er sagte, ihr Blick sei ihm beinahe menschlich vorgekommen. Anstatt der schwarzbraunen Augenfarbe hätte sie silbrig grüne Iriden gehabt. Dann hat er es mit der Angst zu tun bekommen und sie verscheucht. Anschließend erzählte der Mann von Gerüchten über eine Magierin, die in den Höhlen der Berge leben soll. Über den Teil haben alle gelacht.« Sie ließ die Schultern sinken. »Liebling, ich weiß, dass du deine Schwester retten willst, aber diese Krähenkönigin gibt es nicht. Sie ist der Fantasie dieses Mannes entsprungen.«

Elainia umklammerte ihren Becher so fest, dass sie befürchtete, er könnte unter dem Druck zerbrechen. Sie wusste, wie abstrus ihre Idee war. Wie töricht, den Worten eines Vagabunden Glauben zu schenken, der über die grünäugige Krähe und die Magierin vermutlich nur gelogen hatte, um Aufmerksamkeit zu erhalten.

»Hat er damals die Wahrheit gesagt?«

»Elainia, das ist über zehn Jahre her.« Ihre Mutter massierte sich müde den Nasenrücken.

»Bitte, versuch dich zu erinnern«, bat sie eindringlich. Ihre Mutter war unglaublich gut darin zu spüren, wenn jemand log oder Halbwahrheiten von sich gab. Sie konnte mithilfe ihrer Magie kleinste Veränderungen in den Gefühlen der Menschen wahrnehmen, die sie verrieten. Einen Hauch von Nervosität zum Beispiel. Oder Schuld. Natürlich gab es Ausnahmen. Personen, die lügen konnten, ohne mit der Wimper zu zucken und dabei keinerlei Reue oder Unsicherheit verspürten.

»Möglicherweise hat er die Wahrheit gesagt. Das hat aber gar nichts zu bedeuten. Wenn er selbst von seinen Worten überzeugt gewesen ist, hätte ich es nicht als Lüge enttarnen können.«

»Dennoch ist es ein Strohhalm. So winzig klein er auch sein mag. Und allemal besser als sinnlos herumzusitzen und zuzusehen, wie Lariel langsam stirbt.«

Ihre Mutter schloss gequält die Augen. »Was ist mit deinen Prüfungen?«

Ja, was war mit den Prüfungen? War sie bereit, alles, worauf sie die letzten Jahre hingearbeitet hatte, wegzuwerfen? Für die Suche nach einer Magierin, deren Existenz sie sich aus einer vagen Vermutung und der Geschichte ihrer Mutter zusammenreimte?

»Lass uns Dunia fragen, wie lange sie die Vergiftung hinauszögern kann«, erwiderte sie schließlich. »Dann überlegen wir uns, was wir tun.«

Kapitel 11

Aufbruch

Elainia

Sie hatte wirklich versucht nach dem Gespräch mit ihrer Mutter wieder ins Bett zu gehen und wenigstens ein paar Stunden zu schlafen, doch ihre Unruhe war zu groß gewesen. Draußen dämmerte es gerade erst, als sie den Schlüssel zur Universitätsbibliothek aus der Tasche ihres Vaters kramte, rasch eine Nachricht über ihren Verbleib schrieb und leise aus dem Haus schlüpfte.

Es war ein merkwürdiges Gefühl, die Bibliothek durch den Seiteneingang zu betreten und im Inneren von völliger Stille umgeben zu sein. Nirgendwo raschelte Papier, verhallten Schritte in der Luft oder wurde geflüstert. Sie stellte ihre Tasche neben den Tresen, krempelte die Ärmel hoch und zog ihren Zopf fest.

»Krähenkönigin. Dann wollen wir doch mal sehen, ob es mehr Informationen über deine Legende gibt.« Sie erinnerte sich, dass ihr Vater einmal etwas über einen Katalog am Empfangstresen erzählt hatte, in dem so ziemlich alles aufgelistet war, was sich an Themen in der Bibliothek befand. Da ihr diesmal niemand helfen konnte, musste sie selbst zurechtkommen. Irgendwie. Besagter Katalog entpuppte sich als das größte und gewaltigste Buch, das ihr jemals untergekommen war. Nach unendlich langem Blättern konnte sie ihre Suche auf zwei bis drei Regale einschränken. Die jedoch immer noch riesig genug waren und deren Bretter sich unter der Last der unzähligen Bücher förmlich bogen. Reihe um Reihe schritt sie ab, überflog die Buchrücken, hielt inne, zog ein Buch heraus, dessen Titel vielsagend schien, und blätterte durch das Inhaltsverzeichnis. Mit jedem Werk über Mythen, Legenden und Sagen aus allen sechs Ländern des Kontinents, das sie zurückstellen musste, sank ihre Motivation. Nichts, nichts und wieder nichts. Ihre Finger waren vom Staub bereits ganz trocken und durch die Fenster fielen erste Sonnenstrahlen.

»Nicht hilfreich«, brummte sie resigniert und wollte das nächste Buch ins Regal schieben, als sie auf Widerstand traf. Mit gerunzelter Stirn griff sie in die Lücke und fand den Übeltäter augenblicklich. Die Ecken des kleinen Büchleins waren geknickt, die Seiten vergilbt und die Farben auf dem Buchdeckel verblichen. Den Titel konnte Elainia nicht entziffern. Trotzdem schlug sie die ersten Seiten auf.

»Erzählungen eines alten Mannes aus dem Jahr 1477«, las sie und stutzte. Das war erst zwanzig Jahre her. Warum sah dieses Buch dann aus, als hätte es bereits etliche Generationen überdauert? Neugierig geworden blätterte sie weiter. Ihr Blick huschte über die enge, aber saubere Handschrift des Autors, der von seiner Reise berichtete, die ihn vom östlichsten zum westlichsten Punkt des Kontinents geführt hatte. Rasch übersprang sie alles, was nicht Fandoria betraf. Als ihr eine Zeichnung vom Carasgebirge ins Auge stach, stockte ihr der Atem. Schon im nächsten Satz, den sie las, war von Krähen die Rede. Aufregung ließ ihr Herz schneller schlagen.

Ich habe sie gesehen. Krähen. Hunderte von ihnen. Sie kreisten hoch über mir am Himmel, krächzten so laut, dass mir die Ohren wehtaten. Ich verkroch mich tiefer in der Felsspalte, die mich vor dem Regen schützte. Dann geschah das Ungewöhnlichste, das ich mir bis heute nicht erklären kann. Einer der Vögel löste sich aus dem Schwarm und ging in den Sinkflug. Er segelte über die Felsen direkt auf mein Lager zu. Seine Augen waren von einer außergewöhnlichen Farbe. Grün mit einem silbrigen Schimmer. Ich habe es nicht gewagt, mich zu rühren, während der Vogel um das erloschene Feuer hüpfte, in meinem Rucksack wühlte und mit meiner Tube

Beinwellsalbe davonflog. Den Berg hinauf, hinein in die Wolken. Als der Himmel für Sekundenbruchteile aufriss, glaubte ich in der dunklen Öffnung einer Höhle die Gestalt einer Frau zu erkennen, die den Arm nach der Krähe ausstreckte. Dann kehrte der Nebel zurück und ich beschloss, diesen Berg sofort hinter mir zu lassen. Das war mir nicht geheuer.

Atemlos starrte Elainia auf die Passage. Das war es! Das war der Beweis, den sie gebraucht hatte, um die Zweifel an der Existenz dieser Magierin, die sie auf dem Weg hierher verspürt hatte, verschwinden zu lassen. Mit dem Buch in der Hand hastete sie zurück zum Tresen, griff nach ihrer Tasche und stürmte aus der Bibliothek, Richtung Krankentrakt.

»Eine Woche, höchstens anderthalb kann ich die Vergiftung verlangsamen.« Dunia wischte ihre nassen Hände an einem Handtuch ab. »Wieso fragst du, Liebes? Und wieso siehst du aus, als wärst du hierher gerannt?«

»Das soll dir meine Mutter erklären«, erwiderte Elainia schwer atmend. Sie war die gesamte Strecke tatsächlich gerannt und dankte Magistra Darkla innerlich für deren Lektionen in Ausdauer. »Ich muss los. Bitte kümmere dich gut um Lariel. Um sie alle.«

»Aber natürlich.« Die Heilerin bedachte sie mit einem Lächeln.

»Danke.« Elainia legte ihre rechte Hand aufs Herz. Sie hatte ihre Entscheidung getroffen. Eine Entscheidung, die diesmal nicht ihr Verstand allein gefällt hatte, und sie betete, dass sie sie nicht bereuen würde. Die Reise zum Carasgebirge dauerte zu Pferd ungefähr zwei Wochen. Mit dem Rückweg machte das vier Wochen. Dunia konnte ihr weitere sieben bis zehn Tage verschaffen. Sie hatte also ungefähr eine Woche, um die Berge nach dieser Magierin zu durchkämmen, denn sie würde ihre Schwester nicht sterben lassen, ohne nicht den Versuch unternommen zu haben, sie zu retten. Auch wenn das bedeutete, wegen diesem verrückten Unterfangen die Prüfungen zu versäumen. Sie durfte keinen Tag länger warten.

»Ich gehe.« Mit diesen Worten platzte sie ins Arbeitszimmer ihrer Mutter.

»Was?«

»Ich werde diese Krähenkönigin suchen. Ich war in der Bibliothek und habe das gefunden.« Sie wedelte mit dem Buch.

Ihre Mutter runzelte nur verwirrt die Stirn.

»Nimm das Buch und lies selbst. Die Krähenkönigin existiert. Ich glaube daran. Nachdem was du mir erzählt und dieser Mann aufgeschrieben hat. Bitte versuch nicht, es mir auszureden. Mir ist bewusst, was ich dafür aufgebe, doch Lariel ist wichtiger als jede Prüfung der Welt. Oder nicht?«

Ihre Mutter erhob sich, schritt um den Schreibtisch herum, nahm ihr das Buch ab und kam dicht vor ihr zum Stehen. »Ihr beide seid mir wichtiger als alles andere auf der Welt. Wenn die Möglichkeit besteht, ihr Leben, Cassians und das des Königs zu retten, so abwegig sie auch sein mag, dann müssen wir sie ergreifen. Doch du wirst nicht allein gehen. Ich kann hier nicht einfach weg. Gerade jetzt ist es umso wichtiger, dass ich an Königin Cierras Seite bleibe. Aber ich werde Roxana bitten, dich zu begleiten. Das ist meine einzige Bedingung.«

»Ich akzeptiere.«

»Wann möchtest du aufbrechen?«

»Noch heute Nachmittag. Vorher muss ich zu Mira ins Hospital.«

»Richte Fara aus, dass sie bei uns wohnen können, bis die Bäckerei wieder hergerichtet ist.«

»Das werde ich. Danke.«

»Meine tapfere Kleine.« Die vor Sorge verhärteten Züge ihrer Mutter wurden weich. »Bitte pass auf dich auf. Ich würde es nicht ertragen, zwei Töchter zu verlieren.«

Elainias Herz zog sich schmerzlich zusammen. Um nicht antworten zu müssen, schlang sie ihrer Mutter die Arme um den Hals und drückte sie fest. Dann flüchtete sie fast schon aus dem Zimmer. Abschiede hatten ihr noch nie gelegen. Nichtsdestotrotz führten ihre Schritte sie wie von selbst zu den königlichen Gemächern. Denn zu gehen, ohne Lariel auf Wiedersehen gesagt zu haben, kam nicht infrage.

Pyria und Fria standen vor der Flügeltür Wache.

»Darf ich zu meiner Schwester?«, erkundigte sie sich.

»Natürlich.« Fria nickte mitfühlend und machte ihr Platz.

Im Inneren roch es nach frischer Morgenluft. Jemand hatte die Balkonfester geöffnet. Der sachte Wind bauschte die weißen Vorhänge und Vogelgezwitscher tönte aus dem Garten herauf. Lariels Anblick schnürte ihr geradewegs die Kehle zusammen. Vorsichtig ließ sie sich neben ihr auf die Bettkante sinken und strich ihr über die bleiche Wange.

»Du wirst nicht sterben, hörst du«, flüsterte sie. »Ich werde dich retten. Dich und deinen Prinzen und König Cain. Halt bloß so lange durch, bis ich wieder da bin, verstanden?« Lariel blieb regungslos. Hastig blinzelte Elainia ihre Tränen fort, beugte sich vor und hauchte ihrer Schwester einen Kuss auf die Stirn. »Bis bald, Schwester.«

***

»Ela!« Miranda sprang von der Bettkante ihrer Mutter und war Sekunden später bei ihr.

Ihre stürmische Begrüßung entlockte Elainia ein Lächeln. »Schön dich zu sehen, Mira.«

»Wo hast du die letzten Tage gesteckt?«

»Überall und nirgends. Hallo, Fara.«

Mirandas Mutter saß aufrecht im Bett. Aus ihren grauen Augen blickte sie ihr freundlich entgegen. Sie wirkte deutlich erholter als bei ihrem letzten Besuch.

»Ich soll euch von meiner Mutter ausrichten, dass ihr auf unbestimmte Zeit bei uns wohnen könnt. Ihr seid jederzeit herzlich willkommen.«

Faras Lächeln wackelte gerührt. »Das Angebot nehmen wir gerne an«, antwortete Mira an ihrer Stelle dankbar. »Ich habe so langsam die Nase voll von dieser Pritsche. Mein Rücken schmerzt seit Tagen.«

»Soll ich dich jetzt bedauern?«, neckte Elainia ihre beste Freundin.

»Ja, bitte.«

»In Ordnung. Ist hiermit geschehen.«

»Danke. Mir geht es schon deutlich besser.« Mira grinste.

»Außerdem bin ich hier, um mich zu verabschieden.« Das Grinsen wich einer gerunzelten Stirn.

»Wieso das?«

»Ich reise mit Roxana ins Carasgebirge.« So knapp wie möglich fasste sie zusammen, was vorgefallen war und was sie vorhatte.

Mirandas Augen wurden mit jedem Wort größer. »Bei den Seelen der toten Götter, Ela. Das ist furchtbar. Ich werde mitkommen.«

»Wirst du nicht.« Sie hatte damit gerechnet. Schließlich sprach sie hier mit Miranda Durna. Genauso rechnete sie damit, gegen ihre beste Freundin zu verlieren, denn in der Regel gelang es Mira immer, sie von etwas zu überzeugen.

»O doch. Tarian wird sich um meine Mutter kümmern. Ich werde dich begleiten. Punkt. Du bist meine beste Freundin und als deine beste Freundin ist es meine Pflicht, dir bei deinen verrückten Vorhaben zur Seite zu stehen.«

Elainia spürte Miras felsenfeste Entschlossenheit, die sich um keinen Preis der Welt ins Wanken würde bringen lassen. Und so seufzte sie ergeben. »Bring Proviant und Reisekleidung mit. Wir treffen uns um drei Uhr am Palasttor.«

Nun kehrte das Lächeln auf Miras Gesicht zurück. »Du kannst auf mich zählen.«

»Sei pünktlich.«

»Das sagt die Richtige.«

Amüsiert verdrehte Elainia die Augen. Ein Teil von ihr war unheimlich froh, dass Mira sie begleiten würde. Sie besaß Fähigkeiten, die ihnen ganz sicher von Nutzen sein würden. Ein anderer Teil fürchtete sich davor, sie in Gefahr zu bringen.

»Wir sehen uns nachher«, erwiderte sie, ehe sie sich auch von Fara verabschiedete, das Hospital verließ und den Heimweg einschlug. Allerdings nicht, ohne vorher in ihrem Kopf eine Liste an Dingen aufzustellen, die sie für ihre Reise benötigen würde, und einen Abstecher zu Ajolas Taverne zu machen.

Sobald sie durch den roten Vorhang die Gaststube betreten hatte, schlug ihr der Duft von würzigem Eintopf entgegen. Während sie auf den Tresen zusteuerte, an dem Ajola Gläser abtrocknete, ließ sie ihren Blick über die Tische gleiten. Doch viel war um diese Uhrzeit nicht los. Zwei Zwerge hatten Biergläser vor sich stehen, die größer als ihre Unterarme waren, eine Familie spielte bei Eintopf und Saft Königsquartett und in der Ecke hielt eine ältere Frau ihren Hund davon ab, ihr die Wurst vom Teller zu klauen.

Mit einem erleichterten Seufzer ließ Elainia sich auf einen der hohen Hocker sinken.

»Was darf's sein?«, erkundigte die Wirtin sich, ohne ihre Arbeit zu unterbrechen.

»Ich brauche eines von deinen Reiseproviantpaketen. Am besten das große. Und ein Glas Wasser.«

»Kommt sofort.«

Froh, dass Ajola keine Fragen stellte, löste sie ihren Geldbeutel vom Gürtel und zählte die Münzen ab. Ein Silberstück und zwei Kupfermünzen wanderten über den Tresen. Die Wirtin verstaute sie in ihrer Kasse, nickte zufrieden und rief ihre Bestellung Richtung Küche. Dann stellte sie ihr das Wasser vor die Nase und machte sich daran, die leeren Tische in der Gaststube abzuwischen.

Gedankenverloren starrte Elainia auf das Glas und die winzigen Bläschen, die in der klaren Flüssigkeit aufstiegen, um schließlich zu platzen.

»Ich glaube, ich träume.«

Beim Klang der Stimme zuckte sie zusammen und drehte sich schließlich zu der ihr allzu bekannten Fee herum, die sich neben sie gesetzt hatte.

»Was machst du hier, Larodres? Verfolgst du mich etwa? Und wie geht es deiner Schwester?«

»Du willst aber viel auf einmal wissen, Avis. Nein, niemals. Wie kommst du bloß auf solche Ideen? Das Gleiche könnte ich allerdings dich fragen. Lariel geht es unverändert schlecht.«

»Ich wohne oben. Das klingt nicht gut.«

»Und ich kaufe Proviant. Ich weiß.«

»Proviant?« Neugier mischte sich unter die kuriose Kombination aus Schalk und Sorge in seinem Blick.

»Du weißt schon, haltbare Nahrungsmittel, die man auf eine Reise mitnehmen kann.«

»Danke, dass du meinen Wortschatz erweitert hast.« Der Sarkasmus in seinem Tonfall brachte Elainia zum Schmunzeln.

»Im Ernst, wozu brauchst du Reiseverpflegung?«

»Um auf eine Reise zu gehen?«

»Du bist wirklich wahnsinnig komisch.« Er schnappte sich ihr Wasserglas und trank es in einem Zug leer.

»Damit schuldest du mir zwei Kupferstücke«, bemerkte sie trocken.

»Und du mir eine vernünftige Antwort.«

»Tue ich überhaupt nicht.«

»Es hat etwas mit deiner Schwester und dem Gift zu tun, oder?« Glücklicherweise hatte er die Stimme gesenkt.

»Du wirst nicht lockerlassen, habe ich recht?«

»Absolut. Also raus mit der Sprache.«

Seufzend gab Elainia sich geschlagen. »Ich habe mich an eine Geschichte erinnert, die meine Mutter uns früher erzählt hat. Sie handelt von einer Magierin, die alle vier Berührungen in sich trägt, in den Bergen im Norden lebt und durch die Augen der Vögel die Welt beobachtet. Dann habe ich recherchiert und in einem Tagebuch eines alten Mannes einen Bericht gefunden, der sich mit Mutters Geschichte deckt. Ich weiß, wie verrückt das klingt, aber ich werde sie suchen. Sie könnte Lariel helfen.«

»Das sind wahrhaft spannende Neuigkeiten.« Etwas flackerte in seinen Augen auf, das Elainia nicht ganz deuten konnte. Neugier? Ein Hoffnungsschimmer? Bevor sie sich darüber klar werden konnte, verschwand der Funken und Avis' Frage drang an ihre Ohren. »Hast du etwas gegen Begleitung?«

Sie zögerte. Sollte sie zusätzlich zu Miranda und Roxana nun auch noch Avis mitnehmen? Eigentlich sprach nichts dagegen. Er besaß Flügel. Ein Attribut, das niemand sonst von ihnen vorweisen konnte und das sicherlich hilfreich wäre. Zudem war er bereits in alles eingeweiht und sie mochte die unbeschwerte Leichtigkeit, die ihn umgab und die es ihr so einfach machte, sich mit ihm zu unterhalten.

»Elainia?«

Sie löste sich von ihren Gedanken und sah ihm in die braunen Augen. »Herzlich willkommen an Bord. Wir brechen um drei Uhr heute Nachmittag auf und treffen uns mit den anderen am Palast. Ich übernehme aber keine Verantwortung für dein körperliches Wohl oder eine unversehrte Heimkehr.«

»Einverstanden.« Er schüttelte ihre Hand. Seine Haut war warm, seine Finger weich.

»Deine Bestellung.« Ajola ließ einen prall gefüllten Lederbeutel auf den Tresen fallen. »Zwei Brote, Pökelfleisch, Käse, Nüsse und getrocknetes Obst.«

»Danke dir.«

»Für mich dasselbe«, meinte Avis, fischte eine Silbermünze aus seiner Tasche und drückte sie der Wirtin in die Hand. An Elainia gewandt fügte er hinzu: »Wenn du warten möchtest, dann packe ich schnell meine Sachen zusammen und wir können gemeinsam los.«

»Warum nicht.«

Sie schnappte sich den Beutel, glitt vom Hocker und folgte ihm die Holztreppe hinauf zu seinem gemieteten Zimmer. Wie die meisten Unterkünfte in solchen Tavernen war der Raum nicht sonderlich groß, doch dafür überaus komfortabel eingerichtet. Avis ging zum Schrank, holte eine Tasche heraus und machte sich daran, Kleidung, Waschutensilien und ein Buch darin zu verstauen. Seine Bewegungen waren flink und geschmeidig. Innerhalb weniger Minuten hatte er die Tasche verschlossen, Mantel und Decke zusammengerollt und zu einem handlichen Bündel verschnürt, das er sich schwungvoll über die Schulter warf.

Zurück in der Gaststube überreichte er Ajola den Zimmerschlüssel und erhielt im Gegenzug sein Proviantpaket.

»Du hast vorhin von anderen gesprochen«, meinte er, nachdem sie die Taverne hinter sich gelassen hatten. »Wer kommt noch mit?«

»Meine beste Freundin Miranda und Roxana auf Bitte meiner Mutter.«

Sie überquerten die Straße und bogen nach Nordwesten ab. Elainia wählte den kürzesten Weg zu ihrem Anwesen, der sie durch etliche schmale Gassen führte, die sie des Nachts lieber mied. Tagsüber begegnete man hier höchstens streunenden Katzen und bettelnden Hunden.

»Sag mal, kannst du reiten?«, erkundigte sie sich nach einer Weile, die sie schweigend zurückgelegt hatten.

»Ja. Allerdings habe ich das Reisen zu Pferd noch nie gemocht. Wozu habe ich denn sonst die hier?« Er deutete vielsagend auf seine Flügel, die selbst in den schattigen Gassen grüngolden schimmerten. Sie wirkten so zerbrechlich und fein und waren doch fähig, Avis sicher durch die Lüfte zu tragen.

»Bis wir am Schloss sind, kannst du dir überlegen, ob du lieber reiten oder fliegen willst«, meinte sie.

»In Ordnung. Wohin gehen wir eigentlich gerade?«

»Zu mir. Ich brauche für dieses Unterfangen ein bisschen mehr als nur Proviant.«

»Tatsächlich?«

»Ja, du Narr.« Zumindest ein halbes Lächeln brachte sie in Anbetracht der Umstände zustande.

Etliche Gassen später erreichten sie endlich ihr Ziel. Avis folgte ihr durch das leere Haus in den ersten Stock und lehnte sich wie Elainia vorhin am Türrahmen an, während sie anfing allerlei notwendige Utensilien zusammenzusammeln. Grasmatte, Decke, saubere Kleidung zum Wechseln, einen großen Trinkschlauch, mehrere Messer, die sie sich an den Gürtel steckte, sowie ihr Schwert. Im Kopf strich sie Punkt um Punkt von ihrer Liste. Fehlte noch eine vernünftige Landkarte, wie ihre Mutter sie im Gardequartier aufbewahrte. Sie würde Roxana danach fragen, sobald sie am Palast angekommen waren.

»Schleppst du immer solch eine Anzahl an Waffen mit dir herum, wenn du unterwegs bist?«, kommentierte Avis belustigt, als sie einen weiteren Dolch in der funktionalen Scheide an ihrem Stiefel befestigte.

»Du solltest mal meine Mutter sehen, sobald sie ihre komplette Ausstattung trägt«, entgegnete sie, richtete sich auf und warf sich die volle Tasche über die Schulter.

Pünktlich um drei Uhr standen sie am Palasttor. Roxana erwartete sie bereits, neben ihr stand Miranda, zu ihren Füßen ein fest verschnürtes

Reisebündel. Rasch stellte sie Avis und Mira einander vor. Ihre Freundin musterte ihn neugierig, Roxana akzeptierte das vierte Reisemitglied stillschweigend. Sie strahlte diese ihr so typische stoische Ruhe aus, die Elainia nur allzu gerne willkommen hieß. Was die Kriegerin von der ganzen Sache hielt, gab sie weder durch ihre Mimik noch durch Emotionen preis. Dennoch ließ sie Avis etliche Sekunden lang nicht aus den Augen.

Hinter Roxana entdeckte Elainia schließlich zwei Bedienstete, die jeweils ein gesatteltes und gezäumtes Pferd am Zügel hielten. Die Vorfreude, die sie bei diesem Anblick verspürte, schien Mira zu teilen, denn kaum hatte diese die Tiere ebenfalls bemerkt, strahlte sie. Elainia wusste, wie sehr ihre Freundin Pferde liebte, seit sie ihr vor einigen Jahren das Reiten beigebracht hatte.

»Und?«, wandte sie sich an Avis. »Reiten oder fliegen?«

»Angesichts der Tatsache, dass das Pferd meine Tasche tragen wird, entscheide ich mich für die unbequemere Option.«

Elainia drehte sich zu Roxana. »Wir bräuchten wohl zwei weitere Pferde.«

Die Kriegerin nickte, ehe sie einen der Burschen losschickte, um die zusätzlichen Reittiere zu satteln und aus den Ställen zu holen.

Kurz darauf führte der junge Mann die gewünschten Tiere auch schon in den Hof. Avis nahm die Zügel der Fuchsstute entgegen, die Lariel stets geritten war, wenn sie sich zu einem Ausritt hatte überreden lassen. Elainias eigene Stute spitzte angesichts der beiden weiteren Tiere neugierig die Ohren. Luvira war ein Geschenk ihrer Eltern gewesen und Elainia liebte sie von ganzem Herzen. Da ihr Anwesen in der Stadt keinen Stall und schon gar keine Wiese besaß, hatte ihre Mutter sich die Erlaubnis der Königin eingeholt, die Stute gegen ein monatliches Entgelt hier unterbringen zu dürfen. Das schlechte Gewissen darüber, sie in den letzten Wochen so sträflich vernachlässigt zu haben, meldete sich prompt beim Anblick ihrer großen braunen Augen. Behutsam strich sie ihr über die weiche Nase.

»Elainia?«, meldete Roxana sich zu Wort.

»Ja?« Sie wandte sich der Gardistin zu.

»Deine Mutter hat mir das hier gegeben. Für Notfälle. Es ist zusätzlich so präpariert, dass der Träger oder die Trägerin es nicht selbst abnehmen kann.« In ihrer ausgestreckten Hand lag ein Schwarzeisenarmband.

»Ich hoffe, dass wir das nicht brauchen werden«, meinte sie, griff jedoch danach und verstaute es in ihrer Tasche, die sie als Nächstes hinter dem Sattel festzurrte.

»Sag, hast du eine Karte dabei?«, wollte sie währenddessen von Roxana wissen.

Die Kriegerin nickte und klopfte auf ihren Rucksack. »Sogar noch eine zweite, falls uns die erste verloren gehen sollte.« Sie zwinkerte ihr zu und Elainia lächelte.

Roxana war nicht nur die beste Freundin ihrer Mutter. Für Elainia war sie wie eine Tante. Diejenige, die ihr mehr durchgehen ließ als ihre Eltern, öfter ein Auge zudrückte und ihr als Kind einen echten Dolch in die Hand gedrückt hatte, obwohl sie bis zu dem Zeitpunkt nur mit Holzschwertern geübt hatte. Lariel hatte sich immer vor Roxana gefürchtet, was wohl unter anderem mit den Narben an Armen und Kiefer, den kantigen Gesichtszügen und ihren schmalen dunklen Augen zu tun hatte. Elainia war ausnahmslos fasziniert gewesen.

Jemand tippte ihr von hinten auf die Schulter und riss sie aus ihren Gedanken. »Darf ich mich von meiner Tochter verabschieden, die sich in aller Frühe mit meinem Bibliotheksschlüssel aus dem Staub gemacht hat? Amanda hat mich vorhin über dein Vorhaben informiert, Ela.« Während er sprach, drehte sie sich zu ihm herum.

»Vater. Entschuldige das mit dem Schlüssel. Er liegt wieder bei deinen Sachen.«

»Schon gut«, winkte er ab und lächelte. »Ich hoffe, du findest die Krähenkönigin. Möge euer Weg unter einem guten Stern stehen.« Er zog sie in eine feste Umarmung, die sie ebenso sehr erwiderte. Wie immer haftete ihm der vertraute Duft von Leder, Tinte und Papier an.

Sie holte ein letztes Mal tief Luft, dann löste sie sich aus seinen Armen. »Danke, Vater. Hilfst du mir beim Aufsteigen?«

Er nickte, lief um Luvira herum und hielt mit seinem Gewicht gegen ihres, um zu verhindern, dass der Sattel verrutschte, während sie ihren linken Fuß in den Steigbügel schob, nach den Zügeln griff und sich auf den Pferderücken schwang.

Dankbar lächelte sie ihrem Vater ein letztes Mal zu, bevor sie ihrer Stute sanft die Schenkel in die Seite drückte. Bereitwillig setzte Luvira sich in Bewegung und kurz darauf passierte ihre kleine Gruppe das Schlosstor, ehe sie den kürzesten Weg in Richtung Westtor einschlugen. Da wie beinahe jeden Tag viel auf den Straßen der Stadt los war, kamen sie nur langsam voran. Händlerkarren, Kutschen und Eselwagen bremsten sie aus. Dazwischen drängten sich weitere Reiter sowie unzählige Zwerge, Menschen, Magier und Wandler, die auf den Wegen entlangspazierten. Als dann auch noch zwei ineinander verkeilte Kutschen ihnen den Durchgang versperrten, hatte Elainia genug.

Kurzerhand lenkte sie Luvira nach rechts in eine Gasse, warf einen prüfenden Blick über die Schulter, um nachzusehen, ob die anderen ihr folgten. Sie taten es. Der Umweg kostete sie eine halbe Stunde, doch als sie schließlich die Stadt hinter sich ließen, atmete Elainia erleichtert auf. Vor ihr erstreckten sich die Felder Elandrias mit ihren Bauernhöfen und Viehweiden. Dazwischen schlängelte sich die befestigte Straße in nordwestlicher Richtung. Ein hölzernes Schild wies die Entfernung nach Caras aus. Die nördlichste der fünf großen Städte Fandorias war zwar nicht ihr Ziel, aber der beste Orientierungspunkt, den sie auf ihrer Reise ins Carasgebirge haben konnten.

»Was ist der Plan?«, erkundigte sich Avis, sobald die Straße breit und verlassen genug war, um problemlos nebeneinander zu reiten.

»Die Berge erreichen. Und das so schnell wie möglich. Wir reiten tagsüber und rasten nachts, egal, ob wir ein Gasthaus zum Übernachten finden oder nicht. Ich hoffe, dein Sitzfleisch ist strapazierfähig.«

»Ich hätte doch fliegen sollen«, kommentierte er.

»Wir können dein Pferd zwischendurch auch bei jemandem von uns anbinden und du fliegst.«

»Wenn mein Hintern den Geist aufgibt, werde ich darauf zurückkommen.«

»Mach das.«

»Sag bloß, dir liegt etwas an meinem Wohlergehen.«

»Mir liegt das Wohlergehen eines jeden dieser Gruppe am Herzen«, erwiderte sie, ohne auf den Schalk in seiner Stimme einzugehen. Das hier war ernst. »Das schließt dich mit ein. Das Letzte, was ich will, ist, dass jemand von uns nicht mehr zurückkehrt. Du und Miranda habt mir eure Hilfe freiwillig angeboten, dennoch fühle ich mich verantwortlich.«

»Das klang vorhin aber noch anders. Da hast du jegliche Verantwortung von dir gewiesen.« Avis betrachtete sie mit schräggelegtem Kopf.

»Ich weiß. So einfach ist es dann leider doch nicht.«

»Das verstehe ich. Glaub mir. Ich habe einen Bruder. Er ist zwar älter als ich, benimmt sich jedoch alles andere als erwachsen. Darum habe ich mich für ihn verantwortlich gefühlt, obwohl er mir ständig vorgehalten hat, dass ich es nicht tun brauche. Schließlich sei er der Ältere und könne schon auf sich aufpassen.«

»Wie viele Jahre trennen euch voneinander?«

»Zwei.«

»Lariel und ich sind nur ein Jahr auseinander. Als wir jünger waren, war sie die Vernünftige und hat versucht mich von allerlei Unsinn abzuhalten. Was mehr oder weniger gut funktioniert hat. Durch ihre Verlobung mit Prinz Cassian ist ihr Sinn für Ordnung und Anstand noch mal deutlich ausgeprägter geworden. Trotzdem konnte ich immer mit ihr lachen.« Ihre Stimme verklang. Traurigkeit überkam sie bei dem Gedanken an Lariels blasse, reglose Gestalt auf dem breiten Bett der königlichen Gemächer.

»Wir finden diese Krähenkönigin, um sie zu retten.« Avis schenkte ihr ein aufmunterndes Lächeln.

Elainia räusperte sich. Zwang sich ihre negativen Gedanken abzuschütteln und sog Avis' ehrliche Zuversicht, die in seinem Ton und seinem Blick mitschwang, in sich auf wie ein Schwamm Wasser. »Dann lass uns das Tempo mal ein wenig anziehen.«

»Nicht, was ich jetzt hatte hören wollen, aber in Ordnung.«

Elainia trieb ihre Stute vorwärts, bis sie in einen flotten Trab fiel. Das gleichmäßige Geräusch klappernder Hufe auf Stein beruhigte ihre angespannten

Nerven. Das Auf und Ab im Rhythmus von Luviras schwingenden Schritten war ihr in Fleisch und Blut übergegangen. Sie gab ihrer Stute mehr Zügel, atmete die warme Sommerluft ein und versuchte ihren Geist zu leeren. Wenigstens für ein paar Minuten wollte sie einfach an nichts denken. Weder an die Aufgabe, die vor ihr lag, noch an die Konsequenzen, die es haben würde, wenn sie keinen Erfolg mit ihrer Suche hatte. Als ob Luvira spürte, was in ihr vorging, wechselte sie in den Galopp und endlich verstummten ihre Gedanken.

Viel zu schnell musste sie jedoch durchparieren, denn der Grasstreifen am Straßenrand wurde von einem Getreidefeld abgelöst. »Mal schauen, ob die anderen drangeblieben sind.« Sie drehte einen Halbkreis.

Miranda erreichte sie zuerst. Ihre Wangen glühten, ihre Augen leuchteten. »Das hat mir so gefehlt«, rief sie atemlos und kam neben ihr zum Stehen.

»Mir auch.«

Gemeinsam beobachteten sie, wie Roxana und Avis näher kamen.

»Bei Gelegenheit erwarte ich übrigens einen ausführlichen Bericht über die Fee.« Vielsagend hob ihre Freundin die Brauen.

Elainia schnaubte. »So viel gibt es da nicht zu berichten.«

»Egal. Ich nehme alles, was du hast.«

»Na schön. Später.«

»Vergiss es bloß nicht. Ich werde dich dran erinnern, verstanden.«

»Tu, was du nicht lassen kannst.«

»Wer kann was nicht lassen?« Avis brachte sein Pferd zum Halten. Neugier funkelte in seinem Blick.

»Ach nichts«, entgegneten Elainia und Miranda wie aus einem Mund.

Kapitel 12

Magie aus Kohle und Pergament

Miranda
»Dein Starren wird langsam unheimlich«, meinte Avis. »Habe ich irgendetwas im Gesicht?«

»Nein.« Mira ließ die Zügel ihres Pferdes ein wenig lockerer und rutschte im Sattel umher, denn die ersten Stunden des Ritts wirkten sich bereits auf ihren Rücken und ihre Beine aus.

»Bist du meinem guten Aussehen verfallen?«

»Nein. Da kannst du lange drauf warten. Ich habe es nicht so mit dem männlichen Geschlecht.«

»Verstehe.« Er runzelte die Stirn. »Was ist es dann?«

»Neugier?«

»Bist du etwa noch nie einer Fee begegnet?«

»O doch, vielen sogar.«

»Aber?«

»Du interessierst mich. Elainia hat bisher nie einen Kerl zu irgendetwas mitgebracht. Weder zum Mittsommernachtsfest noch zum Jahreswechsel oder gar zu einem Ball im Palast. Du bist der Erste.« Unbeirrt ließ sie ihren Blick auf ihm ruhen. Seine offensichtliche Irritation amüsierte sie. Er schien eindeutig nicht zu wissen, was er von ihr und ihren Fragen halten sollte. Doch das war in Ordnung. Sie würden in den nächsten Wochen genügend Zeit haben, einander besser kennenzulernen. Mira bereute es nicht, Elainia ihre Begleitung angeboten zu haben. In Elandria hatte sie nun, da die Bäckerei ein Trümmerhaufen war, keine richtige Aufgabe mehr. Tarian kümmerte sich um ihre Mutter und um den Wiederaufbau. Sie hingegen war handwerklich so ungeschickt, dass sie bloß im Weg gestanden hätte, hätte Tarian sie in Reparaturarbeiten einbezogen. Außerdem war Elainia ihre beste Freundin und sie sah es als ihre Pflicht, ihr zu helfen.

»Aber sicher.« Avis dehnte die Silben wie zähflüssigen Schleim.

»Also ...« Sie hielt ihr Pferd davon ab, nach einem der Grasbüschel zu schnappen, die am Straßenrand wuchsen, ehe sie weitersprach. »Wer bist du und woher kommst du?«

»Avis Landro, Fee, geboren und aufgewachsen in Kronda, Angehöriger des Lichten Feenvolks«, zählte er auf. »Willst du Alter, Größe und Gewicht auch noch wissen?«

»Nein, danke. Geschwister?«

»Ja. Einen älteren Bruder.«

»Welche Absichten hegst du Elainia gegenüber?«

»Das war ein harter Themenwechsel.«

»Nicht ablenken, mein Lieber.«

»Bist du immer so penetrant? Ist sie immer so penetrant?« Er wandte sich zu Elainia um, die einige Meter hinter ihnen ritt, und wiederholte seine Frage laut, sodass sie ihn verstehen konnte.

Mira verdrehte die Augen.

Ela lachte amüsiert auf. »Ab und an. Vor allem, wenn sie sich etwas in den Kopf gesetzt hat. Ich würde dir raten, ihr zu antworten, denn sonst wirst du sie nicht so schnell los.«

»Großartig.« Ergeben drehte er sich zu Mira zurück.

Sie konnte sich ein kleines Grinsen nicht verkneifen. »Du hast sie gehört. Welche Absichten hegst du ihr gegenüber?«

»Nur die besten. Ich bin hier, um ihr zu helfen. Genau wie du.«

»Warum?«

»Warum was?«

»Warum willst du ihr helfen? Wie lange kennst du sie? Drei Tage? Vier?«

»Spielt das eine Rolle?«

»Ja.«

»Unsere erste Begegnung liegt inzwischen fast zwei Wochen zurück.«

»Doch schon so lange.«

»Spar dir den Sarkasmus«, brummte er.

Mira unterdrückte ein Lachen. Er fühlte sich sichtlich unwohl, versuchte aber, es sich nicht anmerken zu lassen. Seine verkrampften Fäuste straften seiner äußerlichen Gelassenheit allerdings Lügen. Ein Umstand, den sie ausnutzen würde, um ihn noch ein bisschen länger zu quälen, ehe sie ihn vom Haken ließ.

»Versprichst du dir etwas von deiner großzügigen Hilfe?«

»Sollte ich?«

»Du magst es, Gegenfragen zu stellen, oder?«

»Nur wenn mich jemand so dreist ausquetschen will, wie du es gerade tust.«

»Ich betreibe nichts als Konversation.«

»Du verhörst mich und ehrlich gesagt habe ich jetzt genug davon.« Mit diesen Worten wendete er sein Pferd und ließ sich ans Ende ihres kleinen Trosses zurückfallen.

»Was bei den Seelen der toten Götter hast du ihn gefragt?« Elainia schloss zu ihr auf und warf einen Blick über die Schulter zu Avis.

»Dies und das.« Mira zuckte mit den Schultern.

»Da erzählt sein Gesichtsausdruck aber etwas anderes.«

»Vielleicht habe ich es ein wenig übertrieben«, rang sie sich zu einem Eingeständnis durch.

Vielsagend hob Ela die Brauen. »Ein wenig? Er wirkt ziemlich verärgert.«

»Dann verrate du mir doch mal, was an ihm so besonders ist, dass du ihn mit auf diese Reise nimmst, obwohl du ihn gerade einmal zwei Wochen kennst.«

Ihre Freundin stieß einen Seufzer aus. »Ich kann es nicht richtig beschreiben, aber in seiner Gegenwart zu sein, ist einfach. Sich mit ihm zu unterhalten, fällt mir leicht. Außerdem kann ich seine Gefühle nicht spüren, was zur Abwechslung wirklich erfrischend ist. Es war wie mit uns damals. Wir haben uns auch auf Anhieb verstanden.«

Das hatten sie wirklich. Mira erinnerte sich an ihre erste Begegnung mit Elainia, als wäre sie gestern gewesen. Sie war elf gewesen, war durch Elandria gestromert und schließlich auf dem Marktplatz gelandet. Eines der frechen Straßenkinder, kaum älter als sie selbst, hatte ihr den Beutel mit den wenigen Silbermünzen vom Gürtel gerissen, die sie von ihrem Vater zugesteckt bekommen hatte. Empört kreischend hatte sie die Verfolgung aufgenommen und plötzlich war da ein Mädchen mit schwarzen Locken an ihrer Seite gewesen, deren Kleider Mira viel zu edel für einen einfachen Marktbesuch erschienen waren.

»Den kriegen wir«, hatte sie grinsend gerufen. Dummerweise war er ihnen entwischt. Keuchend waren sie zum Stehen gekommen, Mira mit Seitenstechen, das fremde Mädchen mit einem wütenden Funkeln in den grünen Augen. »Es tut mir leid«, hatte sie gesagt und ihr einige Münzen in die Hand gedrückt. Mehr als sie an den Dieb verloren hatte. »Nimm sie an. Ich bin Elainia. Und du?«

Mira lächelte versonnen, ehe sie die Erinnerung beiseiteschob.

»Dann vertraust du ihm?«, erkundigte sie sich.

»Ich denke schon. Er scheint aufrichtig und meine Mutter hätte gespürt, falls etwas mit ihm nicht stimmen würde. Er hat ihr Informationen zu dem Schwarzeisenattentäter geliefert, nachdem sie angegriffen worden ist.«

Das änderte natürlich einiges, aber noch lange nicht alles.

»Versprich mir, dass du dich bei ihm entschuldigst«, bat Ela.

Mira seufzte übertrieben. »Versprochen. Weil du es bist.«

Wenn sie ehrlich war, machte dieser Avis Landro einen doch recht sympathischen Eindruck. Vor allem strömte ihm die Arroganz nicht aus jeder Pore wie bei manch anderen jungen Männern, die sie mehr oder weniger freiwillig hatte kennenlernen müssen, sobald sie abends mit Ela in den Tavernen der Stadt unterwegs gewesen war.

»Danke, Mira. Wir dürfen uns nicht mit Zank und Zwist aufhalten. Dazu ist diese Reise zu wichtig und nicht gerade ungefährlich. Was nicht bedeutet, dass du kein Recht hast, ihn auszufragen, aber …«

»Aber nicht ganz so schamlos direkt, wie es gerne meine Art ist«, vervollständigte Mira augenrollend ihren Satz. »Schon verstanden.« Sie nahm Ela diese Einschränkung nicht übel, denn sie hatte ja recht. Sie sollten versuchen einander zu vertrauen. Und wenn Ela Avis vertraute, dann würde Mira ihm nur halb so viel Neugier entgegenbringen. Dennoch würde er sich ihr Vertrauen erst einmal verdienen müssen. So viel stand fest. Und bis es so weit war, würde sie sich in Zurückhaltung und Freundlichkeit üben.

***

Elainia

Die erste Nacht verbrachten sie abseits der Straße unter freiem Himmel. Keine Wolke verdeckte die Sterne, kein Schleier hing vor dem hell leuchtenden Mond. Grillen zirpten, ein lauer Sommerwind trug den Duft von trockenem Gras und Rosmarin mit sich. Es hatte beinahe etwas Romantisches an sich, zumal sie mitten auf einer Wiese im Kreis saßen und Brot mit Käse aßen. Die Pferde hatten sie zum Grasen an einer kleinen Baumgruppe keine zwei Meter entfernt angebunden. Ab und an drang deren zufriedenes Schnauben zu ihnen herüber.

Entspannt lehnte Elainia sich etwas zurück und musterte für einen Moment den Sternenhimmel, der so unendlich weit weg schien und dennoch zum Greifen nah. Sie hätte sich mit Leichtigkeit im Funkeln der Sterne verlieren können, doch viel zu schnell kehrten ihre Gedanken wieder zu dem zurück, was noch vor ihnen lag. Sie seufzte und richtete ihre Aufmerksamkeit auf Roxana, die den ganzen Tag über sehr in sich gekehrt gewesen war, was für sie allerdings nicht ungewöhnlich war. Sie war von der schweigsameren Sorte, dafür umso aufmerksamer. »Kannst du die Karte herausholen?«, bat sie die Kriegerin.

Diese nickte, kramte kurz in ihrem Bündel und reichte ihr ein eingerolltes Pergament.

Mit beiden Händen glättete sie es so gut es eben auf der unebenen Wiese möglich war. »Wir befinden uns irgendwo hier«, meinte sie und deutete mit dem Finger auf die eingezeichnete Handelsroute zwischen Elandria und Caras.

»Und das ist unser Ziel, richtig?«, fragte Mira mit Fingerzeig auf das Carasgebirge an der nördlichen Grenze zu Kronda.

»Genau. Der sicherste Weg würde uns über Askalas' Grenze in die Hauptstadt der Provinz führen. Allerdings wären wir dann viel zu weit im Westen.«

»Dann sollten wir direkt nach Norden reiten, sobald wir den Lan überquert haben«, schlug Roxana vor.

Elainia nickte. Daran hatte sie ebenfalls gedacht.

»Also bis zur steinernen Brücke von Alrath und dann nach Norden«, fasste Mira zusammen und gähnte. »Klingt ungefährlich.«

»Ist es auch«, bestätigte Roxana. »Zumindest bis wir die Handelsstraße hinter uns lassen. Nichtsdestoweniger sollten wir nicht unachtsam sein. Ich übernehme die Wache für diese Nacht. Ihr schlaft.«

»Kommt nicht infrage«, widersprach Elainia sofort. »Wir teilen die Wache in Schichten unter uns auf. Damit jeder etwas Schlaf bekommt. Einverstanden?«

Avis nickte, Mira brummte ihre Zustimmung und Roxana zuckte mit den Achseln. Dennoch bestand sie darauf, die erste Schicht zu übernehmen.

Elainia rollte ihre Grasmatte aus, nutzte ihre Decke als Kopfkissen und legte sich auf den Rücken. Nach und nach sickerte die Erkenntnis, dass sie morgen früh nicht in ihrem Bett aufwachen und sich auch am darauffolgenden Tag nicht für die Prüfungen fertig machen würde, tiefer in ihren Verstand. Kyria, Sola, Trix und all die anderen würden sich einen Platz in der Garde erkämpft haben, wenn sie zurückkehrte. Sie würden nicht länger Anwärterinnen sein. Im Gegensatz zu ihr. Falls sie diesen Status überhaupt noch tragen durfte. Kleine Zweifel nagten wie hungrige Mäuse an ihr. Ein Hauch von Reue stieg in ihr auf, doch sie kämpfte ihn nieder. Was war schon ein Titel, wenn ihre Schwester nicht da sein würde, um sich mit ihr zu freuen? Sie tat das Richtige. Dessen war sie sich sicher. Mit diesem Gefühl der Überzeugung schlief sie irgendwann ein und klammerte sich auch am nächsten Morgen weiterhin daran, als sie rasch frühstückten und die Pferde sattelten.

Sie wechselten zwischen Strecken, die sie im Schritt und im Trab ritten, um zügig voranzukommen, die Pferde aber nicht zu schnell zu erschöpfen. Elainia spürte den langen Ritt des gestrigen Tages in ihren Knochen und bereute es, vorher so lange nicht mehr richtig im Sattel gesessen zu haben. Dazu kamen die Temperaturen, die viel zu rasch in die Höhe kletterten und ihnen vor Feuchtigkeit klebende Tuniken und feuerrote Haut dort bescherten, wo kein Stoff sie vor den Strahlen der Sonne schützte. Gegen Mittag wickelte Elainia sich ein dünnes Tuch um den Kopf. Ihre schwarzen Haare zogen die Wärme an wie süßer Saft Wespen. Selten hatte sie sich so sehr nach Schatten gesehnt wie im Moment, doch sie hatte nicht vor sich zu beschweren. Es hätte sowieso nichts geändert, denn kein Baum wuchs am Straßenrand, der ihr hätte Erleichterung verschaffen können. Wohin sie auch blickte, erstreckten sich wild bewachsene Wiesen, über denen es vor Insekten nur so summte. Die befestigte Straße waberte in der Ferne, die Luft flimmerte, der Himmel leuchtete tiefblau. Mit einem kühlen Glas Sonnentraubenwein und deutlich weniger Kleidung am Leib würde sich dieser Sommertag sicherlich besser ertragen lassen. Bloß dass sie jetzt in Elandria ebenfalls keine Möglichkeit gehabt hätte, Wein zu trinken und die Seele baumeln zu lassen. Ihre Kameradinnen des Alten Klosters schwitzten in Vorbereitung auf die Prüfungen in ihrer Kampfmontur vermutlich noch stärker als sie. Was ihre Mutter wohl Direktorin Jarna über ihre Abwesenheit gesagt hatte? Sicherlich die Wahrheit. Unter dem Siegel der Verschwiegenheit, bis bekannt gemacht werden würde, was dem König, Cassian und Lariel zugestoßen war.

Sie unterdrückte ein niedergeschlagenes Seufzen und rutschte auf ihrem Sattel umher. Das erwies sich als schwierig, da ihre Hose ebenso sehr am Leder klebte wie an ihrer Haut. Zum wiederholten Mal griff sie nach ihrem Trinkschlauch. Das Wasser war inzwischen widerlich lauwarm und schmeckte schal. Dennoch löste es ihre Zunge vom Gaumen und befeuchtete ihre Kehle. Doch das hielt nicht lange vor und so blieb ihr nichts anderes übrig, als die Hitze und ihre Folgen mit zusammengebissenen Zähnen zu ertragen.

»Ich hasse den Sommer«, knurrte Mira, kaum dass sie bei anbrechender Dämmerung von ihren Pferden stiegen und sich abseits der Straße niederließen. »Wenn das so weitergeht, bin ich ein Haufen Asche, noch ehe wir die Brücke erreicht haben.«

»Da muss ich dir recht geben«, meinte Avis, während er den Sattel vom schweißnassen Rücken seines Pferdes hievte. Der Geruch von feuchtem Pferdefell hing schwer in der Luft. Kein einziger Windhauch brachte Erleichterung.

»Jammern wird es auch nicht besser machen«, sagte Roxana. Ihre Arme waren im Gegensatz zu Elainias von der vielen Sonne braun gebrannt statt rot und schmerzhaft gespannt.

»Aber es ist besser, als stoisch darüber zu schweigen«, konterte Mira. Sie drehte ihre langen Haare zu einem festen Knoten, den sie mit einer großen Klammer an ihrem Hinterkopf befestigte. »Man bekommt Magengeschwüre, wenn man all seinen Unmut und seinen Ärger in sich hineinfrisst.«

»Dann jammert zumindest in einer Lautstärke, die ich nicht hören kann.«

Elainia spürte Roxanas Gereiztheit. Offenbar war der Ritt in unmenschlicher Hitze nicht vollkommen spurlos an ihr vorbeigegangen. »Lasst uns etwas essen und die Wachschichten aufteilen«, schob sie hastig ein, da sie erkannte, dass Mira auf Konfrontation gebürstet war und schon den Mund geöffnet hatte, um Roxana Kontra zu geben. Auf eine Auseinandersetzung zwischen ihrer Freundin und der Kriegerin hatte sie absolut keine Lust. Vor allem, weil Mira trotz ihrer Direktheit und teilweise ziemlich spitzen Zunge nicht gegen die Gardistin ankommen würde. Roxana hatte einfach den längeren Atem. Bittend sah sie Mira in die Augen. Die schob das Kinn vor, blieb jedoch stumm und ließ sich schnaufend ins Gras fallen.

»Danke«, formte Elainia lautlos mit den Lippen, sattelte Luvira zu Ende ab und tat es ihrer besten Freundin gleich. Grashalme piksten durch den Stoff ihrer Hose, eine Biene surrte viel zu dicht an ihrer Nase vorbei und bewirkte, dass sie kurzzeitig zurückzuckte. Als das Tierchen dann entschied sich auf ihrem Knie niederzulassen, war sie versucht, es zu verscheuchen, doch Avis' Hand hielt ihre zurück.

»Nicht«, meinte er und beugte sich ein wenig tiefer über das Insekt. »Lass mich nur ganz schnell …« Er öffnete eine Schnalle an der Seite seiner Tasche und zog ein kleines, in Leder gebundenes Büchlein sowie einen Kohlestift hervor.

Interessiert beobachtete Elainia, wie er mit schnellen, präzisen Strichen die Biene auf die Seite übertrug, ehe das brummende Insekt entschied davonzusurren.

»Darf ich mal sehen?«, fragte sie.

»Gleich.« Er vollendete die Skizze, indem er mit der Fingerkuppe die Kohle hier und da verwischte, um Schatten zu kreieren und harte Linien weicher zu machen. Dann fügte er ein paar Details hinzu und schon hatte er die kleine Biene für die Ewigkeit festgehalten.

»So, jetzt kannst du schauen.«

Sie rutschte ein Stück an ihn heran, um die Zeichnung nicht länger kopfüber betrachten zu müssen. Das Insekt sah verblüffend echt aus, auch wenn ihm die Farbe fehlte.

»Das ist gut«, meinte sie bedächtig. »Wirklich gut.«

»Findest du?« Verlegenheit gemischt mit Stolz und Freude färbte seine Stimme und ein Hauch von Rot stieg ihm ins Gesicht. Sie lächelte.

»Ja, ehrlich. Im Vergleich zu dem, was ich fabriziere, sobald man mir einen Stift in die Hand drückt, ist alles ein Meisterwerk.« Sie war ungefähr so talentiert wie ein Ochse, dem man das Fliegen beibringen wollte.

»Dann haben sich all die Jahre der Übung doch bezahlt gemacht.« Er reichte ihr das Heft.

»Haben sie.« Fasziniert blätterte sie durch die Seiten. Eine Zeichnung war schöner als die andere. Er schien so ziemlich alles festzuhalten, was ihm vor die Nase kam. Da waren Pferde, eine Fuchsfamilie, Eichhörnchen, ein Adler mit majestätisch ausgebreiteten Schwingen, Schmetterlinge auf Blütenblättern, aber auch ganze Landschaften, meist aus der Höhe. Dann entdeckte sie die Gesichter. Porträts und Profilansichten verschiedenster Menschen. Obgleich ihre Züge nur skizziert waren, hatte Avis die Emotionen darin meisterhaft eingefangen.

»Wer sind sie?«, erkundigte sie sich.

»Freunde, Bekannte, Fremde.« Er deutete auf das gütig lächelnde Gesicht einer Frau, die auf ihrem Kopf einen Reif trug. »Königin Naira. Daneben ist König Kiovar. Sie habe ich ganz gut getroffen. Bei ihm fehlt etwas, das ich nicht zu fassen kriege.« Eine Tatsache, die ihn sichtlich zu frustrieren schien.

Sie betrachtete die Zeichnung des Feenkönigs genauer. Er machte einen ernsten Eindruck, irgendwie abwesend. Seine Augen wiesen nicht dieselbe Lebendigkeit auf wie Königin Nairas. Bevor sie länger darüber nachdenken konnte, blätterte Avis weiter.

»Prinz Silyan und seine Leibwache. Feenwächter an der Reichsgrenze. Meine Lehrerin für Kräuterkunde. Als Junge war ich völlig vernarrt in sie. So wie gefühlt jeder meiner Klassenkameraden und Kameradinnen. Ihr Name war Viseria.« Er schmunzelte.

Elainia kicherte. Die Vorstellung eines jungen Avis', der seine Lehrerin anhimmelte, war irgendwie niedlich.

»Kann ich nachvollziehen«, ertönte Miras Stimme von hinten. Elainia spürte die Hände ihrer besten Freundin, die sich auf ihren Schultern abstützte und ebenfalls auf die Zeichnungen spähte. »Sie ist sehr hübsch.«

»Leider ist sie bei einem schweren Sturm verunglückt. Die Lücke, die sie an unserer Feenakademie hinterlassen hat, konnte nicht gefüllt werden.«

»Das ist traurig«, meinte Mira einfühlsam.

Eine Weile blätterten sie weiter durch das Heft, Avis kommentierte seine Zeichnungen und Elainia lauschte seinen Erzählungen mit voller Aufmerksamkeit. Bis sie plötzlich in ihr eigenes Gesicht blickte.

»Du hast mich gezeichnet?«

»Offensichtlich«, sagte Mira. »Und er hat dich wirklich gut getroffen.«

»Ja, nein …« Sie verstummte und versuchte ihre Gedanken zu sortieren. »Warum?«

Avis erwiderte ihren Blick offen, wenn auch mit einem Anflug von Verlegenheit in den braunen Augen. »Das war nach unserer ersten Begegnung in der Bibliothek. Dein Gesicht hat mich den ganzen Tag nicht mehr losgelassen, deswegen musste ich es zeichnen. Ich weiß, das klingt ziemlich seltsam, aber so entstehen die meisten meiner Skizzen. Es sind Momente, die mich berühren. Seltene Momente, die so vielleicht kein zweites Mal stattfinden. Die Zeichnungen sind meine Art, sie festzuhalten. Falls wir uns nie wiedergesehen hätten, hätte ich sicherlich irgendwann meinem Bruder von unserem Zusammenstoß zwischen den Regalen der Universitätsbibliothek erzählt. So wie ich euch gerade von den Begegnungen mit all den anderen Menschen in diesem Heft berichtet habe, die teils ebenso flüchtige Bekanntschaften waren.«

»Dann sollte ich mich wohl geschmeichelt fühlen.« Sie fand ihr Lächeln wieder und strich behutsam mit der Spitze ihres Zeigefingers über die Kohlestriche, die ihre Locken darstellten. Selbst eine verirrte Haarsträhne, die ihr frech in die Stirn hing, hatte er hinzugefügt. Sein Blick für die Details in seiner Umgebung war beachtlich.

»Wenn du möchtest, dann schenke ich dir das Bild.«

Hastig schüttelte sie den Kopf. »Behalte es bitte. Aber du kannst gerne eine neue Zeichnung machen. Die nehme ich gerne an.«

»Abgemacht.« Er nahm ihr das Heft aus den Händen und suchte nach einer freien Seite.

»Muss ich irgendetwas machen?«, fragte sie unsicher.

»Um Himmels willen nein.« Avis deutete auf ihr kleines Lager. »Iss, trink, vergiss, dass ich da bin und dann lass dich überraschen.«

»Na dann.« Mira reichte ihr die Hände und zog sie auf die Beine. »Zeit für ein vernünftiges Abendessen. Ich bin am Verhungern.«

Elainias Magen verkündete knurrend seine Zustimmung. Sie gingen zu Roxana hinüber, die bereits eine kleine Feuerstelle in den Boden gegraben hatte, und halfen ihr, vertrocknete Zweige auf einen Haufen zu stapeln. Minuten später landeten die ersten Funken der Feuersteine auf den Ästen, die sofort in Flammen aufgingen. In dem kleinen Topf, der zu Miras Ausrüstung gehörte, schmolzen sie Käse und tunkten Brotstücke hinein.

Der Himmel glühte noch orange-rot, als Avis sich zu ihnen gesellte, zwischen den Fingern ein Stück Papier. Unwillkürlich beschleunigte sich Elainias Herzschlag.

»Ich hoffe, es gefällt dir.« Sanft lächelnd streckte er ihr das Papier entgegen. Im ersten Moment verschlug es ihr regelrecht die Sprache. Wie konnte er innerhalb so kurzer Zeit so etwas Wunderschönes gezaubert haben? Ihr war, als würde sie in einen Spiegel schauen. In schwarz-weiß und deutlich kleiner, aber das spielte keine Rolle. Elainia hatte jedwede Art von Magie erlebt, die in Elandria existierte – von der Seelenberührung einmal abgesehen –, doch dem, was Avis mit einem einzigen Kohlestift vollbrachte, wohnte eine ganz eigene Magie inne.

»Du könntest damit eine Menge Geld verdienen«, stellte Mira mit einem Blick auf das Bild fest. Bewunderung schwang in ihrem Tonfall mit.

»Das hat mein Bruder auch immer gesagt. Vielleicht irgendwann einmal. Was riecht hier so köstlich?«

Und während Avis sich Brot und Käse widmete, konnte Elainia sich kaum von der Zeichnung in ihren Händen lösen. Sie würde aufpassen müssen, dass sie die Reise unbeschadet überstand. Vorsichtig rollte sie das Pergament zusammen, umwickelte es mit einem ihrer Haarbänder und verstaute es in ihrer Tasche.

»Ich denke, ich mag ihn«, erklärte Mira und ließ sich neben ihr im Schneidersitz zu Boden sinken. »Ihr habt meinen Segen.« Eines der Pferde schnaubte lautstark und übertönte Miras Stimme.

»Wie bitte?«, hakte Elainia nach. Sie bildete sich ein zu wissen, was ihre Freundin da gerade gesagt hatte, aber sie wollte ganz sicher sein.

»Ach nichts.«

»Mira.«

»Ehrlich, es ist nichts. Avis scheint ein netter Kerl zu sein. Ein netter Kerl mit netten Flügen und einem netten Zeichentalent.«

»Ah, ja, nett also.« Elainia bedachte Mira mit einem vielsagenden Blick.

»Ja, nett. Wer weiß, vielleicht freunden wir uns am Ende doch noch an.«

»Sag mir Bescheid, wenn es so weit ist. Dann stelle ich eine Flasche Sonnentraubenwein kalt.«

»Bezweifelst du etwa, dass das passieren könnte?«

»Aktuell? Ja. Außerdem bist du nicht gerade eine Meisterin darin, neue Freundschaften zu knüpfen.«

»Vielen Dank auch.« Empört schnaubte Mira durch die Nase und klang dabei wie ein wütendes Pferd.

Dass sie nicht wirklich verärgert war, konnte Elainia spüren. »Ich für meinen Teil bin bestens bedient mit einer sehr guten Freundin«, schob sie dennoch versöhnlich hinterher.

»Ich auch. Wehe, du vergisst das.«

»Der Tag, an dem ich unsere Freundschaft vergesse, Miranda Durna, wird wohl der sein, an dem ich für immer die Augen schließe und mein Herz zu schlagen aufhört.« Nichts hatte sie je ernster gemeint.

Miras Lächeln wackelte gerührt. »Dann hoffen wir, dass es noch sehr lange dauert, bis es so weit ist.«

Kapitel 13

Mit Blitz und Donner

Elainia

Wasser. Kaltes, klares Wasser. Die Vorstellung eines eiskalten Sees war das Einzige, an das zu denken sie in der Lage war, während sie sich Meile um Meile der steinernen Brücke von Alrath näherten. Wie bereits am Vortag waren sie der Sonne auf Gedeih und Verderb ausgeliefert. Vermutlich hatte Mira recht gehabt. Eher würden sie zu Asche zerfallen, als die Brücke lebendig zu erreichen. Selbst Luvira trottete mit hängendem Kopf stumpf vor sich hin. Die arme Stute schwitzte selbst im Schritt. Immerhin war Elainia am Morgen in den Sinn gekommen, ihre dicke Mähne zu einem seitlichen Zopf zu flechten, sodass sie ihr nicht wie eine Decke über den Hals hing.

»Wie weit ist es noch?«, fragte Mira.

Roxana ließ die Zügel ihres Wallachs hängen und entfaltete die Karte. Mit gerunzelter Stirn musterte sie das Pergament.

»Drei Wegstunden schätze ich. In unserem Tempo möglicherweise auch vier.«

»Bei den Seelen der toten Götter. Ich wünschte, es würde regnen oder schneien. Solange ich diese Hitze nicht länger ertragen muss.« Missmutig zupfte Mira das Tuch auf ihrem Kopf zurecht.

Elainia blinzelte gegen den Schweiß an, der ihr in die Augen rann. Wenn ihre Zunge nicht so sehr am Gaumen geklebt hätte, hätte sie vermutlich ebenfalls einmal lautstark geflucht. Leider näherte sich ihr Wasservorrat viel zu rasant dem Ende. Kaum hatte sie einen Schluck getrunken, schwitzte sie die

Flüssigkeit direkt wieder aus. Ein elendiger Teufelskreis. Zusätzlich schien die Zeit zu kriechen.

Eine Stunde verstrich, eine zweite. Bis es plötzlich schattig wurde und Elainia den Kopf hob. Ihre Erleichterung schlug in Unbehagen um, sobald sie die dunkle Wolkenfront erblickte, die sich von Osten her herangeschoben hatte. Einer Mauer gleich türmte sie sich über ihnen auf.

»Wir sollten das Tempo anziehen«, rief sie. »Das sieht nach einem Unwetter aus.«

»Ich wollte doch nur Regen«, stöhnte Mira. »Keinen Gewittersturm.«

»Wann bekommt man im Leben schon einmal das, was man sich wünscht?«, merkte Avis an und erntete einen bösen Blick.

Elainia nahm die Zügel auf und trieb ihre Stute in einen flotten Trab. Luvira stolperte, ehe sie den richtigen Takt fand. Staub wirbelte unter ihren Hufen auf und Steine knirschten. Zumindest gelang es ihnen, vielleicht eine halbe Stunde vor der schwarzen Wand zu bleiben, dann holte das Unwetter sie ein. Die ersten Regentropfen waren so dick wie Kieselsteine. Sie zerplatzten auf ihrer erhitzten Haut, auf ihren Haaren und ihren Oberschenkeln, wurden zahlreicher und zahlreicher. Was eine angenehme Abkühlung hätte sein können, wurde schnell zu einer ungemütlichen Angelegenheit. Ein Blitz zuckte über den Himmel. Der Donner ließ nicht lange auf sich warten. Aus dem anfangs schwachen Rumpeln wurde ein heftiges Krachen, das Elainias Puls in die Höhe schnellen ließ. Der Wind nahm zu, zerrte an ihrer Kleidung und ihrem geflochtenen Zopf.

»Da vorne senkt sich die Straße in eine Mulde.« Roxana hatte zu ihr aufgeschlossen. »Dorthin reiten wir und steigen ab. Wenn wir hierbleiben oder gar versuchen die Brücke zu erreichen, begeben wir uns in unnötige Gefahr.«

Verbissen nickte Elainia, zog den Kopf ein und presste Luvira die Schenkel in die Seiten. Die Stute verfiel in einen angespannten Galopp und erst als sie am Fuß der Senke angekommen waren, konnte Elainia wieder etwas befreiter atmen. Nass bis auf die Knochen glitt sie aus dem Sattel. Wasser spritzte, als sie in einer Pfütze landete. Ihre Stute tänzelte unruhig.

»Alles gut«, murmelte Elainia und kraulte das nasse Fell an ihrem Hals. »Es ist alles gut.« Sicherheitshalber verstärkte sie ihren Griff um die Zügel.

»Was jetzt?«, fragte Mira, kaum dass sie nebeneinander im Regen standen, die Schultern hochgezogen, die Köpfe gesenkt.

»Wir warten«, erwiderte Roxana. »Und hoffen, dass uns kein Blitz erwischt.«

Zu ihrem Pech verstärkte sich der Regen, je länger sie zwischen den Hügeln ausharrten; der Wind pfiff ihnen um die Ohren und Donner folgte krachend auf Blitze, die sich wie Adergeflechte über den Himmel zogen. So eng wie möglich an Luviras Seite gedrückt, bemerkte Elainia das kleine Gespann, das von Westen heranfuhr, erst, als es ihre Gruppe beinahe erreicht hatte. Auf dem Bock des Wagens kauerte ein Mann, dessen langer Mantel triefend nass an ihm herunterhing, die Kapuze hatte er tief ins Gesicht gezogen. Rasch führte sie Luvira an die Seite der Straße, um ihm nicht den Weg zu versperren. Die anderen folgten ihrem Beispiel. Zu ihrer Überraschung hielt der Mann seine Pferde an, kaum dass er auf ihrer Höhe angekommen war.

»Ihr vier macht den Eindruck, als könntet ihr eine heiße Tasse Tee und ein Dach über dem Kopf gebrauchen!«, rief er über das Rauschen des Windes hinweg. Ohne auf eine Antwort zu warten, sprang er vom Kutschbock und winkte ihnen auffordernd zu.

Elainia wechselte einen fragenden Blick mit Roxana. Diese runzelte die Stirn und zuckte mit den Achseln. Mit Luvira am Zügel näherte sie sich dem Wagen. Aus den Augenwinkeln sah sie, wie Roxana, Mira und Avis ihr folgten.

»Kommt schnell«, meinte der Fremde. »Bindet eure Pferde hier an.« Er deutete auf einige Metallringe an der Wand seines Wagens.

»Wer seid Ihr?«, fragte Elainia und machte keine Anstalten, seiner Aufforderung Folge zu leisten.

»Mein Name ist Iomar Puk«, antwortete er. »Ich bin fahrender Schausteller und zusammen mit meiner Frau auf dem Weg nach Elandria. Drinnen erzähle ich euch mit Vergnügen mehr, aber noch länger im Unwetter stehen möchte ich ungern.«

Während er sprach, tastete Elainia mit ihrer Magie nach ihm, prüfte seine Worte auf Ehrlichkeit und suchte nach einem Anflug von Hinterlist oder

Verschlagenheit, stieß jedoch bloß auf Neugier und aufrichtige Freundlichkeit. Ihr Bedürfnis, dem Unwetter zu entkommen, siegte über ihre anfängliche Skepsis. Mit klammen Fingern befestigte sie Luviras Zügel an einem der Metallringe.

»Hier entlang!«, rief Iomar Puk.

Über eine kleine Trittleiter auf der Hinterseite des Wagens gelangten sie ins Innere. Behagliche Wärme schlug ihr entgegen und ließ sie erschaudern. Von der Decke hingen bunte Seidentücher, mehrere Kommoden waren an die Wand geschoben, auf dem Boden lagen Matratzen und Dutzende Kissen. Öllampen spendeten weiches Licht und es roch nach Minze, Lavendel und Thymian, die in Bündeln an der Wand baumelten.

»Lyria, Liebes, setz Tee auf. Wir haben Gäste.« Iomar Puk huschte zwischen den herunterbaumelnden Tüchern hindurch.

Unschlüssig blieb Elainia stehen. Hinter ihr schoben sich Mira, Roxana und Avis herein. Einer schloss die Tür und sperrte das Unwetter aus. Ehe sie es sich versah, war der Schausteller bereits wieder bei ihnen, an seiner Seite eine hochgewachsene Frau mit geflochtenen, blonden Haaren, die ein locker sitzendes Kleid trug, das sich allerdings über einen gewölbten Bauch spannte.

»Oje, ihr Armen«, rief sie und ließ ihren Blick über Elainias tropfnasse Gestalt wandern. »Aber das haben wir gleich.« Sie machte eine Handbewegung und im selben Moment wurde Elainia von einem warmen Lufthauch umhüllt, der ihre Haare, ihre Kleider und ihre Schuhe in Windeseile trocknete.

Zufrieden seufzte sie auf. »Ihr seid eine Magierin«, stellte sie überflüssigerweise fest.

Die Frau nickte lächelnd. »Elementberührt mit Spezialisierung auf Feuer und ein bisschen Luft.«

»Deswegen habt Ihr es hier drin so behaglich warm«, meinte Mira anerkennend.

Wieder ein Nicken.

»Jetzt, da wir alle trocken sind, setzt euch doch«, bat Iomar Puk einladend. »Ich hoffe, ihr mögt Pfefferminztee.«

Minuten später befand sich ein Tonbecher mit dampfendem Tee zwischen

Elainias Fingern und sie hockte so bequem wie seit Tagen nicht mehr auf den weichen Kissen des Schaustellerpaares. Das gleichmäßige Prasseln des Regens auf dem Dach des Wagens, die Behaglichkeit und Wärme bewirkten, dass sie sich auf einmal ganz schläfrig fühlte. Mühsam unterdrückte sie ein Gähnen.

»Ihr seid also unterwegs nach Elandria«, brach Roxana das Schweigen. »Kommt Ihr aus Caras?«

»So ist es. Allerdings ist Elandria nur ein Zwischenhalt. Unser eigentliches Ziel ist Minaras«, antwortete Imoar.

»Dort bleiben wir bis zum Herbst, ehe wir nach Roram weiterziehen und den Winter in der Stadt verbringen, bevor wir im Frühjahr Tras einen Besuch abstatten«, fügte Lyria hinzu.

»Ihr müsst bereits ganz Fandoria kennen«, stellte Mira bewundernd fest.

Iomar lächelte. »Als fahrender Schausteller kommt man viel herum, das ist wahr. Es ist ein einfaches Leben, aber ich kann mir kein besseres vorstellen.« Die Leidenschaft, die hinter seinen Worten steckte, war echt und tief in ihm verwurzelt.

»Darf ich Euch um einen Gefallen bitten?«, erkundigte sie sich.

»Natürlich, junge Dame.« Vergnügt lächelte er sie an.

»Würdet Ihr einen Brief überbringen?«

»Sicher. Sagt uns nur, für wen er sein soll und ich verbürge mich dafür, dass er sicher sein Ziel erreicht.«

»Das ist zu freundlich.« Sie wandte sich an Avis. »Kannst du eine Seite deines Zeichenhefts entbehren?«

»Für dich immer.« Sorgfältig trennte er das Pergament heraus und reichte es ihr zusammen mit seinem Kohlstift.

Gerade als sie danach greifen wollte, kam Lyria ihr zuvor. »Ich denke, Tinte macht sich besser für einen Brief, der noch eine Weile lesbar bleiben soll. In der Schublade dort findest du, was du brauchst.« Sie zeigte auf eine der Kommoden.

Und während die anderen sich weiter mit Lyria und Iomar unterhielten, verfasste Elainia eine kurze Nachricht an ihre Eltern, schilderte knapp ihr

Vorankommen und beschrieb den Weg, den sie weiter nehmen würden. Dann pustete sie sacht, bis die Tinte getrocknet war und faltete das Pergament sorgfältig. Obendrauf schrieb sie den Namen ihres Vaters.

»Gebt ihn in der Universitätsbibliothek ab«, meinte sie, als sie den Brief an Lyria weitergab. »Dort wird man sofort wissen, wer gemeint ist.«

»Sicher doch.« Die Schaustellerin verstaute ihre Nachricht in einer Tasche und Elainia ließ sich wieder auf ihren Platz sinken. Sie hoffte sehr, dass ihr Vater die Nachricht bekommen und zusammen mit ihrer Mutter lesen würde.

»Hört ihr das?«, fragte Avis plötzlich.

Elainia lauschte. »Ich höre nichts.«

»Eben. Ich glaube, das Gewitter ist vorübergezogen.«

Er hatte recht. Weder rüttelte der Wind an dem kleinen Holzwagen noch prasselte Regen aufs Dach oder erschütterte Donner die Welt.

»Dann sollten wir aufbrechen«, meinte sie und trank rasch ihren Tee aus. »Vielen Dank für Eure Gastfreundschaft.«

»Es war uns ein Vergnügen. Möget ihr sicher an euer Ziel gelangen.« Iomar deutete eine Verbeugung an, seine Frau neigte lächelnd den Kopf.

»Gleichfalls.« Roxana erwiderte die höfliche Geste.

»Der Tee war übrigens fantastisch«, erklärte Avis, während er sich aufrappelte und Elainia eine Hand reichte, um ihr zu helfen.

Sobald sie aus dem Wagen ins Freie gesprungen waren, atmete sie tief durch. Die Luft roch klar und frisch. Der kräftige Regen hatte den Staub der letzten Wochen herausgewaschen, die unerträgliche Hitze war einer deutlich weniger drückenden Wärme gewichen. So würde der nächste Reiseabschnitt hoffentlich etwas angenehmer verlaufen.

Mit neuer Energie banden sie ihre Pferde los und schwangen sich in die Sättel, bevor sie sich in Bewegung setzten. Iomar Puk und Lyria standen unterdessen vor ihrem Wagen und winkten ihnen nach. Bald darauf war ihr Wagen hinter der Hügelkuppe verschwunden. Zusammen mit ihrem Brief, der hoffentlich den Weg in die richtigen Hände finden würde.

In flottem Trab legten sie die letzten Meilen westwärts zurück und dann endlich sah Elainia den Lan in knapper Entfernung zwischen Gebüsch und

Schilf hindurchglitzern. Breit wie eine Riesenschlange markierte er die Grenze zwischen den Provinzen Alrath und Askalas. Wollte man sie überqueren, nutzte man die imposante Steinbrücke von Alrath, die sich über das Wasser spannte. Der schwarze Pechstein, aus dem sowohl die Pfeiler als auch der Überbau gefertigt worden waren, glänzte, sobald sich ein schmaler Sonnenstrahl zwischen den Wolken hindurchkämpfte. Die beiden Statuen des ersten Königspaares von Fandoria thronten majestätisch auf den zwei vorderen Sockeln der Brücke und beobachteten mit ihren leblosen Augen all jene Reisenden, die zwischen ihnen hindurchgingen. So wie sie es tun würden, um ihrem unmöglichen Vorhaben ein Stück näher zu kommen.

***

Amanda

»Lady Larodres?«

Eine Hand berührte ihre Schulter. Amanda zuckte zusammen, fuhr ruckartig hoch und fasste zum Heft ihres Schwerts. Gleichzeitig ging ein stechender Schmerz von ihrer Taille aus und erinnerte sie unsanft an ihre noch immer nicht verheilte Wunde. Dann erst erkannte sie Gero, Dunias Lehrling, der sich ihr und Lariels Krankenstatt vorsichtig genähert hatte.

»Ja?«, fragte sie und bemühte sich, die Müdigkeit zu verscheuchen, die sie überfallen hatte, seit sie sich zu ihrer Tochter ans Bett gesetzt hatte und wohl über ihrer reglosen Gestalt eingenickt sein musste. Dabei hatte sie lediglich kurz nach ihr sehen wollen. Obgleich ihr Zustand sich in den letzten zwei Tagen seit Elainias Aufbruch nicht verändert hatte. Ihr Mädchen lag weiterhin bleich und leblos in den Kissen, ihr Brustkorb hob und senkte sich nur schwach.

»Dunia schickt mich Euch zu holen. Es steht wohl eine Versammlung an.«

Das Ratstreffen! Ihre Benommenheit verflog wie Staub vom Winde verweht.

»Danke, Gero. Ich werde mich sofort auf den Weg machen.«

Der junge Mann neigte den Kopf. »Solange übernehme ich die Aufsicht.«

Amanda nickte, erhob sich und kontrollierte den Sitz ihres Waffengurts, ehe sie die königlichen Gemächer schweren Herzens hinter sich ließ. Ihre Gedanken glitten zu der bevorstehenden Versammlung. Es war höchste Zeit, dem Beraterstab der königlichen Familie mitzuteilen, welches Schicksal den König und seinen Sohn ereilt hatte. Bisher hatte Cierra sie hinhalten können.

Die harten Sohlen ihrer Lederstiefel verursachten einen lauten Hall auf dem Marmorboden der Palastgänge, helles Sonnenlicht fiel in schmalen Kegeln durch die Fenster und blendete sie. Zwei Dienstmädchen wichen ihr ehrfürchtig aus, senkten die Lider und murmelten eine leise Begrüßung, sobald sie vorbeilief. Amanda nahm sie kaum wahr. Vor der schweren Flügeltür zum Ratssaal hatten Fria und Raina Posten bezogen. Letztere öffnete ihr schweigend. Der Raum dahinter war in warmes Licht getaucht. Die hohen Buntglasfenster leuchteten in allen Farben des Regenbogens. Ihr Farbenspiel faszinierte Amanda immer wieder aufs Neue. Heute jedoch schenkte sie den zauberhaften Kunstwerken keinen zweiten Blick. Stattdessen richtete sie ihre Aufmerksamkeit auf die sieben Personen, die an der langen Tafel aus schwerem Eichenholz Platz genommen hatten. Königin Cierra saß mit unbewegter Miene am Kopfende. Auf ihrem hochgesteckten Haar thronte ein goldenes Diadem. Einzig die Schatten unter ihren Augen verrieten, wie wenig sie seit der Vergiftung ihrer Familie geschlafen hatte.

»Damit wären wir vollzählig«, sagte sie, als Amanda sich neben Dunia auf einen der gepolsterten Stühle niedergelassen hatte.

»Dürften wir dann wohl den Grund dieser außerordentlich kurzfristigen Versammlung erfahren, Euer Hoheit?«, erkundigte sich Herzogin Zalaria Wahnes behutsam.

Die Königin fing Amandas Blick auf. Dann nickte sie. »Lady Larodres, würdet Ihr berichten?«

Das tat sie. Angefangen bei der dreifachen Vergiftung nach dem Ball des Prinzen über Magistra Sharlas Einschätzung des Gifts bis hin zu Elainias und Roxanas Aufbruch auf der Suche nach dem Gegenmittel vor zwei Tagen.

Konsterniertes Schweigen folgte auf ihre Schilderung der Ereignisse. Erzherzogin Cresendia Korrnes war die Erste, die ihre Stimme wiederfand. Der stechende Blick aus ihren grauen Augen, die Amanda an Gewitterwolken erinnerten, schien sie förmlich durchbohren zu wollen.

»Wie konntet Ihr zulassen, dass so etwas Furchtbares geschieht?«

Der Vorwurf in ihrem Tonfall traf genau an der richtigen Stelle. Dieselbe Frage hatte sie sich in den letzten Tagen ständig gestellt, ohne jedoch eine Antwort zu finden. Ja, sie war an dem Abend freigestellt gewesen und doch wäre es ihre Aufgabe gewesen, Cain und Cassian zu beschützen. Ihre eigene Tochter zu beschützen. Wenn nicht als Gardistin, dann als Mutter. Sie hatte beim besten Willen nicht mit einem solch hinterhältigen Anschlag gerechnet. Ein fataler Fehler.

»Vorwürfe und unbegründete Beschuldigungen sind nicht hilfreich, Erzherzogin«, schaltete Cierra sich energisch ein. »Lady Larodres hat sich nichts zu Schulden kommen lassen. Der Wein ist laut unserem Koch wie immer vom Mundschenk vorgekostet worden, ehe er der Dienerschaft übergeben wurde.«

»Das Gift wurde also nachträglich hineingemischt«, folgerte Herzog Xandro Orfnes grimmig.

Die Königin nickte.

»Die Befragung aller, die sich am Abend nach dem Ball noch im Palast aufgehalten haben, ist in vollem Gange. Niemand hat seitdem die Schlossmauern verlassen«, fügte Amanda steif hinzu. »Wir werden denjenigen finden, der den Wein vergiftet hat, und gemäß den Gesetzen dieser Stadt zur Verantwortung ziehen.«

»Ihr tätet gut daran, das zu tun«, murmelte Cresendia Korrnes.

Amanda spürte die Missbilligung, die von ihr ausging, wie Dutzende Nadelstiche auf der Haut. Ärger kroch in ihr hoch. Sie hatte diese dürre Fee mit ihren spitzen Zügen und den herabgezogenen Mundwinkeln nie gemocht. Ihre herablassende Art war ihr ein Dorn im Auge. Nichtsdestoweniger besaß sie als Erzherzogin über Fandorias Provinz Alrath eine gewisse Macht, die sie unantastbar machte.

»Wie wahrscheinlich ist es, dass Eure Tochter und Roxana Fardres das Gegenmittel finden?«, mischte Herzog Rolar Jarnes sich ein.

Amanda holte tief Luft. Sie wusste, dass ihnen die Wahrheit nicht gefallen würde. »Ich werde ehrlich sein. Es gleicht der Suche nach einer Nadel im Heuhaufen. Zudem handelt es sich bei dem Gegengift nicht um eine Pflanze oder einen Gegenstand.«

»Sondern?«, hakte der gut aussehende Mann nach, als sie zu lange schwieg.

»Um eine Magierin mit der Kombination der Blut- und Seelenberührung.«

Ihre Worte schlugen ein wie ein Blitz. Herzogin Wylidia Durnes, Zalaria Wahnes und Herzog Xandro Orfnes erhoben gleichzeitig die Stimmen, ein Strom an gemischten Emotionen erreichte Amanda so rasch und heftig, dass sie keine Gelegenheit mehr hatte, ihre Abwehr höherzuziehen. Brodelnde Fassungslosigkeit, Unglauben, prickelnder Zweifel und stechender Argwohn wirbelten in ihrer Brust durcheinander. Sie biss die Zähne zusammen, kämpfte darum, sich nicht in den fremden Gefühlen zu verlieren, und krallte ihre Hände um die Stuhllehnen. Kalter Schweiß trat auf ihre Stirn, der Fluss an Emotionen brach nicht ab und es gelang ihr einfach nicht, ihn zu zerreißen. Ein Umstand, der ihr vor Augen führte, wie unkonzentriert und müde sie wirklich sein musste, denn normalerweise hatte sie keinerlei Probleme, hochkochende Gefühle abzuwehren und die Ruhe zu bewahren.

»Amanda?«

Dunias besorgte Stimme drang wie durch Watte an ihre Ohren. Sie konnte nicht antworten, spürte, wie sie die Kontrolle über ihre Magie verlor und die letzte Mauer splitterte, ehe sie zusammenbrach. Ungehindert schlugen die Emotionen über ihr zusammen. Nicht nur die des Beraterstabs, auch Königin Cierras, Dunias, die von Fria und Raina draußen vor der Tür, von den Soldaten und Bediensteten in den Fluren und Zimmern rund um den Ratssaal. Das Atmen fiel ihr immer schwerer, ihr Kopf dröhnte, die Magie brannte ungehindert durch ihre Venen und sammelte jede Gefühlsregung ein, die sie bekommen konnte. Zu viel. Es war zu viel! Mühsam stemmte sie sich auf die Füße, presste ihre Handballen gegen die Stirn und wankte zum Fenster. Nichts fühlen. Sie durfte nichts fühlen. Sie brauchte Kontrolle.

Wegschließen, aussperren, die Kontrolle zurückerlangen.

Dieses Mantra hatte sie Elainia immer und immer wieder eingetrichtert, wenn ihre Tochter mit ihrer Magie überfordert gewesen war. Jetzt würde sie sich selbst daran klammern müssen. Hinter ihr rief jemand ihren Namen, doch sie blendete die Stimme aus. Verzweifelt stemmte sie sich gegen den wilden Strom ungefilterter Emotionen, rief ihre Magie zurück, zerrte sie mit allen geistigen Kräften, die sie aufbringen konnte, in ihren Brustkorb, schuf eine Mauer um sie und ihre eigenen Gefühle so dick und hoch, dass der fremde Wirbel wirkungslos davon abprallte. Dann dehnte sie die Mauer aus. Stück für Stück. Bis sie nichts mehr wahrnahm außer ihrem eigenen viel zu schnellen Herzschlag und dem Rauschen von Blut in ihren Ohren.

»Amanda?«

Langsam drehte sie sich um. Dunia war aufgestanden und musterte sie mit gerunzelter Stirn. Königin Cierra wirkte erschüttert.

»Geht es Euch gut?«, fragte Wylidia Durnes.

»Ja.« Nein. Schwindel ließ die Gesichter der Anwesenden verschwimmen, Dunkelheit kroch über die Ränder ihres Sichtfelds. Sie machte einen Schritt auf den Tisch zu, ihre Beine versagten ihr den Dienst und der Schwindel zwang sie in die Knie. Arme schlangen sich stützend um ihren Körper und verhinderten, dass sie unsanft auf dem Marmor aufschlug.

»Gebt ihr ein Glas Wasser«, befahl Cierra.

Gläser klirrten, Dunia half ihr zu ihrem Stuhl. Ein leises Stöhnen entfloh ihren Lippen. Noch immer wollte der Saal sich nicht aufhören zu drehen. Immerhin hatte die Dunkelheit sich zurückgezogen. Erschöpft schloss Amanda die Augen. Es sollte ihr nicht gleichgültig sein, dass sie als Anführerin der Königinnengarde gerade vor Cierra und ihrem Beraterstab die Kontrolle über ihre Magie verloren hatte und doch war es so. Nach fünf bewusst tiefen Atemzügen schlug sie die Lider wieder auf, griff nach dem Wasserglas vor ihr und trank es leer.

»Was war das eben?«, wollte die Erzherzogin wissen.

»Unwichtig«, erwiderte die Königin scharf und Amanda hätte ihr nicht dankbarer sein können. »Lady Larodres arbeitet Tag und Nacht, ihre Tochter ringt ebenso mit dem Tod wie der König und mein Sohn, unterlasst also Eure unangebrachten Bemerkungen, Cresendia.«

»Wie Ihr wünscht.« Unwillen glomm in den Augen der Fee, doch sie neigte knapp den Kopf und faltete die Hände vor dem Körper. Ihre Lippen kräuselten sich ärgerlich.

»Nun denn. Zurück zum eigentlichen Thema«, nahm Cierra den Faden wieder auf. »Dunia zögert die Wirkung des Gifts so lange hinaus, wie es ihre Kräfte zulassen. Beten wir, dass Elainia Larodres' und Roxana Fardres' Reise von Erfolg gekrönt ist und sie das Unmögliche möglich machen, indem sie diese Magierin finden. Ich selbst werde dem Volk die traurige Nachricht des Anschlags morgen verkünden. Sie haben das Recht zu erfahren, wie es um die Gesundheit ihres Königs und des künftigen Königspaares steht.«

»Mit Verlaub, Hoheit, aber seid Ihr sicher, dass das eine gute Idee ist?«, fragte Rolar Jarnes stirnrunzelnd. »Ihr seid dem Attentat entgangen. Deswegen gebietet die Logik, dass man es weiterhin auf Euch abgesehen hat.«

Amanda nickte zustimmend. Die Sicherheit der Königin hatte oberste Priorität. Ihr durfte nicht auch noch etwas zustoßen.

»Meine Garde wird mich beschützen«, wischte Cierra den Einwand beiseite. »Als Königin ist es meine Pflicht, für die Menschen der Stadt da zu sein. Ein Geheimnis aus dem Anschlag zu machen, würde bloß Verwirrung und Unruhe stiften. Und das ist das Letzte, was wir aktuell gebrauchen können.«

»Was nicht gewusst wird, kann keinen Schaden anrichten«, widersprach der Herzog ruhig.

»Irgendjemand wird reden. Die Bediensteten sind geschwätzig. Und dann wird die Gerüchteküche brodeln«, hielt Amanda mit schwacher Stimme dagegen. »Das lässt sich nicht verhindern, es sei denn, Ihr wollt, dass wir unschuldige Menschen einsperren, bloß um ihnen den Mund zu verbieten.«

»Das wird nicht geschehen.« Entschieden schüttelte Cierra den Kopf. »Wählen wir den richtigen Weg – den Weg der Wahrheit – und haben die Kontrolle, bevor wir am Ende verzweifelt versuchen Herren der Lage zu werden. Einmal gestreute Gerüchte lassen sich nur schwer beseitigen, Rolar. Das wisst Ihr so gut wie ich.«

Der Mann seufzte. »Dann werde ich Euch zusätzliche Wachen zur Verfügung stellen.«

»Wenn es Euch beruhigt, nehme ich das Angebot an.« Dankend lächelte die Königin ihm zu. »Gibt es weitere Fragen?«

Bevor jemand den Mund öffnen konnte, flog die Flügeltür so schwungvoll auf, dass der Knauf gegen die Wand krachte. Amanda erschrak. Ihr Herz setzte einen Schlag lang aus, ihr Blick schnellte zu Pyria, die atemlos auf der Schwelle stand und sich um Haltung bemühte, obwohl ihr anzusehen war, dass sie gerade eine weite Strecke gerannt war.

»Majestät, Lady Larodres, Durchlauchten, verzeiht mein hektisches Eindringen. Wir haben diejenige, die den Wein vergiftet hat. Sie hat alles gestanden.«

Kapitel 14

In letzter Sekunde

Elainia
»Ich hätte nichts gegen eine Pause«, verkündete Avis.

Entschieden schüttelte Elainia den Kopf. Eine dreiviertel Tagesreise lag die Brücke von Alrath bereits hinter ihnen. Den ganzen Tag lang waren sie dem Lan in schwüler Hitze flussaufwärts Richtung Rotwald gefolgt. Nun hatten sie die Baumgrenze beinahe erreicht. »Wir reiten weiter. Bis es dunkel wird, können wir noch einige Meilen zurücklegen.«

»Das ist wahr. Nur entgeht uns dann die einzige Möglichkeit, uns der zentimeterdicken Staub- und Schweißschicht der letzten Tage zu entledigen, die der Regen nicht fortgewaschen hat. Ein Bad würde dir definitiv nicht schaden.«

»Willst du damit sagen, dass ich stinke?« Herausfordernd starrte sie ihn an.

»Ich denke, ein tiefer Atemzug reicht aus.« Schalk blitzte in Avis' Augen, seine Mundwinkel zuckten.

Elainia verschlug es vor Empörung die Sprache.

»Mir gefällt der Vorschlag«, tönte Mira von hinten. »Noch einen Tag länger und meine Kleidung klebt so fest an mir, dass ich sie nie wieder abbekommen, ohne mir dabei die Haut von den Knochen zu ziehen. Das wäre ein grässlicher Anblick und ziemlich schmerzhaft obendrein.«

»Du übertreibst maßlos«, brummte Roxana. »Fraglos steht aber fest, dass unsere Wasservorräte zur Neige gehen.«

»Du bist überstimmt«, stellte Avis überflüssigerweise fest.

Elainia seufzte verdrossen. Die Stunden bis zum Sonnenuntergang nicht zu nutzen, um weiter voranzukommen, kam ihr nicht richtig vor. Als würde sie sie verschwenden, während Lariels Leben am seidenen Faden hing.

»Wir liegen gut in der Zeit«, schob er hastig hinterher. »Den Weg von Elandria bis hierher haben wir binnen vier Tagen zurückgelegt. Uns bleiben noch mindestens zehn weitere, ehe wir die Ausläufer der Berge erreichen müssen.«

»Komm schon, Ela«, bat Mira.

Sie wusste genau, dass ihr keine andere Wahl blieb, wenn sie nicht einfach ohne die drei weiterreiten wollte. »Na schön.« Ergeben lenkte sie Luvira in Richtung Waldgrenze, ließ sich aus dem Sattel gleiten und band ihre Stute locker am schlanken Stamm einer Birke fest. Dann kramte sie ihren fast leeren Wasserschlauch aus der Tasche und stapfte zur Böschung des Flusses. Das Wasser war klar und frisch, Schwärme winziger Fische schwammen blitzartig über den Grund. Ihre Leiber schimmerten silbern, blau und rot. Sie tunkte den Lederschlauch unter und wartete, bis er vollgelaufen war, ehe sie ihn verschloss und beiseitelegte, um sich ihrer Schuhe zu entledigen. Zähneknirschend musste sie sich eingestehen, dass das kühle Wasser eine echte Wohltat für ihre Füße war. Leise plätschernd schwappten die Wellen ihre Waden hinauf und durchnässten den Saum ihrer hochgekrempelten Hose. Doch das machte ihr nichts aus. Die Sonne wärmte ihren Rücken, Insektenschwärme tanzten über den Fluss, hinter ihr schnaubte Luvira zufrieden. Doch lange hielt die Ruhe nicht an, denn die anderen hatten den nahezu paradiesischen Flecken Erde ebenfalls erreicht. Aus den Augenwinkeln bemerkte sie, dass Mira sich bis auf die Unterwäsche entkleidet hatte und prüfend einen Zeh ins Wasser tauchte.

»Nicht so zimperlich«, rief Roxana, warf ihre Tunika zu Boden und entblößte vollkommen schamlos ihren sehnigen Körper. Straffe Muskeln zeichneten sich unter ihrer Haut ab, die von ihrer jahrelangen wie harten Arbeit als Gardistin zeugten.

Mira starrte sie einen Augenblick lang fasziniert an, ehe sie in den Fluss stieg. Roxana folgte ihr, ließ sich aber allemal geschmeidiger ins Wasser gleiten als Elas beste Freundin.

»Wolltest du nicht auch schwimmen gehen?«, fragte sie, ohne ihren Blick von der glitzernden Wasseroberfläche zu lösen.

Avis setzte sich neben sie ins Gras. »Sobald die beiden fertig sind. Es könnte ja sein, dass Banditen im Wald lauern und nur darauf warten, dass wir alle nackt und wehrlos im Fluss baden.«

»Banditen, soso. Ich schätze, da du diese Stelle als Lagerplatz vorgeschlagen hast, übernimmst du jegliche Verantwortung für Banditenüberfälle und anderweitige Vorkommnisse, die unser schnelles Vorankommen behindern.«

»Wenn es dich glücklich macht.«

»Nicht wirklich. Ich bin nämlich ziemlich schlecht darin, Verantwortung abzugeben.«

»Dann teilen wir sie uns.« Er lächelte ihr zu.

»Ich denke darüber nach.« Sie drehte den Kopf und erwiderte das Lächeln. »Aber über Banditen brauchst du dir hier keine Gedanken zu machen.«

»Solltest du einmal in Kronda außerhalb der Feenreiche unterwegs sein, würde ich dir das Gegenteil raten. Dort sollte man selbst auf den Straßen wachsam sein. Je abgelegener, desto gefährlicher ist es.«

»Ich habe davon gehört«, murmelte Elainia. »Fürst Helorn ist ein arroganter Wandler, der sich nicht um die Belange seines Volks schert.«

»So ist es. Alles, was ihn interessiert, sind seine Macht und Gold. Dafür lässt er die Menschen bluten, bis sie so verzweifelt sind und keinen anderen Weg mehr sehen, als ihr Überleben durch Gewalt zu sichern. Auf meiner Reise nach Elandria bin ich durch etliche Städte gekommen. Im Vergleich zu den Bewohnern dort ist selbst der ärmste Mann in eurem Land reich.«

»Das ist eine Schande.« Seine Worte erschütterten Elainia zutiefst und führten ihr vor Augen, wie privilegiert sie doch aufgewachsen war. Wie behütet und sicher. Wie dankbar sie für den anhaltenden Frieden in Fandoria sein sollte, um den Königin Cierra und König Cain sich seit Jahrzehnten bemühten. Dankbar für jede Mahlzeit, die ihren Magen füllte, und jede unbeschwerte Stunde ihrer Kindheit.

»Es ist nur noch eine Frage der Zeit, bis die Krondaner sich gegen ihren

Fürsten erheben. Soweit ich das einschätzen kann, haben die meisten nichts zu verlieren.«

»Nichts außer ihr Leben.«

»Ein Leben in Trostlosigkeit und Armut. In Hunger und Krankheit. Das ist kein Leben.« Avis' Stimme verhärtete sich.

»Fürst Helorn wird einen Aufstand nicht dulden. Seine Armee ist groß und zahlreich. Sie umfasst Tausende Männer und Frauen, die ihm treu ergeben sind. Ihre Bemühungen würden in einem Blutbad enden.«

»Solange ihnen die Unterstützung fehlt. Der Kontinent besteht aus mehr als zwei Reichen.«

»Hoffen wir, dass es gar nicht erst so weit kommen wird.« Ihr Blick wanderte von seinem Sorgen umwölkten Gesicht hinaus auf den Fluss. Seine Beunruhigung bezüglich der angespannten Lage in Kronda war nur allzu verständlich. Das Land war seine Heimat und die Wälder der Feen konnten schnell ins Kreuzfeuer eines Kriegs geraten. »Sieht so aus, als wären Roxana und Mira lange genug im Wasser gewesen«, wechselte sie das Thema. Tatsächlich schwammen die beiden aufs Ufer zu und traten nass bis auf die Kopfhaut aus dem Fluss.

»Ihr seid dran!«, rief Mira, während sie sich ihre Sachen schnappte und sie einmal kräftig im Fluss auswusch »Es ist großartig.« Dann suchte sie sich eine sonnige Stelle nahe der Pferde.

»Das werden wir gleich sehen«, erwiderte Elainia schmunzelnd, rappelte sich hoch und löste die Schnürung ihrer Tunika. Währenddessen beobachtete Avis jede ihrer Handbewegungen. Ein Kribbeln breitete sich in ihrem Magen aus und sie überlegte, ob sie ihn anweisen sollte, sich umzudrehen, doch sie entschied sich dagegen. Sollte er eben gucken. Mehr als bei Mira oder Roxana würde er nicht zu Gesicht bekommen. Betont gelassen streifte sie sich die Hose von den Beinen und zog die Tunika über ihren Kopf.

»Willst du den Rest des Abends hier herumsitzen und mich anstarren?«, erkundigte sie sich.

Er blinzelte und räusperte sich. Sie brauchte ihre Magie nicht, um ihm die Verlegenheit anzumerken. Sie wäre vermutlich so zart wie der Schlag eines Schmetterlingflügels.

»Du hast mich überrumpelt«, gestand er. »Eigentlich hatte ich damit gerechnet, dass du mir befiehlst mich wegzudrehen.«

»Soll ich bei dir weggucken?« Sie hatte sich die Frage einfach nicht verkneifen können und bemerkte amüsiert, wie ihm das Blut in die Wangen stieg. Seine Befangenheit war niedlich.

Es dauerte einige Herzschläge, ehe er seine Sprache wiederfand. »Das wird nicht nötig sein.«

Wenn sie jetzt anbot, ihm behilflich zu sein, würde sie ihm vermutlich noch den letzten Rest Stolz rauben. Das konnte sie ihm nicht antun. Also entschied sie sich dagegen, stieg über die Böschung in den klaren Fluss und watete bis zum Bauchnabel ins Wasser. Auf ihrer erhitzten Haut fühlte sich die Kälte beißender an als gedacht. Ein Schauer rann ihr die Wirbelsäule hinunter. Sie musste es schnell angehen. Jede Verzögerung würde ihre Hemmungen nur wachsen lassen. Einen tiefen Atemzug nehmend stürzte sie sich vorwärts in die seichte Strömung und schnappte nach Luft, als das Wasser über ihren Schultern zusammenschlug. Zug um Zug schwamm sie auf die Mitte des breiten Flusses zu, damit ihr Körper sich an die Temperatur gewöhnen konnte. Als die Strömung zu sehr an ihr zerrte, drehte sie um und tauchte so weit zurück Richtung Ufer, bis sie den steinigen Boden unter ihren Füßen spüren konnte. Sie blinzelte Wasser aus ihren Augen, strich sich die Haare zurück und beobachtete Avis, der inzwischen bis zur Hüfte hineingewatet war. Im Gegensatz zu Roxana, deren stahlharte Muskeln von unbeugsamer Kraft und Stärke zeugten, wirkte er beinahe zierlich. Aber eben nur beinahe. Seine Muskeln definierten Arme, Schultern und Oberkörper dezent, ließen seine Bewegungen geschmeidig und richtiggehend fließend aussehen. Sie schmunzelte, als er mit einer Grimasse untertauchte und zu ihr hinüberschwamm.

»Kälter als erwartet«, stellte er klar.

»Du gewöhnst dich dran.«

»Hoffentlich schnell.«

»Schadet das Wasser deinen Flügeln?«, erkundigte sie sich neugierig.

»Wenn dem so wäre, hätte ich wohl ein Problem.« Er grinste.

»Dumme Frage. Natürlich nicht. Sonst würdest du kaum freiwillig schwimmen gehen.«

»Keine dumme Frage. Schaden richtet es keinen an. Versuch aber mal mit nassen Flügeln zu fliegen. Es ist die reinste Qual.«

»Das kann ich mir vorstellen.«

»Immerhin trocknen sie recht schnell. Was hältst du von einem kleinen Wettschwimmen? Bis zu dem Gebüsch dort und wieder zurück.«

»Der Verlierer übernimmt die mittlere Nachtwache.« Schon hatte Elainia sich vom Grund abgestoßen und pflügte mit kräftigen Armbewegungen durch das Wasser. Ihr Ehrgeiz war geweckt. Vor allem, weil die mittlere Nachtwache eine undankbare Aufgabe war. Man bekam vorher und hinterher nur ein paar wenige Stunden Schlaf, was sich in den letzten Tagen als wenig erholsam herausgestellt hatte. Das Gebüsch am Ufer kam näher und näher. Sie erreichte es eine Armlänge vor Avis, machte sofort kehrt und tat den nächsten Schwimmzug, als sie etwas um ihren rechten Knöchel wickelte. Erschrocken zuckte sie zusammen, zog ihr Bein weg und traf auf Widerstand.

»Was ist los? Gibst du auf?«, neckte Avis.

»Das hättest du wohl gerne. Irgendetwas hält meinen Knöchel fest.« Sie stierte durch die aufgewühlte Oberfläche des Flusses, ruderte nebenbei mit den Armen, um nicht unterzugehen, denn hier war das Wasser zu tief, um stehen zu können.

»Wenn das ein Trick sein soll …«

Seine Worte gingen in ihrem panischen Keuchen unter. Nun hatte sich auch etwas um ihr anderes Bein geschlungen und zog sie erbarmungslos unter die Wasseroberfläche. Es half kein Strampeln, kein Reißen und Ziehen. Dumpfes Grauen machte sich in ihr breit, während sie mit angehaltenem Atem zu erkennen versuchte, was verflucht sie da ertränken wollte. Sand und Kiesel wirbelten auf, trübten ihr Sichtfeld und doch glaubte sie Pflanzen zu sehen. Lange, sich windende Algen, die sich wie Schlangen um ihre Unterschenkel wickelten.

Avis war ebenfalls untergetaucht, packte, ohne zu zögern, eine dieser

Schlingpflanzen und riss daran. Luftblasen entwichen seinem Mund, sein Gesicht verzerrte sich vor Anstrengung, doch die seltsamen Algen gaben nicht nach. Elainias Herz pochte wie wild in ihrer Brust. Furcht bemächtigte sich ihrer. So gut es ging, bemühte sie sich, nicht vollständig in Panik zu geraten. Dennoch wusste sie nicht, wie lange sie in der Lage sein würde, die Luft anzuhalten. Wie lange es dauern würde, bis ihre Lungen zu brennen begannen und sie dem Drang einzuatmen nicht mehr widerstehen konnte.

Avis stoppte seine ergebnislose Bestrebung, ihr mit bloßen Händen helfen zu wollen, schwamm zurück an die Oberfläche und entfernte sich von ihr. Obwohl sie ahnte, was er vorhatte, was er holen wollte, steigerte es ihre Angst. Verzweifelt wagte sie einen neuen Versuch, die Schlingpflanzen loszuwerden, doch diese schnürten sich nur noch enger um ihre Waden. Der Druck auf ihren Brustkorb wuchs, ihr ging langsam aber sicher die Luft aus. Wo blieb Avis? Was brauchte er so ewig? Das Verlangen, um Atem zu ringen, wurde übermächtig. Gleißende Lichter tanzten flackernd vor ihren Augen, sie verlor die Kontrolle über ihre Muskeln, schaffte es kaum, ihre Hand zu heben, um sich die Haare aus dem Sichtfeld zu wischen. Ihre Lunge schrie nach Luft. Zu den grellen Flecken gesellten sich wabernde Schatten. Dann versank ihre Welt in Finsternis.

***

Avis

»Ich brauche ein Messer!«, stieß er hervor und kletterte über das rutschige Gras ans Ufer.

Alarmiert schauten Miranda und Roxana ihm entgegen.

»Was ist los?«

»Messer! Sofort. Elainia ertrinkt. Eine verdammte Schlingpflanze hat sie unter Wasser gezogen.«

Während ihn Mira entsetzt anstarrte, sprang Roxana augenblicklich auf und zog zwei Dolche aus ihrem Waffengurt. Einen drückte sie ihm in die Hand.

Ohne ein weiteres Wort wirbelte er herum – Roxana folgte ihm auf den

Fuß –, stürmte die wenigen Meter zurück zum Fluss und warf sich kopfüber in die Fluten. Sein Puls raste unnatürlich schnell, Adrenalin pulsierte durch seine Venen und ließ ihn jegliche Furcht vergessen. Wenige kräftige Schwimmzüge genügten, um ihn nah genug an Elainia heranzubringen. Sie regte sich nicht, ihre Augen waren geschlossen. Innerlich fluchend tauchte er hinab, griff nach einer Alge und setzte den Dolch an. Neben ihm tat Roxana es ihm gleich. Faser für Faser gab die Pflanze unter der Schärfe der Klingen nach. Seinem Geschmack nach dauerte das viel zu lange. Schließlich zerriss die erste Schlinge und gab Elainias Fuß frei. Bevor er sich jedoch der anderen Alge widmen konnte, brauchte er Luft. So sehr es ihn ärgerte, kostbare Zeit verstreichen zu lassen; ohne Atem zu holen, würde er ihr nicht helfen können. Also tauchte er auf, saugte neuen Sauerstoff in seine Lungen und schwamm erneut dem Grund des Flusses entgegen. Roxana hatte inzwischen zwei weitere Stränge gekappt und machte sich an einem dritten zu schaffen, ehe sie ebenfalls auftauchen musste.

Der Wasserwiderstand erschwerte Avis das Säbeln enorm, immer wieder rutschte er ab und als er glaubte noch einmal auftauchen zu müssen, zertrennte Roxanas Dolch die letzten hartnäckigen Fasern. Er schlang seine Arme um Elainias leblosen Körper und kämpfte sich mit brennenden Lungen zur Wasseroberfläche. Roxana war sofort bei ihm und sobald der Fluss flach genug wurde, richtete Avis sich schwer atmend auf. Mira stand bis zu den Knien im Wasser, beugte sich zu Elainia herunter, packte ihren reglosen Körper unter den Armen und half ihm und Roxana, sie ans Ufer zu ziehen.

Schwer atmend sank er im Gras auf die Knie, seine Finger bebten leicht, seine Muskeln protestierten gegen jede weitere Anstrengung. Trotzdem tastete er nach Elainias Halsschlagader und versuchte seinen eigenen wild hämmernden Puls auszublenden. Er konnte nicht zwischen ihrem und seinem Herzschlag unterscheiden. Also wischte er sich sein nasses Haar aus der Stirn, beugte sich über sie und hielt sein Ohr an ihre Nase. Nichts.

»Sie atmet nicht.«

Roxana, die sich auf die andere Seite gekniet hatte, stieß einen gezischten Fluch aus, Mira schüttelte heftig den Kopf. Avis schluckte schwer. Sie konnten doch nicht so kurz nach Beginn dieser Reise ihr vermutlich wichtigstes Mitglied verlieren. Das durfte nicht passieren! Allerdings hatte er nicht vor einfach aufzugeben. Ungeachtet der Tatsache, dass Elainia bis auf ihre Unterwäsche nichts trug, legte er seine flachen Hände auf ihren Brustkorb und begann kräftig zu drücken.

»Atme«, presste er zwischen zusammengebissenen Zähnen hervor. »Verdammt, du musst atmen, Elainia!«

Aber nichts geschah. Das Gesicht der jungen Magierin blieb bleich und reglos. Wassertropfen rannen über ihre ebenmäßige Haut und tropften auf das Gras. Avis biss die Zähne so fest aufeinander, dass es knirschte, während lähmende Furcht wie Gift durch seinen Körper kroch. Immer wieder drückte er auf ihren Oberkörper. Wenn es sein musste, würde er ewig so weitermachen.

»Du wirst nicht unter meinen Händen wegsterben«, knurrte er. »Nicht heute und auch an keinem. Anderen. Verfluchten. Tag.«

»Avis«, flüsterte Mira nach einigen unendlich langen Sekunden.

»Was?«, fuhr er sie an.

Der gequälte Ausdruck in ihren Augen raubte ihm den Atem.

»Gib sie nicht auf.«

»Niemals!« Schweiß perlte von seiner Stirn, er fühlte sich wie betäubt. Nass bis auf die Knochen und völlig erschöpft, doch von irgendwoher nahm er neue Energie, obwohl seine Arme schmerzten und sein Atem so abgehackt klang, als wäre er von Kronda bis Elandria durchgeflogen.

»Lass mich.« Roxana suchte seinen Blick. In ihren dunkelbraunen Augen loderte wilde Entschlossenheit. Sie würde Elainia auch nicht sterben lassen. Ruckartig nickte er.

Sie richtete sich auf, zählte von drei rückwärts und übernahm seine Position. Wie hypnotisiert starrte er auf Elainias bleiches Gesicht. Wassertropfen rannen über ihre Schläfen, ihre schwarzen Locken lagen schlaff um ihren Kopf. Wenn es ihnen nicht gelang, sie in den nächsten Minuten zum Atmen zu bringen, würde sie sterben. Doch in dem Moment, als er das realisierte, rang Elainia nach Luft. Roxana zog ihre Hände zurück, Mira stieß ein Quietschen aus. Elainias Brustkorb hob sich schwach, dann schlug sie die Augen auf, bevor sie sich hustend und würgend zur Seite rollte. Keuchend erbrach sie das eingeatmete Wasser und krallte ihre Finger ins Gras.

Avis' Erleichterung kam aus tiefstem Herzen. »Sie lebt«, brachte er hervor.

Roxana lachte auf. »Das tut sie wahrlich.«

Elainia hustete noch immer abgehackt. Ihr Blick war verhangen und voller Verwirrung.

»Was …«, krächzte sie und verzog schmerzvoll das Gesicht. »Was ist passiert?«

»Schlingpflanzen sind passiert«, antwortete Avis, während Roxana ihr beim Aufsetzen half.

***

Elainia

Ihre Kehle schmerzte, als hätte sie eines von Magistra Sharlas ätzenden Giften geschluckt. Mühsam zwang sie den Bissen weich gekautes Brot ihre Speiseröhre hinunter. Der Umstand, dass sie beinahe ertrunken wäre, war noch immer nicht ganz von ihrem Verstand verarbeitet worden. Das Letzte, woran sie sich erinnern konnte, waren die widerlichen Algen um ihre Unterschenkel. Sie hatte von solchen Pflanzen gehört, die bei Berührung mit etwas Lebendigem zuschnappten oder sich in diesem Fall drum herumschlangen. Magie steckte keine dahinter. Bloß der Wille der Natur. Sie erschauerte. Vom Baden in Flüssen hatte sie vorerst genug. In nächster Zeit würde sie sich wohl wieder mit Katzenwäsche begnügen.

»Ich habe mich gar nicht richtig fürs Lebenretten bedanken können«, meinte sie heiser.

Avis löste seinen Blick von den hellen Flammen ihres Feuers, das sie unweit vom Flussufer entzündet hatten. »Gern geschehen.« Sein Lächeln war sanft. »Schließlich war es zu großen Teilen meine Schuld, dass du überhaupt in den Fluss gestiegen bist.«

»Also hast du mich nur gerettet, um nicht mit Schuldgefühlen leben zu müssen?«, neckte sie ihn.

»Natürlich nicht. Es gibt viele Gründe. Zum einen hätte deine Mutter uns alle einen Kopf kürzer gemacht, wenn du nicht lebend nach Elandria zurückgekehrt wärst, zum anderen fände ich es außerordentlich bedauerlich, eine so angenehme Gesprächspartnerin zu verlieren. Außerdem passt Ertrinken nicht zu dir.«

Sie schnaubte. »Falls ich schon draufgehe, dann mit Stil oder wie?«

»Einer gefühlsberührten Anwärterin für die Königinnengarde angemessen.«

»Nur dass ich nicht länger Anwärterin für die Garde bin. Ich habe die Prüfungen versäumt, um diese Reise so schnell wie möglich anzutreten.«

»Ich hoffe doch, dass sie dich die Prüfungen nachholen lassen. Oder nicht?«

»Ich bin mir nicht sicher. Die Regeln des Alten Klosters sind streng. Da nützt es auch nichts, dass ich Amanda Larodres' Tochter bin.« Sie zuckte mit den Achseln und gab sich gleichgültig, während ihr Herz sich schmerzlich zusammenzog. Gardistin der Königin zu werden, war so viele Jahre lang der Sinn ihres gesamten Daseins gewesen. Doch sie würde ihre Entscheidung nicht bereuen, denn das würde bedeuten ihre eigenen Wünsche egoistisch über das Leben ihrer Schwester zu stellen.

»Wenn nicht, bin ich überzeugt, dass du dennoch den Weg einschlagen wirst, der für dich bestimmt ist.«

»Dein Vertrauen in mich ehrt mich, aber ehrlich gesagt glaube ich nicht an Vorbestimmung. Die Einzige, die entscheidet, wie ihr Leben verläuft, bin ich. Egal, ob es um meine zukünftige Arbeit oder Dinge wie Liebe und Partner geht.«

Avis neigte nachsichtig den Kopf. »Wir Feen denken da ein bisschen anders. Willst du wissen, was meine Mutter immer gemeint hat?«

Sie nickte.

»Wenn du jemanden findest, ohne den du nicht leben willst, ist das Schicksal. Wenn diese Person genauso fühlt, ist es Bestimmung.«

Elainia musste zugeben, dass das sehr schön klang.

»Meine Mutter hat in meinem Vater Schicksal und Bestimmung gefunden. Ihre bedingungslose Liebe füreinander hat mich gelehrt, dass so etwas wie Fügung und Vorsehung existiert. Dass irgendwo auf der Welt jemand ist, zu dem man gehört.«

»Leider ist diese Welt ziemlich groß«, wandte Elainia ein.

»Optimismus ist nicht deine Stärke, oder?«

»Aktuell nicht, tut mir leid.«

»Da arbeiten wir dran.« Er versetzte ihr einen Stups mit der Schulter und sie konnte nicht anders, als sein Lächeln zu erwidern.

Kapitel 15

Tückisches Moor

Elainia

»Du willst nicht wirklich durch das Moor von Emuil, oder?« Mira klang ungläubig.

»Doch.« Entschieden deutete Elainia auf die ausgebreitete Karte, die sie auf einem grob gezimmerten Holztisch in der einzigen Taverne von Grat ausgebreitet hatten. Nach vier weiteren Tagen, die sie der Baumgrenze des Rotwalds Richtung Carasgebirge gefolgt waren, hatten sie das kleine Dorf erreicht, das Elainia als Zwischenetappe ausgewählt hatte, um den nächsten Abschnitt ihrer Reise zu planen. Es gab zwei Möglichkeiten und eine von ihnen war das Moor von Emuil. Dass sie für diesen Vorschlag keine Begeisterungsstürme zu erwarten hatte, war ihr von Vornherein klar gewesen. Während um sie herum gegrölt, gelacht und über Tische hinweg nach mehr Bier gerufen wurde, lag auf den Gesichtern ihrer Freunde die erwartete Skepsis.

»Der Weg durch das Moor ist kürzer. Wenn wir durch den Angornwald reiten, brauchen wir mindestens zwei Tage länger, ehe wir Nirad erreichen.« Sie tippte auf den Punkt, der das winzige Dorf am Fuß des Carasgebirges darstellen sollte.

»Der Weg durch die Sümpfe ist nicht ungefährlich«, schaltete Roxana sich ein. Ihr Blick ruhte nachdenklich auf dem Pergament. »Wir werden jemanden brauchen, der uns führt. Allein sind wir den Tücken des Moors auf Gedeih und Verderb ausgeliefert.«

»Gut, dann suchen wir jemanden.« Elainia spürte Miras Skepsis, die noch immer viel zu präsent war. Aber in dem Punkt würde sie nicht mit sich reden lassen. Die Zeit war auf dieser Reise ihr größter Feind. Sie mussten schneller sein. Selbst wenn das bedeutete, den gefährlicheren Weg zu wählen.

»Ich werde die Wirtin fragen.« Bevor einer ihrer Freunde Einwände erheben konnte, war sie aufgestanden und schlängelte sich durch die grölende und lachende Menge. Es schien, als hätte sich die gesamte Dorfgemeinschaft an diesem Abend in der urigen Taverne versammelt. Als auf einmal jemand nach ihrem Handgelenk griff, fuhr sie herum, wollte sich losreißen, wurde aber von einer Gestalt in einem Umhang fort vom Tresen, hinein in eine dunkle Ecke des Gastraums gezogen. Erst dann gelang es ihr, sich aus dem schraubstockähnlichen Griff zu lösen. Ihre Finger wanderten wie von selbst an ihren Gürtel und umschlossen einen ihrer Dolche.

»Was sollte das?«, zischte sie die verhüllte Gestalt an.

»Du wirst deine Klinge nicht brauchen«, erwiderte diese und schob sich mit einer fließenden Bewegung die Kapuze vom Kopf.

»Das entscheide wohl immer noch ich.« Im Halbschatten erkannte Elainia eine Frau, vielleicht etwa fünf bis zehn Jahre älter als sie selbst. Perlen aus Holz waren zahlreich in ihr dickes, braunes Haar geflochten und ihre erstaunlich dunkelblauen Augen wirkten beinahe schwarz.

»Von mir aus, dann tu das. Wenn du allerdings meine Hilfe möchtest, dann lass den Dolch stecken.«

»Eure Hilfe? Wer seid Ihr überhaupt und wie kommt Ihr darauf, dass ich Eure Hilfe brauche?« Misstrauisch gestattete Elainia ihrer Magie, die Fühler nach der Fremden auszustrecken und spürte ausschließlich kühle Gelassenheit.

»Du willst jemanden, der dich und die anderen drei durch das Moor bringt.«

»Habt Ihr uns belauscht?«

»Ihr habt nicht sonderlich leise gesprochen.« Punkt für sie.

»Man versteht hier drinnen ja kaum sein eigenes Wort«, entgegnete sie trotzdem.

Die Fremde schmunzelte. »Also?«, hakte sie nach. »Hörst du dir mein Angebot an?«

»Wir werden es uns anhören.«

Zuerst zögerte die Frau, doch dann zuckte sie mit den Achseln und folgte Elainia bereitwillig zu ihrem Tisch. Sie ließ sich auf ihren Platz sinken und bedeutete der Fremden, sich ebenfalls zu setzen.

»So schnell fündig geworden?«, erkundigte Roxana sich interessiert.

Elainia wog ihren Kopf von einer Seite auf die andere. »Sie will uns ihre Hilfe anbieten.« Ihr Blick wanderte von Roxana zu der Fremden. »Wollt Ihr uns verraten, wer Ihr seid?«

»Mein Name ist Teona. Ich habe zufällig gehört, dass ihr das Moor durchqueren wollt. Ich kann euch führen, denn ich kenne den Sumpf so gut wie kaum jemand.«

»Tatsächlich?« Mira musterte Teona mit einer Mischung aus Neugier und Argwohn.

»So ist es. Emuil ist mein Zuhause.«

»Dann seid Ihr eine vom Moorvolk«, entfuhr es Elainia, die endlich erkannt hatte, wo sie diese Art der Frisur, die Teonas Kopf schmückte, schon einmal gesehen hatte. In einem von Magistra Eans Büchern über die Völker des Kontinents Sándren hatte sich eine ähnliche Zeichnung befunden. Das Moorvolk bestand aus ein paar wenigen friedfertigen Stämmen, die tief im Emuil lebten und den Kontakt zum Rest Fandorias scheuten.

Teona nickte.

»Und was verlangt Ihr im Gegenzug?«, stellte Avis die entscheidende Frage. »Gold?«

»Ich möchte euer Geld nicht. Behaltet es.«

»Was wollt Ihr dann?«, drängte Elainia, als Teona nicht gleich weitersprach.

»Ihr seid Krieger, nicht wahr?«, stellte diese eine Gegenfrage. »Zumindest ihr beide seid es.« Sie deutete auf Elainia und Roxana. »Und du bist eine Fee.«

»Offensichtlich«, brummte Avis. Er schien genauso wenig zu begreifen, worauf Teona aus war, wie Elainia selbst.

»Spuckt es schon aus«, forderte Mira sie ungeduldig auf.

Teona bedachte sie mit einem kühlen Blick, ehe sie fortfuhr. »In den Sümpfen treibt ein Palus sein Unwesen. Die Stämme mussten in den Norden fliehen, nachdem diese Bestie Nacht für Nacht unsere Dörfer überfallen und ganze Familien getötet hat. Mit unseren wenigen Messern und Holzspeeren kommen wir nicht gegen ihn an. So blieb uns bloß die Flucht. Die Ältesten der Stämme haben entschieden, unsere Heimat aufzugeben und dulden keinen Widerspruch.«

»Aber Ihr seid nicht mit ihrer Entscheidung einverstanden«, folgerte Elainia.

Teona nickte.

»Was genau ist ein Palus überhaupt?«, verlangte Mira zu wissen.

»Ein Sumpfwolf«, antwortete Teona. »Stell ihn dir wie einen gewöhnlichen Wolf vor, nur dreimal so groß, mit grauem, wasserabweisendem Fell, tellergroßen Tatzen, leuchtend gelben Augen und Kiemen.«

»Das heißt, er kann unter Wasser atmen? Und an Land?«

»So ist es. Er muss aus dem Osten gekommen sein, seinem ursprünglichen Revier. Ich weiß nicht, was ihn dazu getrieben hat, es zu verlassen. Normalerweise ist ein Palus extrem sesshaft.«

»Wenn er sich also ein neues Revier suchen musste und sich für euer Gebiet entschieden hat, bleibt euch keine andere Wahl, als ihn zu töten.« Erkenntnis zeichnete sich auf Miras Gesicht ab.

Teona nickte. »Der Palus ist nicht unsterblich. Man kann ihn töten. Mit den richtigen Waffen und fähigen Menschen, die sie führen. Wir sind ein Volk, das Gewalt und Krieg verabscheut. Niemand von uns weiß ein Schwert zu schwingen oder einen Dolch zu werfen, deswegen wusste ich, dass Hilfe diesmal nur von außerhalb kommen konnte.«

»Ihr verlangt von uns, diese Bestie zu vernichten?«, vergewisserte Avis sich.

»Im Gegenzug führe ich euch sicher durch die Sümpfe«, bestätigte Teona.

»Das wird uns Zeit kosten, die wir nicht haben.« Elainia war nicht überzeugt.

»Jemand anderen als mich werdet ihr nicht als Führer durch Emuil finden. Seit die Kunde über den Palus sich verbreitet hat, wagt sich niemand mehr freiwillig in die Sümpfe. Da könnt ihr noch so viel Gold bieten. Versucht es. Aber ihr werdet merken, dass ich die Wahrheit spreche. Solltet ihr mein Angebot annehmen wollen, entscheidet euch bis zum Morgengrauen. Ich erwarte euch am Stall.« Damit erhob sie sich und verschwand im Gedränge.

Seufzend stützte Elainia ihren Kopf in die Hände.

»Und jetzt?«, fragte Mira und löste ihren Blick von der Stelle, an der Teona gerade eben zu sehen gewesen war.

»Prüfen wir, ob sie uns etwas vorgemacht hat. Teilen wir uns auf und versuchen jemanden aufzutreiben, der uns keine blutrünstige Bestie töten lassen will.« Da niemand ihr widersprach, trank sie ihr Glas in einem Zug leer, drückte sich hoch und sprach den nächstbesten Gast an, der ihr unter die Nase kam.

Es war weit nach Mitternacht, als sie schließlich in ihrem Zimmer zusammenkamen. Abgeschlagen ließ sie sich auf das knarzende Bett fallen. »Hattet ihr mehr Erfolg als ich?«

Alle drei schüttelten den Kopf. Missmut verseuchte die Luft.

»Scheint, als hätte Teona nicht übertrieben«, resümierte Mira. »Jeder, den ich gefragt habe, hat mich für lebensmüde erklärt oder mich ausgelacht.«

Avis nickte bestätigend, Roxana brummte zustimmend.

»Dann bleibt uns wohl keine andere Wahl, es sei denn, wir wollen uns allein in den Sumpf wagen.«

»Lieber kämpfe ich und lasse mir den Weg zeigen, anstatt Gefahr zu laufen, bei jedem Schritt im Moor zu versinken und am Ende trotzdem gegen das Biest kämpfen zu müssen, weil es uns zu seiner Beute auserkoren hat«, ließ Mira verlauten und sprach damit aus, was sie vermutlich alle gedacht hatten.

***

Miranda

Teona begrüßte sie mit einem leichten Lächeln auf den sanft geschwungenen Lippen. Sie wirkte zufrieden, so als hätte sie bereits geahnt, wie ihre Entscheidung ausfallen würde. Dennoch entging Mira der Anflug von Erleichterung in ihren dunkelblauen Augen nicht. Sie musterte ihre neue Reisebegleiterin im Licht des anbrechenden Tages von Kopf bis Fuß und entschied, dass ihr gefiel, was sie sah und was ihr bereits am Abend aufgefallen war.

Teona begegnete ihrem Blick, erwiderte ihn unverfroren und vertiefte ihr

Lächeln, ehe sie von Roxana in Beschlag genommen wurde, die irgendwas zu ihr sagte, das Mira auf die Entfernung nicht verstand.

»Sie sieht gut aus«, ertönte plötzlich Elainias Stimme an ihrem Ohr.

Mira zuckte zusammen und löste ihre Aufmerksamkeit von Teonas schlanker Gestalt. »Wirklich? Ist mir nicht aufgefallen.«

»Vielleicht solltest du ein bisschen genauer hinschauen.« Ela grinste. »Wie viel ihrer Kleidung trägt sie in deiner Vorstellung noch? Au, verflucht.« Sie schnappte nach Luft, als Miras Ellenbogen sich unterhalb der Rippen in ihre Seite bohrte.

»Die Frage ist wohl eher, wie lange du weiter so tun willst, als würde Avis dich kaltlassen.« Schadenfroh bemerkte sie, wie Elas Wangen rosig wurden und ihre Verlegenheit verrieten, obgleich sie sie zu überspielen versuchte.

»Schön, er lässt mich nicht kalt. Zufrieden?«

»Nein, nicht wirklich, denn das wusste ich ja bereits. Aber es freut mich, dass du es dir selbst eingestehst. Dafür, dass du gefühlsberührt bist, hat das ziemlich lange gedauert.« Nun grinste Mira.

Elainia verdrehte schnaubend die Augen. »Was würde ich nicht alles für einen Blick in deinen Kopf geben«, meinte sie. »Soll ich Roxana bitten, deine Gedanken zu lesen?«

»Willst du ihr das wirklich antun?«, konterte Mira und hob vielsagend die Augenbrauen.

Ela lachte auf. »Wer hat dich nur so versaut?«

»Niemand. Du weißt genau, dass ich noch nie hinter dem Berg gehalten habe, wenn mir jemand gefallen hat.«

»Deine Direktheit erschreckt mich manchmal immer noch. Und doch ist sie wahnsinnig erfrischend.«

»Weil du das absolute Gegenteil davon bist«, neckte Mira sie. »Ich kann mich nicht erinnern, dass du je offen für irgendeinen Kerl geschwärmt hast, der uns in Elandria über den Weg gelaufen ist.«

»Du hast genug für uns beide geschwärmt.«

»Wohl wahr.«

»Fertig mit Plaudern?«, fragte Teona, die lautlos an sie herangetreten war.

Innerlich zuckte Mira zusammen. Äußerlich blieb sie seelenruhig. »Sicher.«

»Dann geht eure Pferde holen. Wir haben einen langen und anstrengenden Weg vor uns.«

»Und Ihr lauft?«

Teona schüttelte den Kopf. »Ich werde bei dir mitreiten.« Ihr Blick klebte förmlich auf Mira, die Mühe hatte, normal weiterzuatmen.

»Bei mir?«, wiederholte sie.

»Ja. Roxana meinte, dein Pferd sei am besten dazu geeignet, mehr Gewicht zu tragen. Beeilung jetzt. Ich dachte, eure Zeit sei so wertvoll.« Damit kehrte sie ihnen den Rücken zu.

»Atmen, Mira«, flüsterte Elainia neben ihr. In ihren Augen blitzte es vergnügt.

»Ich atme«, erwiderte sie und holte hörbar Luft.

»Sehr gut. Meinst du, du überlebst den Ritt?«

»Jetzt hör schon auf«, bat sie energisch, straffte die Schultern und setzte sich in Bewegung. Ihr Wallach stand angebunden in der Stallgasse. Der junge Stallbursche zurrte gerade den Sattelgurt fest. Mira wartete, bis er damit fertig war und übernahm es selbst, das Tier aufzuzäumen. Die wenigen Minuten, die sie brauchte, um die Riemen zu schließen und die Mähne des Pferdes zu richten, versuchte sie krampfhaft nicht an den bevorstehenden Ritt zu denken. Sie scheiterte mit Bravour.

Ihr Puls flatterte aufgeregt, als Teona sich schließlich hinter ihr auf den Pferderücken schwang und ihre Hände, ohne zu zögern, auf ihre Taille legte, um mehr Halt zu haben. Mira bemerkte, dass Elainia ein Grinsen nicht unterdrücken konnte. Vermutlich las ihre Freundin gerade wieder ihre Gefühle und amüsierte sich köstlich über das Chaos aus Nervosität, Vorfreude und dem Anflug von Begehren, das Teonas Berührung in ihr auslöste. Sie bemühte sich um einen besonders bösen Blick, erreichte jedoch nur, dass Ela noch breiter lächelte. Verfluchte Magierin.

»Wo lang?«, fragte sie betont ruhig.

»Bei der nächsten Gabelung links halten«, antwortete Teona.

Sie befolgte die Anweisung und lenkte ihren Wallach an besagter

Abzweigung nach links, fort vom Fluss, der rechts von ihnen in südliche Richtung verlief. Schon nach wenigen Stunden verlief sich der befestigte Weg, der Boden wurde matschiger und die ersten Wasserlöcher blitzten im Sonnenlicht auf.

»Wir haben die Ausläufer von Emuil erreicht«, verkündete Teona laut, damit die anderen sie verstehen konnten. »Ein Stück können wir noch reiten, danach sollten wir absteigen und die Pferde führen.«

Mira nickte und trieb ihren Wallach vorwärts. Teona lenkte sie mit leiser Stimme durch den Flickenteppich aus Wasserlöchern, schwimmenden Grasinseln und verzweigten Büschen. Jedes Mal, wenn ihr Atem ihren Nacken streifte, rann ihr ein Schauer über den Rücken und ihre Finger verkrampften sich um die Zügel.

»Warum bist du so angespannt?« Teonas Frage erwischte sie völlig unerwartet.

»Bin ich das?« Eine schlagfertigere Antwort wollte ihr auf die Schnelle nicht in den Sinn kommen.

»Steif wie ein Brett«, bestätigte Teona. »Liegt es an mir?«

Mira konnte sich den anrüchigen Unterton in ihrer Stimme nur eingebildet haben, aber den verstärkten Druck ihrer Hände auf ihrer Taille spürte sie ganz deutlich.

»Nein«, rutschte es ihr heraus.

»Sie lügt«, tönte es von hinten.

Bei den Seelen der toten Götter! Dafür würde Ela ihr blaues Wunder erleben. Sie schloss einen Herzschlag lang die Augen und bemühte sich um Gelassenheit.

»Tatsächlich?«

»Ja, es war gelogen«, sagte sie, bevor Elainia ihren Verrat schlimmer machen konnte. Das hier war allein ihre Angelegenheit.

»Freut mich zu hören. Rechts halten, noch weiter rechts.«

Rasch lenkte Mira das Pferd von einem Wasserloch weg, in das sie beinahe hineingeritten wäre und verfluchte stumm ihre Unachtsamkeit. Teona machte alles bloß schlimmer, indem sie ihre Hände auf Miras Oberschenkel legte. Sie schien es förmlich darauf anzulegen, sie zu reizen. Umso erleichterter war Mira, als die knorrigen Bäume dichter und höher wurden und Teona den Befehl zum Absteigen gab. Sie bedachte Mira mit einem kleinen Lächeln, ehe sie sich abwandte, um sich an die Spitze ihrer kleinen Gruppe zu setzen.

Mira lockerte ihre Schultern, atmete tief durch und schalt sich dafür, dass ihr Körper sich Teonas Nähe zurückwünschte.

»Lauft hintereinander und achtet besonders auf die Pferde«, wies diese sie an. »Manche Moorlöcher ziehen euch erst nach und nach hinunter, andere wiederum sind mehrere Meter tief und ihr versinkt sofort. Also bitte passt auf, wohin ihr eure Füße setzt.« Eindringlich ließ Teona ihren Blick erst über Ela, Avis und Roxana schweifen und verharrte für einige Sekunden bei Mira, bevor sie sich endgültig in Bewegung setzte.

Ihren Rücken im Auge behaltend, bemühte Mira sich ihrer Anweisung Folge zu leisten. Es war alles andere als leicht, da sie keinerlei Pfad erkennen konnte, doch Teona führte sie zielsicher tiefer in die Sümpfe.

Der Boden unter Miras Stiefeln schmatzte bei jedem Schritt, es roch modrig und die Luft wurde immer stickiger, feuchter und heißer. Bald schon fühlte sich der Stoff ihrer Tunika klamm vor Schweiß an. An ihrem Ohr summte es, etwas schwirrte vor ihrem Gesicht herum. Sie verscheuchte es mit einer unwirschen Handbewegung, nur um sich gleich darauf auf den anderen Arm zu schlagen. Zerquetscht klebte der Moskito auf ihrer Haut.

»Wovon ernähren sich diese Biester, wenn sie keine menschlichen Wesen aussaugen können?«, fluchte Avis einige Zeit später.

Mira sparte sich ihren Atem und erschlug gleich drei Moskitos, die sich auf ihrer Schulter niedergelassen hatten. Überall an ihrem Körper juckte es. Sie sehnte sich nach einem eiskalten See oder Fluss, wie den, den sie vor einigen Tagen hinter sich gelassen hatten. Zu gerne würde sie Schweiß und Dreck abwaschen und den Juckreiz der Moskitostiche lindern, doch darauf würde sie hier wohl vergeblich hoffen.

Als sie endlich eine geeignete Stelle zum Rasten fanden, senkte sich bereits Dunkelheit über das Moor. Der Boden erwies sich als einigermaßen trocken und bot genügend Platz für sie und die Pferde. Während Mira ihrem Wallach den Sattel abnahm, beobachtete sie aus dem Augenwinkel, wie Teona mehrere kleine Schalen aus ihrer Tasche holte, getrocknete Blätter darin verteilte und zerrieb.

»Was wird das?«, erkundigte sie sich.

»Etwas, das uns hoffentlich ein bisschen die Moskitos vom Leib hält.« Teona hielt ihr eine Schale unter die Nase. »Riech.«

»Salbei?«

»Ganz genau. Fehlt nur noch ein bisschen Feuer.«

»Hier.« Elainia reichte ihr Feuersteine, die sie gekonnt gegeneinanderschlug, bis Funken die trockenen Salbeiblätterreste zum Verglühen brachten. Feiner Qualm stieg von der ersten Schale auf und verströmte einen würzigen Geruch. Rasch verteilten sie auch die restlichen Räucherschalen in gleichmäßigen Abständen, ehe sie sich daran machten, ihre leeren Mägen mit Brot, Käse und Trockenfleisch zu füllen. Nach dem Essen teilte Roxana die Wachschichten unter ihnen auf.

Mira hatte Glück. Sie bekam die letzte Schicht und würde die nächsten Stunden durchschlafen können. Trotz der Moskitostiche und dem durchgehenden Blubbern und Plätschern des Moors schlief sie ein, sobald sie es sich auf dem Gras halbwegs gemütlich gemacht hatte.

***

Die nächsten zwei Tage wanderten sie immer weiter Richtung Norden. Teona riet ihnen, Augen und Ohren offen zu halten und warnte sie vor weiteren Geschöpfen der Sümpfe, denen Mira nicht unbedingt begegnen wollte. Vom Palus war weiterhin keine Spur zu finden. Mira sollte es recht sein. Ihre Konzentration verflüchtigte sich in Teonas Nähe sowieso wie Nebel im Wind und das deutlich schneller, als ihr lieb war. Sie schaffte es einfach nicht, dagegen anzugehen. Ein Blickkontakt reichte aus und sie verlor sich in deren dunkelblauen Iriden. Sie konnte sich die Anziehung, die sie verspürte, nicht erklären. Und doch war sie unleugbar da. Dabei kannte sie Teona gerade einmal drei verdammte Tage lang.

Am Mittag dieses dritten Tages passierten sie die Grenze zum Gebiet der

Moorstämme. Zumindest laut Teona. Für Mira sah alles gleich aus. Sumpf, Bäume, Gesträuch, Gras und mehr Sumpf. Unsichtbaren Pfaden folgend, legten sie weitere Meilen zurück, quälten sich durch Matsch und ließen sich von Moskitos zerstechen. Mira hatte es aufgegeben, ständig nach ihnen zu schlagen. Ihr ganzer Körper juckte vor Schweiß, Schmutz und den lästigen Stichen. Wahrscheinlich roch sie bereits selbst wie dieses elende Moor.

Mehr als erleichtert sank sie zu Boden, als Teona noch vor Anbruch der Dunkelheit entschied zu rasten.

»Wie finden wir den Palus?«, fragte Avis, während sie die Pferde versorgten und lauwarmes Wasser aus ihren Trinkschläuchen tranken.

»So wie wir riechen, findet er uns zuerst«, behauptete Roxana, grinste und flocht ihre Haare zu einem festeren Zopf.

»Das ist gar nicht so unwahrscheinlich«, stimmte Teona ihr zu. »Sein Geruchssinn ist unglaublich fein. Das heißt, wir werden heute Nacht aufmerksamer denn je sein müssen.«

Mira unterdrückte ein Seufzen, kratzte sich geistesabwesend am Arm, während ihr Blick wie von selbst Teona folgte, das Spiel ihrer Schultermuskeln beobachtete, als sie wie bereits die letzten Abende in ihrer Tasche nach den Schalen und Salbei suchte.

»Diese Spannung zwischen euch ist wirklich nicht mehr auszuhalten«, stichelte Elainia, die sich neben ihr niedergelassen hatte und natürlich sofort gemerkt hatte, wo ihre Aufmerksamkeit lag.

»Nicht nur für dich«, erwiderte Mira trocken. Prompt in dem Moment hob Teona den Kopf und sah sie ebenfalls an. Schon flatterte ihr Puls los und das Atmen fiel ihr schwer.

»Verrat mir, was sie fühlt«, bat sie ihre Freundin, als sie es endlich geschafft hatte, sich von Teona loszureißen.

»Ich werde ihre tieferen Gefühle nicht ohne ihr Einverständnis lesen, aber ich kann dir sagen, was ich sowieso wahrnehme, weil meine Abwehr gerade ziemlich löchrig ist. Willst du es wirklich wissen?«

Das wollte sie. Also nickte sie.

»Na schön.« Elainia klang konzentriert. Erst kräuselte sie die Stirn, dann zupfte ein Schmunzeln an ihren Lippen.

»Was?«, hakte Mira nach.

»Ich denke, ihr solltet mal allein miteinander reden.«

»Das war's? Mehr hast du mir nicht mitzuteilen? Was ist mit ihren Gefühlen? Was empfindet sie?«

»Ernsthaft, Mira. Sprich mit ihr.« Ela lächelte sanft.

»Nicht hilfreich«, murrte sie verstimmt, erhob sich und entfernte sich von ihrem kleinen Lagerplatz, um allein zu sein. Sie musste ihre Gedanken sortieren. Ordnung in ihr emotionales Chaos bringen und sich verflucht noch mal zusammenreißen. Als es hinter ihr knackte und Wasser platschte, zog sie, ohne zu zögern, eines der Messer vom Gürtel, die Ela ihr gegeben hatte, wirbelte herum und ging auf die Gestalt los, die sich bedrohlich aus dem Nebeldunst schälte. Das Überraschungsmoment nutzend, stieß sie sie gegen einen der knorrigen Sumpfbäume und drückte ihr die Klinge an die Kehle.

»Verdammt, bist du schnell«, brachte Teona hervor.

Miras rasender Puls beruhigte sich ein wenig, ehe sie sich der Nähe bewusst wurde, die zwischen ihnen entstanden war.

»Ihr habt mich erschreckt«, rechtfertigte sie sich, ohne das Messer sinken zu lassen.

»Dann solltest du dich nicht so sehr vom Lager entfernen. Wäre ich der Palus gewesen, wärst du jetzt tot.«

»Seid Ihr mir deswegen gefolgt? Oder hat Elainia Euch geschickt?«

»Lass diese alberne, förmliche Anrede«, überging Teona ihre Frage elegant.

»Mit Vergnügen. Du hast mir übrigens nicht geantwortet.«

»Ich wollte sichergehen, dass du nicht zufällig in einem tückischen Wasserloch landest.«

»Sehr rührend.«

Teonas Blick bohrte sich in ihren. Noch immer machte sie keine Anstalten, sich von Mira und ihrer Klinge zu lösen. Dem Zucken ihrer Mundwinkel nach zu urteilen, schien es ihr sogar regelrecht Vergnügen zu bereiten und Mira konnte nicht verhindern, dass ihre Aufmerksamkeit von ihren Augen zu ihren Lippen glitt. Die Anziehung, die Teona auf sie ausübte, war ihr nicht geheuer. Ihr Körper aber sah das vollkommen anders. Er sehnte sich danach, den letzten Abstand zwischen ihnen ebenfalls zu überwinden.

»Willst du noch länger wie festgewachsen hier stehen bleiben oder tust du endlich, was wir beide wollen?« Teonas Stimme klang auf einmal rau.

Miras Atem geriet ins Stocken. Ihr letztes bisschen Beherrschung verabschiedete sich mit wehenden Fahnen. Langsam senkte sie das Messer, schob es zurück in die Halterung an ihrem Gürtel, ohne den Blick von Teona zu lösen. Die hob die Hände, ließ sie in Miras Nacken gleiten und zog sie mit Bestimmtheit an sich.

»Mira? Teona?« Avis' Ruf ließ sie zusammenzucken. Schon kamen Schritte näher.

»Wir holen das nach«, flüsterte Teona. »Später.«

Mit einer Mischung aus Frustration und Bedauern löste Mira sich von ihr, wirbelte herum und stapfte in Richtung Lagerplatz. Verdammte Fee! Er hatte sich den schlechtesten Zeitpunkt überhaupt ausgewählt, um nach ihnen zu suchen. Hoffentlich hatte er einen guten Grund. Einen sehr guten Grund. Auf halber Strecke wäre sie im Nebel beinahe gegen ihn geprallt.

»Da bist du ja.« Er musterte sie. »Wo ist Teona?«

»Kommt gleich«, erwiderte sie mürrisch.

»Alles in Ordnung?«

»Alles bestens«, grummelte sie.

Kapitel 16

Ins Herz

Elainia

»Avis«, murmelte sie und rüttelte ihn sacht an der Schulter. Alles, was sie bekam, war ein Brummen. Müde verdrehte Elainia die Augen. »Komm schon, wach auf. Du bist an der Reihe mit Wacheschieben. Ich will endlich schlafen.« Sie verstärkte ihr Rütteln so weit, bis er endlich die Lider aufschlug.

»Das ist unmenschlich«, stöhnte er, während er sich aufsetzte.

»Keine Zeit für Beschwerden«, entgegnete sie leise, krabbelte auf ihr Lager und wollte sich gerade zusammenrollen, als sie in der Dunkelheit ein Licht flackern sah.

»Hast du das bemerkt?«, fragte sie. Ihre Müdigkeit war wie weggeblasen.

»Was?«

»Dahinten hat etwas aufgeblitzt.«

»Bist du sicher?«

»Todsicher.« Angestrengt starrte sie in die finstere Nacht.

»Schlaf. Ich behalte das im Blick«, meinte Avis und ließ sich neben dem schwach glühenden Feuer auf dem Boden nieder.

»Da ist es schon wieder«, stieß sie hervor und deutete mit dem Finger schräg an ihm vorbei.

Stirnrunzelnd drehte er sich in besagte Richtung. Als das Licht ein drittes Mal aufblitzte, konnte sie es sich auf jeden Fall nicht eingebildet haben.

»Das sind Sumpflichter.« Teonas Stimme klang rau vom Schlaf. Sie hatte sich aufgerichtet und stützte sich mit den Ellenbogen ab.

»Sumpflichter? Meint Ihr so etwas wie Glühwürmchen?«, fragte Elainia, erleichtert, dass ihnen offenbar keine Gefahr drohte.

»Sumpflichter sind keine Lebewesen«, antwortete Teona. »Sie tauchen hin und wieder auf. Mal hier, mal da. Und wenn du nicht aufpasst, locken sie dich so tief ins Moor, dass du entweder versinkst oder dich rettungslos verirrst.«

»Zumindest greifen sie uns nicht an«, meinte Avis. »Das reicht mir schon.«

Elainia nickte zustimmend, breitete die klamme Decke über ihren Beinen aus und legte sich auf den Rücken. Über ihr glitzerten vereinzelte Sterne zwischen den Wolken und verzweigten Ästen der Sumpfbäume hervor, von überallher drang ein Plätschern, Schmatzen und Blubbern an ihre Ohren. Nicht zum ersten Mal überkam Elainia das Gefühl, das Moor wäre lebendig. Ein riesiger Organismus, der bereit war, sie zu verschlingen, wenn sie bloß einen falschen Schritt machten. Dank Teona würde das hoffentlich nie geschehen. Die Leichtigkeit, mit der die Emuil-Bewohnerin sichere Pfade durch das Sumpfland fand, war wirklich bewundernswert.

»Wer greift uns an?« Mira hob schlaftrunken den Kopf.

»Niemand«, erwiderte Teona sanft. »Schlaf weiter.«

Elainia drehte den Kopf und beobachtete, wie die Frau, die Emuil ihr Zuhause nannte, Mira über die Wange strich. Nur flüchtig und im Dunkeln kaum erkennbar.

Elainia schloss die Augen. Sie wusste nicht, was zwischen den beiden vorgefallen war, obwohl Miras Gefühle wie ein offenes Buch für sie gewesen waren, kaum dass sie zum Lager zurückgekehrt gewesen war. Die Mischung aus Frust und Aufregung ihrer Freundin hatte sie verwirrt. Doch auch Teonas Gefühle hatten ihr keine genauere Erklärung liefern können, denn deren Abwehr war um einiges stärker, die Emotionen, die sie verströmte, weniger eindringlich, weniger überwältigend. Elainia beschloss, sich nicht weiter in die Angelegenheit einzumischen. Sollten Mira und Teona das unter sich klären. Mit diesem Gedanken im Kopf fiel sie in einen unruhigen Schlaf, der ganz und gar nicht erholsam war, sodass sie sich beim Aufwachen wie gerädert fühlte.

Nebel hing wabernd über dem Boden, als sie ihren Weg fortsetzten. Zu

Elainias Verdruss kamen sie nun noch langsamer voran, da Teona sich mit deutlich mehr Bedacht bewegte, den Boden vor sich gründlich mit einem langen Ast prüfte, ehe sie den nächsten Schritt machte. Die Minuten schlichen nur so dahin – zumindest bis zu dem Moment, als Teona am Nachmittag im Matsch die erschreckend große Spur einer Tatze fand. Der Palus.

»Sie ist frisch«, murmelte sie. »Er muss erst vor Kurzem hier langgelaufen sein. Folgt mir.« Ohne abzuwarten, huschte sie davon.

»Dann werden wir wohl jetzt einen Sumpfwolf jagen«, meinte Roxana mit einem Glitzern in den Augen.

»Sieht ganz so aus.« Ihre Vorfreude erschien Elainia unpassend. Aber vermutlich fehlte der Kriegerin ein blutiger Kampf um Leben und Tod, nachdem sie tagelang nur marschiert waren. Sie schüttelte die Gedanken ab und konzentrierte sich ganz auf das, was nun vor ihnen lag. Tief durchatmend lockerte sie ihre Schultern und folgte Teona eilig.

Bald hatte sie vollkommen die Orientierung verloren, denn die Spur führte sie kreuz und quer durch das Moor. Teona verlangsamte ihr Tempo keine Sekunde. Sie schien einzig und allein darauf fixiert, den Palus zu finden. Erst als es dunkel wurde und sie Mühe hatten, die Spuren im matschigen Boden zu erkennen, bestand Elainia auf eine Pause. Zu wissen, dass der Sumpfwolf sich in der Nähe aufhalten musste, versetzte sie jedoch in dauerhafte Alarmbereitschaft. Ihr Blick wanderte immer wieder über den Morast und die dichten Büsche und Baumstämme, die vom Mondlicht beschienen wurden. Ein Rascheln ließ sie zusammenzucken. Ihr Puls schnellte in die Höhe, dann erfasste ihre Magie eine Präsenz. Ein Gefühl von Hunger erreichte sie. Kalte Gier.

»Er ist hier«, wisperte sie. »Ich kann ihn spüren.« Die Pferde ebenfalls. Unruhig tänzelten sie auf und ab, die Köpfe starr erhoben, die Ohren gespitzt.

Roxana zog ihr Schwert aus der Scheide, Mira zückte zwei Messer. Grimmige Entschlossenheit ging von Teona aus, als sie lautlos in die Hocke ging und ihren Wanderstock wie einen Kampfstab in die Hände nahm. Avis tastete nach seinem Dolch und starrte ins Dunkel. Die unübliche Totenstille, die über dem Moor hing, als hielte es den Atem an, wurde wenige Sekunden später von einem grollenden Knurren durchbrochen, das Elainia einen Schauer über den Rücken jagte. Zeitgleich sprangen sie auf, Avis erhob sich in die Luft. Der Palus landete mit einem gewaltigen Satz zwischen ihnen. Geifer tropfte von seiner Schnauze, das schwarze Fell glänzte nass, seine Augen glommen gelb. Aber vor allem war er riesig. Wie in aller Welt schaffte er es, nicht im Moor zu versinken?

»Locken wir ihn von den Pferden weg«, kommandierte Roxana und warf sich mit gezücktem Schwert auf den Sumpfwolf.

»Versohlen wir ihm den Hintern und dann nichts wie raus aus diesem ätzenden Moor«, zischte Elainia, packte ihr Schwert und tat es Roxana gleich. Zugegeben, sie hatte dieses Gefühl auch vermisst. Diese innere Anspannung, eine Klinge zwischen den Fingern zu haben und das kräftige Pochen ihres Herzens zu spüren. Dank Roxanas Attacke war der Palus abgelenkt und ihr gelang ein erster Treffer. Widerstandslos zerschnitt ihre Klinge Fell und Haut. Dunkles Blut quoll aus dem Schnitt.

Mira und Teona nutzten diese Gelegenheit, um Seite an Seite anzugreifen. Teona, die nie kämpfen gelernt hatte, wirkte unbeholfen, aber ihre Entschlossenheit stand der von Roxana in nichts nach. Sie würde sich nicht verstecken und sie allein gegen das Biest antreten lassen.

Der Palus heulte und knurrte. Seine krallenbewehrte Pranke raste durch die Luft und hätte Elainia fast von den Füßen gefegt. Im letzten Augenblick warf sie sich flach zu Boden, Wasser saugte sich in ihre Tunika, Schlamm und Gras blieben an ihr kleben, doch sie kümmerte sich nicht darum. Wunde um Wunde fügten sie dem riesigen Wolf zu, der einem Sturm gleich zwischen ihnen wütete. Er schnappte und wühlte mit seinen Krallen den Sumpf auf. Sie bereiteten ihm Schmerzen, aber diese machten ihn nur noch rasender. Mira wich haarscharf seinem geifernden Maul aus, Teona war zu langsam.

»Nein!« Miras panischer Schrei übertönte selbst das Fauchen des Sumpfwolfes.

Elainia keuchte auf und kaltes Entsetzen lähmte ihre Glieder. Der Palus hatte seinen riesigen Kiefer um Teonas Körper geschlossen und schüttelte sie hin und her wie ein Hund sein Spielzeug.

»Lass sie los, du Untier!«, brüllte Mira und stürzte sich mit blitzenden Augen auf das Biest.

Elainia schüttelte ihre Lähmung ab, umfasste den Griff ihres Schwerts fester und warf sich ebenfalls wieder in den Kampf. Mit aller Kraft bohrte sie die Klinge tief in den Hinterlauf des Wolfs, während Mira und Roxana ihn von der anderen Seite attackierten. Der Palus jaulte, schleuderte Teona von sich und sprang herum, um nach ihnen zu schnappen. Ihre neue Begleiterin flog mehrere Meter durch die Luft, krachte mit dem Rücken gegen einen Baum und fiel in den Morast, wo sie regungslos liegen blieb.

Atemlos wich Elainia dem Maul des Sumpfwolfs aus, Moorwasser spritzte ihre Beine hinauf, ihre Stiefel waren längst durchtränkt. Sie musste weg von seinem Kopf, sonst lief sie Gefahr, ebenfalls von seinen Zähnen erfasst und durchbohrt zu werden. Plötzlich schoss Avis von oben herab und landete direkt auf dem Nacken des Untiers. In seiner Hand blitzte ein Dolch auf und schon sauste die Klinge hinunter.

Keuchend stolperte Elainia rückwärts, als der Wolf heulend auf und ab zu bocken begann, mit der Schnauze nach Avis biss, um ihn von seinem Rücken zu zerren, doch der klammerte sich mit steinerner Miene fest, riss den Dolch heraus und stach erneut zu. Immer und immer wieder, bis Blut sein Gesicht und seinen Oberkörper bedeckte, seine Hand im Mondlicht rot glänzte und die Gegenwehr des Palus' erstarb. Das Biest taumelte, das Leuchten seiner gelben Augen flackerte. Dann brach es zusammen und rührte sich nicht mehr. Dennoch stach Avis weiter auf seinen Nacken ein, der Blick starr, die Lippen eine schmale Linie. Er wirkte vollkommen entrückt. Schwarze Schlieren vernebelten das Weiß seiner Augen oder bildete Elainia sich diese durch spritzendes Blut und schlechte Sicht nur ein?

»Avis, stopp«, stieß sie hervor. »Er ist tot. Hörst du? Tot!«

Es dauerte einige lange Sekunden, ehe ihr Gesagtes zu ihm durchzudringen schien. Nur langsam klarte sein Blick auf und seine Finger gaben den Griff des Dolchs frei.

»Er ist tot«, wiederholte Elainia eindringlich und deutete auf den schlaffen Körper des Sumpfwolfs unter ihm.

»Gut.« Mehr sagte er nicht, ehe er seitlich heruntergglitt und seine Hände an seiner Hose abwischte.

Elainia runzelte irritiert die Stirn. Was war los mit ihm? Bevor sie sich allerdings weiter damit beschäftigen konnte, erinnerte sie sich an Teona. Noch im Laufen steckte sie ihr Schwert weg und kämpfte sich durch den Matsch hinüber zu der Stelle, an der Mira bereits im Morast kniete, Teonas Kopf auf ihren Schoß gebettet. Elainia spürte Teonas Schmerzen trotz ihrer verstärkten Mauern um ihre Magie und biss sich auf die Unterlippe, um nicht gequält aufzukeuchen. Sie suchte nach sichtbaren Verletzungen, konnte im Halbdunkel allerdings nicht zwischen Blut und Schlamm unterscheiden.

Verzweiflung und Zorn standen Mira ins Gesicht geschrieben, während sie Teona nasse Haarsträhnen aus der Stirn strich. »Wir müssen ihr helfen«, presste sie hervor.

»Sie wird es nicht schaffen«, erwiderte Roxana leise. »Nicht ohne Blutmagie.«

Teona hustete abgehackt, ihr Atem rasselte. Elainia vermutete, dass der Wolf mit seinen Zähnen auch ihre Lungen durchbohrt haben musste. Ihr Magen verkrampfte sich.

»Ist er … tot«, hauchte Teona kaum hörbar, hustete erneut und spuckte Blut.

»Ja«, antwortete Elainia schnell.

»Wir sollten ihr das unnötige Leid ersparen«, murmelte Roxana. Ihre Hand wanderte an ihren Gürtel.

»Nein!« Miras Stimme wanderte eine Oktave in die Höhe, während sie sich schützend über Teona beugte.

Elainia legte ihrer Freundin behutsam eine Hand auf die Schulter. »Roxana hat recht.« Die Worte wollten kaum ihre Lippen verlassen.

»Nein«, wiederholte Mira gequält.

»Doch.« Diesmal war es Teona selbst, die sprach.

Mira schüttelte den Kopf und presste ihre bloße Hand auf die Wunde.

»Hör auf«, keuchte Teona, aber Mira ignorierte sie.

»Im Namen der Moorgötter, hör auf, Mira.«

Es war ihr Name aus Teonas Mund, der ihre Freundin innehalten ließ.

Elainia beobachtete stumm, wie Mira den Kopf drehte und Teona in die Augen blickte. Diese bemühte sich nach Kräften, sich den Schmerz nicht anmerken zu lassen, aber es gelang ihr kaum. Das Leid in ihren Zügen war offensichtlich. Trotzdem wandte sie den Blick nicht ab.

»Beende es.«

»Nein.« Mira zuckte zurück, als hätte man sie geschlagen.

»Denkst du, ich habe Lust, hier elendig zu verbluten?« Mit verzerrter Miene stemmte Teona sich auf die Ellenbogen. Ein neuer Schwall Blut ergoss sich auf Miras Hand.

»Lass mich in Würde von dieser Welt scheiden.« Sie hustete abgehackt. Ein Blutfaden rann über ihre Lippen. Fahrig wischte sie ihn fort. Ihre Finger zitterten. »Du weißt, dass ich diese Nacht nicht überleben werde. Also tu es. Bitte.« Ihre Stimme brach.

Mira kniff die Augen zusammen. Elainia spürte, wie sehr ihre Freundin mit sich rang.

Auf einmal legte Teona ihre Finger auf deren Hand. »Fürchte dich nicht davor. Es ist in Ordnung.«

»Nichts ist in Ordnung«, hauchte Mira. »Aber wenn dies dein Wunsch ist, dann werde ich ihn dir erfüllen.« Sie streckte ihre Hand aus. »Gib mir das Messer, Roxana.« Ihre Finger zitterten, als sie die Klinge entgegennahm.

»Du musst das nicht tun«, flüsterte Elainia, doch da hatte ihre Freundin sich bereits über Teona gebeugt. Als sie die ältere Frau küsste, senkte sie den Blick, um ihnen diesen letzten winzigen Moment zu gewähren.

»Danke, Mira«, hörte sie Teona wispern. Kurz darauf ächzte sie beinahe erleichtert, ehe Elainia ihre Pein nicht länger spüren konnte. Roxanas Klinge steckte in ihrer Brust. Genau dort, wo zuvor ihr Herz geschlagen hatte. Ein sauberer Stich.

Schweigend schlang sie Mira die Arme um die Schultern und zog sie in eine feste Umarmung. Ihre Freundin wehrte sich nicht. Elainia tastete mit einem Fühler ihrer Magie nach Mira und wappnete sich gegen die starken Gefühle, die sie unweigerlich überrollen würden. Es wäre ihr ein Leichtes, Miras Kummer verschwinden zu lassen, ihren Schmerz zu dämpfen und durch Gleichgültigkeit zu ersetzen, doch das würde allem widersprechen, was sie sich je geschworen hatte. Also tat sie etwas anderes. Sie teilte Miras Trauer und versuchte ihr Geborgenheit zu schenken. Das Gefühl, nicht allein zu sein, Trost und einen Hauch von Frieden.

»Es tut mir so unendlich leid«, hauchte sie.

»Ich weiß«, antwortete Mira erstickt. »Was machen wir jetzt?«

»Wir können probieren sie zu beerdigen«, antwortete Roxana. »Und dann müssen wir uns allein durch dieses verdammte Moor schlagen.«

»Was ist mit ihrem Stamm?« Fahrig wischte Mira sich über die Augen und befreite sich aus Elainias Umarmung. »Sollten sie nicht erfahren, dass der Sumpfwolf tot ist? Dass Teona … dass sie …« Sie brach ab und holte tief Luft.

Elainia drückte tröstend ihren Unterarm. »Dazu fehlt uns die Zeit«, meinte sie behutsam.

»Schneiden wir dem Biest eine Pfote als Beweis ab, nehmen sie mit und verkünden im nächsten Dorf, das auf unserem Weg liegt, dass der Palus keine Gefahr mehr darstellt«, schlug Avis vor. »Das Gerücht wird schnell genug die Runde machen und sicherlich auch die Sumpfvölker erreichen.«

»Na schön«, willigte Mira ein. Dass sie nicht anfing zu diskutieren, lag sicherlich am Schock.

»Lasst uns gleich anfangen, ehe der Blutgeruch noch mehr Tiere mit spitzen Zähnen und langen Krallen anlockt«, sagte Roxana, stemmte sich auf die Beine und blickte sich um. »Ich für meinen Teil hatte genug Aufregung für eine Nacht.«

»Da wir keinerlei Schaufeln oder ähnliches Werkzeug haben, wird es schwierig, ein Grab auszuheben«, bemerkte Avis.

»Dann übergeben wir sie dem Moor.« Mira deutete in Richtung einer verräterisch glitzernden Stelle in ihrer Nähe.

Elainia nickte und half ihr, Teonas Leichnam hochzuheben. Gemeinsam trugen sie sie an den Rand des Sumpflochs und ließen sie vorsichtig ins morastige Wasser gleiten. Das Moor schmatzte und blubberte, als es mit seinen schlammigen Fingern nach Teonas Körper griff und sie unnachgiebig in die Tiefe zog. Kaum war sie versunken, wandte Mira sich abrupt ab und marschierte davon.

Elainia seufzte, bevor sie ihrer Freundin folgte. Avis und Roxana hatten in der Zwischenzeit eine der tellergroßen Pranken des Sumpfwolfs abgetrennt und in Roxanas Umhang gewickelt.

»Sollte das Ding zu stinken anfangen, ehe wir das nächste Dorf erreichen, schmeiße ich es weg«, erklärte sie und stopfte das Bündel in ihre Tasche. »Ich habe keine Lust, mehr Getier als nötig anzuziehen. Moskitos reichen allemal.«

***

Miranda

Teona war tot. Wie betäubt kauerte Mira im Dunkeln und wartete auf den Morgen. Vor ihren Augen sah sie immer wieder, wie Teonas Körper durch die Luft flog, bildete sich ein, das Knacken von Knochen zu hören, als dieser gegen den Baum krachte. Hätte sie bloß Sekunden schneller reagiert und sie mit sich außer Reichweite des Sumpfwolfs gezogen.

»Du trägst keine Schuld an ihrem Tod«, sagte Elainia behutsam, kaum dass sie sich bei Anbruch des neuen Tages mithilfe von Roxanas Kompass orientiert und beschlossen hatten, stur nach Norden zu wandern.

»Sie hätte überhaupt nicht mitkämpfen sollen«, entfuhr es ihr. »Sie hat doch selbst zugegeben, nicht mit Waffen umgehen zu können.«

»Dann hättest du ebenfalls nur zusehen dürfen«, entgegnete Ela. »Du hast ebenso wenig eine Kampfausbildung wie sie. Du weißt nur, was ich dir ab und an gezeigt habe. Und trotzdem habe ich dich nicht aufgehalten. Sie wollte diesen Kampf um jeden Preis. Sie wollte ihre Heimat beschützen und hat die Konsequenzen in Kauf genommen.«

»Sie sind zu hoch gewesen.« Mira biss sich auf die Innenseite ihrer Wange und versuchte ihren Kummer beiseitezudrängen.

»Das sind sie meistens. Diese Welt ist nicht gerecht.«

»Das ist beschissen. Verdammt beschissen.«

»Ich weiß.« Elainia schenkte ihr ein schwaches Lächeln, das sie nicht erwidern konnte.

Schweigend setzten sie ihren Weg fort, was sich ohne Teona als deutlich anstrengender erwies. Ständig mussten sie umkehren, weil ein Sumpfloch zu groß oder breit war oder umgestürzte, halb versunkene Bäume ihnen ein Weiterkommen samt Pferden unmöglich machten. Mira war das egal. Stumpf marschierte sie hinter Roxana und Elainia her, hörte Avis fluchen, sobald er in eine Pfütze trat und seine Hosenbeine ein weiteres Mal im schmutzigen Wasser des Moors landeten. Doch es kam noch viel schlimmer. Denn als Luvira sich plötzlich erschrak und einen Satz machte, stolperte Elainia ihr im Versuch, sie zu halten, hinterher. Roxana bemühte sich, sie zu packen und wurde von der kräftigen Stute mitgezogen. Bevor Mira oder Avis reagieren konnten, versanken die beiden knietief im Morast.

Glücklicherweise behielten sowohl Elainia als auch Roxana die Nerven und verharrten, anstatt mit hektischen Bewegungen gegen den Sog des Morasts anzukämpfen. Ela ließ die Zügel los und die Stute kämpfte sich auf festen Boden zurück.

»Würdet ihr so nett sein und uns hier rausholen?«, rief ihre Freundin, während das faulige Wasser des Sumpfes sich in den Stoff ihrer Hose saugte.

»Wir arbeiten dran«, entgegnete Avis voller Anspannung. Sein Blick schweifte ziellos umher, suchte vermutlich nach einem Ast, den sie Ela und Roxana hinhalten konnten.

Mira kam eine Idee. »Wozu hast du Flügel, wenn du sie nicht nutzt?«, fragte sie.

Verwirrung huschte über sein Gesicht, ehe er verstand, worauf sie hinauswollte. »Ich Narr, aber natürlich.« Er schwebte in die Höhe, steuerte Elainia und Roxana an, die ihm aufmerksam entgegenblickten.

»Gib mir deine Hände«, hörte sie ihn sagen, dann umfasste er Elas Handgelenke, flatterte kräftig und zog.

Atemlos beobachtete Mira, wie der Sumpf ihre Beine Millimeter für Millimeter freigab. Schmatzend und blubbernd. Avis ächzte vor Anstrengung, die Adern an seinem Hals traten hervor, sein Kiefer spannte sich an.

»Es geht nicht«, stieß Ela hervor. »Ich stecke zu fest.«

»Es muss gehen«, widersprach Avis.

Mira legte die Stirn in Falten. Ihre Freundin hatte recht. Er würde es allein nicht schaffen. Zu zweit hätten sie vielleicht eine Chance. Sie holte tief Luft.

»Avis! Komm zurück!«

»Noch nicht«, knurrte er.

»Doch!«

»Sie rührt sich keinen Zentimeter«, mischte sich nun auch Roxana ein, die Miene düster, aber frei von Angst.

»Avis, lass mich los. Bitte.«

Mira sah, wie er den Mund öffnete, um zu protestieren, aber schließlich löste er seine Hände von Elas. Die sank prompt tiefer in den schlammigen Morast.

»Komm endlich her!«, brüllte Mira ungeduldig.

»Was soll das?«, fuhr er sie ungehalten an. »Willst du etwa aufgeben?«

»Natürlich nicht. Ich brauche nur …« Sie schnappte sich eine dünne Strähne seines Haars und riss sie heraus.

»Au, verdammt!«

»Stell dich nicht so an. Das waren bloß ein paar Haare.«

»Und was bei allen Seelen der toten Götter willst du damit?«

»Abwarten.« Mira ballte ihre Finger um die Haarspitzen zur Faust und schloss die Augen. Dann rief sie ihre Gabe. Die Gabe, die sie seit Jahren fest verschlossen gehalten hatte, um ihr Herz vor Trauer zu schützen. Aber nun blieb ihr keine andere Wahl, wenn sie nicht wollte, dass Elainia und Roxana dem Moor zum Opfer fielen.

Sie erinnerte sich an den Vorgang, als wäre es erst gestern gewesen, dass sie sich zum letzten Mal verwandelt hatte. Wärme strömte pulsierend durch ihre Adern, vor ihrem inneren Auge erschien ein Bild von Avis. Scharf gestochen bis ins letzte Detail seiner libellenhaften Flügel. Selbst der grüngoldene Schimmer darum fehlte nicht. Aus den Haaren in ihrer Hand zog sie die nötige Energie, die es benötigte, um den Wandel in Gang zu setzen. Die Wärme wurde zu Hitze, breitete sich aus und hüllte sie in einen Kokon. Sie konzentrierte sich ausschließlich darauf, Avis zu werden. Ihre Knochen verschoben sich, wuchsen, sie löste sich auf, um sich neu zusammenzusetzen.

Die Schmerzen, die sie während ihrer ersten Verwandlung beinahe ohnmächtig hatten werden lassen, blieben aus. Sie hatte es unter Kontrolle. Selbst nach all den Jahren noch.

»Verflucht!« Avis schnappte hörbar nach Luft und Mira öffnete die Augen.

»Doppelgänger gefällig?«, fragte sie atemlos. Ihre Stimme klang dunkel. Männlich. Als sie an sich hinuntersah, steckten ihre Beine in denselben Hosen, wie Avis sie trug. Selbst der Fleck am linken Knie war vorhanden.

»Du bist eine Wandlerin?«

»Gut kombiniert, mein Freund.« Sie probierte sich an einem Grinsen. Es fühlte sich seltsam an. Fremd. Als würden die Muskeln ihr nicht ganz gehorchen. »Bist du fertig mit Starren?«

Ertappt senkte Avis den Blick, ehe er die Schultern straffte und sich räusperte. »Ich bin es nicht gewohnt, mit mir selbst zu interagieren. Du weißt schon, was ich meine.« Etwas hilflos fuchtelte er mit den Händen zwischen ihnen in der Luft.

»Darauf kann ich leider keine Rücksicht nehmen. Jetzt lass uns probieren Ela und Roxana gemeinsam aus dem widerlichen Mist zu ziehen.« Probeweise flatterte sie mit ihren, pardon, mit Avis' Flügeln. Als ihre Füße plötzlich den Halt verloren, machte ihr Magen einen Satz. Sie flog! Und es war gar nicht schwer. Instinktiv wusste sie, wie sie die völlig fremden Muskeln nutzen musste, um höher zu steigen oder Kurven zu drehen.

Kurz darauf schwebte sie mit Avis an ihrer Seite über Elainias und Roxanas Köpfen. Die beiden waren inzwischen bis zu den Hüften versunken.

»Versuchen wir es ein weiteres Mal«, meinte sie und streckte ihre Hände nach Elainia aus. Sobald auch Avis sicher zugegriffen hatte, spannte sie sich an und zog. Im ersten Augenblick geschah überhaupt nichts. Dann ertönte ein Schmatzen.

»Weiter«, befahl Roxana. »Sie löst sich.«

Mira zwang sich, noch stärker zu flattern, umklammerte Elainias Handgelenk so fest, dass sie fürchtete ihr wehzutun, doch ihre Freundin ließ keinen Ton über ihre Lippen kommen. Erste Schweißperlen bildeten sich auf Miras Stirn, ihr Herz pochte heftig vor Anstrengung.

»Nicht nachlassen. Ihr schafft das«, spornte Roxana sie an.

Fluchend zogen und zerrten sie Elainia in die Höhe, bis der Sumpf letztendlich auch ihre Fußspitzen freigab. Außer Atem ließen sie sie auf sicherem Boden hinunter. Miras Arme schmerzten, aber sie hatten keine Zeit zum Ausruhen. Je länger sie warteten, desto tiefer versank Roxana und desto schwieriger würde es werden, sie zu befreien. Sie nickte Avis zu. Er wischte sich über das Gesicht und lächelte grimmig.

Roxanas Hände waren nass vom Moorwasser. Hinzukam, dass sie Ela hinsichtlich Muskelmasse deutlich übertraf und somit viel mehr wog.

»Festhalten«, presste Mira hervor und machte sich bereit.

Roxana nickte.

»Drei, zwei, eins, zieh«, keuchte Avis.

Miras Kräfte waren kurz davor, einfach zu versagen, als es ihnen endlich gelang, Roxana aus dem Morast zu zerren. Mit brennenden Muskeln und schweißgebadet sank Mira neben Elainia zu Boden.

»Nicht noch mal«, schnappte sie. »Das mache ich nicht noch mal. Darauf kannst du Gift nehmen.«

»Danke.« Ela lächelte. »Euch beiden.« Ihr Blick glitt von Mira zum echten Avis.

»Das war wirklich großartig«, stimmte Roxana zu, während sie brackiges Wasser aus ihren Stiefeln kippte.

»Meinst du, du könntest dich wieder zurückverwandeln?«, erkundigte Avis sich.

»Erträgst du deinen eigenen Anblick etwa nicht mehr?«, stichelte Mira und wackelte mit den Augenbrauen.

Avis verzog das Gesicht. »Bitte lass das.«

»Na schön.« Wieder schloss sie die Lider, konzentrierte sich und ließ Avis' Gestalt los.

***

»Ich habe die Wandlergabe von meinem Vater geerbt«, erklärte Mira, nachdem sie einige Stunden später die letzten Meilen Moor hinter sich gelassen und endlich frische Wiesenluft genießen konnten. »Nach seinem Tod habe ich mich nicht mehr verwandelt. Ich wollte es nicht, denn es hat mich zu sehr an ihn erinnert. Er hat mir beigebracht, wie ich die Gabe kontrolliere, hat ständig mit mir geübt, bis mir die Verwandlungen so leichtfielen wie das Anziehen von Kleidung.«

»Da war sie gerade einmal zehn«, ergänzte Elainia vielsagend.

Avis wirkte ziemlich beeindruckt, was Mira lächeln ließ. Gleichzeitig verspürte sie zusätzlich zum Schmerz um Teonas Verlust das dumpfe Echo der Trauer in ihrem Herzen. Sie vermisste ihren Vater noch immer Tag für Tag. Selbst wenn sie nicht ständig an ihn dachte und schon vor vielen Jahren mit seinem Tod abgeschlossen hatte.

»Er war nun einmal ein fantastischer Lehrer.«

»Und der Bruder von König Cain.«

»Ihr nehmt mich auf den Arm.« Unglauben stand Avis ins Gesicht geschrieben.

Mira schüttelte den Kopf. »Allerdings steckt keine schöne Geschichte dahinter.«

»Wirst du sie uns erzählen?«, erkundigte Avis sich. Neugier funkelte in seinen Augen.

Mira tauschte einen Blick mit Elainia. Ihre beste Freundin war die Einzige, der sie sich je anvertraut hatte. Die wusste, wie schmerzhaft dieses Gespräch damals für sie gewesen war.

»Soll ich?« Ela griff nach ihrer Hand und drückte sie.

Dankbar nickte Mira.

»Ihr Vater war König Cains jüngerer Bruder Arlan. Nachdem Cain mit Königin Cierra vermählt wurde, sollte auch Arlan eine vorteilhafte Heirat zuteilwerden. Er aber verliebte sich in Miras Mutter Fara. Seine Eltern wollten ihre Beziehung nicht akzeptieren und versuchten alles, um die beiden auseinanderzubringen. Als es Arlan schließlich zu viel wurde, entsagte er seiner Familie, zerstritt sich mit Cain, legte seinen Adelstitel ab und heiratete Fara. Er hat mit keinem von ihnen je wieder ein Wort gewechselt, seine Eltern gingen so weit, ihn für verstorben zu erklären.«

»Als ich zwölf wurde, holte er sich den *Grauen Tod* und starb innerhalb weniger Tage«, beendete Mira mit rauer Stimme Elas knappe Erzählung. Die Erinnerungen an seine letzten Minuten, bevor er der Seuche erlegen war, stiegen mit unbarmherziger Klarheit in ihr auf und katapultierten sie zurück in ihr zwölfjähriges Ich, das voller Verzweiflung und Angst an seinem Bett gekauert und seine dürre Hand gehalten hatte. Seine Haut so dünn wie durchscheinendes Pergament, sein Haar staubgrau, das Gesicht eingefallen und aschfahl. Seine stattliche Erscheinung nur noch ein welkender Schatten, der Mühe hatte, die Augen offen zu halten. Neben ihr ihre Mutter, nicht minder blass, mit Tränenspuren auf den Wangen und Schmerz im Blick.

»Ich bin stolz auf dich, kleines Kätzchen«, hatte er geflüstert. Seit ihrer ersten gelungenen Verwandlung hatte er sie so genannt. Kleines Kätzchen. Und sie hatte ihn angefleht gesund zu werden, obwohl sie genau gewusst hatte, dass er niemals wieder genesen würde. Der *Graue Tod* kannte keine Gnade. Er unterschied nicht zwischen guten oder bösen Menschen. Er stahl ihrer aller Leben und hinterließ nichts als Trauer, Wut und Lücken in Herzen.

Dann hatte ihre Mutter seinen Handrücken geküsst. Mehr war ihr nicht vergönnt gewesen, um zu vermeiden, ebenfalls zu erkranken. Erst Minuten später hatte Mira gemerkt, dass die Augen ihres Vaters nicht länger voller Wärme waren. In ihnen steckte nichts mehr. Kein winziger Funken Trauer, kein Schalk, keine Liebe für sie und ihre Mama. Nur starre Leblosigkeit. Seine Hand hing schlaff zwischen ihren schmalen Kinderhänden. Ihre Mutter hatte seine Lider mit zitternden Fingern geschlossen, sie sanft, aber bestimmt von ihm fortgezogen und die Tür hinter ihnen ins Schloss fallen lassen. Das Geräusch hatte ihr endgültig bewusst gemacht, dass ihr Vater tot war. Dass er sie nie wieder kleines Kätzchen nennen und sie für ihre Verwandlungen loben würde. Also hatte sie sich geweigert, auf ihre Gabe zuzugreifen.

»Mira?« Elainia riss sie ruckartig aus den Bildern der Vergangenheit.

Benommen blinzelte sie und bemerkte zu ihrem eigenen Entsetzen, wie ihr Tränen die Wangen hinabrannen.

»Hier.« Mitfühlend reichte Avis ihr ein Taschentuch.

»Danke.« Sie putzte sich geräuschvoll die Nase, wischte die Tränen energisch beiseite und holte tief Luft. »Vergessen wir das. Mir geht es gut. Wir sollten weiterreiten, wenn wir Nirad noch vor Einbruch der Nacht erreichen wollen.«

Kapitel 17

Nebucum

Elainia

Das Dorf, das ihr Ziel gewesen war, verdiente diese Bezeichnung nicht, denn es bestand bloß aus einer Ansammlung weniger Höfe, durch die eine notdürftig festgetretene Straße führte. Der Geruch von Tierdung und trockenem Gras hing in der Luft.

»Beten wir, dass es hier eine Taverne gibt. Ansonsten bleibt uns nur eine Nacht unter freiem Himmel oder wir müssen auf die Gastfreundschaft der Bewohner hoffen«, meinte Avis.

Den Göttern sei Dank hatten sie dieses Mal Glück. Schon das fünfte Gebäude entpuppte sich als Kneipe. Das Schild über der Tür war so verblichen, dass sie nicht mehr lesen konnten, was darauf geschrieben stand. Elainia war es gleich. Hinter den Fenstern flackerte Licht und Musik drang gedämpft ins Freie.

»Wollt ihr hier übernachten?« Die Stimme eines Jungen kam völlig aus dem Nichts und bescherte ihr einen kurzen Schreck.

»Ja«, antwortete Roxana an ihrer Stelle. »Arbeitest du hier?«

»Jawohl. Ich bin der Stallbursche.« Der Stolz in seinem Tonfall war nicht zu überhören.

»Nun denn, dann sei so freundlich und nimm dich unserer Pferde an. Sie sind müde von der langen Reise und können ausgiebige Pflege gebrauchen.«

Begeistert bedeutete ihnen der Junge, ihm in den Stall nebenan zu folgen, wo sie die Pferde in strohgefüllte Boxen stellen konnten. Schon fing er an Luvira abzusatteln. Froh, dieser Arbeit ausnahmsweise nicht nachkommen zu müssen, betrat Elainia als Erste den Schankraum der Taverne. Sogleich schlug ihr stickige Luft entgegen. Feine Rauchschwaden waberten über den Tischen, die Laternen an den Wänden verbreiteten warmes Licht. Blicke voller Neugier und Argwohn richteten sich auf sie. Rasch schuf sie eine noch höhere Mauer um ihre Magie, zwang ihre Füße weiter vorwärts und hielt erst am Tresen inne, hinter dem ein dickbäuchiger Mann mit Schnurrbart und fettigem Haar stand.

»Fremde Gesichter zu später Stunde. Was führt euch in unser bescheidenes Dorf?«, erkundigte er sich.

»Wir haben eine beschwerliche Reise hinter uns und brauchen eine Unterkunft für die Nacht«, antwortete Elainia. »Zwei Zimmer wenn möglich und vier Teller Eintopf.«

»Ihr könnt bezahlen?« Er nannte ihr die Summe.

Sie nickte, zählte die Münzen ab und schob sie ihm zu. Er kontrollierte das Geld mit einer Akribie, die nur ein Geschäftsmann an den Tag legen konnte. Ungeduldig wartete Elainia, bis er fertig wurde, das Geld in einem Beutel an seinem Gürtel verstaute und zwei Schlüssel unter dem Tresen hervorholte.

»Willkommen im *Alten Krähenfuß* – dem besten Gasthaus zwischen hier und dem Carasgebirge.«

»Vermutlich auch dem einzigen«, wisperte Mira hinter ihr kaum hörbar.

Elainia unterdrückte ein Schmunzeln und steuerte dann einen Tisch abseits des Tresens an. Ihr Magen knurrte ungeduldig, doch bevor sie ihren Hunger stillen würde, mussten sie besprechen, wie es weitergehen sollte.

Kaum dass sie alle saßen, rollte Roxana die Karte aus.

»Bis zu den Ausläufern der Berge ist es ein halber Tagesmarsch«, schätzte Elainia. »Wir sollten die Pferde hierlassen und zu Fuß weitergehen.« Sie blickte ihre Freunde an und wartete auf Reaktionen.

»Klingt vernünftig«, meinte Roxana. »Die unebenen Pfade des Gebirges sind für die Tiere zu gefährlich.«

»Und dann?«, wollte Mira wissen. »Das Carasgebirge ist riesig. Wie sollen wir in etwas mehr als sieben Tagen diese Magierin finden? Wir können uns ja nicht einfach bei den Krähen nach dem Weg erkundigen.«

Elainia schwieg. Diese Frage hatte sie sich selbst oft genug gestellt und war auf keine zufriedenstellende Antwort gekommen.

»Viermal Eintopf für die Herrschaften.« Der Wirt erschien an ihrem Tisch.

Rasch rollte Elainia die Karte zusammen, damit er die dampfenden Teller abstellen konnte.

»Danke vielmals. Sagt, können wir unsere Pferde für eine Weile bei Euch lassen? Eine Woche, denke ich. Wir zahlen auch. Die Hälfte jetzt und die andere Hälfte, nachdem wir sie wohlbehalten wieder abgeholt haben.«

Der Wirt überlegte nicht lange und nannte ihr den Preis. Geschäftstüchtig war er ohne Zweifel. Elainia zählte die Hälfte davon ab und reichte ihm die klimpernden Münzen. »Eine Frage habe ich noch.«

»Und zwar?«

»Habt Ihr von ungewöhnlichen Vorkommnissen in den Bergen gehört? Von Krähen, die sich seltsam verhalten haben?«

»Ständig.« Der dickbäuchige Mann strich sich über den Schnurrbart. »Hier kommen des Öfteren Wanderer und Vagabunden vorbei, die von ihren Reisen erzählen. Nicht selten ist dabei von Krähen die Rede. Wenn ihr mehr darüber wissen wollt, solltet ihr euch mit der alten Lorena unterhalten. Sie wohnt in der kleinen Hütte am Waldrand am Ende der Straße.«

»Das werden wir, danke.«

»Ich rate euch aber, nicht alles zu glauben, was sie euch auftischt. Sie ist nicht mehr ganz klar im Kopf und verwechselt gerne Realität mit Spinnereien.« Damit wandte er sich ab und stapfte zurück zur Theke.

»Essen wir«, meinte Roxana. »Danach statten wir dieser Lorena einen Besuch ab.«

Elainia schlang ihren Eintopf förmlich hinunter. Die Aussicht auf möglicherweise hilfreiche Anhaltspunkte zum Aufenthaltsort der Krähenkönigin weckte neue Hoffnung in ihr. Voller Ungeduld wartete sie, bis auch die anderen ihr Mahl beendet hatten. Kaum legte Miranda ihren Löffel beiseite, sprang sie auf und schulterte ihre Tasche.

Draußen war bereits die Dämmerung hereingebrochen. Im Norden kroch die Nacht heran, während der Himmel im Westen noch von letzten

Orangetönen gefärbt wurde. Ein seichter Wind wehte zwischen den Häusern hindurch und ließ Sand über die einzige Straße des winzigen Dorfes tanzen, die sie einschlugen, um zum Wald zu gelangen.

»Das muss es sein«, kommentierte Avis.

»Was du nichts sagst«, meinte Mira mit einem Anflug von Sarkasmus in der Stimme. »Mehr Häuser als dieses stehen hier nämlich nicht.«

Elainia schmunzelte und setzte sich wieder in Bewegung. Ein wild gewachsener Garten umgab das windschiefe Gebäude. Die Fenster waren schmutzig, die grüne Farbe an den Rahmen blätterte ab und die Regenrinne hatte auch schon bessere Zeiten gesehen. Als sie entschlossen gegen die Tür klopfte, erzitterte das Holz.

»Wenn du noch kräftiger klopfst, bricht das Haus zusammen«, bemerkte Roxana treffenderweise.

In dem Moment wurde die Tür nach innen aufgezogen. Das runzlige Gesicht einer alten Frau erschien aus den Schatten. Ihre Augen blitzten misstrauisch.

»Was wollt ihr?«

»Verzeiht die Störung«, entschuldigte Elainia sich. »Der Wirt hat uns an Euch verwiesen. Wir interessieren uns für die Geschichten über seltsam anmutende Krähen in den Bergen.«

»Ach ja?«

»Ja.«

»Wollt Ihr uns nicht hereinlassen?«, erkundigte Avis sich freundlich.

Der Blick der Alten löste sich von Elainia, glitt zu Avis und seinen Flügeln, weiter zu Mira und Roxana. Neugier löste das Misstrauen auf ihrer Miene ab.

»Zwei Magierinnen, eine Fee und eine Wandlerin. Was für spannende Gäste. Tretet ein.«

Ihr zahnlückiges Lächeln bescherte Elainia eine Gänsehaut. Dennoch machte sie entschieden einen Schritt über die Schwelle. Sie konnte nichts Hinterhältiges oder Tückisches an der alten Frau spüren. Allerdings war da etwas, das sie nicht greifen konnte. Weil es jedoch kein Unbehagen in ihr auslöste, sah sie darüber hinweg. Vorerst.

Das Innere des Hauses war erstaunlicherweise penibel aufgeräumt. Kein Staubkorn mattierte den im Kerzenschein fast schon glänzenden Boden und die Schuhe im Flur waren akkurat nebeneinander aufgestellt.

»Woher weiß sie, was ich bin?« flüsterte Miranda dicht an ihrem Ohr.

Ratlos zuckte Elainia mit den Achseln. Wandler von Menschen zu unterscheiden, war eigentlich unmöglich, wenn sie nicht gerade dabei waren, ihre Gestalt zu ändern. Ebenso verhielt es sich bei Magiern. Solange sie ihre Kräfte nicht zum Einsatz brachten, wirkten sie wie jeder andere Mensch.

»Hier entlang.« Die Alte schob sich an ihnen vorbei. Ihr haftete der Geruch von Bienenwachs, Pfefferminze und altem Pergament an.

Rasch folgten sie ihr in den hinteren Teil des Hauses. Die Wohnstube war erstaunlich geräumig und die vielen Sessel boten Platz für jeden von ihnen. Unzählige Kerzen erleuchteten den urigen Raum, von der Decke hingen Tücher und Kräuterbündel, die gesamte rechte Wand entlang zog sich ein prall gefülltes Bücherregal.

Sobald sie sich gesetzt hatten, ruhte Lorenas durchdringender Blick erneut auf Elainia. Sie erwiderte ihn fest.

»Ihr wollt also von den grünäugigen Krähen hören?«

»So ist es.«

»Nun denn. Ich lebe seit vielen, vielen Jahrzehnten in diesem Dorf und habe viel gesehen und viel gehört. Vor etwa dreiundzwanzig Jahren tauchten die ersten Wanderer auf, die von Krähen mit grünen Augen berichteten. Manche meinten, sie seien eher silbergrün. Wie dem auch sei, die Erzählungen der Reisenden deckten sich immer wieder in mehreren Punkten. Es musste also die Wahrheit sein.«

»Welche Punkte?«, fragte Avis.

Die alte Lorena hob ihre knochigen Hände und begann an den Fingern abzuzählen. »Ganz offensichtlich die Augenfarbe der Vögel. Dann erzählten viele von einem Krähenschwarm, der über einem bestimmten Gipfel kreiste. Als Nächstes war da das merkwürdig furchtlose Verhalten der Tiere. Während die schwarzäugigen Krähen aufstieben, sobald Menschen ihnen nah kommen, verfolgen ihre grünäugigen Artgenossen die Wanderer, scheinen regelrecht ihre Lagerstätten zu inspizieren, bis sie mit Pfeil und Bogen verjagt oder mit Steinen beworfen werden.«

»Was glaubt Ihr steckt hinter diesem Phänomen?«, wollte Elainia wissen. Bisher deckten sich die Fakten der Alten mit dem, was ihre Mutter vor vielen Jahren in dem Gasthaus aufgeschnappt und sie in dem Buch des alten Mannes gelesen hatte.

Lorena lehnte sich in ihrem Sessel zurück. »Das weißt du doch längst.«

»Seelenmagie.« Das geflüsterte Wort hatte ihren Mund verlassen, bevor sie es verhindern konnte.

»Dann denkt Ihr auch, dass irgendwo in diesen Bergen eine Magierin lebt?«, hakte Miranda skeptisch nach.

»Welche Erklärung sollte es sonst geben?«, stellte Lorena die Gegenfrage.

»Wenn sie existiert, warum hat niemand sie je zu Gesicht bekommen?«, hakte Elainia nach.

»Vielleicht, weil sie nicht gesehen werden möchte«, erwiderte Lorena.

»Über welchem Gipfel sollen die Krähen gekreist sein?«, mischte Avis sich ein.

»Wir nennen ihn Nebucum. Der Gipfel im Nebel. Die Spitze des Berges ragt immer aus einem Ring aus Wolkenfetzen.«

Aufregung flutete Elainia. »Könnt Ihr uns auf einer Karte zeigen, wo Nebucum liegt?« Noch während sie die Frage stellte, zog Roxana die Landkarte aus der Tasche und breitete sie auf dem Holztisch aus.

Lorena beugte sich vor, kniff die Augen zusammen, murmelte etwas Unverständliches, ehe sie mit ihrem gebogenen Fingernagel auf einen Punkt tippte. Elainia kreiste die Stelle rasch mit ihrem Kohlestift ein.

»Woher sollen wir wissen, dass Ihr uns nicht in die Irre führen wollt?« Roxana taxierte die alte Frau mit forschendem Blick. Versuchte sie ihre Gedanken zu lesen?

»Was hätte ich davon?« Lorena zuckte nicht einmal mit der Wimper.

Elainia spürte die Aufrichtigkeit, die von der Alten ausging. Erneut gemischt mit diesem undefinierbaren Etwas, das sie verwirrte. Es war wie ein Flimmern um ihre Emotionen. Noch nie hatte sie dergleichen gefühlt.

»Nichts, schätze ich«, gestand Roxana und unterbrach den Blickkontakt. Sie wirkte zufrieden. Sicherlich, weil sie in den Gedanken der alten Frau nichts gefunden hatte, was ihr Misstrauen rechtfertigte. »Danke für Eure Zeit. Wir werden Euch nicht länger belästigen.« Die Kriegerin erhob sich.

Elainia schloss sich ihr an, obwohl sie brennend interessierte, was dieses Flimmern zu bedeuten hatte. Sie ließ ihre Freunde vorangehen und wandte sich dann an Lorena.

»Was seid Ihr?«

Ein verschmitztes Lächeln vertiefte die vielen Falten auf Lorenas Gesicht. Im nächsten Herzschlag verwischte ihre Gestalt wie Farbe, auf die man Wasser kippte, und formte sich neu. Elainia schnappte nach Luft. Vor ihr stand nicht länger eine alte Frau mit schlohweißem Haar, Runzeln und Altersflecken auf den Handrücken. Stattdessen blickte sie in das übermenschlich schöne Gesicht einer Frau, deren Alter sie nicht einschätzen konnte. Langes, hellblondes Haar floss in glatten Strähnen bis zu ihrer Taille. In ihren blauen Augen lag eine Weisheit, die überhaupt nicht zu ihrem jugendlichen Äußeren passen wollte. Lächelnd strich sie sich das Haar hinters Ohr und offenbarte dessen sonderbar spitze Form.

Elainia blinzelte, wollte etwas sagen, aber Sekunden später stand die alte Lorena wieder vor ihr und hielt sich verschwörerisch zwinkernd den Zeigefinger vor die Lippen.

»Ela, wo bleibst du?«, hörte sie Mira von draußen rufen.

»Ich komme«, antwortete sie, während ihre Gedanken sich überschlugen. Lorena war eine Ora. Eine Elbe. Unsterblich. Und wenn die Bücher über ihre Art nicht logen, fähig, die Zeit zu manipulieren. Unzählige neue Fragen türmten sich in ihrem Kopf auf, doch sie konnte keine davon loswerden, denn Lorena schob sie sanft, aber nachdrücklich zur Tür. Das Gespräch war beendet.

***

Die Gipfel der Berge lagen verborgen hinter dichten, tiefhängenden Wolken, als sie gegen Mittag des nächsten Tages endlich den Aufstieg begannen. Ein schmaler Pfad, kaum als solcher erkennbar, schlängelte sich zwischen zerklüfteten Felsen und krumm wachsenden Tannen steil aufwärts. Ihre Entscheidung, die Pferde zurückzulassen, war mehr als richtig gewesen, dachte Elainia, während sie sich abmühte, nicht auf den losen Steinen auszurutschen, die den Weg spickten. Ein Sturz war das Letzte, das sie jetzt gebrauchen konnte.

Doch nicht nur die kleinen Hindernisse erschwerten Elaina den Aufstieg. Da Elandria ebenerdig lag, hatte sie stets nur auf flacher Strecke laufen müssen und nach wenigen Meilen begannen ihre Beine bereits zu schmerzen. Ab und an hatte Magistra Darkla sie die Treppen des Alten Klosters hoch und runter rennen lassen, doch das war nichts im Vergleich zu stundenlangem Erklimmen eines Berges. Sie beneidete Avis um seine Flügel. Voller Leichtigkeit schwebte er vor ihr den Pfad hinauf. Und auch Roxana, die den Schluss ihrer Gruppe bildete, schien keine großen Mühen mit dem Aufstieg zu haben. Zumindest Mira erging es ähnlich wie ihr. Keuchend und vor sich hin fluchend legte sie Meter um Meter des Pfades zurück, der sie mal in langen Kurven, mal völlig gerade immer höher und tiefer ins Carasgebirge führte. An einigen Stellen mussten sie sogar klettern, um größere Felsblöcke zu überwinden, die durch Erdrutsche herabgestürzt sein mussten.

Jeder Blick nach oben führte Elainia vor Augen, dass sie viele anstrengende Stunden vor sich hatten. Ihre Erleichterung, als die Abenddämmerung einsetzte und sie endlich Halt machten, war nicht in Worte zu fassen. Ächzend sank sie auf den steinigen Boden, lehnte sich gegen einen Felsen und rieb sich erschöpft über die Schläfen. Ihre Füße pochten, ihre Beine fühlten sich seltsam weich an.

»Ich habe mindestens ein Dutzend Blasen an den Füßen«, stöhnte Mira.

»Ich nicht«, feixte Avis, ehe Mitgefühl in seine Augen trat.

»Du bist auch nicht den ganzen Tag diesen verfluchten Berg hinaufgestapft. Wenn du mir noch mal eine Haarsträhne leihst, könnte ich ebenfalls fliegen«, entgegnete Mira, streifte sich die Stiefel herunter und zog ihre Socken aus. Tatsächlich wiesen sowohl Hacken als auch Zehen wundgescheuerte Stellen auf.

Elainia spürte, dass ihre Füße nicht weniger malträtiert waren, doch sie war eindeutig zu müde, um sich darum zu scheren. »Du übernimmst die erste Wache«, murmelte sie mit Blick auf Avis.

»Ja und am besten gleich noch die zweite«, brummte Mira, aber Elainia schüttelte den Kopf.

»Wir brauchen alle Schlaf. Ich nehme die zweite Wache, Roxana die dritte und du die letzte. Einverstanden?«

Niemand leistete Widerspruch. Also wickelte Elainia sich in ihre Decke, rollte sich zusammen und dämmerte weg, kaum dass ihr Kopf den Boden berührte. Als Avis sie weckte, hatte sie das Gefühl, gerade erst eingeschlafen zu sein. Ihre Muskeln protestierten gegen jede Bewegung, dennoch stemmte sie sich hoch, die Decke um ihre Schultern geschlungen.

»Du hast Feuer gemacht.«

Er lächelte über das Erstaunen in ihrer Stimme. »Das macht die Wache erträglicher. Und vor allem wärmer. Es ist ausgesprochen kühl geworden.«

In der Tat. Ein Windstoß brachte die Flammen zum Flackern und jagte ihr einen Schauer über den Rücken, als er unter ihre Decke fuhr.

»Soll ich dir ein wenig Gesellschaft leisten?«, fragte er.

»Bist du denn nicht müde?«

»Höchstens ein bisschen.«

»Dann gerne. Komm her.« Sie klopfte neben sich auf den Boden und breitete ihre Decke über ihrer beider Beine aus. Noch immer schläfrig legte sie, ohne groß nachzudenken, ihren Kopf auf seine Schulter. Bis auf das Knistern des Feuers und dem leisen Heulen des Windes zwischen den zerklüfteten Felsen war es still. So viel stiller als im Moor, wo der Morast ständig geblubbert, geschmatzt und geplätschert hatte.

»Was machen wir, wenn wir die Krähenkönigin nicht auf dem Nebucum finden?«

»Dann habe ich zumindest alles versucht, um meine Schwester zu retten.« Sie brachte die Antwort beherrschter über die Lippen, als sie geglaubt hatte es zu schaffen. Aber so war es. Falls es ihnen nicht gelang, die mysteriöse Magierin zu finden, würde Lariel dem Gift erliegen. Fandoria würde einen gerechten Herrscher verlieren, Königin Cierra ihren Sohn und Ehemann. Allein der Gedanke daran schmerzte. Doch ihr war wichtig der Realität ins Gesicht zu sehen und ihre Hoffnung nicht allzu hoch zu schrauben, um am Ende nicht unendlich tief fallen zu müssen.

Plötzliches Flügelschlagen riss sie aus ihren Gedanken. Wachsam spähte sie in die Dunkelheit hinter der Feuerstelle. Schwärze. Nichts als Schwärze.

»Sieh nur.« Avis Fingerzeig deutete nach links.

Aus den Schatten hüpfte eine Krähe. Ihr grauschwarzes Gefieder glänzte im orangefarbenen Schein der tanzenden Flammen wie Silber und Obsidian.

»Ihre Augen«, wisperte Elainia ehrfürchtig, blinzelte mehrmals, doch sie bildete sich den grünen Schimmer definitiv nicht ein. Der Vogel hopste näher. Seine Krallen kratzten auf dem Felsboden, ein leises Krächzen begleitete seine Sprünge.

»Träume ich?«, flüsterte Avis.

»Dann träumen wir beide.« Sie nahm seine Hand und drückte sie fest.

»Kein Traum.« Er erwiderte den Druck, den Blick fest auf die grünäugige Krähe gerichtet. Sie verhielt sich wie von Lorena beschrieben. Furchtlos, neugierig, ja geradezu keck.

»Sollen wir sie verscheuchen?«, fragte Avis.

»Nein.«

Fasziniert beobachteten sie, wie der Vogel an ihnen vorbeihüpfte, seinen scharfen Schnabel in ihre Taschen steckte, nie aber etwas herauszerrte. Es glich einer gründlichen Inspektion. Doch zu welchem Zweck? Was interessierte die Krähenkönigin? Denn zweifellos sah sie durch die Augen der Krähe und lenkte ihren Körper. Wie es wohl sein musste, die Seele eines anderen Lebewesens zu übernehmen? Wie kräftezehrend war diese Art der Seelenberührung?

Viele solcher Fragen schwirrten Elainia durch den Kopf, während sie den Vogel betrachtete, der den *Grauen Tod* nach Fandoria gebracht hatte. Ein Bote des Unglücks und nun ein Zeichen der Hoffnung.

»Ich denke, sie ist fertig«, stellte Avis schmunzelnd fest, als die Krähe auf einen Stein hüpfte und sie anstarrte. Ohne zu blinzeln und dabei so erschreckend menschlich, dass Elainia ein Schaudern unterdrücken musste.

Bevor sie Avis jedoch bitten konnte, sie nun zu verscheuchen, gesellte sich eine zweite gewöhnliche Krähe dazu, die versuchte der anderen den Stein abspenstig zu machen. Empört krächzend flatterte sie auf, schlug kräftig mit den Flügeln und verschmolz mit den Schatten. Die zweite folgte. Eine einzelne Feder schwebte lautlos zu Boden. Avis erhob sich, nahm sie und kehrte zu Ela zurück.

Mit der Fingerspitze strich sie über die seidig glatte Feder. »Wir finden sie«, meinte sie und verspürte einen neuen Anflug von Zuversicht, als Avis zustimmend nickte. Die Feder zwischen den Fingern lehnte sie sich wieder gegen seine Schulter, spürte zufrieden, wie er seinen Arm um sie legte und richtete ihren Blick auf das Feuer. Doch richtig zur Ruhe kam sie in dieser Nacht nicht mehr, zu sehr kreisten ihre Gedanken um die Krähenkönigin. Und auch am nächsten Morgen war ihre Stimmung eine nachdenkliche, obwohl sie sich zusammenriss und mit den anderen unter einem bedeckten und trüben Himmel ihr Frühstück einnahm.

Schließlich machten sie sich daran, dem steinigen Gebirgspfad einen weiteren Tag zu folgen. Unterwegs berichtete sie Mira und Roxana von ihrem nächtlichen Besucher. Das Reden lenkte sie von ihren scheuernden Schuhen und dem Muskelkater in ihren Oberschenkeln ab.

Währenddessen veränderte der Berg sich kaum. Nur die krummen Tannen wurden kleiner und der Weg tückischer. Irgendwann erreichten sie eine steile Felswand, die fast senkrecht in den grauen Himmel ragte.

»Ich schätze, das ist unser Weg«, kommentierte Roxana den schmalen Durchgang, der gerade breit genug für eine Person war.

Hintereinander schoben sie sich zwischen den Felsen hindurch und fanden sich in einer beeindruckenden Schlucht wieder. Bald wurde der Pfad sogar breit genug, um Seite an Seite zu gehen, ehe überhängende Bergwände sie zwangen, sich zu ducken oder enge Pässe ein Nebeneinander erneut unmöglich machten. Der Wind pfiff unheilvoll durch die Klamm. Klagend hallte das Echo von den Wänden wider.

Elainia spürte die Beklommenheit, die von Mira ausging. Sie fühlte Roxanas Unruhe und ihre eigene Anspannung. Nur von Avis konnte sich nicht sagen, was wirklich in ihm vorging. Sie hatte noch nie jemanden wie ihn kennengelernt. Jemanden, dessen natürliche Abschirmung so stark war, dass sie nicht einmal den Anflug einer Emotion wahrnahm, obwohl sie sich wirklich anstrengte. Sie vermutete jedoch, dass er sich mit dem ganzen Stein über sich auch nicht gerade wohlfühlte. Sie selbst schaffte es erst, richtig durchzuatmen, als die Schlucht hinter ihnen lag.

»Warum habe ich das Gefühl, winzig klein zu sein?«, fragte Mira.

»Weil wir es sind«, entgegnete Roxana schlicht. Und sie hatte recht. Der Ausblick, der sich ihnen nun bot, übertraf alles, was Elainia in ihrem Leben je gesehen hatte.

Vor ihren Füßen fiel der Berg scharfkantig ab, stürzte in ein tiefes Tal, das im Schatten all jener Gipfel lag, die sich ringsherum majestätisch in die Wolken bohrten. Wie Schleier hingen Nebelschwaden an den Hängen, weiter unten schmiegten sich dunkelgrüne Nadelbäume an den rauen Stein.

»Wir haben es beinahe geschafft.« Avis deutete nach rechts. »Das muss Nebucum sein.«

Als hätte er sie heraufbeschworen, stoben Hunderte Krähen von den schroffen Felswänden auf, schraubten sich laut krächzend in die Höhe und verschwanden in den Wolken. Nur ihr Krächzen war noch zu vernehmen.

»Unheimlich.« Mira rieb sich über die Arme und verzog das Gesicht.

»Tust du uns einen Gefallen?« Elainia zog die Krähenfeder aus ihrer Tasche. Sofort trat ein abwehrender Ausdruck in die Augen ihrer besten Freundin und sie verspürte einen Anflug schlechten Gewissens. Miras Verwandlung im Sumpf war aus einer Notsituation heraus entstanden. Dennoch trug sie ihre Idee vor. »Als eine von ihnen kannst du dich dort oben umsehen. Vielleicht findest du einen Höhleneingang oder irgendeinen anderen Hinweis auf die Krähenkönigin. Es würde uns sehr viel Zeit sparen. Ich weiß, es ist viel verlangt, Mira. Und ich verstehe, wenn du Nein sagst. Dann werden wir wohl einfach schneller gehen müssen. Also?« Fragend hielt sie ihrer Freundin die Feder hin.

Mira biss auf ihre Unterlippe, ihre Stirn lag in Falten. »Du lässt mir die Wahl?«

»Das tue ich. Ich will dich zu nichts zwingen. Schließlich kenne ich deinen Schmerz. Ich fühle ihn.« Sie legte ihre Hand aufs Herz.

»Ich weiß.« Zögerlich kam Mira näher, haderte, doch dann nahm sie die Feder, holte tief Luft und schloss die Augen. Die Luft flimmerte, Miras Gestalt verschwamm in einem Wirbel aus Farben, ihre Konturen lösten sich auf.

Wenige Herzschläge später hüpfte eine zierliche Krähe vor Elainia auf dem Boden. Sie hielt ihr ihren Arm hin, Mira flatterte hinauf und sah sie mit schiefgelegtem Kopf an.

»Ich danke dir.« Behutsam strich sie über ihr weiches Gefieder.

Fast lautlos erhob ihre Freundin sich in die Lüfte und steuerte den Gipfel an, dessen Spitze in den Wolken verborgen lag.

»Beeilen wir uns«, meinte sie, richtete die Riemen ihrer Tasche, drehte sich nach rechts und stapfte los, dem zum Glück nicht mehr ganz so steilen Pfad nach, zu ihrer Linken die Schlucht. Obwohl sie das Tempo anzog, schafften sie es nicht mehr vor Einbruch der Nacht, den Gipfel zu erklimmen. So schlugen sie ihr Lager im Schutz einiger Felsbrocken auf und warteten. Warteten auf Miras Rückkehr, kauten auf einigen Streifen Trockenfleisch herum und lauschten in die Dunkelheit. Je länger ihre Freundin nicht auftauchte, desto schwerer wog die Sorge in Elainia. Unruhig knetete sie den Saum ihrer Decke, bis Avis seine Hand auf ihre legte und sie stumm davon abhielt.

Es war mitten in der Nacht, als das Rascheln von Federn sie aus ihrem leichten Schlaf riss.

»Mira?«

»Ja.« Sichtlich erschöpft wankte ihre Freundin am Feuer vorbei auf sie zu. Ihr Haar war zerzaust, ihr Gesicht blass. Elainia reichte ihr Wasser und Proviant. Hungrig schlang Mira beides hinunter.

»Und?«

»Krähen sind furchtbare Geschöpfe«, nuschelte Mira mit vollem Mund. »Sie haben erkannt, dass ich nicht zu ihrem Schwarm gehöre und mich angegriffen. Zum Glück war ich schnell genug, um ihnen zu entwischen und musste mich in einer Nische im Berg verstecken. Deswegen hat es so lange gedauert.« Sie nahm einen Schluck Wasser und wischte sich über den Mund.

»Jedenfalls habe ich tatsächlich einen Höhleneingang gefunden. Ziemlich gut verborgen, aber groß genug, dass ein Mensch hindurchpasst. Ich hoffe, wir haben Fackeln dabei. Da drin muss es stockfinster sein.«

»Haben wir. Roxana hat einige mitgenommen. Danke, Mira.«

»Ich habe das für dich getan. Für deine Schwester. Ich möchte nicht, dass du auch einen geliebten Menschen verlierst.«

Trauer, kühl und drückend, traf sie wie eine seichte Welle Meerwasser. Sanft zog sie ihre Freundin in eine tröstende Umarmung. »Es tut mir so leid, Mira. Um deinen Vater. Um Teona.«

***

Nebel hüllte den Nebucum in trübes Grau, als Elainia am Morgen darauf die Augen aufschlug. Aber nicht nur das. Überall an den Hängen und zwischen den Felsen hingen die dichten Schwaden und ließen sie kaum zehn Meter weit sehen. Trotzdem setzten sie ihren Weg fort. Es war mühselig, denn immer wieder blieb Roxana stehen, um ihren Kompass neu auszurichten. Klamme Feuchtigkeit sickerte in Elainias Kleidung, ihre Locken hingen ausnahmsweise einmal schlaff um ihren Kopf.

»So weit kann es eigentlich gar nicht mehr sein«, beschwerte Mira sich, als sie nach gefühlten Stunden rasteten. »Der Gipfel sah gestern doch so nah aus.«

»Ich weiß auch nicht. Dieses verdammte Ding spinnt.« Verärgert schlug Roxana gegen den Kompass.

Elainia gab Mira im Stillen recht. Sie hatte geglaubt die Höhle noch heute vor Einbruch der Dunkelheit zu erreichen. Nun machte ihnen der verfluchte Nebel einen Strich durch die Rechnung.

»Lasst uns weitergehen«, schlug Avis vor. »Das ist immerhin besser, als hier auf kalten Steinen zu hocken.«

»Der Meinung bin ich auch«, stimmte Mira zu und rappelte sich hoch.

Elainia nickte. Nachdem Roxana ein weiteres Mal über den Kompass geschimpft hatte, übernahm sie wieder die Führung.

Mit jeder weiteren Minute, die sie über spitze Felsen kletterten, hoffte

Elainia, dass der Nebel sich verziehen würde. Aber den Gefallen tat er ihr nicht. Ihr Blick wanderte über die schroffen Steine und blieb an einem Busch hängen. »Wartet mal«, rief sie. »Diese Stelle kommt mir irgendwie bekannt vor.«

»Ja«, erwiderte Roxana frustriert. »Weil wir schon einmal hier waren. Wir gehen im Kreis.«

»Das kann einfach nicht wahr sein!« Frustriert trat Mira einen faustgroßen Stein beiseite, der klackernd den Abhang hinunterstürzte und schließlich vom Nebel verschluckt wurde.

»Jetzt wäre ein bisschen Luftmagie nicht schlecht«, grummelte Roxana.

»Wir haben aber keine«, gab Elainia schärfer als beabsichtigt zurück. Der Umstand, dass sie so kurz vor ihrem Ziel nicht mehr vorankamen, zerrte gewaltig an ihren Nerven. Ihnen rannte die Zeit davon.

»Kann unsere Wandlerin nicht noch einmal Krähe spielen und über den Nebel fliegen?«, warf Avis ein.

»Flieg doch selbst«, widersprach Mira gereizt. »Wozu hast du denn sonst deine Flügel.«

Avis verengte die Augen und für einen Herzschlag lang bildete Elainia sich eine Schwärze ein, die seine Iriden färbte. Genau wie damals beim Kampf gegen den Palus im Moor. Was war das?

»Wenn ich in den Nebel fliege, werden sie nass und dann komme ich nicht sonderlich weit«, knurrte er ungehalten.« Mira schnaubte verächtlich, woraufhin Avis' Hand an den Gürtel wanderte und den Griff seines Dolches umschloss.

»Gut, das reicht jetzt«, ging Elainia dazwischen und stellte sich direkt in sein Blickfeld.

Einige Sekunden lang starrte er sie grimmig an, ehe seine Miene sich entspannte und sein Arm zurück an seine Seite rutschte. Fort von dem Dolch.

»Das war unheimlich«, sagte sie mit gesenkter Stimme. »Was auch immer du damit vorhattest«, sie deutete auf die Klinge, »Ich hoffe, das war ein Ausrutscher und sonst nichts.«

»Tut mir leid«, presste er hervor, wandte sich abrupt ab und stapfte einige Schritte davon.

Angespannt sog Elainia Luft durch den Mund ein und wieder aus. Ihr Puls beruhigte sich nur langsam.

»Versuchen wir weiterzugehen oder warten wir ab, bis der Nebel sich lichtet?«, fragte sie schließlich laut.

»Wir warten«, antwortete Roxana. »Es ist wenig sinnvoll, unsere Kräfte für einen Aufstieg zu verschwenden, der am Ende sowieso nicht der richtige war.«

»Na schön.« Obwohl alles in ihr protestierte, ließ Elainia sich auf einen Stein sinken und stützte das Kinn auf die Hände. Die Verzweiflung, die sich immer stärker in ihr aufbaute, drohte sie niederzudrücken. Sie wollte doch einfach nur zu dieser Höhle.

Um nicht vollends die Fassung zu verlieren, begann sie stumm die Sekunden zu zählen. Sie war bei weit über dreitausend angekommen, als kräftiger Wind aufkam und Regentropfen auf die Felsen klatschten. Anstatt sich über den Regen zu ärgern, lächelte sie. Denn der Wind würde den Nebel vertreiben. Dutzende Wimpernschläge später war die Sicht so glasklar, als hätte es den Nebel nie gegeben.

Kapitel 18

Pfeil in der Dunkelheit

Elainia

Elainia atmete tief ein und wieder aus, umfasste den Griff ihrer Fackel fester, ehe sie den ersten Schritt in die dunkle Höhle wagte, die sie nach einem temporeichen Marsch innerhalb kürzester Zeit erreicht hatten. Sie hörte, wie Roxana neben ihr das Schwert aus der Scheide zog.

»Lasst euch nicht zu viel Zeit«, rief Mira ihnen hinterher.

Avis und sie würden draußen warten, denn Elainia wollte die Krähenkönigin nicht gleich verschrecken, indem sie zu viert in der Höhle auftauchten. Sofern es denn die richtige Höhle war. Sie schickte innerlich ein Gebet an die Götter. Betete, dass sie sich nicht geirrt hatten, dass die Legende sich wirklich bewahrheiten würde und nicht nur eine Geschichte von Reisenden und Wanderern war, die grünäugigen Krähen bloß eine Anomalie der Natur. Aber das durfte nicht sein, denn es würde bedeuten, dass sie gescheitert waren. Dass ihre Schwester sterben würde. Der Prinz, der König. Elainia stolperte über eine Felskante.

Roxana packte ihren Arm. »Vorsicht«, murmelte sie und klang dabei sichtlich angespannt.

Elainia schalt sich für ihre Unachtsamkeit. Sie musste ihre Zweifel dringend aus ihren Gedanken verbannen und sich konzentrieren. Also richtete sie ihren Blick nach vorne. Das Feuer ihrer Fackel ließ die Schatten an den feuchten Felswänden tanzen. Hier und da floss ein schmales Rinnsal den Stein hinab, bildete auf dem Boden kleine Pfützen, die im Licht glitzerten. Immer tiefer drang sie mit Roxana in die Finsternis des Ganges vor. Mira hatte recht gehabt. Es herrschte eine Schwärze, die so undurchdringlich war, dass selbst die Flammen ihrer Fackel sie kaum verdrängen konnten. Bis auf ihren Atem, dem Knirschen von Kieseln unter ihren Sohlen und dem gelegentlichen Plätschern von Wasser herrschte Stille. Dann machte der Stollen einen scharfen Knick nach links. Sie verharrten an der Ecke, lauschten. Elainia hatte das Gefühl, Roxana müsste ihren Herzschlag hören, so laut pochte es in ihrer Brust.

»Ich gehe vor«, raunte Roxana.

»In Ordnung.«

Nacheinander schoben sie sich in den Gang, der zu Elainias Überraschung kurz darauf in einer Höhle mündete, die dem Inneren einer Kathedrale glich. Sie konnte die Decke nicht erkennen, so hoch gingen die Wände. Ihre Fackel schaffte es kaum, die tiefe Schwärze zu vertreiben, die sie umgab.

»Lass mich etwas versuchen«, bat sie flüsternd. Roxana nickte. Also schloss sie die Augen, löste Stück für Stück die Barriere um ihre Magie und ließ sie fließen. Durch ihre Venen in ihre Arme, ihre Finger und hinein in die Dunkelheit. Zuallererst verspürte sie Roxanas Konzentration, ihre innere Anspannung und Entschlossenheit, sie zu beschützen. Mit zusammengebissenen Zähnen zwang sie die Emotionen der Kriegerin beiseite, schob sie von sich wie ein ungeliebtes Kind und schaffte in ihrem Inneren eine Leere, die ihr helfen sollte, jede noch so kleine Anwesenheit von fremden Gefühlen wahrzunehmen. Wenn sich jemand mit ihnen hier aufhielt, würde sie ihn finden. Ihre Magie wand sich um scharfe Kanten, schlängelte sich um wie Säulen zusammengewachsene Tropfsteine und huschte die Wände hinauf. Gerade als Elainia aufgeben wollte, konnte sie eine Präsenz fühlen, doch sie entglitt ihr so schnell, dass sie nicht benennen konnte, was genau sie war. Sie schlug die Augen auf.

»Wir sind nicht allein«, wisperte sie.

»Weiter?«

Elainia nickte. Ihre Nervosität nahm zu und ließ ihr ganz mulmig zumute werden. Sie wichen den Tropfsteinen aus, umrundeten riesige Felsbrocken. Ihr Blick glitt ununterbrochen umher, obwohl sie außer flackernden Schatten und grauem Gestein kaum etwas erkennen konnte. Als Roxana neben ihr plötzlich zu röcheln begann, ihr Schwert klirrend zu Boden fiel und sie sich die Hände an die Kehle presste, fuhr Elainia zusammen. Sie waren definitiv nicht allein.

»Verschwindet oder sie stirbt.« Die Stimme klang kehlig, aber unverkennbar weiblich. Und sie schien von allen Seiten gleichzeitig zu kommen.

Elainia wirbelte herum. »Wir wollen Euch nichts Böses«, rief sie.

»Das ist mir egal. Ihr habt hier nichts verloren.«

Roxana krümmte sich mit verzerrtem Gesicht zusammen. Sie schien keine Luft mehr zu bekommen. Dass Magie im Spiel war, bezweifelte Elainia keine Sekunde lang. Sie kämpfte ihre Furcht nieder.

»Seid Ihr die Krähenkönigin? Eine Magierin mit der Seelenberührung? Die Frau, die ihre Seele mit den Krähen auf Reisen schickt? Die alles sieht und alles hört?«

Leises Lachen war die Antwort. Bitter und frei von jedweder Art von Freude. »Das ist es also, was man sich über mich berichtet?«

»Dann seid Ihr es?«, hakte Elainia nach. Ihr Blick zuckte zu Roxana.

»Und wenn schon. Das ändert nichts. Ihr geht jetzt besser.«

»Das kann ich nicht.«

»Dann stirbt deine Begleiterin.«

Elainia presste ihre Zähne so fest aufeinander, dass ihr Kiefer schmerzte. Roxanas ersticktes Röcheln drehte ihr den Magen um, aber sie würde nicht nachgeben. Noch nicht.

»Ihr glaubt, das kümmert mich?«, stieß sie hervor. »Ich bin hier, weil ich Eure Hilfe brauche und ich werde nicht verschwinden, ehe ich mich nicht vernünftig mit Euch unterhalten habe. Von Angesicht zu Angesicht. Hört also auf, Euch so feige im Schatten zu verstecken.«

»Du hast recht, sie braucht nicht sterben.«

Hustend fiel Roxana auf die Knie. Elainia erlaubte sich einen stillen Seufzer der Erleichterung, ehe ihr selbst das Atmen immer schwerer fiel. Es war, als gäbe es auf einmal keine Luft mehr in der Höhle, die sie hätte in ihre Lungen saugen können.

»Es wird mir mehr Genugtuung verschaffen, dich zum Schweigen zu bringen.« Hinter einem Felsen unweit von Elainia schälte sich eine Gestalt aus der Dunkelheit und trat langsam ins Licht der Fackel.

Aus den Augenwinkeln bemerkte Elainia, wie Roxana sich aufrappelte und nach ihrem Schwert greifen wollte, doch die Krähenkönigin ließ die Klinge mit einer simplen Handbewegung davonschlittern.

»Na, na. Ich an Eurer Stelle würde mich nicht bewegen«, meinte sie. »Rührt einen Finger und sie hat ihr vorlautes Mundwerk zum letzten Mal benutzt.«

»Könnt Ihr eigentlich ... auch etwas anderes ... als Drohungen auszusprechen?«, presste Elainia abgehackt hervor, während sie die fremde Frau musterte, die ihr gerade Atemprobleme bereitete. Schulterlanges, blondes Haar, ungleichmäßig geschnitten, ein Gesicht, das wirkte, als hätte es seit Jahren keine Sonne mehr gesehen. Blass und scharfkantig. Schmale Lippen, die abfällig verzogen waren. Die Kleider, die sie trug, bestehend aus einer Hose, einer langärmligen Tunika und einem ausgefransten Gürtel, waren grau vor Staub, zerrissen und passten sich farblich dem Fels an. Dennoch stand diese Magierin aufrecht und mit einem Stolz vor ihr, der überhaupt nicht zu ihrer verhärmten Erscheinung passen wollte. Sie schien genau zu wissen, dass sie am längeren Hebel saß.

»In der Tat«, antwortete sie, ehe sie kaum einen halben Fuß vor Elainia zum Stehen kam und ihr unverwandt in die Augen starrte.

Elainia konnte sich dem Blickkontakt nicht entziehen. Wie gefangen starrte sie zurück. Graugrüne Iriden, in denen sich der Feuerschein der Fackel spiegelte. Die gleiche Farbe wie die der Krähe. Dahinter nur Dunkelheit. Vorsichtig ließ sie ihre Magie los, obwohl das erstickende Gefühl in ihrer Brust ihr die Kontrolle erschwerte. Zuerst war da nichts. Als würde sie auf eine Mauer stoßen. Im nächsten Herzschlag explodierte Schmerz in Elainia. Grellweiß und stechend. Sie schrie auf, stolperte zurück, die Fackel fiel ihr aus der Hand, gleichzeitig konnte sie plötzlich wieder atmen. Ein zweiter Schrei mischte sich in ihren. Roxana brüllte etwas, dann wurde sie gepackt und hinter einen Felsen gezerrt.

»Verflucht, was war das?«, keuchte Elainia, blinzelte gegen die Flecken vor ihren Augen an, während der Schmerz abklang wie ein Echo. Es war nicht ihr eigener gewesen, sondern der der Krähenkönigin.

»Irgendwer hat auf uns geschossen und diese Krähenmagierin getroffen.«

»Was?«

»Ich kann es mir auch nicht erklären. Uns ist niemand gefolgt. Du hast niemanden sonst gespürt.«

»Jetzt schon.« Elainia hatte ihre Magie noch einmal durch die Höhle geschickt. Ganz deutlich konnte sie nun die Anwesenheit von zwei Personen fühlen. Ihre kalte Entschlossenheit war wie ein Schwall Eiswasser, der ihr das Blut in den Adern gefrieren ließ. »Es sind zwei. Und sie sind uns alles andere als wohlgesonnen.«

»Was du nichts sagst.«

»Keine Zeit für Sarkasmus. Hast du sehen können, wo die Krähenkönigin getroffen wurde? Von wo der Pfeil kam?«

»Rechte Taille. Sie müssen sich schräg hinter uns befunden haben. Versteckmöglichkeiten gibt es hier genug.«

»Das erklärt, warum ich sie nicht spüren konnte. Ich habe mich ausschließlich auf den Raum vor uns konzentriert.«

»Das ist jetzt unwichtig. Wir müssen aus dieser Höhle raus. Sofort. Ohne Fackel sind wir quasi blind.«

»Wir können nicht abhauen. Nicht ohne die Krähenkönigin und das weißt du ganz genau. Ich lasse meine Schwester nicht sterben.«

»Und was genau schlägst du vor?«

»Dass ich mir meine Dunkelstunden bei Direktorin Jarna zunutze mache. Vielleicht schaffen wir es, diese Angreifer auszuschalten.«

»Dann los.«

Elainia ließ ihre Magie den ersten Schritt übernehmen. Die Gefühle der beiden Unbekannten waren noch immer präsent und deutlich stärker als gerade eben. Sie mussten näher gekommen sein. Voller Konzentration schloss sie die Lider und ergab sich der Finsternis. Sohlen pirschten über Fels. Kleine Steine knirschten, Stoff raschelte, Holz schlug leise aneinander. Vielleicht Pfeile in einem Köcher. Schließlich ein Wispern. Sie sprachen. Ohne die

Augen zu öffnen, ließ Elainia sich auf die Füße gleiten, rief sich gleichzeitig das Bild der Höhle in Erinnerung, jeden Tropfstein, jeden Felsbrocken, den sie passiert hatten. Ihr Atem ging ruhig und gleichmäßig. Sie überlegte kurz ihnen Angst einzupflanzen, doch dann würden sie bloß die Flucht ergreifen und könnten später ein weiteres Mal angreifen. Lautlos schlich sie durch die Dunkelheit.

Schritt, lauschen, wieder ein Schritt, noch einer und noch einer. Das Flüstern wurde lauter, die Emotionen der Fremden überwältigend intensiv. Als einer von ihnen plötzlich nieste, zuckte Elainia zusammen.

»Still, verdammt«, ertönte eine raue Stimme.

Eindeutig ein Mann und er musste kaum drei Fuß entfernt von ihr stehen. Leicht links. Langsam zog sie ihren Dolch aus dem Gürtel, spannte ihre Muskeln an, schloss die Finger ihrer rechten Hand fest um den kalten Griff der Klinge. Sie verbot sich jeden Gedanken daran, was alles schiefgehen konnte, wenn ihre Einschätzung falsch war, und schleuderte den Dolch in die vermutete Richtung der Männer. Es reichte bereits aus, wenn sie überhaupt traf. Wenn sie Lärm machten. Denn Roxana würde ihr Ziel nicht verfehlen. Jemand stieß einen schmerzerfüllten Laut aus.

»Was?«, knurrte es durch die Schwärze.

»Ich weiß nicht. Irgendetwas Scharfes hat mich gestrei –« Der Mann brach mitten im Satz ab und seine Stimme verwandelte sich in ein Gurgeln. Es folgte ein dumpfer Aufprall.

Roxana hatte getroffen.

»Roan?«

Elainia spürte wie die mörderische Entschlossenheit des anderen Mannes sich langsam in Unwohlsein verwandelte. Ein Zischen durchschnitt die Luft. Klirrend prallte Metall gegen Stein. Es folgte ein gemurmelter Fluch, dann ertönten schnelle Schritte, die rasch leiser wurden. Der Kerl floh. Dass eine Verfolgung sinnlos war, wusste Elainia. Also wartete sie bis das Stapfen verklungen war, ehe sie ihren angehaltenen Atem ausstieß und ihre Schultern kreisen ließ.

»Er ist weg«, sagte sie in die Dunkelheit.

»Verdammter Feigling«, kam es von Roxana.

»Wir brauchen Licht«, entgegnete Elainia.

»Ich glaube, ich habe die Fackel gefunden. Sie ist etwas nass, aber das sollte kein Problem sein.« War es nicht, denn Roxana gelang es in Windeseile, die Fackel zum Brennen zu bringen und endlich konnte Elainia ihre Hand vor Augen erkennen.

Mit gerunzelter Stirn hockte sie sich neben den leblosen Körper des Mannes, dem Roxanas Klinge in der Kehle steckte. Der Bogenschütze.

»Beeindruckend«, kommentierte sie.

»War nur Glück.« Roxana. Bescheiden wie eh und je.

»Genau. Und Pech für ihn.«

»Sieht so aus.«

»Er läuft uns nicht weg. Wir können uns später um ihn kümmern. Jetzt müssen wir unsere Krähenkönigin finden.« Elainia richtete sich auf, sammelte ihren Dolch ein, dessen silberne Klinge ihr vom Felsboden entgegenblitzte.

»Wenn ich mich nicht täusche, ist sie tiefer in den Berg geflohen«, meinte Roxana.

Also taten sie dasselbe, während Elainia gleichzeitig ihre Magie nach der Frau ausschwärmen ließ. Es dauerte nicht lange, ehe erste Wellen des Schmerzes sie trafen. Gemischt mit schwelender Wut. Hinter einer mannshohen Felswand, die die Höhle im letzten Drittel vom Rest abschnitt und so eine sichere Deckung bot, erstreckte sich vor Elainia und Roxana eine schwarz schimmernde Wasseroberfläche. Ein See. Mitten in einem Berg. Und an dessen steinigem Ufer kniete die Krähenkönigin. Der Pfeil ragte wie ein Stachel aus ihrer Seite. Als sie ihnen den Kopf zuwandte, war ihr bleiches Gesicht eine Grimasse aus Schmerz und Verachtung.

»Verschwindet«, spie sie ihnen entgegen.

»Das geht nicht«, wiederholte Elainia ihre Worte von vorhin. »Lasst uns Euch helfen.« Vorsichtig tastete sie mit ihrer Magie nach den rauen Emotionen der Frau, im Versuch, sie zu beruhigen, doch sie traf auf eine Wand.

»Ich kann mir selbst helfen.« Ihre schlanken Finger schlossen sich um den

Pfeilschaft. Mit einem Ruck hatte sie ihn herausgezogen und schleuderte ihn ins Wasser. Kein Laut kam dabei über ihre Lippen. Im Schein der Fackel konnte Elainia den dunklen Fleck auf ihren Kleiderfetzen erkennen, der rasch größer wurde. Die Krähenkönigin presste eine Hand auf die Wunde, murmelte stumme Worte. Was auch immer sie vorgehabt hatte, es schien nicht zu funktionieren, denn ihr Atem beschleunigte sich merklich. Elainia brauchte ihre Magie nicht, um ihre wachsende Furcht zu spüren.

»Schwarzeisen«, sprach sie sanft und trat vorsichtig näher. »Die Pfeilspitze bestand offenbar aus Schwarzeisen. Eure Magie wird Euch nicht helfen.« Diese Frau war wie ein verwundetes Tier. Unberechenbar, verzweifelt und in ihrer Angst gefährlich. Kaum war Elainia bis auf eine Armlänge an sie herangekommen, schnellte die Krähenkönigin überraschend auf die Beine, wich vor ihr zurück und hielt abwehrend die Hände vor sich.

»Ich sagte, ihr sollt verschwinden!«, stieß sie hervor, ballte die Hände zu Fäusten und riss sie mit einem Aufschrei hinunter. Der Ausbruch von Luftmagie ließ den Boden erzittern, Tropfsteine brachen und stürzten wie Speere mit lautem Platschen in den See.

Instinktiv hielt Elainia sich die Arme über den Kopf und duckte sich, obwohl das eigentlich vollkommen unsinnig war. Ihr Herz hämmerte heftig. Wenige Wimpernschläge später war der Spuk vorbei. Vorsichtig ließ sie die Hände sinken und sah der Krähenmagierin in die Augen. Diese erwiderte den Blickkontakt starr, ehe sie zu wanken begann, auf die Knie sackte und mit einem schwachen Stöhnen zur Seite kippte.

»Bei den Seelen der toten Götter«, murmelte Roxana. »Da hat sie sich aber selbst ins Bein geschossen.«

Elainia kniete bereits neben der bewusstlosen Frau. Aus der Nähe wirkte sie noch viel schlechter als aus der Entfernung. Eine Narbe spaltete ihre linke Augenbraue in zwei Teile, ihre blutleeren Lippen waren aufgerissen und spröde.

»Wir müssen sie nach draußen zu den anderen bringen, damit ich ihre Wunde versorgen kann. Ich will verdammt sein, wenn wir sie aufgrund einer Pfeilwunde verlieren. Meinst du, du kannst sie tragen?«

»Schwer sieht sie nicht aus.« Roxana beugte sich hinunter, reichte Elainia die Fackel und schob dann ihre Arme unter dem Körper der Frau hindurch, um sie mit einem Ächzen hochzuheben.

»Bloß Haut und Knochen«, kommentierte sie.

Elainia ging voran und leuchtete der Kriegerin den Weg. Je näher sie dem Höhlenausgang kamen, desto erleichterter war sie. Fahles Tageslicht vertrieb die elende Dunkelheit, ein kühler Wind wehte ihr den Geruch von Regen entgegen.

»Endlich!« Mira, die gegen den Felsen gelehnt dagesessen hatte, sprang auf, sobald Elainia ins Freie trat. Auch Avis stieß sich von der Wand ab.

Elainia verschwendete jedoch keine Zeit mit einer Begrüßung. Sie durfte es sich nicht erlauben, kostbare Zeit zu verschenken. Mit jeder Sekunde, die sie verstreichen ließ, verlor die Krähenkönigin mehr Blut. Es würde so schon schwer genug werden, sie hier mitten im Nirgendwo gut genug zu versorgen, sodass die Wunde sich hoffentlich nicht entzündete. Wie sie sie dann den ganzen Weg zurück nach Elandria transportieren sollten, war ein weiteres Problem, das sie später würden lösen müssen. Doch erst einmal eines nach dem anderen.

»Roxana, leg sie dorthin. Avis, ich brauche deine Hilfe. Mira, geh mit Roxana in die Höhle. Es gab einen kleinen Zwischenfall mit einem Bogenschützen. Schaut, ob ihr irgendwelche Hinweise auf seine Identität findet.«

Ohne Rückfragen darüber zu stellen, was es mit dem Bogenschützen auf sich hatte oder was im Berg geschehen war, warteten ihre Freunde, bis Roxana die Krähenkönigin im Schutz eines Felsens auf den harten Untergrund gebettet hatte. Dann nickte die Kriegerin Mira zu und die beiden eilten Seite an Seite in die Dunkelheit. Elainia ließ sich neben der verletzten Frau auf die Knie sinken. Für ein paar endlose Sekunden konnte sie nichts tun außer sie anzustarren. Dutzende Gedanken, die sie die ganze Zeit zurückgehalten hatte, schossen nun rasend schnell durch ihren Kopf. Als Avis ihr eine Hand auf die Schulter legte, schüttelte sie ihre Benommenheit ab.

»Was soll ich tun?«, fragte er behutsam.

Sie räusperte sich. »Wir müssen die Wunde freilegen und die Blutung stoppen. Die Spitze des Pfeils, der sie getroffen hat, muss aus Schwarzeisen gewesen sein, denn sie hat versucht sich selbst zu heilen, aber es hat nicht funktioniert.«

»In Ordnung. Ich mache das.« Er löste ein kleines Messer von seinem Gürtel und vergrößerte das Loch, das der Pfeil in den Stoff des Kleides gerissen hatte, mit einer konzentrierten Ruhe, um die Elainia ihn beneidete. Obwohl sie sich gelassen gab, herrschte in ihr ein Aufruhr, der ihre Hände beben ließ, weswegen sie sie lieber zu Fäusten geballt hielt.

»Elainia, links in meiner Tasche befindet sich der Beutel mit dem Verbandsmaterial. Gibst du ihn mir?«

Avis hatte die Führung übernommen, was ihr nur recht war. Schweigend kramte sie in seiner Tasche nach besagtem Beutel, schloss ihre kalten Finger um das Leder und zog ihn heraus. »Was brauchst du?«, erkundigte sie sich mit einem vielsagenden Blick auf seine blutverschmierten Finger.

»Eins von den dicken Leinentüchern.« Dieses presste er schließlich auf die Wunde, die weiterhin stark blutete.

Elainia konnte zusehen, wie der helle Stoff sich unter seinen Händen rot färbte. Das Blut fraß sich wie Fäule in das Leinen. Langsam und beständig. Sie biss sich angespannt auf die Unterlippe. Was, wenn sie die Blutung nicht gestoppt bekamen? Was, wenn der Pfeil mehr Schaden angerichtet hatte, als sie vermuteten? Wenn das unbedachte Herausreißen alles bloß schlimmer gemacht hatte?

»Ich brauche noch eines«, unterbrach Avis ihr Gedankenkarussell. Nun schwang in seiner Stimme ebenfalls ein Hauch von Sorge mit.

»Hier.«

Er nahm es mit einer Hand und drückte es einfach auf das andere drauf. Sein Kiefer mahlte. Die Krähenkönigin gab ein Wimmern von sich, blieb jedoch weiterhin bewusstlos. Dafür bildete Elainia sich ein, dass sie eine Spur bleicher wirkte als zuvor in der Höhle. Es konnte aber auch einfach am Tageslicht liegen, dass selbst ihre Lippen farblos schienen.

»Wir dürfen sie nicht verlieren«, murmelte sie.

»Ich weiß«, erwiderte Avis gepresst. »Ich weiß. Ist sie es denn wirklich?«

»Sie ist es. Ihre Magie ist stark. Sie hat definitiv die Elementberührung Luft. Damit hätte sie uns fast erstickt, bevor sie die halbe Höhle zum Einsturz gebracht hat. Als sie sich selbst heilen wollte, hat sie verraten, dass sie ebenfalls blutberührt ist.«

»Macht inklusive Seelenmagie drei von vier Berührungen.«

Elainia nickte bestätigend.

Avis betrachtete die reglose Frau vor ihm mit gerunzelter Stirn. »Wie lange muss sie in dieser Höhle gelebt haben? Sie sieht aus, als hätte sie seit Jahren keine Sonne mehr abbekommen.«

»Ich weiß es nicht.« Elainia seufzte erschöpft. »Und ich bezweifle, dass sie uns das erzählen wird, wenn wir sie fragen. Sie trägt eine tiefe Abscheu in sich. Abscheu und Wut.«

»Klingt sympathisch. Aber bevor wir sie überhaupt irgendetwas fragen können, sollten wir diese verdammte Wunde genäht kriegen.«

Zustimmend neigte Elainia den Kopf. Sie starrte auf die Tücher unter Avis' Fingern und probierte abzuschätzen, ob ihr Versuch, die Blutung zu stoppen, inzwischen von Erfolg gekrönt worden war. Doch alles, was sie entdeckte, war dunkles Rot, das sich in den weißen Stoff gesogen hatte. Unendlich langsam verringerte Avis den Druck auf die Verletzung, ehe er die blutigen Tücher zur Seite nahm. Prompt quoll neues Blut aus dem Loch hervor, dessen Hautränder durch das Herausziehen des Pfeils zerfetzt waren. Zu Elainias Erleichterung war der Blutfluss aber deutlich verhaltener als vorhin.

»Krähendreck«, vernahm sie Mirandas erschrockene Stimme hinter sich und hob den Kopf. Ihre Freundin starrte mit aufgerissenen Augen auf die Wunde.

»Keinerlei Hinweise auf seine Identität«, erklärte Roxana, die neben Miranda aufgetaucht war. »Nur ein Haufen Pfeile mit Schwarzeisenspitzen.«

»Verdammt.« Obwohl Elainia nichts anderes erwartet hatte, stach die Enttäuschung über die Erkenntnisse tief. Der zweite Mann kam ihr in den Sinn. Sie wandte sich an ihre beste Freundin. »Da war ein Mann. Er ist geflohen und muss aus der Höhle gerannt sein.«

Mira schüttelte vehement den Kopf. »Außer euch hat niemand die Höhle verlassen. Avis und ich hätten ihn bemerkt.«

»Dann hat er Magie genutzt, um sich zu verbergen, oder versteckt sich noch irgendwo im Berg oder er hat einen anderen Ausgang gefunden«, mutmaßte Roxana.

Elainia konnte nur nicken. Das ergab Sinn. Was jedoch keinen Sinn ergab, war das Warum.

»Können wir uns später darüber Gedanken machen?«, unterbrach Avis sie. »Ich bräuchte Nadel und Faden.«

Er hatte recht. Hastig kramte Elainia in dem Beutel nach den Utensilien, fädelte den Faden durch das Öhr und hielt die Nadel kurz in Roxanas Fackel. Avis nahm sie entgegen, beugte sich tiefer über die Wunde und drückte mit zwei Fingern die Hautränder zusammen. Neues Blut quoll dazwischen hervor. Schnell tupfte Elainia es fort. Dann stach Avis die Nadel in das gerötete Fleisch.

»Sollte sie aufwachen, haltet sie fest«, bat Avis, ohne aufzuschauen. Hochkonzentriert setzte er Stich für Stich und vernähte das Loch mit einer Präzision, die Elainia niemals zustande gebracht hätte. Die Krähenkönigin blieb für die Dauer der gesamten Prozedur ohne Bewusstsein.

»Verband«, murmelte Avis, während er den Faden verknotete und das überstehende Ende mit seinem Dolch abtrennte. Kurz darauf war die Naht unter einer fest gezogenen Schicht weißen Stoffs verschwunden und Avis ließ sich aufatmend zurückfallen.

»Wir sollten uns noch vor Einbruch der Nacht auf den Rückweg machen«, bemerkte Roxana, während sie sich prüfend umsah.

Elainia nickte. Sie spürte, dass die Kriegerin sich Sorgen machte. Sorgen wegen der fremden Angreifer. Zudem saß ihnen die Zeit im Nacken.

»Und wie willst du sie den Berg hinunter transportieren?«, stellte Mira die entscheidende Frage und deutete auf die ohnmächtige Magierin.

»Mit deiner und Avis' Hilfe.«

»Details, Ela, Details.«

»Avis wird euch fliegen.«

»Uns?«

»Ach ja?«

Sie hatten gleichzeitig gesprochen. »Ja. Wir brauchen ein robustes Tuch, in das wir sie legen können. Unsere Decken sind dafür zu klein.« Vielsagend blickte sie ihre Freundin an.

Mira runzelte die Stirn, ehe sie begriff. »Das meinst du nicht ernst.«

»Bitte, Mira.« Elainia drückte ihr ein Stück Stoff, das sie von ihrer Decke abgetrennt hatte, in die Hand. »Tu es für Lariel. Ein letztes Mal.«

»Diesmal wirst mir wohl keine andere Wahl lassen, wie?«

»Diesmal nicht.«

»Na schön.« Seufzend ballte Mira ihre Hand zur Faust, schloss die Augen und atmete tief ein. Ihre Gestalt begann zu flimmern, ein silberner Schimmer pulsierte um sie in der Luft, dann verschwammen ihre Konturen, flossen ineinander und verformten sich, bis sie als breites Tuch aus festem Stoff zu Boden flatterte.

»Jedes Mal, wenn sie das tut, kriege ich Gänsehaut«, meinte Avis. Dennoch schwang ein Anflug von Bewunderung in seiner Stimme mit.

»Ich auch. Komm, hilf mir.« Gemeinsam hievten sie die Krähenkönigin auf die von Roxana sorgfältig ausgebreitete Tuch-Miranda.

»Du schaffst das, oder?«, vergewisserte sie sich, bevor Avis Anstalten machen konnte, sich in die Luft zu erheben. Sie hatten die vier Ecken mit einem Seil zusammengebunden, dass Avis sich um die Hüfte geschlungen hatte. So musste er das ganze Gewicht der verletzten Magierin nicht mit den Händen halten.

»Aber sicher. Vertrau mir. Deine Idee ist großartig.«

»Ich vertraue dir, Avis. Sei trotzdem vorsichtig. Sollte etwas sein, dann gib uns ein Zeichen und lande.«

»Das werde ich. Versprochen.« Er schenkte ihr sein sanftes Lächeln, das augenblicklich für ein Kribbeln in ihrer Magengrube sorgte.

»Dann los.« Sie trat einen Schritt zurück und beobachtete, wie Avis' Flügel zu flattern begannen, wie er die Muskeln anspannte, seine Finger zusätzlich um das Seil schloss und er den Boden unter den Füßen verlor. Miranda hatte mit ihrer Verwandlung ganze Arbeit geleistet. Das Tuch dehnte und straffte sich, doch es zerriss nicht. Würde es kaputtgehen, würde die Verwandlung aufgehoben werden, ob Mira das beabsichtigte oder nicht. Das durfte auf keinen Fall geschehen, denn dann würden sie und die Krähenkönigin abstürzen.

Sobald Avis sich etwa fünfzehn Fuß über Roxana und ihr befand, flog er voran. Elainia schulterte ihr Bündel, nickte Roxana zu und sie machten sich an den Abstieg. Lose Steine rollten klackernd den schmalen Gebirgspfad hinab, sobald Elainia mit der Stiefelspitze hängen blieb oder wegrutschte. Immerhin fand sie ihr Gleichgewicht jedes Mal schnell wieder, sodass sie potenzielle Stürze vermeiden konnte. Zwischendurch richtete sie ihren Blick in den Himmel, wo sie nach Avis Ausschau hielt. Seine Silhouette zeichnete sich deutlich gegen die grauen Wolken ab. Das Licht des Tages wich den ersten Schatten der Nacht, doch noch konnte Elainia mühelos die Hand vor Augen erkennen.

»Wir sollten es durch die Klamm schaffen, ehe wir uns einen Platz für die Nacht suchen«, meinte sie.

»Das denke ich auch.« Roxana nickte knapp.

Der Weg wurde schmaler und schmaler, die Bergwände bildeten eine enge Gasse, durch die sie nur hintereinander gehend gelangten. Avis war nicht mehr zu sehen. Unwillkürlich beschleunigte Elainia ihre Schritte, musste sich aber eingestehen, dass das bei dem tückischen Pfad keine gute Idee war. Ein Rumpeln, das entfernt an Donner erinnerte, brachte sie aus dem Konzept. Stolpernd blieb sie stehen und drehte sich zu Roxana um.

»Was war das?«

Die Kriegerin hatte die Stirn gerunzelt. »Ich weiß nicht. Es klang merkwürdig. Lass uns weitergehen. Mir gefällt das ganz und gar nicht.«

Damit sprach sie Elainia aus der Seele. Angespannt bewegten sie sich vorwärts. Das Ende der Klamm war bereits in Sichtweite. Sie waren keine zehn Schritte weit gekommen, als das Rumpeln sich wiederholte. Diesmal dauerte es an. Etwas rieselte von oben herab. Erde, kleine Steine, Staub. Die Felswände erzitterten.

»Ein Steinschlag!«, stieß Roxana hervor. »Lauf!«

Das ließ Elainia sich nicht zweimal sagen. Sie widerstand dem Drang, nach oben zu blicken und nahm stattdessen die Beine in die Hand. Schlitternd und taumelnd rannte sie auf das rettende Ende der Schlucht zu. Ihr Herz trommelte wie wild in ihrer Brust. Aus dem Rumpeln wurde ein Donnern und Krachen, das sie anspornte noch schneller zu werden. Immer mehr Sand fiel auf sie herab. Ein größerer Stein traf ihre Schulter. Sie fluchte, geriet aus dem Tritt und knickte um. Die Felswand hinderte sie daran zu fallen.

»Weiter, Elainia!«, brüllte Roxana hinter ihr. Ihre Stimme ging beinahe im Tosen der herabregnenden Felsbrocken unter.

Elainias Blick schnellte zurück, ihr Atem stockte.

»Lauf weiter!«, fuhr Roxana sie an. Der wilde Ausdruck in ihren Augen riss Elainia aus ihrer Starre.

Den Schmerz in ihrem Knöchel ignorierend, stolperte sie weiter. Schweiß verklebte ihre Schläfen, rann über ihren Rücken und saugte sich in ihre Tunika. Das Ende der Klamm war keine zwei Schritte mehr entfernt. Im nächsten Moment versetzte Roxana ihr einen kräftigen Stoß, sodass sie aus der Schlucht stürzte und zu Boden fiel. Schmerz schoss durch ihre Handflächen, Steine bohrten sich in ihren Bauch, ihre Oberschenkel und Knie. Sie keuchte, blinzelte gegen die Tränen an und kämpfte sich auf die Beine. Staub hing in der Luft, das Donnern der Felsbrocken dröhnte noch immer in ihren Ohren.

»Roxana«, stieß sie hervor, rang nach Luft, atmete Schmutz ein und musste husten. »Roxana!« Verdammter Staub. Obwohl die Angst um die Kriegerin sie von innen heraus auffraß, zwang sie sich abzuwarten, bis der gröbste Sandnebel sich gelegte hatte und sie endlich wieder etwas sehen konnte. Der schmale Pass war vollkommen verschüttet. Ein Durchkommen unmöglich. Dann blieb ihr Blick an einem hellen Stofffetzen hängen. Kalte Furcht ballte sich in ihrem Bauch zusammen und ein schweres Gewicht legte sich auf ihre Brust.

»Roxana.« Sie stürmte auf den Geröllberg zu, ihr Herz raste. »Bei den Seelen der toten Götter, nein. Bitte nicht.« Roxana lag unweit von ihr auf dem Rücken, ihr Unterkörper war bis zur Hüfte unter dem tonnenschweren Steinhaufen begraben. Grauer Staub bedeckte sie, dunkles Blut sickerte glänzend aus einer Platzwunde an ihrer Stirn.

»Roxana.« Schwer atmend fiel Elainia neben ihr auf die Knie. Ihre Finger zitterten, als sie der Kriegerin Staub und Haarsträhnen aus dem Gesicht strich. Die Freundin ihrer Mutter ächzte leise, ehe sie die Lider hob.

»Ist … dir was passiert?«, presste sie hervor.

Fahrig schüttelte Elainia den Kopf. »Wir holen dich hier raus. Versprochen.«

»Sei keine Närrin«, tadelte Roxana sie unter Schmerzen. »Mir ist nicht mehr zu helfen. Meine Beine sind zerquetscht, die Dunkelheit ruft mich zu sich.«

»Nein.« Elainias Stimme brach.

»Bringt die Magierin nach Elandria. Rettet deine Schwester. Sag Amanda, dass es mir leidtut.« Schwer atmend schloss Roxana die Augen. Ihr Brustkorb hob und senkte sich angestrengt.

Elainias Sicht verschwamm. Sie ergriff die Hand der Kriegerin, die sie kannte, seit sie denken konnte, und drückte sie ganz fest. Dann öffnete sie die Barriere um ihre Magie. Als Erstes fühlte sie bloß Schmerz. Schmerz, der von den unzähligen Verletzungen ihres Unterkörpers herrührte. Sie biss die Zähne zusammen, um nicht aufzuschreien. Statt sich der Emotion zu verschließen, ließ sie sie zu, nahm sie in sich auf, um Roxana Linderung zu verschaffen.

»Elainia, nicht«, hörte sie die Kriegerin wispern, doch sie hörte nicht auf. Roxana hatte sich für sie geopfert. Hatte sie weggestoßen, damit die Felsbrocken sie nicht erschlugen. Sie war es ihr schuldig, alles zu tun, um ihr das Ende zu gewähren, das sie verdiente. Ihr die Schmerzen zu nehmen, war das Mindeste. Zum ersten Mal in ihrem Leben ließ sie sich vollkommen auf Gefühle ein, die nicht ihre waren. Sie ließ Roxanas Kummer, ihren Stolz und ihre Entschlossenheit in ihr Herz, spürte, wie sie mit jedem Atemzug schwächer wurden, während das Leben aus ihr wich.

»Ich danke dir«, flüsterte sie. »Für jeden einzelnen Tag.« Tränen tropften von ihren Wimpern und landeten auf Roxanas staubiger Rüstung.

»Und ich danke dir, tapfere Elainia. Du wirst mir … eine würdige Nachfolgerin sein. Sag das Amanda. Versprich es mir.« Ihre Mundwinkel wanderten in die Höhe.

Elainia schluchzte auf. Sie konnte nicht länger dagegen ankämpfen. »Versprochen«, brachte sie hervor.

»Sehr gut.« Ein letztes Mal glühten die Emotionen der Kriegerin auf wie Glut, durch die ein Windstoß fuhr. Dann erloschen sie und mit ihnen erstarb auch Roxanas sanftes Lächeln. Die plötzliche Leere an Gefühlen peinigte Elainia mehr als Roxanas Schmerz. Zitternd sank sie über dem Oberkörper der Kriegerin zusammen. Ihre eigene Trauer drohte sie zu ersticken. Dunkel und schwer legte sie sich über sie, dämpfte jedes andere Gefühl und fesselte sie an Ort und Stelle.

Kapitel 19

Gerissenes Band

Avis

Das Donnern der herabstürzenden Steine dröhnte noch immer in seinen Ohren, als er Miranda und die Krähenkönigin behutsam auf dem unebenen Boden des Bergpfads absetzte. Sein Herz schlug vor Anstrengung und Angst deutlich schneller als sonst und seine Gedanken galten allein Elainia. Kurz bevor die Felsen über ihnen ins Rollen geraten waren, hatten sie und Roxana sich direkt in der Klamm befunden. Sein warnendes Brüllen war im Rumpeln des Steinschlags untergegangen.

»Bleib bei ihr«, sagte er zu Miranda, die sich bereits zurückverwandelt hatte, das Gesicht bleich, doch voller Unerschrockenheit. »Ich suche sie.«

Sie öffnete den Mund, als wollte sie Einwände erheben, schloss ihn jedoch wieder und nickte.

Er verschwendete keine weitere Sekunde und rannte los. Die Muskeln an seinem Rücken schmerzten bereits jetzt schon protestierend, aber er ignorierte das lästige Ziehen. Sein Blick klebte auf der Staubwolke, die sich langsam legte, je näher er kam. Es herrschte eine solch drückende Geräuschlosigkeit, dass sein Puls weiter in die Höhe schnellte. Erste Felsbrocken versperrten ihm den Weg. Angespannt suchte er sich einen Weg zwischen den Hindernissen hindurch.

»Elainia!«, rief er in die Stille, zwang die Furcht beiseite, die sich schleichend in ihm auszubreiten versuchte, und bemühte sich um Ruhe.

»Roxana!«

Keine Antwort. Er beschleunigte seine Schritte, kletterte über Steine hinweg, geriet einmal gefährlich ins Wanken, als sein Fuß auf einem losen Felsen wegrutschte, fing sich allerdings schnell und hastete weiter. Immer wieder rief er Elainias Namen, bis er ihre zusammengesunkene Gestalt am Ende der Klamm entdeckte. Die gesamte schmale Schlucht war mehrere Meter hoch mit Steinen verschüttet worden.

Je näher er kam, desto bewusster wurde ihm, was er sah und es erfüllte ihn mit Grauen. Elainia kauerte über Roxanas Oberkörper. Der Rest ihres Leibs war unter der Felsmasse begraben worden. Noch während er sich neben Elainia auf die Knie sinken ließ, erkannte er, dass die Kriegerin tot war. Ihre dunkelbraunen Augen blickten starr in den Himmel, kein Atemzug hob und senkte ihre Brust.

Behutsam legte er Elainia eine Hand auf den Rücken. Ihre Schultern zitterten. Urplötzlich fühlte er sich schrecklich hilflos. Er wusste, wie lange Roxana und Elainia einander gekannt hatten. Egal welche Worte des Trostes er auch immer aussprach, sie würden ihren Schmerz nicht lindern. Vermutlich würden diese floskelhaften Aussagen alles nur schlimmer machen. Also schwieg er, strich mit gleichmäßigen Bewegungen über ihren Rücken und wartete. Wartete, bis sie sich von selbst aufrichtete, den Kopf drehte und ihn anschaute. Tränen hatten Spuren in ihrem blassen, staubigen Gesicht hinterlassen, ihre grünen Augen waren gerötet und voller Trauer.

»Sie hat mich weggestoßen«, krächzte sie brüchig. »Das hat sie umgebracht.« Ihre Stimme versagte und neue Tränen bildeten sich in ihren Augenwinkeln. »Es ist meine Schuld.«

»Schon gut«, murmelte Avis, legte behutsam den Arm um ihre Schulter und verharrte. Als sie sich nicht gegen die Geste wehrte, zog er sie an sich und sie ließ ihn gewähren.

***

Amanda

»Niemand betritt diese Stadt unkontrolliert. Wer sich nicht ausweisen kann, muss umkehren. Ansonsten droht ihm eine Verhaftung. Gebt die Anweisungen an Eure Leute weiter, Hauptmann.«

»Natürlich, aber wie stellt Ihr Euch das vor, Lady Larodres? Hunderte reisen täglich an und ab. Elandria ist ein Knotenpunkt des Handels.« Unwillen blitzte in den grauen Augen des Hauptmanns auf.

»Das ist mir durchaus bewusst. Der Befehl stammt von der Königin. Nehmt ihn an oder rechnet mit den Konsequenzen.«

»Wie Ihr wünscht.«

Sie hörte, wie der Mann mit den Zähnen knirschte und unterdrückte ein Seufzen, während sie sich abwandte und auf die Straße trat. Ihr war bewusst, was sie ihm und den Männern und Frauen der Stadtwache damit aufbürdete. Was sie Elandria selbst damit antat. Aber nach all den Anschlägen und dem gelungenen Attentat auf Königin Cierra vor vier Tagen, das sie nicht hatte abwenden können, war die Stimmung in der Stadt geladen. Amanda hatte noch am Morgen versucht der Königin den Spaziergang vor ihrer Rede durch die Stadt auszureden, doch diese hatte darauf bestanden. Die Menschen müssten sie sehen. Müssten sehen, dass es ihr gut ging. Während ihrer Ansprache auf dem Markt waren dann plötzlich Pfeile geflogen. Bis auf zwei hatte Amanda alle abwehren können. Und die beiden hatten ihr Ziel gefunden. Einer hatte in Cierras Oberschenkel gesteckt, der andere hatte sich frontal in ihren Bauch gebohrt. Für den Bruchteil einer Sekunde hatte Amanda geglaubt, die Königin würde in ihren Armen sterben.

Die gesamte Königsfamilie war nun ans Bett gefesselt, Cierra versuchte trotz ihrer schweren Verletzung die Herrschaft über das Land aufrechtzuerhalten, Dunias Nerven dünnten mit jedem Tag mehr aus und Amanda hatte in den letzten drei Nächten kein Auge mehr zugemacht. Lariels Zustand verschlechterte sich zunehmend. Der König und der Prinz machten keinen besseren Eindruck. Sie hatte das Gefühl, die Kontrolle zu verlieren. Alles, was sie tat, diente bloß noch dazu, die Ausmaße der Katastrophen flach zu halten.

Sowohl von dem Schwarzeisenattentäter als auch von dem Angreifer auf die Königin oder dem Giftmörder ihrer Tochter fehlte weiterhin jede Spur. Sie hatten zwar das Dienstmädchen ausfindig machen können, das das Krampfwurzkraut in den Wein gegeben hatte und es hatte die Tat sofort gestanden, doch derjenige, der die Bedienstete dazu angestiftet hatte, blieb ein Phantom. Das arme Mädchen war von Schuldgefühlen zerfressen gewesen. Schluchzend hatte es berichtet, dass es am Abend des Balls einen Brief in seiner Kammer gefunden hatte. Darin war eine Phiole enthalten gewesen, ebenso eine klare Anweisung, welche Gläser sie zu vergiften hatte. Würde sie sich widersetzen oder jemandem davon erzählen, würde ihr kleiner Bruder sterben. Um die Drohung zu unterstreichen, hatte der Absender einen abgeschnittenen Finger beigelegt. Das Mädchen war vollkommen verstört gewesen, sodass es getan hatte, was von ihm verlangt worden war. Allerdings war es so nervös gewesen, dass es in das Glas des Königs zu viel Gift getropft hatte, weswegen es nur für drei der vier Kelche gereicht hatte. Das hatte zumindest erklärt, warum Königin Cierra verschont geblieben war. Leider hatte der Attentäter dann doch Erfolg gehabt.

Amanda schüttelte die Erinnerung an den Vorfall ab, wich einer Gruppe Zwerge aus, die grummelnd ihren Weg fortsetzten, und rieb sich die Stirn. Sie war so müde. Ihre Augen brannten vor Erschöpfung. Und zu ihrer Angst um Lariel kam die Sorge um Elainia. Seit dem einen Brief, den ein fahrender Schausteller in der Bibliothek der Universität abgegeben hatte, hatte sie kein Lebenszeichen mehr von ihr empfangen. Sie bog in die Hauptstraße zum Palast ein und wollte gerade zügig weitermarschieren, als ein reißender Schmerz ausgehend von ihrer Brust durch ihren gesamten Körper jagte. Mit einem erstickten Aufschrei fiel sie auf die Knie, schwarze Funken tanzten vor ihre Augen. Verzweifelt rang sie um Atem, presste die Hände auf ihr Herz und wusste instinktiv, was das zu bedeuten hatte.

»Nein«, keuchte sie, krümmte sich, als eine zweite Welle unerträglicher Schmerzen in ihrem Inneren zerbarst.

Wie aus weiter Ferne vernahm sie Stimmen. Jemand sprach mit ihr. Es wurde gemurmelt, Schatten fielen auf sie, doch nichts davon war wichtig. Das Reißen verebbte. Wurde zu einem stechenden Ziehen und verschwand dann ganz. Zurück blieb nichts als Leere. Die mentale Verbindung, die sie mit Roxana vereint hatte, war unwiderruflich fort und Amanda wusste, was das hieß. Ihre gute Freundin und Stellvertreterin war tot. Benommen kämpfte sie sich auf die Beine, wich Händen aus, die sich ihr helfend entgegenstreckten, und lief los. Taub für die Geräusche der Stadt, blind für die Menschen um sie herum erreichte sie die Universitätsbibliothek. An der Tür wäre sie beinahe mit einer Fee zusammengestoßen, doch diese sprang im letzten Moment zur Seite. Amanda brachte nicht einmal eine Entschuldigung über die Lippen. Im Foyer standen Grüppchen von Studenten. Haltlos glitt ihr Blick über sie hinweg, suchte nach der einzigen Person, die sie jetzt brauchte, und fand sie nicht. Ihre Füße trugen sie zum Tresen, hinter dem eine Zwergin hockte und in einem Buch blätterte.

»Zareius Larodres, wo ist er?«, fragte sie stockend.

Die Zwergin schaute auf, bemerkte ihre Uniform und straffte die Schultern.

»Im Archiv. Soll ich ihn holen?«

»Nein, schon gut. Ich kenne den Weg.« Ohne die Zwergin weiter zu beachten, wandte Amanda sich ab. Das Archiv befand sich unter der eigentlichen Bibliothek und war über eine gewundene Wendeltreppe zu erreichen. Und je tiefer sie diese hinabstieg, desto kühler wurde es. Öllampen erleuchteten ihren Weg, es roch nach altem Pergament, Staub, Leder und Tinte. Eine Duftmischung, die sie sofort mit ihrem Mann verband. Zareius saß hinter einem gewaltigen Schreibtisch, der über und über mit Schriftrollen, Papieren und aufgeschlagenen Büchern bedeckt war. Auf dem Boden stapelten sich Kisten voller Landkarten, dicker Wälzer und loser Papiere. Er schien vollkommen in seine Arbeit versunken zu sein, denn er schrak zusammen, als sie ihn ansprach.

»Amanda? Was machst du hier?«

»Roxana ist tot.« Ihre Stimme brach. Ihre Beine fühlten sich plötzlich merkwürdig schwach an, ihr Kopf dröhnte.

Ihr Mann fluchte, Papier raschelte und im nächsten Moment war er an ihrer Seite, legte den Arm um sie und führte sie zu dem Stuhl, auf dem er gerade gesessen hatte. Dankbar ließ sie sich darauf nieder. Er ging vor ihr in die Hocke, seine Hände ruhten auf ihren Knien.

»Eure Fiducia-Verbindung«, begann er langsam.

»Sie ist fort. Gerissen.« Sie holte bebend Luft. »Warum? Warum sie auch?«

Für einige Herzschläge schloss Zareius gequält die Augen. Sie wusste, dass er ebenfalls an sie dachte. An ihre frühere beste Freundin, die viel zu früh auf grausame Weise den Tod gefunden hatte. Ihr Verlust schmerzte Amanda noch immer. Selbst nach all den Jahren. In Roxana hatte sie nach all dem Kummer jemanden gefunden, dem sie rückhaltlos vertraute. Sie war ihre Verbündete gewesen, ihre Vertraute. Diejenige, mit der sie, ohne zu zögern, die Fiducia-Verbindung eingegangen war.

»Lass los, Amanda«, murmelte Zareius sanft. »Lass ihn zu, den Schmerz.«

Sie presste die Lippen zusammen, Tränen brannten in ihren Augen.

»Ich bin da. Es ist in Ordnung. Komm her.«

Mit verschleiertem Blick ließ sie sich vom Stuhl gleiten, spürte, wie er die Arme um sie schloss und sie an sich zog. Das war der Moment, in dem sie nicht länger stark sein konnte. Es nicht mehr sein brauchte. Hier unten in seinen Armen war sie nicht länger Lady Larodres, Anführerin der Königinnengarde, Magierin im Dienste der Königin von Fandoria. Jetzt war sie einfach nur Amanda, die zum zweiten Mal in ihrem Leben eine Freundin von unschätzbarem Wert verloren hatte. Ihre Schultern zitterten, als sie die Tränen zuließ, die allein Roxana galten.

Zareius brummte leise beruhigende Worte an ihr Haar, strich immer wieder ihren Rücken auf und ab, hielt sie fest, bis ihr leises Schluchzen verebbte und sie den Kopf von seiner Schulter löste.

»Ich hätte Elainia selbst begleiten sollen«, wisperte sie. »Was, wenn ihr ebenfalls etwas zugestoßen ist? Wenn sie …« Sie schaffte es nicht, die Worte zu formulieren.

»Hör auf, Amanda«, befahl Zareius sanft, aber eindringlich. »Zweifel nicht an den Entscheidungen, die du getroffen hast. Sie waren gut und richtig. Was auch immer Roxana widerfahren ist, wir dürfen nicht die Zuversicht verlieren, dass Elainia am Leben ist. Nicht, bis wir keinen eindeutigen Beweis für das Gegenteil vor Augen haben.«

»Trotzdem sollte ich bei ihr sein.«

»Du wirst hier gebraucht. Ohne dich wäre Königin Cierra jetzt ebenfalls tot. Diese Reise war und ist allein Elainias Aufgabe.«

»Dann versprich mir, dass wir unsere Mädchen nicht beide verlieren werden. Bitte.«

»Du weißt, dass ich das nicht kann.« Liebevoll wischte er ihr mit den Daumen die Tränen von den Wangen. »Glaube daran, Liebes, und gib die Hoffnung nicht auf.«

»Ich bin so müde, Zareius«, flüsterte sie. »So unendlich müde.«

»Ich bringe dich zum Palast. Erstatte der Königin Bericht, gib deine heutige Schicht ab und dann komm nach Hause.«

Ihr fehlte die Kraft, um zu protestieren, wie sie es normalerweise getan hätte. Also nickte sie bloß. Er half ihr auf die Beine, schob ihr eine Haarsträhne hinters Ohr und lächelte traurig. »Ich bin für dich da, Amanda. Immer und jederzeit.«

Das war er. Ein Leben ohne ihn konnte sie sich beim besten Willen nicht vorstellen. Hatte er sich doch schon immer um sie gekümmert. Hatte sie zurück ins Licht geholt, als sie es nach dem Tod ihrer besten Freundin aus eigener Kraft nicht aus der Dunkelheit hinausgeschafft hatte. Er kannte sie in- und auswendig. So wie sie ihn. Es gab nur wenige Menschen, die ihr volles Vertrauen besaßen. Einer davon war er.

»Komm jetzt«, murmelte er an ihrem Haar.

Sie schloss die Augen und holte tief Luft. Er mochte ein einfacher Mensch sein. Geboren ohne jegliche Magie in den Adern, aber er bewirkte Wunder auf seine ganz eigene Art. Wunder, die mehr wert waren als jede Magie der Welt.

***

Miranda

Ruhelos wanderte Mira vor der reglosen Gestalt der Krähenkönigin auf und ab. Immer wieder zuckte ihr Blick in die Richtung, in die Avis verschwunden war, um Elainia und Roxana zu suchen. Ihr Fingernagel riss ein, als sie zu ruckartig daran knabberte.

»Verdammt, verdammt, verdammt«, zischte sie. Wenn die drei nicht in fünf Minuten hier aufkreuzten, würde sie nicht länger sinnlos herumstehen.

Aufpassen hin oder her. Ela war ihre beste Freundin und nicht zu wissen, was mit ihr war, machte sie wahnsinnig. Gerade machte sie zum wiederholten Mal auf dem Absatz kehrt, als sich die Silhouetten von Avis und Elainia aus den Schatten der Felsen schälten. Im ersten Moment flutete Erleichterung ihr Herz und verwandelte sich im nächsten in eisige Furcht. Wo war Roxana?

Ihre Beine trugen sie wie von selbst auf die zwei zu. Sobald sie Elas tränenverschmiertes Gesicht sah, beantwortete sich ihre Frage von selbst. Wortlos schloss sie ihre Freundin in die Arme. Elainia erwiderte die Umarmung nicht. Wie eine lebendige Puppe lehnte sie an Miras Brust. Es brach ihr beinahe das Herz.

»Wir sollten uns dringend einen Unterschlupf für die Nacht suchen«, meinte Avis behutsam, als sie sich von Ela gelöst hatte.

Ohne viele Worte machten sie sich daran, ihre Bündel und Taschen zu schultern. Avis hob die Krähenkönigin hoch, Elainia hängte sich ihre Sachen um und wirkte dabei vollkommen apathisch. Noch bevor die Nacht vollkommen über sie hereingebrochen war, fanden sie etwas über dem Pfad gelegen eine kleine Höhle, die gerade genug Platz für sie alle bot und sie zumindest von drei Seiten her vor unerwünschten Blicken schützen konnte, während man vom Eingang eine gute Sicht über den Pfad hatte.

Avis bettete die Krähenkönigin vorsichtig auf dem sandbedeckten Boden. Sie stöhnte leise, kam jedoch nicht zu sich.

»Ich übernehme die erste Wache«, entschied Avis. »Ihr zwei müsst euch ausruhen.«

»In Ordnung«, murmelte sie, denn sie war schrecklich müde. Die Verwandlung hatte sie ausgelaugt und Roxanas Tod sorgte für schmerzende Erinnerungen an den Moment, in dem sie Teona eine Klinge ins Herz gejagt hatte.

»Und wir sollten auf Feuer verzichten.«

»Hm. Verstanden.«

»Ich wecke dich in ein paar Stunden.« Damit kroch er ins Freie, sodass sie bloß noch den Umriss seines Oberkörpers erahnen konnte.

Stille machte sich in der kleinen Höhle breit, die nur von den schweren Atemzügen der verletzten Magierin durchbrochen wurde.

»Ela?«, flüsterte Miranda und tastete nach ihrer besten Freundin. Sand und Steine blieben an ihren Fingern kleben, dann spürte sie Stoff und Haut. Elainia bewegte sich und verursachte ein Rascheln. Erst glaubte Mira, ihre Freundin hätte sich von ihr weggedreht, doch dann berührte Elas Hand die ihre und verschränkte ihre Finger mit Miras. Sanft erwiderte sie den Druck.

»Du bist nicht allein«, wisperte sie im Versuch, ihr ein wenig Trost zu spenden. So wie sie es im Moor getan hatte.

»Ich weiß.« Elas Stimme klang kratzig. »Danke, Mira.«

»Immer gerne.«

Eine Weile lag Miranda trotz ihrer Erschöpfung wach und starrte an die schwarze Höhlendecke. Wenn sie sich konzentrierte, konnte sie den schalen tierischen Geruch wahrnehmen, der vom Sandboden ausging. Offenbar waren sie nicht die Ersten, die hier Unterschlupf suchten. Irgendwann aber schlich der Schlaf auf samtigen Pfoten heran und hüllte sie in einen Kokon aus unendlichem Nichts.

Kapitel 20

Verschwunden

Elainia

»Sie wacht auf.«

Mirandas aufgeregte Stimme riss Elainia aus dem Schlaf. Benommen blinzelte sie ins hereinfallende Tageslicht. Ihre Augen fühlten sich geschwollen an von den Tränen, die sie in der Nacht stumm vergossen hatte, damit Mira und Avis es nicht mitbekamen. Fahrig rieb sie sich über das Gesicht.

»Was ist los?«, fragte sie, während sie sich aufsetzte, die Decke zur Seite schlug und sich zu ihrer Freundin umdrehte.

»Die Krähenkönigin. Sie wacht auf.«

Ihre Worte wirkten besser als eine Handvoll kaltes Wasser, das sie sich zu Hause gerne ins Gesicht gespritzt hatte, um den letzten Rest Schlaf zu vertreiben. Auf Knien krabbelte sie zu Mira und Avis hinüber, die sich beide über die verletzte Magierin beugten. Tatsächlich ging deren Atem deutlich unregelmäßiger, ihre Lider zuckten, ihre Finger krümmten sich um die Decke. Als sie endlich die Augen aufschlug, hielt Elainia unwillkürlich den Atem an. Ein Schwall Verwirrung, Schmerz und Schwäche schwappte ihr entgegen. Die Magierin bewegte die spröden Lippen, doch kein Ton drang aus ihrem Mund. Dennoch erkannte Elainia, was sie wollte. Wasser. Rasch kramte sie aus ihrer Tasche den halbvollen Trinkschlauch.

»Kannst du …?«, setzte sie an Avis gewandt an, brach aber mitten im Satz ab, als sie sah, dass er den Kopf der Krähenkönigin bereits stützte, sodass sie ihr das Wasser einflößen konnte. Die Magierin schluckte angestrengt, ein Rinnsal tropfte über ihr Kinn auf ihren Oberkörper.

»Besser?«, fragte sie und erhielt ein Nicken, das so schwach war, dass sie es fast übersehen hätte.

»Lasst uns schnell etwas essen und dann aufbrechen«, schlug Mira vor. »Ich will endlich runter von diesen Bergen.«

Da war sie nicht die Einzige. Elainia konnte es kaum erwarten, endlich wieder uneingeschränkten Blick über die vor ihr liegende Landschaft zu haben, Gras zu spüren und Bäume zu sehen. Gleichzeitig zerriss es sie innerlich, zu gehen und Roxana hierlassen zu müssen. Avis und sie hatten ihren Leichnam zwar mit Steinen bedeckt, um Krähen, Füchse und andere Tiere von ihr fernzuhalten, aber das war kein Grab, das der Kriegerin würdig war. Nicht einmal im Ansatz. Krampfhaft versuchte sie die in ihr hochsteigende Trauer zurückzudrängen, aber das funktionierte nur für einen kurzen Moment. Sobald sie sich wieder auf dem Pfad bergab befanden, tauchte immer wieder Roxanas bleiches Gesicht vor ihrem inneren Auge auf und schürte die Schuld in ihrem Herzen. Sie wollte gar nicht daran denken, wie es ihrer Mutter gehen musste, welche Schmerzen sie erlitten haben musste, als die magische Verbindung, die die beiden geteilt hatten, durch Roxanas Tod gerissen war.

Mühevoll verdrängte sie den Gedanken an ihre Mutter und konzentrierte sich stattdessen auf ihre Schritte. Avis, der vor ihr lief, trug die Krähenkönigin, die erneut das Bewusstsein verloren hatte, wie ein Kind, vorsichtig darauf bedacht, ihre Wunden zu schonen. Er hatte sich schlichtweg geweigert zu fliegen und Elainia allein laufen zu lassen. Ihr fehlten die Nerven, um mit ihm darüber zu diskutieren. Nun kamen sie zwar langsamer voran, dafür sorgte ihr gemeinsamer Abstieg für etwas Ablenkung.

Bis zum Mittag hatten sie eine gute Strecke zurückgelegt. Avis war schweißgebadet, doch er beschwerte sich nicht. Nicht ein einziges Mal, wofür sie ihn bewunderte. Die Krähenkönigin mochte nur Haut und Knochen sein, ihr Gewicht war trotzdem nicht zu verachten.

»Gib mir deine Tasche«, wies sie ihn an. Dankbar übergab er ihr sein Bündel. Mira bot an, es ihr abzunehmen, sollte es ihr zu schwer werden. So kämpften sie sich weiter voran.

»Beim besten Willen, ich kann nicht mehr«, ächzte Avis, als sie am Nachmittag eine kurze Pause einlegten. »Mein gesamter Oberkörper fühlt sich an wie von einer Kutsche überrollt.«

Elainia sah sich um und traf eine Entscheidung. »Dann rasten wir hier bis morgen früh. Es dürfte nicht mehr weit bis zum Fuß der Berge sein. Noch liegen wir gut in der Zeit.«

Während sie sprach, ließ Avis sich zu Boden sinken, befreite sich von der Krähenkönigin und drückte den Rücken durch. »Wenn ihr nichts dagegen habt, werde ich mich eine Weile hinlegen«, erklärte er und wirkte dabei wirklich erschöpft. Seine Flügel hingen schlaff herunter, er gähnte und riss den Mund dabei so weit auf, dass er jedem Wüstenlöwen Konkurrenz machen könnte.

»Wir passen auf«, versicherte Elainia mitfühlend. »Schlaf ruhig.«

Nachdem sie mit Mira in Windeseile aus den kargen Dornenbüschen ein Lagerfeuer geschichtet und entzündet hatte, blickt ihre Freundin sie streng an. »Du solltest dich auch ausruhen.«

»Mir geht's gut.«

»Und warum siehst du aus, als würdest du ebenfalls gleich im Sitzen einschlafen?«

»Tue ich überhaupt nicht.« Dass ihr Protest kläglich klang, hörte sie selbst. Miranda hatte recht.

»Ist das für dich in Ordnung?«, wollte sie wissen, denn sie spürte, dass auch ihre Freundin mit den Nachwirkungen des langen Marschs zu kämpfen hatte.

»Absolut. Ich mache es mir einfach hier bequem, während ihr schlaft.«

»Weck mich in einer Stunde.«

»Mal sehen.«

»Mira.«

»Schon gut.« Ihre Freundin bedachte sie mit einem nachsichtigen Lächeln.

Sekunden später hatte Elainia sich in ihre Decke gewickelt. Der Schlaf wollte jedoch nicht kommen. Stattdessen dämmerte sie vor sich hin, sah Roxana ein zweites Mal sterben und ihre Mutter sich unter Schmerzen mitten im Thronsaal krümmen, bevor sie zusammensackte. Keuchend fuhr sie hoch. Ihr Herz hämmerte in ihrem Brustkorb, als beabsichtigte es herauszuspringen.

»Nur ein Traum«, wisperte sie zu sich selbst. »Es war nur ein Traum.« Nach und nach beruhigte sich ihr gehetzter Atem. Jetzt erst bemerkte sie, dass ihre Decke sich wie Fesseln um ihre Beine geschlungen hatte. Rasch entwirrte sie das Durcheinander und schaute sich um. Avis schlief unweit von ihr, das Feuer war heruntergebrannt und Mira lehnte mit dem Rücken an dem Felsen direkt daneben. Ihr Kopf war auf die Brust gesunken. So viel dazu. Dann blieb ihr Blick an dem provisorischen Lager aus Umhängen kleben, das sie für die Krähenkönigin hergerichtet hatten. Es war leer.

Wie von einer Schlange gebissen wirbelte sie herum. Keine Spur von der verletzten Magierin. Mit drei langen Schritten war sie bei Miranda, packte sie an den Schultern und rüttelte sie unsanfter, als es vielleicht notwendig gewesen wäre.

»Wo ist sie?«, fuhr sie Mira an.

Ihre Freundin schreckte auf, die Augen panisch aufgerissen, ehe sie Elainia erkannte. »Wo ist wer?«

»Die Krähenkönigin! Sie ist weg.«

Mira zuckte bei ihrem schroffen Tonfall sichtbar zusammen, ehe ihr Blick an ihr vorbeihuschte. »Ich weiß es nicht. Sie lag bis eben hier.« Hilflos deutete Mira auf die Umhänge. »Ich bin eingenickt. Es tut mir leid, Ela.«

Elainia rang um Beherrschung. »Das hätte nicht passieren dürfen!« Sie würde nach Roxana nicht auch ihre Schwester verlieren, verdammt.

»Immer mit der Ruhe.« Avis war zu ihnen getreten. Er sah verschlafen aus, doch seine braunen Augen waren klar wie geschliffener Bernstein. Behutsam legte er ihr eine Hand auf den Unterarm.

Wie von selbst streckte ihre Magie die Fühler aus und sie spürte ein weiteres Mal nichts. Dennoch dämpfte dieses Nichts ihren flackernden Zorn ein wenig.

»Weit kann sie nicht gekommen sein. Sie ist noch viel zu schwach. Wir teilen uns auf und suchen sie, in Ordnung?«

Elainia nickte knapp, entzog sich seiner Berührung, obwohl sie so viel mehr von seiner beruhigenden Wirkung auf sie gebraucht hätte. »Wir treffen uns spätestens bei Einbruch der Dämmerung wieder hier«, ordnete sie an, ehe sie sich umwandte und in südlicher Richtung davonstapfte.

Kaum dass sie ihre Freunde hinter sich gelassen hatte, war sie allein mit ihrer Wut, ihrer Trauer und ihrem Schmerz. Der Moment, als das Licht in Roxanas Augen erloschen war, als ihr Atem erstarrt war und ihr Herz zu schlagen aufgehört hatte, hatte sich in ihrem Gedächtnis fest verankert. Noch immer glaubte sie zu fühlen, wie das Leben aus der Kriegerin herausfloss und was sie gespürt hatte, als ihre Emotionen ein letztes Mal aufgeglüht waren. Den Schmerz ihrer Verletzungen, Kummer darüber, was sie Amanda mit ihrem Tod antat, aber auch Stolz, Elainia gerettet zu haben, und schlussendlich Akzeptanz. Akzeptanz, diese Welt zu verlassen und den toten Göttern zu folgen.

Tränen verschleierten Elainias Blick. Fahrig wischte sie sich über die Augen, stolperte über die am Boden liegenden Steine. Ihr Atem ging unregelmäßig. Sie musste sich zusammenreißen, verdammt. Musste diese Krähenkönigin finden, bevor sie sich selbst vollständig heilen und verschwinden konnte. Denn wenn das geschah, wäre Lariel verloren. Dann würden der König und Prinz Cassian ebenfalls sterben.

Gewaltsam verdrängte sie die Erinnerungen an Roxanas Tod, sperrte das Echo der Gefühle weg, das sie so sehr aus der Fassung brachte, und öffnete die Mauern um ihre Magie. Das Glück schien auf ihrer Seite zu sein und sie war unglaublich froh darüber, dass Avis mit seiner Vermutung recht behalten hatte. Die Krähenkönigin war nicht weit gekommen. Elainia konnte ihre Schwäche wahrnehmen, ihre drängende Entschlossenheit weiterzulaufen, nur fort von ihnen.

Sie beschleunigte ihre Schritte, bemühte sich auf dem steinigen Gelände nicht auszurutschen und folgte der immer intensiver werdenden Spur von Emotionen. Hastig tauchte sie unter einem Felsvorsprung hinweg, schob sich um eine Kante und entdeckte die Magierin in nur wenigen Fuß Entfernung.

»Bleibt stehen!«, rief sie. Ihre Stimme wurde von den Felswänden zurückgeworfen, hallte unheilvoll in der Luft wider. Doch die Krähenkönigin scherte sich nicht um ihren Befehl. Unbeirrt lief sie weiter, eine Hand auf ihre Seite gepresst, die andere nutzend, um sich abzustützen.

Frustriert stieß Elainia ihren Atem aus. Innerhalb weniger Sekunden hatte sie die Frau eingeholt, packte ihren Arm und zwang sie, sich zu ihr herumzudrehen. Verachtung sprühte ihr aus den graugrünen Augen der Magierin entgegen.

»Fass mich nicht an«, zischte sie und entzog sich Elainias Griff mit einem kräftigen Ruck, der sie selbst ins Wanken brachte. Schmerz huschte über ihre Miene.

»Wegzulaufen war das Dümmste, das Ihr hättet tun können«, entgegnete Elainia frostig.

»Ihr hättet mich niemals mitnehmen dürfen«, wurde sie im Gegenzug angefahren. »Ich kann euch nicht helfen.«

»Das werdet Ihr. Ob Ihr wollt oder nicht.« Damit lenkte Elainia ihre Magie in die Krähenkönigin, um sie zu überzeugen, doch sie stieß auf eine Barriere. Stärker und machtvoller, als sie je zuvor eine gespürt hatte. Im nächsten Moment zog ihre Magie sich so rasant in sie zurück, dass Elainia ein brennender Schmerz durch den Brustkorb zuckte. Mit einem Keuchen taumelte sie nach hinten.

»Versuch das nie wieder«, warnte die Krähenkönigin tonlos.

»Sonst was?«, konnte Elainia sich nicht verkneifen zu fragen, während der Schmerz in ihrem Oberkörper langsam abklang.

Die Magierin ging nicht darauf ein. Stattdessen wurde Elainia furchtbar warm. Schweiß trat ihr auf die Stirn, ihr Herzschlag beschleunigte sich. Sie fühlte sich fiebrig und benommen. Ihre Knie wackelten wie Grashalme im Wind. Zudem war ihr unglaublich heiß. Das Blut schien in ihren Adern zu kochen, es rauschte in ihren Ohren, ihre Kleidung klebte ihr feucht auf der Haut.

»Aufhören!« Wie durch Watte vernahm Elainia Avis' Stimme. »Ihr bringt sie um!«

»Ich sollte euch alle umbringen«, keuchte die Krähenkönigin.

»Und dann? Verkriecht ihr Euch wieder in Eurer Höhle? Ist es Euch das wert? Drei Leben für Eures, bloß um zurück in Einsamkeit und Dunkelheit zu sein?«

Elainia sackte zu Boden. Sie schien von innen heraus zu verbrennen, wollte ihre Qual herausschreien, doch sie bekam keinen Laut über die Lippen.

»Du hast ja keine Ahnung, wovon du sprichst.«

»Da irrt Ihr Euch gewaltig. Außerdem schadet Ihr Euch in Eurem Zustand nur selbst, wenn Ihr so viel Magie anwendet. Bitte hört auf.«

Elendig lange Sekunden verstrichen, in denen Elainia sich vor Schmerzen am Boden krümmte, ehe das Feuer in ihr urplötzlich erlosch. Um Atem ringend blieb sie einfach auf der Stelle liegen. Ihre Glieder zitterten. Noch nie hatte sie die tödliche Spezialisierung der Blutberührung mit eigenen Augen gesehen, geschweige denn am eigenen Leib erfahren. Ein Erlebnis, auf das sie für immer verzichten konnte.

»Elainia.« Avis' Stimme klang besorgt.

Mühsam hob sie die Lider und stemmte sich in eine sitzende Position.

»Alles in Ordnung«, murmelte sie. »Es geht schon wieder.«

»Bist du sicher?« Sein Blick glitt über ihren Körper, als würde er nach äußeren Verletzungen suchen.

»Ja.« Sie probierte sich an einem Lächeln. »Danke. Was ist mit ihr?« Sie spähte an ihm vorbei und atmete auf. Aschfahl lehnte die ältere Magierin an der Felswand, die Augen halb geschlossen, ein blutiger Fleck zeichnete sich dort auf ihrem schmutzigen Gewand ab, wo der Pfeil sie verletzt hatte. Schon wieder hatte Avis recht behalten. Mit ihrem Versuch, Elainia auszuschalten, hatte sie sich nur selbst geschadet.

»Bringen wir sie und dich zurück ins Lager«, bestimmte Avis. »Kannst du aufstehen?«

Sie nickte und ließ zu, dass er seinen Arm um sie legte und ihr Halt gab. So ganz traute sie ihren Beinen nämlich nicht. Doch sie hielten sie. Gemeinsam überwanden sie die wenigen Meter, die sie von der Krähenkönigin trennten. Achtsam darauf bedacht, bei jeder plötzlichen Bewegung ihrerseits auf Abstand gehen zu können. Prüfend tastete Elainia nach ihren Emotionen und empfing nichts. Die Magierin hatte sich vollkommen abgeschottet. Hätte sie das vorhin schon getan, hätte Elainia sie niemals so schnell aufspüren können.

»Kommt Ihr freiwillig mit oder müssen wir Euch erst überwältigen?«, wollte Avis wissen.

Sie bedachte ihn mit einem giftigen Blick, an ihrem Kiefer zuckte ein Muskel, so fest presste sie die Zähne aufeinander. Dennoch setzte sie sich in Bewegung. Avis lief vorneweg, Elainia blieb hinten. Sie hatte nicht vor, dieser Frau den Rücken zuzukehren.

»Wir fesseln sie«, entschied sie, sobald sie ihren Rastplatz erreicht hatten.

Miranda wartete bereits an der Feuerstelle und kramte sogleich ein Seil aus ihrer Tasche. Ohne die Magierin anzusehen, schnürte Elainia ihr die Handgelenke vor dem Körper zusammen, ehe sie aus den Tiefen ihres eigenen Beutels das Schwarzeisenarmband hervorholte. Es widerstrebte ihr, eine Magierin von ihren Kräften zu trennen, doch diese Frau hatte bereits zu viel Unheil angerichtet.

»Was ist das?« Argwohn klang in jeder Silbe mit, als die Krähenkönigin vor Elainia und dem Armreif zurückwich.

»Eine reine Vorsichtsmaßnahme«, antwortete Elainia, streckte den Arm aus, packte sie und ließ den Reif um ihren Unterarm schnappen. Die Reaktion erfolgte prompt. Kaum hatte das kalte Metall sich auf ihre Haut gelegt, zuckte die Magierin zusammen, ihre Augen weiteten sich und zum ersten Mal konnte Elainia etwas anderes als Abscheu und Feindseligkeit darin lesen. Es war Furcht. Wovor, konnte sie nicht klar bestimmen, denn die Mauern um ihre Gefühle war nach wie vor undurchdringbar. Elas Blick huschte zu dem Blutfleck auf der Tunika der Krähenkönigin, der inzwischen deutlich größer geworden war.

»Setzt Euch hin. Ich muss mir Eure Wunde anschauen.«

Schweigend gehorchte die Frau, doch Elainia sah ihr den Widerwillen deutlich an, der in jeder ihrer steifen Bewegungen mitschwang. Langsam lehnte sich die Magierin mit dem Rücken gegen einen Felsen und schloss die Augen. Elainia nutzte den Moment, um Avis heranzuwinken, der ihr mit flinken Fingern half, die Tunika hochzuschieben und den notdürftigen Verband zu lösen, der sich ebenfalls vollgesogen hatte. Die Naht darunter war gerissen. Elainia legte den Kopf in den Nacken und atmete tief durch, um nicht die Fassung zu verlieren. Das hätte nicht passieren müssen, wenn Miranda nicht eingeschlafen wäre. Wenn die Magierin nicht so töricht gewesen wäre zu glauben, sie könnte ihnen davonlaufen.

»Ich mache das«, murmelte Avis besänftigend. Er schien ihr anzumerken, wie es um ihre Beherrschung bestellt war. »Hol mir einfach alles, was ich brauche.«

Sie nickte, rappelte sich auf und ging zum Feuer, um das ihre Bündel lagerten. Mira hatte die Glut neu entfacht, Holz nachgelegt und hockte daneben. Elainia wich ihrem Blick aus. Sie wollte nicht sauer auf ihre beste Freundin sein, schließlich waren sie doch alle müde. Jeder von ihnen hätte während der Wache wegdämmern können. Es war falsch von ihr, die Schuld auf Mira abzuwälzen, nur weil es einfach schien.

Hastig durchwühlte sie Avis' Beutel nach neuen Verbänden, Nadel und Faden. Die Nadel hielt sie kurz in die Flammen, ehe sie einen Faden durch das Öhr fädelte und zu der Fee zurückkehrte.

»Das wird jetzt schmerzhaft«, warnte Avis die Krähenkönigin, beugte sich über sie, wischte das frische Blut weg und setzte die Nadel an.

Elainia hielt sich bereit für den Fall, sie festhalten zu müssen, doch die Magierin ertrug die Prozedur mit eiserner Miene. Einzig die kurzen Atemzüge und ihr angespannter Körper zeigten, dass sie sehr wohl litt.

Nachdem Avis die Verbände angelegt hatte, breitete er eine ihrer Decken über der Krähenkönigin aus und folgte Elainia ans Feuer. »Ich glaube nicht, dass sie einen zweiten Fluchtversuch wagen wird«, meinte er, während er seine Hände mit etwas Wasser aus dem Trinkschlauch wusch.

»Ich würde es ihr auf jeden Fall nicht raten«, brummte Elainia. Ohne es zu beabsichtigen, glitt ihr Blick zurück zu der Magierin. Jetzt, gefesselt und abgeschnitten von ihrer Magie, wirkte sie alles andere als bedrohlich. Im Gegenteil. Ausgezehrt und entkräftet traf es deutlich besser. Immerhin war sie endlich richtig wach und würde hoffentlich den Rest des Weges bis nach Nirad selbst gehen können.

»Hier.« Avis drückte ihr einen Kanten Brot mit Käse in die Hand und lenkte so ihre Aufmerksamkeit fort von der Magierin.

»Danke.«

»Du solltest dich bei Mira entschuldigen«, meinte er leise.

»Das brauchst du mir nicht zu sagen«, entgegnete sie seufzend. »Ich weiß es selbst.« Ohne viel zu schmecken, schlang sie Brot und Käse hinunter, erhob sich und lief um das Feuer herum.

»Darf ich?«, fragte sie versöhnlich.

Mira nickte starr. In ihren Augen spiegelten sich die knisternden Flammen, die Knie hatte sie eng an den Körper gezogen.

»Es tut mir leid«, begann Elainia. »Ich hätte dich vorhin nicht so anfahren dürfen. Du warst ebenso müde wie wir alle. Vermutlich wäre ich auch eingeschlafen, hätte ich Wache halten sollen. Und wer konnte denn ahnen, dass sie stark genug ist, um wegzulaufen. Verzeihst du mir?«

Mira ließ sie zappeln. Dann jedoch stieß sie einen schweren Seufzer aus. »Weil du es bist und ich es nicht ertrage, wenn die Luft zwischen uns zum Schneiden dick ist.« Ein zaghaftes Lächeln erschien auf ihren Lippen. »Ich weiß doch, wie sehr wir Streit verabscheuen.«

»Wie den *Grauen Tod*. Und Krampfwurzkraut. Und Attentäter mit Schwarzeisenwaffen. Und –«, zählte Elainia auf, ehe Mira ihr ins Wort fiel.

»Genau das.«

»Schön, dass wir uns einig sind.«

»Sind wir uns doch meistens.« Miras Lächeln wurde breiter.

Elainia erwiderte es. »Von nun an passen wir einfach doppelt so wachsam auf unsere Wundermagierin auf.«

»Mit jedem Auge, das wir entbehren können.«

»Habt ihr euch wieder vertragen?« Avis tauchte bei ihnen auf, die Brauen fragend in die Höhe gezogen.

»Wir haben uns nie gestritten«, konterte Mira. »Das war höchstens eine kleine Gemütsverstimmung.«

»Wenn das so ist.«

»Setz dich«, forderte Elainia ihn auf und klopfte auf den Boden neben sich.

Er ließ sich nicht zweimal bitten. Seine gesamte rechte Seite berührte die ihre und jagte ein wohliges Kribbeln durch ihren Körper. Von der anderen Seite lehnte Mira sich gegen sie. Gefühle von Zufriedenheit und Geborgenheit machten sich in ihr breit. Sie ergriff erst Avis' Hand, dann Mirandas und versuchte ihnen mithilfe ihrer Magie zu zeigen, wie dankbar sie war, sie zu haben.

»Was war das?«, stieß Avis erstaunt hervor.

»Ein stilles Dankeschön«, antwortete sie lächelnd.

Im nächsten Moment zerriss ein Schrei die hereinbrechende Dunkelheit.

Kapitel 21

Magie für einen Preis

Elainia

Elainia gefror das Blut in den Adern. In Sekundenschnelle war sie auf den Beinen, zückte den Dolch aus ihrem Gürtel und verfluchte sich dafür, ihr Schwert bei ihren Sachen liegen gelassen zu haben. Sie hastete um das Feuer herum, registrierte die massige Gestalt, die sich mit gezogener Waffe über die hilflos gefesselte Krähenkönigin beugte und ausholte.

»Weg von ihr!«, brüllte sie, zielte und schleuderte den Dolch, der sich einen Atemzug später in den Rücken des Mannes bohrte. Sie überwand die letzten Meter, riss ihre Waffe heraus und versetzte dem Kerl einen Tritt, der ihn in den Dreck beförderte, wo er regungslos liegen blieb.

Atemlos ging sie neben der Krähenkönigin in die Hocke. »Alles in Ordnung?«

Die Magierin starrte sie aus aufgerissenen Augen an. Allerdings wirkte sie weder panisch noch verängstigt, sondern zornig. Sie atmete abgehackt. »Mach mich los«, presste sie hervor. »So bin ich vollkommen wehrlos.«

Elainias Gedanken überschlugen sich. Bevor sie jedoch die Gelegenheit bekam zu reagieren, hörte sie Avis warnendes Brüllen. Sie sprang auf, wirbelte herum und hob in letzter Sekunde den Arm. Der Schlag des Angreifers sandte eine Schockwelle durch ihren Körper. Ihre Muskeln zitterten. Wie viele waren es? Wie viele griffen sie an? Was war mit ihren Freunden? Aus dem Augenwinkel erkannte sie, dass sowohl Mira als auch Avis in einen Kampf verwickelt waren. Klingen blitzten im Feuerschein, das Klirren von Metall auf Metall erfüllte die Luft. Unterdessen drückte der Mann vor ihr sein

Schwert zur Seite und holte von Neuem aus. Elainia blieb keine Zeit zum Nachdenken. Ihr Körper reagierte so, wie Magistra Darkla es ihr jahrelang eingebläut hatte. Gleichzeitig rief sie ihre Magie, schickte sie dem Fremden entgegen und ließ sie seine Emotionen durchwühlen. Seine Abwehr war schwach, was es ihr einfach machte. Eisenharte Zielstrebigkeit dominierte seine Gefühle. Dazwischen arrogante Selbstsicherheit und ein Anflug von Triumph. Als hätte er sie bereits besiegt. Elainia schnaubte verächtlich, duckte sich unter seinen Schlägen weg und tänzelte um ihn herum, während sie ihre Magie wirken ließ. Mit imaginären Fingern griff sie nach seiner Selbstsicherheit, zerpflückte sie Stück für Stück und säte stattdessen Zweifel und Hemmungen. Hemmungen, ihr wehzutun. Verwirrung huschte über sein grimmiges Gesicht. Seine Bewegungen verloren an Kraft, seine Schläge wurden unsicher.

»Schon genug?«, fragte sie herausfordernd.

»Was hast du mit mir gemacht?«, knurrte er sichtlich verunsichert.

»Verwirrt Euch das? Das war der Plan und jetzt schlaft schön.« Es reichte ein gezielter Schlag mit dem Knauf ihres Dolchs gegen seine Schläfe und er folgte seinem Komplizen auf den Boden. Der Unterschied zwischen ihnen war nur die Tatsache, dass der nicht mehr lebte.

Prüfend zuckte ihr Blick zu ihren Freunden. Avis kämpfte gegen drei Männer gleichzeitig. Mit nichts als seinen zwei kurzen Messern, doch es machte nicht den Anschein, als benötigte er Hilfe. Im Gegenteil. Die Art und Weise, wie er sich bewegte, auswich und vorstieß, als wäre er eine Schlange, raubte ihr den Atem. Wo hatte er gelernt, so zu kämpfen? Sie war schwer beeindruckt. Mehr als das.

»Ja, hau ab!«, hörte sie Miranda siegessicher rufen. »Feigling!« Ihre Freundin reckte den Daumen in die Höhe, ehe sie sich über die Stirn wischte.

Elainia spürte keinen Schmerz an ihr. Es ging ihr gut. Ihr Gegner hatte die Flucht ergriffen. Und Avis kam zurecht. Den letzten der drei Angreifer beförderte er mit einem brutalen Schlag auf den Nacken zu Boden. Elainia glaubte zu hören, wie Knochen knirschten. Schwer atmend stieg er über die reglosen Körper hinweg, direkt auf Mira zu, die blutigen Messer noch immer fest umklammert. Er machte den Eindruck, als würde er einen Feind anvisieren. Nur dass Mira nicht seine Feindin war. Was also sollte das?

»Avis!«, rief sie. Sein gleichmäßiger Schritt stockte. Nun richtete auch Mira ihre Aufmerksamkeit auf ihn und runzelte die Stirn.

»Avis?«

In einer fließenden Bewegung hob er die Klingen. Bereit, Mira anzugreifen. Elainia wollte gerade loslaufen, als er mitten in der Bewegung erstarrte, die Schultern sinken ließ und sich mit dem Unterarm fahrig über die Stirn rieb.

»Alles in Ordnung?«, fragte Mira.

Als er nickte, atmete Elainia auf und kniete sich wieder neben die Krähenkönigin.

»Wir haben alles unter Kontrolle«, versicherte sie ihr. »Ich traue Euch nicht, deswegen werde ich Eure Fesseln nicht lösen. Am Ende beschließt Ihr in dem Durcheinander ein zweites Mal die Flucht zu ergreifen. Ihr werdet Euch darauf verlassen müssen, dass ich Euch nicht sterben lasse. Immerhin brauche ich Euch noch.«

Anstelle einer Erwiderung bedachte die Magierin sie mit einem Blick, der vor Verachtung nur so troff. Irgendwie konnte Elainia es ihr nicht verübeln. Sie an ihrer Stelle würde sicherlich ähnlich wütend sein. Aber sie konnte das Risiko nicht eingehen, die Frau ein weiteres Mal entwischen zu lassen. Also ließ sie die Abneigung der Krähenkönigin, ohne mit der Wimper zu zucken, über sich ergehen. Das Knirschen von Stiefeln auf Stein hinter sich vernahm sie jedoch viel zu spät. Alarmiert fuhr sie herum und sah ein Schwert auf sich zurasen. Instinktiv wollte sie sich zur Seite rollen, doch der Körper des bewusstlosen Angreifers hinderte sie daran. Schon zuckte rasender Schmerz ausgehend von ihrem Bauch durch ihren Körper. Sie schrie. Schrie vor Pein. Schrie so gellend wie noch nie zuvor.

Während grelle Lichter vor ihren Augen explodierten, zog der Mann die Klinge quälend langsam aus ihrem Fleisch. Warme Flüssigkeit sickerte zwischen ihren Fingern hindurch, die sie im Reflex auf ihren Bauch gepresst hatte. Blut. Ihr Blut. Um Atem ringend krümmte sie sich zusammen. Ihr

Oberkörper war ein einziger Herd aus Schmerz. Brennend und Pulsierend. Und mit jedem Pochen quoll mehr Blut aus der Wunde, wich ihre Lebenskraft. Kälte erfasste ihre Glieder, betäubte den Schmerz und brachte weiche Schwärze mit sich, die unendlich verlockend schien. Die Schreie erstarben auf ihren Lippen. Ihre Lider wurden bleischwer.

»Elainia!« Jemand schlug ihr auf die Wange. Irgendwo in den Tiefen ihres Gehirns erinnerte sie sich an die Stimme. Die Dunkelheit zog sich zurück wie eine Welle. Doch sie verschwand nicht. Sie lauerte, kroch wieder voran und rief ihren Namen.

»Bleib bei uns, Ela. Verdammt noch mal, wag es nicht, die Augen zu schließen!« Wie Stahl schnitt die zweite Stimme in ihr Bewusstsein und verbot ihr genau das, wonach sie sich sehnte.

»Wir müssen etwas tun! Sie stirbt.«

»Verflucht, das sehe ich selbst, Mira.«

Die Stimmen entfernten sich, stumpften ab, wurden dumpf und undeutlich. Die Schwärze erkannte ihre Chance und überrollte sie mit ganzer Wucht.

***

Elainia watete durch Nichts. Sie bekam keine Luft. Jedes Mal, wenn sie versuchte einzuatmen, glaubte sie Wasser in ihre Lungen zu saugen. Ihre Kehle brannte, sie wollte husten, doch alles, was sie hervorbrachte, war ein klägliches Keuchen. Fühlte es sich so an, tot zu sein? So schmerzhaft? Plötzlich wurde sie von gleißendem Licht geblendet. Aus Schwarz wurde Weiß. Wimmernd schloss sie die Lieder, aber die Helligkeit stach weiterhin unbarmherzig in ihre Augen. Ihr Bauch begann zu schmerzen. Erst war es bloß ein schwaches Stechen, dann ein Reißen. Es sollte aufhören! Aufhören! Ein Sog erfasste ihren Körper, zerrte sie in die die Höhe, immer schneller und schneller. Als sie das nächste Mal panisch nach Luft schnappte, floss tatsächlich Sauerstoff in ihre Lungen. Gierig atmete sie wieder und wieder ein. Mit jedem Atemzug spürte sie neue Kraft in ihren schweren Gliedern. Sie krümmte die Finger. Sand sammelte sich unter ihren Fingernägeln. Sand! Da wusste sie, dass sie lag. Etwas drückte gegen ihre Wirbelsäule, kühler Wind streifte ihr Gesicht. Sie musste die Augen öffnen. Der Drang war so übermächtig, dass sie an nichts anderes mehr denken konnte. Ihre Lider schienen Tonnen zu wiegen.

Sterne. Silberleuchtende Wolken. Nachtschwarzer Samt. Der Himmel. Ein Gesicht schob sich über sie. Unscharf erst, ehe sich die Konturen klärten.

»A … vis«, formten ihre Lippen. Ihre Stimmbänder wehrten sich gegen die Laute, die sie formulieren wollte.

»Ja, ich bin es.«

»Avis«, wiederholte sie. Diesmal fiel es ihr deutlich leichter.

»Richtig, Ela.«

»Wo bin ich?«

»In Sicherheit.«

War sie denn in Gefahr gewesen? Kaum hatte sie den Gedanken zu Ende gedacht, nahm ihr Kopf die Arbeit endlich richtig auf. Dutzende Erinnerungen stürmten auf sie ein wie eine Horde wildgewordener Pferde. Ihr Puls schoss in die Höhe.

»Bin ich … tot?«

Avis' Lippen verzogen sich zu einem beruhigenden Lächeln.

»Nein. Zum Glück nicht. Jedoch war es haarscharf.«

Endlich löste die bleierne Schwere die Klauen von ihren Gliedern, der Nebel in ihrem Kopf hob sich. Dieser Mann hatte ihr sein Schwert in den Bauch gerammt. Das konnte sie nicht überlebt haben.

»Aber wie?«, krächzte sie.

»Sie hat dich gerettet.« Avis deutete mit dem Kinn auf die Krähenkönigin, die abseits der Feuerstelle kauerte, den Blick starr auf einen nicht definierbaren Punkt in der Ferne gerichtet.

»Was?« Benommen stützte Elainia sich auf die Ellenbogen.

»Du wärst verblutet. Die Wunde war zu tief.« Avis' Stimme klang belegt. »Ich konnte dich nicht verlieren. Also haben Miranda und ich sie angefleht, dich zu heilen.«

»Und sie hat es einfach so getan?« Elainia wollte nicht recht glauben, was Avis da erzählte, doch die Tatsache, dass ihr Bauch unter der blutgetränkten Tunika unversehrt und schmerzfrei war, bewies, dass er die Wahrheit sagte.

Er zögerte. »Sie hat etwas im Gegenzug verlangt.«

»Was?« Ruckartig setzte Elainia sich auf und stöhnte, als die Welt sich zu drehen begann.

»Langsam.« Avis strich ihr über den Rücken. »Dein Körper muss sich noch von dem Blutverlust erholen.«

Mit geschlossenen Augen holte Elainia mehrere Male tief Luft, kämpfte den Schwindel nieder und blinzelte dann in den Nachthimmel, bis die Sterne zu tanzen aufhörten.

»Was hat sie gewollt?«, wiederholte sie ihre Frage mit mehr Nachdruck. Trotz der Schatten der Nacht bemerkte sie, wie sehr Avis mit sich rang. Falten gruben sich in seine Stirn, seine Brauen waren eng zusammengezogen.

»Sprich mit mir«, bat sie sanft und legte ihm ihre Hand auf die Wange. »Bitte.«

Er stieß hörbar Luft aus. »Sie wollte wissen, ob dir bewusst ist, warum ich hier bin.«

Verwirrt verzog Elainia das Gesicht. »Du bist meinetwegen in die ganze Sache hineingeraten und hast deswegen darauf bestanden, uns auf diese Reise zu begleiten.«

Als Avis sich nicht regte, wurde ihr flau im Magen. »Oder nicht?« Sie ließ ihren Arm sinken.

»Es gibt noch einen anderen Grund«, presste er schließlich hervor.

»Welchen?«, hakte sie nach.

»Ich brauche ihre Kräfte genauso wie du.«

»Warum?«

»Das ist eine sehr lange Geschichte.« Nun wirkte er nicht länger angespannt. Stattdessen zeichnete traurige Resignation seine feinen Züge. »Und ich bin bereit, sie dir – euch – zu erzählen. Morgen. Jetzt sollten wir uns ausruhen. Der Tag war für jeden von uns anstrengend.« Damit beugte er sich vor und streifte mit seinen Lippen ihre Stirn.

Voller Irritation blickte Elainia ihm nach, beobachtete, wie er sich zu Miranda ans Feuer begab, sich hinlegte und die Decke um sich schlang. Fragen über Fragen türmten sich in ihrem Kopf. Und doch stieg ein leiser

Verdacht aus den Tiefen ihres Gedächtnisses auf. Ob es etwas mit seinem seltsamen Verhalten zu tun hatte? Mit den Schatten in seinen Augen wie bei ihrem Kampf gegen den Palus im Moor oder seinem Aussetzer im Nebel oder als er kurz davor gewesen war, Mira anzugreifen? Wenn sie nicht selbst so erschöpft gewesen wäre, wäre sie ihm vermutlich hinterhergerannt, um die Antworten aus ihm herauszuquetschen. So aber gab sie sich mit morgen zufrieden. Sie rappelte sich auf und tappte samt Decke auf die Krähenkönigin zu.

»Darf ich?«

Die Magierin nickte zögerlich, löste ihren Blick jedoch nicht von dem fernen Punkt am Horizont. Also machte Elainia es sich auf dem harten Boden so gemütlich wie möglich, wickelte die Decke eng um ihre Schultern und betrachtete das vom Mondlicht beleuchtete Profil der Krähenkönigin.

»Ich muss mich wohl bei Euch bedanken«, begann sie leise. »Dafür, dass Ihr mir das Leben gerettet habt.«

»Der Feenjunge und die Wandlerin haben mir kaum eine andere Wahl gelassen. Leider ging ihre Dankbarkeit nicht weit genug, um mir dieses Ding nicht wieder anzulegen.« Sie hob ihren Arm, sodass Elainia einen Blick auf das Schwarzeisenarmband erhaschen konnte.

»Sie sind nur vorsichtig. Zumal Ihr mehr als einmal deutlich gemacht habt, wie Ihr uns lieber sehen wollt. Tot. Seid also froh, dass Ihr die anderen Fesseln los seid.«

Die Krähenkönigin schnaubte bitter. »Die du mir nicht abnehmen wolltest. Wohin bringt Ihr mich?«

»Nach Elandria. Wir brauchen Eure –«

»Meine Hilfe, ja, das hast du oft genug erwähnt.« Nun wandte sie ihren Kopf und sah Elainia unbeirrt in die Augen. »Ich weiß nicht, wie ihr mich gefunden habt und es ist mir im Grunde auch egal, was ich aber weiß, ist, dass ich mit den Menschen außerhalb dieses Gebirges nichts zu tun haben will.«

»Ihr seid die mächtigste Magierin seit dreihundert Jahren. Eure Kombination an Berührungen ist einzigartig. Das ist der Grund, wieso wir Euch brauchen. Nur Ihr seid in der Lage, jemanden zu heilen, der mir sehr am Herzen liegt. Meine Schwester. Danach könnt Ihr Euch von mir aus wieder vor der Welt verstecken.«

»Warum bist du dir so sicher, dass ich mich nicht einfach weigere, deine Schwester zu heilen?«

»Weil man Euch keine andere Wahl lassen wird.«

»Man?«

»Meine Eltern, die Schwiegermutter meiner Schwester … Ihr tätet gut daran, Euch Eurem Schicksal zu beugen.«

»Ich beuge mich niemandem. Und schon gar nicht dem Schicksal. Es hat mir bereits genug angetan.«

Elainia konnte den Groll in ihrer Stimme hören. Wieder einmal fragte sie sich, was dieser Frau zugestoßen war. Wieso sie jahrelang freiwillig in dieser steinernen Einöde gehaust hatte. Vollkommen abgeschnitten vom Rest der Welt.

»Wie hat man Euch genannt, bevor Ihr zur Krähenkönigin wurdet?«, erkundigte sie sich sacht.

»Nenn mich Cataria.«

»Und weiter?«

»Nichts weiter. Einfach nur Cataria.« Der Ungehaltenheit in ihrem Tonfall entnahm Elainia, dass es besser war, nicht noch tiefer zu bohren.

»Na schön, dann bloß Cataria.«

Als die Magierin nichts mehr erwiderte, schwieg auch sie und starrte in den wolkenverschleierten Himmel. Sie betete zu den alten Göttern, dass die seltsame Frau neben ihr wirklich in der Lage war, ihrer Schwester zu helfen.

***

Avis

Mit dem ersten Schimmer der Sonne wich die Kälte der Nacht angenehmeren Temperaturen. Dort, wo die orangefarbenen Strahlen auf Fels trafen, glühten die Bergspitzen, als hätte ein Feuermagier sie in Flammen gehüllt. Avis genoss für einen Moment den Anblick und ließ dann die Schultern kreisen.

Nach jeder Wache waren seine Muskeln vollkommen verspannt und seine Knochen knackten, sobald er sich bewegte. Das Feuer war heruntergebrannt, Miranda kauerte kaum einen Meter von ihm entfernt, Elainia lag etwas abseits. Bevor er gestern Abend eingeschlafen war, hatte er mitbekommen, dass sie sich mit der Krähenkönigin unterhalten hatte. Worüber sie gesprochen hatten, war nicht zu verstehen gewesen. In seinem Magen wuchs der Klumpen der Unruhe. Er hatte nicht vergessen, was er Elainia versprochen hatte. Das bevorstehende Gespräch erfüllte ihn mit neuer Anspannung. Nicht in seinen schlimmsten Träumen konnte er sich vorstellen, wie sie reagieren würde, sobald sie die Wahrheit kannte. Wie sie alle reagieren würden.

Um sich abzulenken, entledigte er sich seiner Decke, stand auf und lockerte die Beine. Dann breitete er seine Flügel aus, ließ sie von der frischen Morgenluft umhüllen und flatterte ein paarmal. Er spürte ein Ziehen an ihren Ansätzen. Der lange Flug samt der Last der verletzten Magierin war nicht ohne Folgen geblieben. Seine Knie knackten, als er in die Hocke ging, das restliche Holz nachlegte und behutsam in die Glut pustete. Ascheflocken wirbelten auf und segelten wieder zu Boden. Einige Minuten später flackerten die ersten Flammen in die Höhe und leckten zischend an ihrer neuen Nahrung. Sie würden nachher weiteres Holz sammeln müssen oder aber entscheiden, dass es Zeit war aufzubrechen. Je kürzer sie an diesem Ort verweilten, desto besser.

Unwillkürlich schweifte sein Blick über Mirandas schlafende Gestalt hin zu den fünf Toten, die er mit Miras Hilfe im Schutz eines Felsens aufgebahrt und mit ihren eigenen Mänteln abgedeckt hatte. Sie zu beerdigen, war aufgrund der Bodenbeschaffenheit unmöglich. Ihre Körper zu verbrennen, würde nur eine unnötig große Rauchwolke nach sich ziehen und damit die Aufmerksamkeit potenziell weiterer Angreifer oder anderer Wanderer auf sie lenken. Vermutlich würden sie sie hier zurücklassen. Die Krähen und Füchse würden sich sicher über ein üppiges Mahl freuen. Instinktiv verzog er das Gesicht und lenkte seinen Blick lieber auf das Feuer. Die Flammen wärmten seine steifen Finger und erhitzten wohltuend sein Gesicht.

»Guten Morgen.« Elainias noch vom Schlaf raue Stimme ließ ihn aufschauen. Er hatte gar nicht mitbekommen, dass sie aufgewacht und zu ihm getreten war. Die Decke hing schief von ihren Schultern, ihre schwarzen Locken waren zerzaust, ihr Gesicht blass, doch ihre grünen Augen leuchteten klar im Licht der aufgehenden Sonne. Wieder einmal fühlte er sich so sehr an die Wälder seiner Heimat erinnert, dass sein Herz sich schmerzlich zusammenzog.

»Guten Morgen«, erwiderte er. »Wie geht es dir?«

»Besser.« Sie nickte, als wollte sie ihre eigene Aussage bekräftigen.

»Das ist gut.« Etwas Klügeres wollte ihm auf die Schnelle nicht einfallen.

»Ja, finde ich auch.« Der Anflug eines Schmunzelns zupfte an ihren Lippen. Zögerlich. In ihrem Blick glomm Argwohn.

Es behagte ihm nicht, wie sich ihr Bild von ihm ändern würde. Er wollte es schlicht nicht. Dennoch wusste er, sie würde nicht zulassen, dass er sein Wort brach.

»Was haben wir noch an Proviant?«, erkundigte sie sich plötzlich und ließ sich neben ihm nieder. Mit Abstand.

»Anderthalb Laibe inzwischen trockenes Brot, ein Stück Käse, Pökelfleisch und mehr Pökelfleisch«, zählte er möglichst gelassen auf.

»Was gäbe ich nur für frisches Obst«, schob er hinterher. Es war ein jämmerlicher Versuch, die Anspannung zwischen ihnen zu mindern. Allerdings wusste er, dass es sinnlos war. Bis er sein Versprechen eingelöst hatte, würde sie Distanz wahren. »Besser noch Obstkuchen mit luftig geschlagener süßer Sahne ...« Seine Stimme verklang.

»Hör auf damit«, murmelte sie. Er hörte, wie ihr Magen grummelte.

»Zimtgebäck mit Vanillesoße, Blätterteigtaschen mit Erdbeermarmelade, Schokoladencreme mit Kekskrüme –«

Ihre Hand verschloss seine Lippen und verhinderte, dass er mehr als ein Nuscheln hervorbrachte. »Still jetzt.« Ihre Augen blitzten.

Ergeben hob er die Arme.

Warnend zog sie die Brauen empor, ehe sie seinen Mund freigab. »Kein Wort mehr über jedwede Art von Gericht, auf die wir hier verzichten müssen. Verstanden?«

Er nickte ernst. Hätten sie dieses Gespräch gestern früh geführt, hätte Schalk auf ihren Zügen gelegen. Jetzt erkannte er nur Sorge und den so unliebsamen Argwohn.

»Ihr zwei seid schlimmer als meine Mutter und Tarian«, knurrte Miranda in dem Moment und schälte sich aus ihrer Decke. »Keine Rücksicht auf anderer Leute Schlaf.«

»Entschuldige«, meinte Elainia.

»Schon gut, jetzt bin ich schließlich wach. Und hungrig.« Ihr böser Blick traf Avis.

Er zog eine hilflose Grimasse. »Ich kann dir Pökelfleisch anbieten.«

»Großartig.« Sie ließ sich wieder auf ihr Lager sinken.

»Anstatt herumzualbern, solltet ihr euch vielleicht lieber um die wichtigen Dinge kümmern.« Die Krähenkönigin war näher gekommen und auf der anderen Seite des Feuers stehen geblieben.

Ihre Erscheinung jagte Avis einen Schauer über den Rücken. Die Narbe, die ihre linke Braue spaltete, verlieh ihrem Gesicht etwas Düsteres. Er wusste einfach nicht, was er von der Frau halten sollte. Gerade nachdem sie ihn gezwungen hatte, seine wahren Absichten aus der Tiefe seines Inneren ans Licht zu holen.

Elainia neben ihm sank in sich zusammen. Ein Schimmer von Unbehagen glomm in ihren Augen auf. »Sie hat recht. Zuallererst sollten wir von hier verschwinden. Irgendjemand hat es auf uns abgesehen. Zweimal schon. Offenbar sollen wir Elandria nicht lebend erreichen. Einige der Angreifer konnten entkommen. Wir sind noch immer nicht sicher. Und dann will ich wissen, was du uns über dich und deine Absichten verschwiegen hast.«

Kapitel 22

Offenbarungen

Avis

Sie wanderten schweigend und bemühten sich um schnelles Vorankommen. Elainia wollte noch an diesem Tag das kleine Dorf Nirad am Rand des Angornwalds erreichen, wo sie ihre Pferde zurückgelassen hatten. Dort wären sie sicherer als hier. Avis brauchte keine Magie, um zu merken, wie angespannt jeder Einzelne von ihnen war. Elainias Blick wanderte immer wieder über die Felsen, suchte in den Schatten nach menschlichen Gestalten oder Spuren, die darauf hinwiesen, dass sie nicht allein waren. Mira tat es ihr gleich. Die Krähenkönigin – Cataria – lief zwischen den beiden, eine Hand an ihrer Taille, das Gesicht eine undurchdringliche Maske.

Zu allem Überfluss begann es gegen Mittag zu nieseln, ehe ein beständiger Regen einsetzte und sie innerhalb kürzester Zeit bis auf die Knochen durchnässte. Avis biss die Zähne zusammen. Er mochte keinen Regen. Wasser schadete seinen Flügeln zwar nicht, doch sie wurden dadurch schwer und Fliegen war beinahe unmöglich. Hinzukam, dass ihr Proviant, den sie im Gehen verzehrten, ebenfalls schnell aufweichte und noch ungenießbarer wurde. Kein Wunder also, dass ihn große Erleichterung überkam, als der steile Bergpfad am Nachmittag endlich einem flacheren Abstieg wich und sich aus der Wolkenwand das dichte Grün des Angornwalds schälte. Sie hatten es fast geschafft. Bevor die Abenddämmerung sie überraschte, erreichten sie ihr Ziel. Avis' Füße schmerzten. Er wollte gar nicht nachsehen, wie viele aufgescheuerte Blasen er inzwischen haben musste.

Der Wirt begrüßte sie mit einem freundlichen Nicken.

»Wieder zwei Zimmer?«, fragte er.

»Ja«, entschied Elainia. Er nannte ihr den Preis und sie schob ihm die Münzen über den Tresen. »Dann nehmen wir außerdem Euren Eintopf und einen Krug Wasser für alle.«

»Kommt sofort.«

Geschäftig nickend verschwand er in der Küche. Sie nahmen an einem Tisch etwas abseits Platz. Cataria verzog das Gesicht, als sie sich auf der Bank niederließ. Vermutlich bereitete die Wunde ihr nach der langen Wanderung Probleme.

»Also?«, ergriff Elainia das Wort und richtete ihre Aufmerksamkeit auf ihn. »Zeit für die Wahrheit.«

Er erwiderte ihren Blick fest und wollte sich sein Unbehagen nicht anmerken lassen, konnte es aber kaum verbergen.

»Lass dich nicht noch länger bitten«, knurrte Miranda ungehalten.

»Mira, bitte«, mahnte Elainia sanft, aber die stumme Aufforderung in ihren Augen war nicht zu übersehen.

Er biss die Zähne zusammen. Sie ließen ihm keine andere Wahl. Ihnen eine Unwahrheit aufzutischen, vermochte er nicht, denn er war schon immer ein miserabler Lügner gewesen. Also überwand er seinen Widerwillen und begann zu erzählen.

»Mein Vater war ein guter Freund von König Kiovar und Königin Naira. Als er starb, war ich gerade einmal fünf Jahre alt. Kiovar und Naira nahmen mich bei sich auf und zogen mich zusammen mit ihrem eigenen Sohn groß. Silyan und ich waren wie Brüder, wenn auch nicht blutsverwandt. Vor ungefähr drei Monaten erzählte er mir im Vertrauen, dass er sich in eine Fee des Dunkelvolks verliebt hatte.« Avis seufzte schwer.

»Zwischen dem lichten Volk und den Dunkelfeen besteht doch seit jeher Abneigung und Hass«, warf Elainia ein.

Er nickte. »Genau das war das Problem. Ich warnte Silyan vor den Konsequenzen, sollten seine Eltern herausfinden, dass er regelmäßig die Grenze überquerte, um sie zu sehen. Er versprach mir aufzupassen, aber irgendwie sind sie schließlich doch dahintergekommen. Unabsichtlich wurde ich Zeuge einer Diskussion zwischen ihnen, in der sie planten, das Feenmädchen loszuwerden und Silyan gleichzeitig vor Augen zu führen, dass Dunkelfeen gefährlich waren.«

»Ich bin noch nie einer Dunkelfee begegnet«, meinte Miranda nachdenklich.

Elainia nickte zustimmend.

»Sie leben sehr zurückgezogen in ihrem Reich«, mischte die Krähenkönigin sich ein. »Die Geschichte der Feenvölker ist ziemlich wirr und voller Zwistigkeiten, Kriege und Hinterhältigkeit. Die Dunkelfeen sind nicht gefährlicher als ihr lichten Feen oder das Dämmervolk.«

Ärger über die Abfälligkeit in ihrer Stimme rührte sich in Avis. Vor allem, weil sie nicht ganz unrecht hatte. Allerdings gab es unter den Feen nicht viele, die das einsahen. Er zwang sich ihren Einwand zu ignorieren.

»Jedenfalls bestand der Plan meiner Zieheltern darin, das Feenmädchen zum Essen einzuladen und ihr dabei einen Fluchtrank zu verabreichen. Danach wollten sie einen Fluch aussprechen, der sie zu einer Gefahr für Silyan machen würde, sodass sie die Möglichkeit bekamen, sie einzusperren. Leider gelang es mir nicht mehr, Silyan in den Plan seiner Eltern einzuweihen. Das Abendessen wurde eine Katastrophe, ich fühlte mich schrecklich schuldig, nichts getan zu haben, um Silyans Geliebte vor dem Hass unserer Eltern zu bewahren, und musste mit ansehen, wie sie ihr Glas leertrank. In der Nacht erwachte ich, weil ich glaubte keine Luft mehr zu bekommen. Ich spürte eine dunkle Kraft in mir, die sich meiner bemächtigte. Panisch stürmte ich aus meinem Zimmer und rannte direkt den Nachtwachen des Schlosses in die Arme. Als einer von ihnen mich festhielt, erwachte in mir der Drang, ihm wehzutun. Ich kämpfte dagegen an, verlor jedoch und stürzte mich auf ihn.« Die Erinnerungen an jene furchtbare Nacht drohten Avis zu überwältigen. Seine bloßen Fäuste waren dem Wachmann ins Gesicht geflogen, Haut war geplatzt, Knochen hatten geknirscht, Blut hatte gespritzt. Er hatte nicht aufhören können.

»Es war, als wäre ich nicht mehr ich selbst. Der andere Mann musste mich niederschlagen. Erst am Morgen verstand ich, dass der Fluch aus irgendeinem Grund mich getroffen hatte und nicht Silyans Dunkelfee. Jemand musste die

Gläser mit dem Trank vertauscht haben. Ich suchte nach Silyan, musste aber erfahren, dass er verschwunden war. Voller Zorn, Enttäuschung und Unverständnis darüber, wie all das hatte geschehen können, verließ ich das lichte Feenreich und reiste von einer Menschenstadt Krondas zur nächsten. Da ich am eigenen Leib erfahren hatte, was der Feenfluch mit mir anrichtete, fand ich bald heraus, um welchen es sich handelte.«

»Und?«, hakte Miranda nach, als er nicht weitersprach.

Sein Blick huschte zu Elainia, die ihn unverwandt ansah. Ihre Miene verriet kaum, was sie dachte, und das machte es ihm nicht leichter, mit seiner Geschichte fortzufahren.

»Es ist ein Fluch des dunklen Feenvolks über Seele, Verstand und Herz. Jedes Mal, wenn ich Gewalt am eigenen Leib erfahre, in eine Gewalttat hineingerate oder auch nur Zeuge dessen werde, verspüre ich den Drang, jemandem Schmerz zuzufügen. Dieser Drang wird mit jedem Mal stärker und stärker, bis ich irgendwann völlig die Kontrolle verliere und zu einer blutdurstigen, gewalthungrigen Fee werde, die vergisst, wer sie einmal gewesen ist.«

»Ein Fluch also.« Cataria neigte verstehend den Kopf. »Ich habe die Dunkelheit gespürt, die deine Seele umgibt. Sie wird stärker, nicht wahr? Bald wird sie auf dein Herz übergreifen.«

Avis knirschte mit den Zähnen, nickte jedoch. »Mir war klar, dass ich alles tun musste, um den Fluch zu brechen, bevor ich mich selbst an die Gewalt verlor. Zu Beginn hatte ich mich noch einigermaßen unter Kontrolle, bin Konflikten aller Art aus dem Weg gegangen und habe mich abseits von Menschenmengen gehalten. Weil ich in keiner Bibliothek Krondas mehr über den Fluch herausfinden konnte, kam ich nach Elandria, um mein Glück in der Universitätsbibliothek zu versuchen. Erfolglos. Erst in der Palastbibliothek fand ich die letzten Informationen, die mir fehlten.«

»Das heißt, du weißt, wie man den Fluch bricht?« Diesmal hatte Elainia gesprochen.

»Ja. Und das ist der Grund, warum ich dich unbedingt begleiten wollte.« Er erwiderte ihren forschenden Blick fest. Sah, wie sie die letzten Schlüsse zog und zu einem Ergebnis kam.

»Du hast gesagt, du brauchst ihre Magie.« Sie deutete auf die Krähenkönigin. »Ihre Seelenmagie.«

»So ist es.«

»Damit sie den Fluch bricht.«

»Richtig.«

»Wann hattest du vor, uns das mitzuteilen?«

Die Antwort auf diese Frage wusste er selbst nicht. Hatte er doch nicht weitergedacht, als bis zum Auffinden der Krähenkönigin, an deren Existenz er trotz Elainias festem Glauben bis zum Schluss gezweifelt hatte. Also schwieg er und hoffte, dass sie ihm seine eigene Verzweiflung ansehen konnte.

Ihre Miene verlor einen Teil ihrer Härte. Seufzend rieb sie sich die Schläfen. Unterdessen erschien der Wirt an ihrem Tisch und platzierte ein Tablett mit dampfendem Eintopf zwischen ihnen. Um seinen Fingern etwas zu tun zu geben, nahm Avis einen Löffel und begann in dem Gemisch aus Kartoffeln, Gemüse und Fleisch zu rühren.

»Ist dieser Fluch der Grund, warum du so gut kämpfen kannst?«, nahm Elainia den Faden wieder auf, kaum dass der Wirt ihnen den Rücken gekehrt hatte.

»Unter anderem. Ich habe zusammen mit Silyan die Ausbildung der Soldaten durchlaufen, war aber nie besonders geschickt im Umgang mit Klingen. Durch den Fluch ist es egal, ob ich Schwert, Armbrust oder überhaupt keine Waffe halte. Er lenkt mich und bringt mich dazu, zu verletzen und zu töten. Deswegen stand ich auch während des Kampfes mit den Attentätern so neben mir. Ich habe dich für den Feind gehalten, Mira. Es tut mir leid.«

»Das klingt böse«, murmelte Miranda betroffen.

»Es macht ihn unberechenbar.« Cataria musterte ihn eindringlich. »Er könnte sich beim nächsten Mal gegen euch wenden und ihr könntet ihn nicht mehr aufhalten.«

»Solange wir ihn von Gewalt fernhalten, wird das nicht passieren«, konterte Elainia scharf.

»Aber kannst du das?« Nun wanderte Catarias Blick zu ihr.

»Ich werde es versuchen. Oder aber Ihr brecht den Fluch. Jetzt sofort.«

Avis horchte auf. Ein Funken Hoffnung begann tief in seinem Inneren zu glimmen und erlosch im nächsten Wimpernschlag, als die Krähenkönigin den Kopf schüttelte.

»Ich bin nicht eure Wohltäterin.«

»Doch Ihr seid die Einzige, die es kann.«

Sie schnaubte. »So wie ich die Einzige bin, die deine Schwester heilen kann, und die Einzige war, die dich retten konnte. Ich sehe das Motiv. Im Gegenzug legt ihr mir Fesseln an, zwingt mich euch zu folgen und blockiert meine Kräfte, wie es euch gerade nützt.«

»Wir haben Euch ebenfalls gerettet.« Elainia klang aufgebracht, in ihren Augen blitzte Wut.

»Nachdem ihr diese Angreifer erst zu mir geführt habt. Dass der Pfeil mich getroffen hat, war eure Schuld.«

Der direkte Vorwurf ließ Elainia verstummen. Miranda senkte schuldbewusst den Blick. Avis zupfte am Saum seines Ärmels, um Cataria nicht anschauen zu müssen.

»Ihr könnt nicht nur nehmen, was ihr gerade braucht. Ich vertraue euch ebenso wenig wie ihr mir und bin bloß am Leben, weil ihr meine Hilfe wollt. Vertrauen muss man sich erarbeiten. Ich habe meines noch nie leichtfertig verschenkt und fange jetzt ganz bestimmt nicht damit an.«

Ihre Worte trafen einen Nerv. Elainia sog ihre Unterlippe zwischen die Zähne. Sie rang sichtlich mit sich.

»Was wollt Ihr, das wir tun?«, presste sie schließlich hervor.

»Nehmt mir den Armreif ab.«

Miranda öffnete den Mund, um zu protestieren, doch Avis bedeutete ihr mit einem Kopfschütteln stillzubleiben. Er vertraute Elainia, dass sie die richtige Entscheidung treffen würde. Stirnrunzelnd klappte Mira den Mund wieder zu.

»Wenn ich das tue, sind wir Euch und Eurer Magie ausgeliefert. Ihr könntet uns überwältigen und verschwinden.«

Ein schmales Lächeln umspielte Catarias Lippen. »So funktioniert Vertrauen, Elainia. Doch meinetwegen gebe ich dir mein Wort, euch nach Elandria zu begleiten.«

»Ich weiß nicht, ob mir das reicht.«

»Das wird es wohl müssen.«

»Was meint ihr?« Fragend blickte Elainia zwischen Avis und Miranda hin und her.

Mira reagierte schneller als er. »Ich habe ein ungutes Gefühl dabei, aber sofern du das für die richtige Entscheidung hältst, werde ich mich damit arrangieren.«

»Tu es«, bekräftigte Avis. Er sah ein, dass sie mit ihren Vorwürfen recht hatte. Sie wie eine Gefangene nach Elandria zu schleppen, würde sie alle nur unnötig viele Nerven kosten. Das Ganze war einfacher, wenn sie einander zumindest ein wenig vertrauen konnten.

»Na schön.« Elainia holte tief Luft, hob die Hände und griff nach Catarias Unterarm. »Lasst mich das nicht bereuen«, meinte sie, während sie anfing die Verschlüsse des Armreifens zu lösen.

»Ich halte mein Wort.« Die Krähenkönigin atmete hörbar auf, kaum dass das Schwarzeisen nicht länger ihre Haut berührte. »Danke.« Ihre Stimme klang eine Spur versöhnlicher.

Elainia neigte den Kopf, verstaute das Armband in ihrer Tasche und widmete sich ihrem Eintopf.

***

Elainia

An Schlaf war nicht zu denken. Viel zu sehr hatte Avis' Geständnis über den Fluch sie aufgewühlt. Hinzukam, dass sie sich ständig fragte, ob es richtig gewesen war, Cataria das Schwarzeisenarmband abzunehmen. Was, wenn sie ihr Wort brach? Wenn Ela morgen früh aufwachte und feststellen musste, dass die Magierin über Nacht verschwunden war?

Nervosität ließ ihre Hände ganz kalt werden. Die Decke raschelte leise, als sie sie beiseiteschob und möglichst lautlos aus dem Bett stieg, um Mira und Avis nicht zu wecken, die bereits seit einer Weile tief und fest schliefen. Auf

Zehenspitzen tapste sie zur Tür und huschte in den Flur. Leises Stimmengewirr drang trotz der weit fortgeschrittenen Uhrzeit aus dem Schankraum an ihre Ohren. Vor dem Zimmer der Krähenkönigin verharrte sie und lauschte. Stille. Innerlich schalt sie sich für ihre Unruhe und ihr fehlendes Vertrauen, aber sie musste sichergehen. Vorher würde sie kein Auge zubekommen. Selbst wenn sie Cataria dafür aufwecken musste. Irgendeine Ausrede würde ihr schon einfallen.

Rasch legte sie ihre Hand auf die Klinke und drückte sie hinunter. Die Magierin hatte nicht abgeschlossen. Vorsichtig betrat sie den kleinen Raum. Durch das schmale Fenster fiel blasses Mondlicht.

»Cataria?«

Mit angehaltenem Atem wartete sie auf eine Antwort. Doch nichts regte sich. »Seid Ihr wach?«

Nichts. Ihr Blick fiel auf das Bett. Es war leer.

»Krähendreck!« Nun flüsterte sie nicht mehr. Cataria war fort. Ihre Matratze unberührt, das Wachs der Kerzen hart und erkaltet. Mit wild pochendem Herzen machte sie auf dem Absatz kehrt und stürmte die Treppe zum Gastraum hinunter. Die Verwirrung der Gäste folgte ihr, während sie auf den Tresen zuhielt. Der Wirt runzelte angesichts ihrer aufgebrachten Miene die Stirn.

»Habt Ihr die blonde Frau gesehen, die mit uns hier angekommen ist? Die mit der Narbe an der Augenbraue? Hat sie das Gasthaus verlassen?«

»Nein.« Er zapfte Bier aus einem Fass und stellte das überschäumende Glas auf ein Tablett.

»Was nein?«, hakte Elainia ungehalten nach. »Nein, Ihr habt sie nicht gesehen?«

»Nein, sie hat die Taverne nicht verlassen.« Er deutete mit dem Kopf in eine schattige Ecke.

Elainia wirbelte herum und als sie Cataria im Halbdunkeln erkannte, fiel ihr vor Erleichterung ein Stein vom Herzen. Die Magierin hatte sie ebenfalls entdeckt. Ihr unergründlicher Blick ruhte schwer auf ihr und verstärkte das unangenehme Gefühl der Scham, das nun ihre Wangen warm werden ließ.

Die Krähenkönigin musste gehört haben, was sie den Wirt gefragt hatte und ihre Schlüsse daraus gezogen haben. Obwohl sie am liebsten zurück auf ihr Zimmer geflohen wäre, zwang sie ihre Beine, Catarias Tisch anzusteuern. Vor ihr stand ein Glas, in dem eine dunkle Flüssigkeit schwappte, die rötlich schimmerte. Wein.

»Willst du dich nicht setzen?« Cataria deutete auf den Stuhl ihr gegenüber.

Steif ließ Elainia sich darauf nieder.

»Ich habe deine Panik spüren können, bevor du überhaupt hier aufgekreuzt bist.« Sie drehte das Glas zwischen ihren schlanken Fingern. »So viel zum Thema Vertrauen, was?«

»Möglicherweise hatte ich Zweifel, was Euer Versprechen betraf«, presste Elainia hervor. »Und als ich Euer Zimmer verlassen vorgefunden habe …«

»Hast du dich darin bestätigt gefühlt«, beendete Cataria ihren Satz.

»Ja.« Elainia sah keinen Grund, es zu leugnen. Schließlich hatte die Magierin alles gespürt, was in ihr vorgegangen war, tat es vermutlich noch immer. Ein Gefühl, das ihr ganz und gar nicht behagte.

»Ich bin einfach nur vorsichtig«, meinte sie. Zu ihrem eigenen Bedauern klang ihre Stimme nicht halb so selbstsicher, wie sie es beabsichtigt hatte.

»Du bist verzweifelt«, korrigierte Cataria sie unumwunden.

»Vielleicht auch das.«

»Nein, nicht vielleicht.«

»Hört auf, meine Gefühle zu lesen.«

»Dann arbeite an deiner Abschirmung.« Ungerührt setzte Cataria das Glas an ihre Lippen und trank einen Schluck.

»Herzlichen Dank für den Hinweis.«

»Den Sarkasmus kannst du dir sparen.«

»Sich mit Euch zu unterhalten, ist anstrengender als Kampfunterricht«, stellte Elainia fest.

Zu ihrer Überraschung entlockte das der Magierin ein Zucken der Mundwinkel.

»Amüsiert Euch das?«, fragte sie.

»Vielleicht.«

»Wenn das so weitergeht, brauche ich ebenfalls Wein.«

»Du solltest ein bisschen mehr auf dein Herz hören.«

»Wie bitte?« Irritiert legte Elainia die Stirn in Falten. Was sollte das jetzt bitte bedeuten?

»Du möchtest mir vertrauen, aber etwas hindert dich daran.«

Seufzend vergrub Elainia ihr Gesicht in den Händen, ehe sie die Arme wieder sinken ließ. »Mein Kopf hindert mich daran«, murmelte sie resigniert. »Nach allem, was passiert ist, zerdenke ich einfach alles. Deshalb konnte ich vorhin nicht schlafen und wollte nach Euch sehen. Ich konnte nicht aufhören mir auszumalen, was möglicherweise geschehen könnte. Euer Wort, uns nach Elandria zu begleiten, hat nicht ausgereicht. Ich brauche einfach mehr. Gebt mir irgendetwas. Erzählt mir von Euch. Woher habt Ihr zum Beispiel die Narbe?«

Cataria fasste sich an die Braue, ihr Finger strich über die dünne Wulst, ihr Blick glitt an Elainia vorbei, trübte sich.

»Ich hatte einen Unfall. Vor vielen, vielen Jahren.« Ihre Stimme klang abwesend. »Es gibt noch mehr solcher Narben. Meinen Rücken hat es damals am schlimmsten getroffen.«

»Was ist passiert?«

»Ich erinnere mich nicht mehr genau.« Sie blinzelte, die Klarheit kehrte in ihre Augen zurück, der entrückte Ausdruck verschwand von ihren Zügen.

Elainia glaubte ihr nicht und es ärgerte sie, denn es half nicht gerade, ihr hartnäckiges Misstrauen zu beseitigen.

»Das entspricht nicht der Wahrheit, oder?«

Catarias Miene gefror. Mehr Bestätigung brauchte Elainia nicht. »Seht Ihr«, fuhr sie fort. »Genau das meine ich. Wie soll ich auf Euer Wort vertrauen, wenn Ihr mich anlügt?«

Ruckartig setzte die Magierin ihr Glas ab. Wein schwappte auf den Tisch und bildete eine rot glänzende Pfütze auf dem ausgeblichenen Holz. »Dann lass es. Lass es einfach.« Noch während sie ihr die Worte gegen den Kopf warf, erhob sie sich und ließ sie sitzen.

»Wartet«, rief Elainia, doch Cataria ignorierte sie, steuerte stattdessen den Ausgang an und verschwand in der Nacht. Fluchend nahm sie die Verfolgung auf. Sie hatte nicht vorgehabt die Magierin zu vergraulen. Was auch immer die Frau erlebt hatte, schien so furchtbar zu sein, dass sie lieber log anstatt darüber zu reden. Es schien, als wollte sie es mit aller Macht vergessen.

Kühle Nachtluft schlug ihr entgegen, als sie aus der Taverne trat. Sterne funkelten zwischen Wolkenfetzen hindurch, der Mond stand halbvoll am schwarzen Himmel.

»Cataria, bitte bleibt stehen!« Eine Katze huschte vor ihr über die Straße. Elainia wich zur Seite aus, lief weiter, die Gestalt der Krähenkönigin fest im Auge. Erst am Waldrand wurde sie langsamer, sodass Elainia sie endlich einholen konnte.

»Lass mich allein.« Catarias Stimme klang erstickt.

»Das kann ich nicht.« Unsicher trat Elainia von einem Bein aufs andere. »Aber nicht, weil ich glaube, Ihr würdet sonst fliehen, sondern, weil ich ...« Sie brach ab, denn in dem Moment wurde Ihr bewusst, dass sie eigentlich gar nicht genau wusste, warum sie sich nicht einfach umdrehte und ging. Etwas in ihr weigerte sich schlicht, dies zu tun.

»Tut mir leid«, meinte sie stattdessen. »Es tut mir leid, dass wir in dieser verflixten Situation stecken. Ihr hattet recht. Ich bin verzweifelt. Die Zeit läuft mir davon. Sie läuft meiner Schwester davon. Ich sollte auf Euer Versprechen vertrauen, obwohl mir das schwerfällt, weil ich meine Schwester unter keinen Umständen sterben lassen kann. Es sollte mir genügen, dass Ihr mir Euer Wort gegeben habt. Ich sollte akzeptieren, dass Ihr nicht über Euch und Eure Vergangenheit sprechen möchtet, selbst wenn es mir nicht gefällt. Also noch einmal: Es tut mir leid.«

Eine unendlich lange Minute verging, in der Cataria keine Anstalten machte, etwas zu erwidern. Elainia war inzwischen viel zu müde, um großartig ärgerlich darüber zu werden. Sie wollte einfach nur zurück in das Gasthaus und unter ihre Decke kriechen.

»Mir tut es leid.« Als die Magierin sich umdrehte, bemerkte Elainia Spuren von Tränen auf ihren blassen Wangen. »Die letzten Tage waren zu viel. Ich bin all das nicht mehr gewohnt. Gesellschaft. Anforderungen. Verantwortung. Fragen. Druck.«

»Schon in Ordnung.« Plötzliches Mitgefühl erfasste Elainia. Die Stunden, die sie schlaflos im Bett gelegen hatte, hatten sie nachdenken lassen. Cataria hatte wer weiß wie lange vollkommen einsam in dieser Höhle gelebt. Und sie hatten sie entführt und verlangten von ihr praktisch alles auf einmal. Antworten, Hilfe, eine Reise in die Hauptstadt, das Brechen eines Fluches.

***

Cataria

Elainias aufkeimendes Mitgefühl schwappte in sachten Wellen zu ihr hinüber. Die junge Frau hatte ihre stolze Haltung aufgegeben, ihre Schultern waren hinabgesunken. Schatten und Mondlicht ließen ihre Locken gleichzeitig glänzen und mit der Nacht verschmelzen. Catarias Zorn verrauchte. Zurück blieben ausschließlich Erschöpfung und Trauer. Trauer, wachgerufen von der Erinnerung, die Elainias Frage an die Oberfläche gezerrt hatte.

»Lasst uns umdrehen«, meinte Elainia schließlich. »Morgen reiten wir Richtung Elandria. Wir sollten schlafen. Die Nacht ist sowieso schon kurz genug.« Abwartend blickte sie Cataria an, in den Augen eine stumme Bitte.

Sie seufzte, wusste, dass sie Elainia begleiten sollte, um sie zu beruhigen, doch sie konnte nicht.

»Wir sehen uns morgen früh«, sagte sie stattdessen, wandte sich ab und trat zwischen den Bäumen hindurch in den von Schatten durchwobenen Wald.

»Vertrau ihr, Ela«, hörte sie Elainia zu sich selbst murmeln. »Vertrau ihr einfach. Sie wird wiederkommen.«

Dann entfernten sich ihre Schritte, bis Cataria endlich allein war. Allein mit der Dunkelheit, dem leisen Knacken im Unterholz, dem Wispern des Windes in den Baumkronen und dem fernen Schuhu einer Eule. Sie machte noch ein paar Schritte weiter in den Wald hinein, atmete die klare Luft erst tief ein und dann aus. Die Magie in ihr beruhigte sich, ihr aufgeregtes Pulsieren verklang. All die fremden Emotionen der Menschen in der Taverne und den wenigen Häusern darum hallten einem Echo gleich in ihr nach. Sie hatte vergessen, wie anstrengend es war, diese anderen Gefühle auszuschließen. Sie hatte vergessen, wie viel Konzentration es bedeutete, wie viel Willenskraft. Bis sie Elandria erreichten, musste sie gewappnet sein. Sonst würde es sie in die Knie zwingen, bevor sie überhaupt das Stadttor passiert hatte.

Sie tastete nach dem nächsten Baumstamm und ließ sich daran zu Boden sinken. Müde lehnte sie ihren Kopf gegen die raue Rinde, schloss die Augen und lauschte in die Nacht. Weder war ihr kalt, noch fürchtete sie sich vor den Tieren, die die Dunkelheit ihr Revier nannten. Sie hatte vor langer Zeit aufgehört sich zu fürchten. Und trotzdem spürte sie diese festen Fäden der Angst, die ihre Eingeweide immer enger verknoteten. Angst vor dem, was sie in der Hauptstadt erwarten würde. Ihr Kopf begann erneut zu schmerzen. Das Pochen hinderte sie am Weiterdenken. Mit den Fingerspitzen massierte sie sich die Schläfen, ehe sie sich auf dem raschelnden Waldboden zusammenrollte und darauf wartete, dass der Schlaf sie übermannte. Er kam und mit ihm längst verdrängte Bilder von Feuer, Zerstörung und Tod. Schreie zerschnitten die Luft, scharfe Splitter aus Holz und Eisen bohrten sich in ihre Haut, beißender Rauch raubte ihr den Atem, ließ sie würgen und husten, während sie orientierungslos vorwärts taumelte und Sekunde um Sekunde einen Namen schrie. Doch kein Laut kam über ihre Lippen. Jemand rempelte sie an, sodass sie stürzte. Dann fiel sie. Fiel und fiel und fiel. Tiefer und immer tiefer …

Mit einem Keuchen fuhr sie hoch, rang hilflos um Atem und merkte, wie sehr sie zitterte. Trübes Morgenlicht suchte sich seinen Weg zwischen den Ästen und Blättern der Bäume hindurch, vom Dorf her tönte der Schrei eines Hahns an ihre Ohren. Minutenlang saß sie einfach nur da, die Hände auf ihr Herz gepresst, als könnte sie so verhindern, dass es ihr aus der Brust sprang, und wartete. Wartete, dass die Albtraumbilder verblassten und die eisige Furcht mit sich nehmen würden, die ihre Muskeln beben ließ, doch es geschah nicht, denn das war kein einfacher Albtraum gewesen. Das waren Erinnerungen. Nach so vielen Jahren waren sie nun wieder so präsent, als wäre das Unglück erst gestern geschehen. Und mit ihnen war auch der Schmerz zurück. Tränen brannten in ihren Augen, aber sie kämpfte sie nieder. All das war lange her. Sie hatte damit abgeschlossen, hatte genug Tränen vergossen, genug Kraft vergeudet, sich nach dem Warum zu fragen.

Mühsam rappelte sie sich auf, rieb sich Blätter, Erde und Zweige von der Kleidung und den Haaren und zog die Mauern um ihr Herz höher als zuvor. Elainia durfte nicht mitbekommen, welch ein Chaos in ihr herrschte. Sie sollte es nicht mitbekommen.

Die einzige Straße des Dorfes lag verlassen in der Morgendämmerung vor ihr. Verschlafene Stille hing über den Hütten. Jeder Schritt in Richtung Taverne kostete sie Überwindung. Im Schankraum stolperte sie beinahe über einen schnarchenden Zwerg. Sie war kaum die Treppe hinaufgestiegen, als Elainia, Mira und Avis ihr entgegenkamen. Alle drei waren vollständig angezogen und hatten ihre Reisebündel geschultert. Erleichterung zeichnete sich auf Elainias Gesicht ab, als sie Cataria entdeckte.

»Ihr seid zurückgekommen«, stellte Miranda unnötigerweise fest. »Habt Ihr etwa die ganze Nacht draußen verbracht?«

»Was spielt das für eine Rolle?«, mischte Avis sich ein. »Sie ist hier und damit können wir aufbrechen.«

Miranda zuckte gleichgültig mit den Schultern, schob sich an ihr vorbei und marschierte die Treppe hinunter. Avis folgte ihr. Elainia musterte sie prüfend.

»Alles in Ordnung? Ihr seht müde aus.«

»Sicher. Die Nacht war nicht sonderlich lang.«

Wie auf Kommando gähnte Elainia hinter vorgehaltener Hand und nickte zustimmend.

Im Stall des Gasthauses hatte Avis gerade den Burschen geweckt, der sich um die Pferde kümmerte. Es roch nach Heu, Staub und Mist. Cataria atmete tief ein. Der Geruch hatte sie schon immer irgendwie beruhigt.

»Ihr nehmt Roxanas Wallach«, entschied Elainia und deutete auf den Rappen in der hintersten Box. Bei der Erwähnung des Namens huschte Kummer über ihre Miene.

Roxana. Sie war die Frau gewesen, die mit in ihrer Höhle gewesen war. In dem Moment wurde ihr erst klar, dass sie gar nicht wusste, was aus ihr geworden war. Elainias Trauer nach zu urteilen, musste sie gestorben sein, als sie selbst bewusstlos gewesen war.

Die junge Frau räusperte sich. »Könnt Ihr reiten?«

»Ich habe es zumindest einmal gelernt«, antwortete sie. »Vor langer Zeit.«

»Gut. Das ist gut. Ihr werdet Euch wieder daran gewöhnen müssen.«

»Eine andere Wahl habe ich wohl kaum.« Damit ließ Cataria sie stehen und näherte sich dem kräftigen Wallach, der ihr mit gespitzten Ohren entgegensah. Behutsam betrat sie seine Box, hielt ihm ihre Hand hin und ließ ihn daran schnuppern. Warmer Atem streifte ihre Haut. Lächelnd strich sie ihm über die weiche Nase. Von allen Tieren hatte sie Pferde wohl am meisten vermisst. Das schwarze Fell des Rappens glänzte, seine lange Mähne war sorgfältig gebürstet. Der Stallbursche hatte seine Arbeit ernst genommen.

»Euer Sattel.« Avis überreichte ihn ihr mit einem sachten Nicken. »Die Trense hänge ich Euch an die Tür. Falls Ihr Hilfe braucht …«

»Danke«, fiel sie ihm ins Wort. »Es ist zwar lange her, dass ich ein Pferd gesattelt habe, aber so etwas vergisst man nicht.«

»Wie Ihr meint.«

Sobald sie den Sattel auf den Pferderücken gehievt hatte, erinnerten ihre Finger sich genau an die Reihenfolge, mit der sie den Gurt festzurren, die Steigbügel ihrer Länge anpassen und die Trense anlegen musste. Der Rappe ließ die Prozedur geduldig über sich ergehen, schnupperte an ihrer Hosentasche, wurde jedoch nicht fündig.

»Entschuldige, dass ich keine Leckerei dabeihabe«, murmelte sie, während sie den letzten Riemen schloss. Ein Blick über die Boxenwand zeigte ihr, dass die anderen ebenfalls fertig waren. Elainia drückte dem Stallburschen einige Münzen in die Hand, woraufhin dieser zu strahlen anfing. Sein glühender Stolz war Cataria eine willkommene Ablenkung zu der Anspannung, die von Miranda, Avis und Elainia selbst ausging.

Auf der Straße saßen sie auf und ließen das Gebirge, das so lange ihr Gefängnis gewesen war, immer weiter hinter sich. Mit jedem Kilometer, den sie zurücklegten, wuchs jedoch die Furcht vor dem, was nun vor ihr lag. Zumindest das Reiten bereitete ihr glücklicherweise kaum Schwierigkeiten.

Zwar protestierten ihre Muskeln schon nach wenigen Stunden im Sattel gegen die ungewohnte Belastung, doch sie sah darüber hinweg. Viel zu sehr genoss sie das ruhige Schaukeln und den Wind im Haar, sobald sie eine Strecke im Galopp zurücklegten.

Die Nacht verbrachten sie im Schutz eines kleinen Wäldchens. Mit der Dunkelheit und Schwerelosigkeit des Schlafs kehrten auch die albtraumhaften Erinnerungen zurück und ließen sie mit wild pochendem Herzen und schweißfeuchten Sachen aufschrecken. Miranda, die Wachschicht hatte, warf ihr einen fragenden Blick zu. Rasch drehte Cataria sich auf die Seite, zog die Knie an den Körper und starrte atemlos in die Schwärze der Nacht. In ihrem Kopf hallten die verzweifelten Schreie all jener wider, die an diesem verhängnisvollen Abend ihr Leben verloren hatten. Er war wunderbar gewesen, ja eigentlich sogar perfekt. Sie war noch nie so glücklich gewesen. Noch nie so erfüllt von Euphorie und übersprudelnder Freude. Bis ein ohrenbetäubender Knall die Welt erschüttert hatte und nichts mehr wie zuvor gewesen war.

Kapitel 23

Schlaflos

Elainia

Den Angornwald zu durchqueren anstatt es noch einmal mit den Sümpfen des Moors von Emuil aufzunehmen, war die beste Entscheidung gewesen, die sie hatten treffen können. Die hohen, dicht belaubten Bäume des Waldes schützten sowohl vor der heißen Sonne als auch vor Regen, boten immer einen Platz zum Rasten und die wilden Brombeersträucher hingen voll mit frischen Beeren. Sie kamen gut voran, die Pferde waren nach der langen Ruhepause voller Energie und trugen sie zuverlässig gen Süden. Jede Meile, die sie zurücklegten, erfüllte Elainia mit neuer Zuversicht, dass sie es rechtzeitig nach Elandria schaffen würden. Dass sie ihre Schwester tatsächlich retten konnte.

Das Einzige, was ihr wirklich Sorge bereitete, war Catarias Verfassung. Bereits in der zweiten Nacht, nachdem sie Nirad hinter sich gelassen hatten, hatte sie die Magierin wimmernd auf ihrem Schlafplatz vorgefunden. Statt eines friedlichen Ausdrucks hatte ihr Gesicht im schwachen Feuerschein grotesk verzerrt gewirkt. Würde Cataria ihre Gefühle nicht so gut vor ihr verbergen, hätte die Panik, die ihr in dem Moment entgegengeschwappt wäre, als die Magierin schweißgebadet aufgeschreckt war, sie vermutlich mit voller Wucht überrollt. So war sie davon verschont geblieben. Sie wollte sich gar nicht ausmalen, was die Magierin durchlebt haben musste, um sogar jetzt noch solch eine allumfassende Angst zu verspüren.

Unwillkürlich überlief sie ein eisiger Schauer. Schnell konzentrierte sie sich wieder auf das Hier und Jetzt. Vor ihr ritten Mira und Cataria, jede schweigend und in ihren eigenen Gedanken versunken. Ebenso verhielt es sich mit Avis, der das Schlusslicht ihrer kleinen Gruppe bildete. Seit seiner Offenbarung hatten sie nur wenig miteinander gesprochen, obwohl er ab und an zu ihr aufgeholt hatte, als wollte er mit ihr reden. Doch sie trieb Luvira jedes Mal schneller vorwärts, um dem zu entgehen. Sie ahnte, worüber er mit ihr sprechen wollen würde. Über den Fluch. Über die Tatsache, dass er ihr bezüglich seiner Beweggründe etwas vorgemacht hatte. Ewig würde sie dem Gespräch nicht ausweichen können, aber ein bisschen wollte sie ihn noch schmoren lassen.

Kaum dass sie entschieden hatten, für die heraufziehende Nacht zu rasten, glitt Elainia von Luviras Rücken, löste den Sattel und verkündete Feuerholz sammeln zu gehen. Dummerweise schloss Avis sich ihr prompt an. Da sie keine Lust hatte zu diskutieren, akzeptierte sie es zähneknirschend und marschierte einfach los, ohne auf ihn zu warten. Trockenes Gehölz zu finden, erwies sich als Kinderspiel. Überall lagen heruntergefallene Äste und abgebrochene Zweige. Rasch sammelte Elainia sie ein, froh, schnell wieder umdrehen zu können, doch Avis machte ihr einen Strich durch die Rechnung.

»Du bist sauer auf mich.« Er stellte sich ihr in den Weg, sodass sie ihm ins Gesicht schauen musste.

»Wie kommst du darauf?«, fragte sie, obwohl sie die Antwort kannte.

»Du weichst mir aus. Seit wir in Nirad aufgebrochen sind.«

Er hatte recht. Das tat sie. »Ich bin nicht wütend«, erwiderte sie langsam. »Ich bin enttäuscht und besorgt. Du hättest mir von dem Fluch erzählen sollen. Gleich zu Beginn dieser Reise.«

»Was hätte das geändert?«

»Es hätte uns die unangenehme Überraschung erspart.«

»Dieser Fluch ist meine Bürde, Elainia. Ich wollte mir keine allzu großen Hoffnungen machen und dich nicht zusätzlich damit belasten.«

»Stattdessen hast du so getan, als würde es dir darum gehen, mir zu helfen meine Schwester zu retten.« Bitterkeit schwang in ihrer Stimme mit.

»Ich wollte uns beiden helfen«, versuchte er sich zu rechtfertigen, aber er klang nicht sonderlich überzeugt von seinen eigenen Worten.

Immerhin log er nicht oder versuchte abzustreiten, dass es ihm hauptsächlich um sich gegangen war. Trotzdem stach ihr diese Tatsache wie ein Stachel ins Herz, denn sie hatte geglaubt, er hätte ihr damals ihretwegen seine Hilfe angeboten.

»Wir sollten zu den anderen zurückgehen«, meinte sie und machte Anstalten, sich abzuwenden, doch Avis griff nach ihrem Arm und hinderte sie daran.

»Elainia, warte.«

»Was?« Sie wollte keine Rechtfertigungen hören. Keine Beteuerungen, warum er ihr seine wahren Motive verschwiegen hatte. Noch weniger wollte sie einen Streit vom Zaun brechen. Das war es ihr nicht wert.

»Es tut mir leid. Wenn du mir nicht glaubst, nutze deine Magie.«

»Das würde ich, nur kann ich deine Gefühle nicht lesen. Schon von Anfang an nicht. Ist deine Abwehr so stark oder liegt das ebenfalls an dem Fluch?«

Ratlos zuckte Avis mit den Schultern und blickte ihr reuevoll entgegen.

Und in diesem Moment brauchte sie ihre Kräfte nicht, um zu erkennen, dass er die Wahrheit sagte.

»Entschuldigung angenommen«, murmelte sie schließlich. »Und bevor du um Verzeihung bittest, das wird nicht nötig sein, weil es nichts zu verzeihen gibt. Ich glaube zu verstehen, warum du geschwiegen hast; was dennoch nichts daran ändert, dass es mich verletzt hat. Weißt du auch warum?« Sie unterband eine Antwort seinerseits mit einer bestimmten Handbewegung, wobei sie Mühe hatte, das Holz nicht fallen zu lassen. »Weil du mir etwas bedeutest. Ich mag dich, Avis Landro. Sehr sogar.« In dem Moment, als sie die Worte aussprach, realisierte sie, wie wahr sie waren. Irgendwie hatte er es in den letzten Wochen geschafft, sich mit jedem Tag ein bisschen mehr in ihr Herz zu schleichen. Seine Freundlichkeit, seine Liebe für die kleinen Augenblicke im Leben und seine Fähigkeit, sie zum Lächeln zu bringen, wollte sie nicht mehr missen müssen.

Blätter raschelten unter seinen Füßen, als er einen Schritt auf sie zumachte, sodass sie kaum eine Handbreit voneinander trennte. Unwillkürlich beschleunigte sich ihr Herzschlag.

»Ich mag dich auch, Elainia Larodres. Und wenn du mich lässt, zeige ich es dir.«

Stumm nickte sie, warf das dämliche Holz beiseite und suchte seinen Blick. Daraufhin hob er den Arm, legte seine Hand auf ihre Wange und strich mit dem Daumen über ihre Haut. Ein kribbelnder Schauer erfasste sie. Ihr Herz sehnte sich nach mehr.

»Na los«, flüsterte sie. »Bevor ich es mir anders überlege.«

»Du bist nicht sonderlich romantisch veranlagt, oder?« Ein Schmunzeln glitt über Avis' Lippen.

»Nicht wirklich.« Sie erwiderte das Lächeln, schmiegte sich gegen seine Hand und schlang ihren Arm um seinen Nacken. Als sein Mund ihre Lippen streifte, löste sich der Stachel der Enttäuschung ein wenig. Rasch zog sie ihn an sich und verwandelte den vorsichtigen Hauch eines Kusses in mehr. Seine Hände glitten zu ihren Hüften und er erwiderte den Kuss nicht minder energisch. Neue Schauer rannen ihre Wirbelsäule hinab, das Kribbeln in ihrem Bauch verstärkte sich. Das hier fühlte sich einfach nur richtig an. Keine Zweifel flüsterten in ihrem Hinterkopf, keine innere Stimme warnte sie vor möglichen Konsequenzen. Ihr Verstand überließ ihrem Herzen die Kontrolle und das pochte so lebendig wie nie zuvor in ihrer Brust. Sie schwebte in einer Blase aus prickelndem Glück, gesponnen aus ihrer beider Zuneigung füreinander, ihrer Freude und Sehnsucht. Als sie sich nach unendlich langen Minuten voneinander lösten, atmete sie schwer. Er lehnte seine Stirn gegen ihre und lächelte sanft.

»Das würde ich beizeiten gerne wiederholen.«

»Schön, dass wir uns da einig sind«, antwortete sie, während sie mit den Fingerspitzen die Konturen seines Kiefers nachzeichnete.

»Was für eine Erleichterung.«

»Sehe ich auch so. Allerdings sollten wir Mira und Cataria nicht noch länger auf das Feuerholz warten lassen. Nicht dass sie denken, uns wäre etwas zugestoßen.«

»Dann lass uns gehen.« Bevor er einen Schritt zurücktrat, stahl er ihr einen weiteren Kuss.

Lächelnd bückte Elainia sich schließlich nach ihrem Bündel Holz. Ihre Lippen kribbelten, Wärme pulsierte in ihren Wangen. Das Gefühl erinnerte sie an laue Sommernächte, an denen zu viel Sonnentraubenwein geflossen war. Es war schön und lenkte sie genau so lange von der Realität ab, bis sie ihren Lagerplatz für diese Nacht erreichten.

»Ihr habt lange gebraucht«, stellte Mira fest.

»Wir hatten einiges zu besprechen«, antwortete Avis leichthin und begann das Holz auf einen Haufen zu stapeln.

Elainia nickte nur. Allerdings entging ihr der wissende Ausdruck auf Catarias Gesicht nicht. Manchmal vergaß sie, dass die Krähenkönigin ebenfalls gefühlsberührt war und offensichtlich Emotionen lesen konnte. Ihre Emotionen.

»Einiges zu besprechen, natürlich«, grinste Mira, die Catarias Blick auch gesehen haben musste. »Und dieses Gespräch hat damit geendet, dass du meine beste Freundin geküsst hast«, meinte sie an Avis gewandt, ehe sie ihre Aufmerksamkeit auf Elainia richtete. »Hat er?«

»Weil du sonst nicht lockerlassen wirst … ja. Können wir es dabei belassen?«

Bevor ihre Freundin etwas erwidern konnte, knurrte deren Magen so laut wie ein brummiger Bär. »Aber nur, weil ich gleich vor Hunger sterbe. Avis, was macht das Feuer?«

»Brennt in drei, zwei, eins.« Feine Rauchschwaden züngelten in die Höhe, winzige Flämmchen leckten am trockenen Geäst.

Elainia sank neben Cataria zu Boden und lehnte sich mit dem Rücken gegen den umgestürzten Baumstamm, der ihr Lager begrenzte.

»Ihr habt meine Gefühle gelesen«, stellte sie fest.

»So wie du die deiner Freunde.«

»Bloß bei Euch scheitere ich. Wie gelingt es Euch, so eine starke Abschirmung dauerhaft aufrechtzuerhalten?«

»Ich hatte viel Zeit zum Üben. Inzwischen ist es wie Atmen.« Damit meinte sie wohl ihr Leben in dieser düsteren Berghöhle.

»Darf ich Euch noch etwas fragen?«

»Bitte. Ob ich dir eine Antwort gebe, wirst du sehen.«

Elainia verdrehte die Augen, doch ihre Neugier überwog.

»Ihr besitzt alle vier Berührungen der Magie. Gefühle, Elemente, Blut und Seelen. Habt ihr auch alle Spezialisierungen ausbilden können?«

»Nein. Ich bin nicht allmächtig, falls du das wissen wolltest.«

»Wie beruhigend.« Elainia konnte sich den Sarkasmus nicht verkneifen, ehe sie den Faden wieder aufnahm. »Ihr könnt Gefühle spüren. Was ist mit mentaler Kommunikation?«

Cataria schüttelte den Kopf. »Ich kann auch keine Gedanken lesen oder Emotionen manipulieren.«

»Also habt Ihr nur den nervtötenden Teil der Gabe.«

»Kann man so sagen.« Die Magierin lächelte sacht.

»Dass Ihr den tödlichen Teil der Blutberührung beherrscht, durfte ich ja freundlicherweise am eigenen Leib erfahren und dass Ihr heilen könnt, habt ihr ebenfalls mehrfach bewiesen.«

»So ist es.«

»Was die Elementmagie angeht, beherrscht Ihr Feuer und Luft.«

»Und Wasser.«

So viel Magie. Elainia konnte sich beim besten Willen nicht vorstellen, wie es sein musste, über solch starke Kräfte zu verfügen.

»Und dann noch die Seelengabe, mit deren Hilfe ihr Seelen anderer übernehmen könnt, um deren Körper zu nutzen.«

»Richtig.« Cataria neigte den Kopf.

»Seid Ihr in der Lage, Tote zu beschwören? Die Seelen von Verstorbenen zu sammeln und sie zu konservieren? Seelen zu heilen?«

»Nur bei Letzterem ja.«

»Das ist die Spezialisierung, mit der Ihr Avis' Fluch brechen könnt, nicht wahr?« Schon während sie die Worte aussprach, verschloss Catarias Miene sich. Elainia unterdrückte ein Seufzen. Mehr Antworten würde sie heute wohl nicht bekommen. Also gesellte sie sich zu Mira und Avis und half ihnen ihren Proviant zu rationieren sowie die Portionen für ihr Abendessen aufzuteilen.

In den darauffolgenden Nächten wurde sie mehrmals unsanft aus dem Schlaf gerissen, wenn Cataria sich von Albträumen geplagt ächzend umherwälzte oder mit heiseren Schreien hochschreckte. Es erfüllte sie mit Besorgnis und Hilflosigkeit, jedes Mal in ihre aufgerissenen Augen zu sehen, die Panik in ihren Zügen lesen und die Verzweiflung in ihrem Blick bemerken zu müssen. Als es plötzlich von einer Nacht auf die andere aufhörte, glaubte sie, die Träume hätten endlich nachgelassen, doch dann stellte sie während ihrer Wache fest, dass Cataria wach war.

»Sie schläft nicht mehr«, flüsterte sie einige Tage später, ihre Aufmerksamkeit stur auf die Magierin gerichtet, die zusammengekauert abseits des Feuers hockte.

»Ich weiß«, erwiderte Avis ebenso leise. »Ich habe es auch bemerkt. Das macht dir Sorgen.«

»Ja. Es ist dieser wiederkehrende Albtraum. Sie will nicht darüber sprechen, aber er jagt ihr Angst ein. So sehr, dass sie sich lieber wachhält, anstatt zu schlafen. Warum ist sie nur so schrecklich verschwiegen?«

»Du hast ihr allerdings auch nicht die ganze Wahrheit erzählt«, hielt Avis ihr entgegen.

»Meinst du, sie hätte es besser gefunden, wenn sie wüsste, dass sie nicht bloß eine Person, sondern gleich drei heilen soll? Wahrscheinlich hätte sie uns dann im Schlaf getötet und wäre auf Nimmerwiedersehen verschwunden.«

»Womöglich hast du recht. Sie so völlig unvorbereitet ins kalte Wasser zu werfen, ist jedoch nicht sonderlich gerecht.«

»Ich weiß. Ich werde es ihr sagen. Sobald wir Elandria erreicht haben.«

»Was tun wir, wenn sie ihre Meinung ändert?«

»Das wird sie nicht.« Elainia klang überzeugter, als sie sich fühlte. Sie konnte nicht genau erklären warum, aber irgendwie hatte sie im Laufe der letzten Tage Sympathie für Cataria entwickelt. So unnahbar und verschlossen die Magierin auch war, hoffte sie doch sie inzwischen gut genug einschätzen zu können, um zu diesem Schluss zu gelangen.

»Ich hoffe, dass du dich nicht irrst.«

»Das tue ich ebenfalls.« Die Zweifel waren das Schlimmste. Sie fraßen von innen an ihr herum, hartnäckig wie Zecken, die sich im Fell eines Hundes festsaugten und nicht mehr losließen. Elainia hasste sich für diese Zweifel. Sie wollte sie nicht, denn sie hatte gelernt, Cataria zu vertrauen. Allen Widrigkeiten zum Trotz. Zudem verdankte sie ihr ihr Leben. Zwar bezahlt durch eine Wahrheit – durch Avis' Wahrheit –, aber sie hatte ihr geholfen, obgleich sie sich auch einfach hätte weigern können.

***

Je näher sie Elandria kamen, desto dunkler wurden die Schatten unter Catarias Augen und desto schweigsamer wurde sie. Zwei Tage vor ihrem Ziel geschah schließlich, was Elainia längst vorhergesehen hatte. Kaum waren sie vor der Taverne des Dorfes Trias von ihren Pferden gestiegen, sackte Cataria, geschwächt durch den akuten Schlafmangel und die anstrengende Reise, stöhnend in sich zusammen. Mira gelang es gerade noch, sie abzufangen, ehe sie auf den harten Steinboden stürzen und sich verletzen konnte. Elainia drückte Avis Luviras Zügel in die Hände und half ihrer Freundin die Magierin zu stützen. Deren Lider waren halb geschlossen, ihr Atem ging flach.

»Wir brauchen Mohnsamensaft«, sprach Mira aus, was ihr ebenfalls durch den Kopf ging. Anders würden sie Cataria niemals dazu bekommen, endlich zu schlafen.

»Vielleicht gibt es hier einen Heiler oder eine Heilerin. Lasst uns Zimmer mieten und nachfragen«, erwiderte sie.

Avis übergab die Pferde an einen Jungen und ein Mädchen, die sie in Richtung Stall davonführten. Dann hielt er ihnen die Tür ins Innere des Gasthauses auf. Abgestandene Luft schlug ihnen entgegen. Elainia rümpfte die Nase. Ein offenes Fenster könnte nicht schaden.

»Falls ihr auf freie Zimmer aus seid, muss ich euch enttäuschen«, tönte es vom Tresen her. Die hagere Frau mit dem schütteren grauen Haar deutete hinter sich auf das Brett, an dem normalerweise Schlüssel hingen. Alle Metallhaken waren leer.

Elainia biss sich auf die Zunge, um nicht laut zu fluchen.

»Das waren wir tatsächlich«, übernahm Avis das Reden. »Nun gut, da kann man nichts machen. Sagt, gibt es im Dorf einen Heiler oder eine Heilerin?«

Der Blick aus den dunklen Augen der Wirtin huschte zu Cataria. Elainia spürte ihre unverhohlene Neugier wie Nadelstiche auf der Haut.

»Nun, Jona ist zwar kein Meister, aber er kuriert allerlei Gebrechen, sofern ihm die Bezahlung gefällt.«

»Wo finden wir ihn?«

»Das Haus neben dem Friedhof gehört ihm.«

Besagtes Haus entpuppte sich eher als Hütte und wirkte nicht, als gäbe dieser Jona sich großartig Mühe, es instand zu halten. Die Blumen im Vorgarten waren aufgrund der Hitze vollkommen eingegangen. Wie sehr sehnte Elainia sich nach einem kalten Bad, denn sie schwitzte vor Anstrengung aus allen Poren. Cataria erging es nicht viel besser und konnte sich kaum noch aufrecht halten. Immer wieder war sie zwischen Mira und ihr eingeknickt, ohne einen Ton von sich zu geben. Daher zögerte Avis auch nicht, kräftig und leicht ungeduldig gegen die Holztür der Hütte zu klopfen. Staub rieselte von oben herab. Schlurfende Schritte aus dem Inneren kündigten den Heiler an. Seine leicht gebeugte Erscheinung, der struppige Bart und die zu locker sitzende Kleidung passten in das Gesamtbild des Hauses wie die Faust aufs Auge. Nur seine blauviolett schimmernden Flügel, die Avis' in Form und Muster ähnelten, wirkten an ihm merkwürdig deplatziert.

»Ja?«, krächzte er, während sein aufmerksamer Blick über ihre kleine Gruppe wanderte.

»Wir haben gehört, Ihr seid der Heiler hier«, setzte Elainia an.

»Habt ihr das.« Jona runzelte die Stirn.

»Stimmt es denn nicht?«

»Doch, doch.«

Etwas an seiner Tonlage gefiel Elainia nicht, dennoch stellte sie ihre nächste Frage.

»Was wollt ihr für ein Fläschchen Mohnsamensaft?«

»Ihr seid sicherlich zu Pferd gekommen, nicht wahr?«

Sie nickte.

»Dann möchte ich eines eurer Pferde.«

Empört schnappte Elainia nach Luft.

»Ein Pferd für ein Fläschchen Mohnsamensaft?«, wiederholte Avis. Seine Entrüstung war nicht zu überhören. »Das haltet Ihr für einen angemessenen Preis?«

»Mein Mohnsamensaft, meine Bedingungen«, erwiderte die alte Fee.

»Einverstanden.«

»Mira!«

»Sie muss schlafen«, entgegnete ihre Freundin sanft. »Wie soll sie Lariel helfen, wenn sie selbst nicht bei Kräften ist?«

»Ich weiß, aber wir brauchen die Pferde. Alle.«

»Vertrau mir, Ela. Bitte.«

Elainia biss sich auf die Unterlippe, haderte mit sich, doch schließlich überzeugte Miras ruhige Entschlossenheit sie.

»Also?«, brummte Jona.

»Unsere Pferde stehen beim Gasthaus. Avis wird Euch eines holen. Im Gegenzug bekommt er den Mohnsamensaft. Abgemacht?«

»Abgemacht.«

»Was sollte das?«, verlangte Avis zu wissen, sobald sie außer Hörweite der Hütte waren.

Mira lächelte. »Wir brauchen die Pferde, aber wir brauchen auch den Saft. Außerdem würde es mir im Traum nicht einfallen, königliches Eigentum zu verhökern.«

»Genau das hast du jedoch gerade getan.«

»Dieser Jona sollte es glauben. Wer bin ich, hm?« Vielsagend hob Mira ihre Brauen.

»Miranda, die Seltsame?« Avis schnaubte.

Da fiel bei Elainia der Groschen. »Aber natürlich. Du bist genial!«

Aus Miras Lächeln wurde ein Grinsen.

»Klärt ihr mich auf?«, fragte Avis.

»Mit Vergnügen. Ich bin eine Wandlerin, schon vergessen? Ich nehme die Gestalt eines unserer Pferde an, du bringst mich zu Jona, bekommst den

Mohnsamensaft und gehst. Sobald der Kerl mich aus den Augen lässt, verwandle ich mich zurück und stoße wieder zu euch. Womit ich uns zum vierten Mal den Hintern rette.«

»Clever«, gab Avis zu. »Allerdings auch ziemlich riskant. Schließlich wissen wir nicht, was er mit dem Pferd vorhat. Er wirkt nicht wie die Art Fee, die aus Spaß Pferde hält. Oder überhaupt Tiere hält.«

Elainia nickte zustimmend. Der Gedanke war ihr ebenfalls gekommen.

»Kann sein. Ich mache es trotzdem. Vorsorglich sollten wir einen Treffpunkt außerhalb des Dorfs ausmachen. Wer weiß, was er tut, wenn er merkt, dass wir ihn reingelegt haben.«

Zurück am Stall des Gasthauses, setzten sie Cataria vorsichtig auf den Boden. Die Magierin stöhnte, hielt allerdings mit aller Kraft die Augen offen. Wie ihr das gelang, war Elainia ein Rätsel. Mira trat an Elainias Stute heran, schnitt mit ihrem Messer ein Stück von deren Mähne ab und schloss ihre Finger darum. Magie flimmerte durch die Stallgasse, Miras Gestalt verfloss, Farben wirbelten durcheinander und Sekunden später stand ein Pferd vor ihnen, das Elas Stute bis ins letzte Detail glich.

»Sie ist gut«, kommentierte Avis sichtlich beeindruckt.

Mira hob stolz den Kopf und prustete.

Er grinste, schnallte ihr ein Halfter um und half dann Elainia, die anderen Tiere aufzuzäumen. Kurz darauf hielt Elainia vier Zügel in den Händen. Jeweils zwei Pferde pro Seite. Cataria saß auf Roxanas Rappen, ihre Finger klammerten sich in dessen Mähne.

»Schafft Ihr es so bis zum Ortsausgang?«, erkundigte Avis sich bei ihr.

Sie nickte knapp.

Elainia strich dem Pferd über die Nase. »Wir kriegen das hin.«

»Und wir beeilen uns.« Er drückte ihr einen Kuss auf die Stirn und zog mit Mira in die entgegengesetzte Richtung davon.

Einen Moment später setzte sich Elainia ebenfalls in Bewegung und erreichte kurz darauf eine Stelle, die ihr weit genug vom Dorf entfernt schien. Nachdem sie Cataria beim Absteigen geholfen hatte, ließ sie die Pferde am Rand der Straße grasen und dann wartete sie. Wartete voller Ungeduld, starrte die Straße hinunter, beobachtete vereinzelte Händlerkarren, die von Eseln gezogen vorbeiruckelten. Schließlich konnte sie am Himmel eine Gestalt ausmachen. Avis. Ein Teil der Anspannung fiel von ihr ab.

»Hast du es?«, fragte sie aufgeregt, sobald er leichtfüßig vor ihr gelandet war.

Avis griff in seine Hosentasche und beförderte eine schimmernde Glasphiole ans Tageslicht. »Bitte sehr.«

»Hat er Verdacht geschöpft?«

»Kein Stück. Miras Verwandlung ist perfekt.« Lächelnd drückte er ihr die kleine Phiole in die Finger. »Lass uns unser Lager etwas abseits der Straße zwischen den Bäumen aufschlagen und hoffen, dass Mira dem Kerl schnell entwischen kann.«

Sie nickte zustimmend. Gemeinsam banden sie die Pferde an, rollten ihre Matten auf dem Waldboden aus und dann begann erneut das Warten. Mit dem Mohnsamensaft in den Fingern hockte sie sich neben Cataria, die schrecklich müde aussah und trotzdem irgendwie die Augen offen hielt.

»Trinkt das«, meinte Elainia, löste den Korken und hielt der Magierin das Schlafmittel hin.

Cataria schüttelte den Kopf.

»Ich habe mich falsch ausgedrückt. Ihr werdet das trinken. Wenn es sein muss, flöße ich es Euch gewaltsam ein. Aber Ihr müsst schlafen, verflucht.«

»Ich kann nicht«, flüsterte Cataria und wirkte dabei regelrecht verzweifelt. »Bitte tu mir das nicht an. Ich ertrage diese Bilder nicht. Nicht schon wieder.« Sie drehte den Kopf zur Seite, die Lippen fest aufeinandergepresst.

»Welche Bilder?«, fragte Elainia so behutsam wie möglich. »Redet mit mir. Ich bitte Euch.«

»Feuer ... Zerstörung ... Tod.« Nur stockend brachte die Magierin die Worte hervor und klang dabei, als bereitete ihr das Aussprechen körperliche Schmerzen.

Elainias Kehle wurde eng vor Mitgefühl. »Ich verspreche Euch, sobald Ihr den Saft getrunken habt, werdet Ihr überhaupt nicht mehr träumen. Vertraut mir.«

Catarias Hand bebte kaum merklich, als sie das Glas nahm und zögerlich an die Lippen setzte. Schließlich schluckte sie alles hinunter. Die Wirkung ließ nicht lange auf sich warten. Elainia beobachtete, wie ihre Lider flatterten, ihre Atmung sich vertiefte, ihr Blick sich trübte. Die Hand mit der Phiole sank herunter. Sanft entwand sie Cataria das Glas, stützte sie, als ihr Kopf kraftlos zur Seite sank und ihre Augen zufielen.

»So ist gut«, flüsterte sie. »Jetzt schlaft, Cataria. Schlaft.« Sie bettete die Magierin auf ihre Decke und gesellte sich zu Avis, der sie schweigend betrachtet hatte. Nun legte er seinen Arm um ihre Schulter, sodass sie sich gegen ihn lehnen und tief durchatmen konnte. Fehlte einzig und allein Mira. Elainia hoffte inständig, dass sie es unversehrt zu ihnen schaffte.

Als ihre Freundin bei Sonnenuntergang noch immer nicht aufgetaucht war, begann sie sich ernsthaft Sorgen zu machen.

»Sie wird kommen«, versuchte Avis sie zu beruhigen. »Gib ihr Zeit bis zum Einbruch der Nacht.«

»Wenn sie dann nicht bei uns ist, gehe ich zurück.«

»Das wird nicht nötig sein.« Atemlos stolperte Mira zwischen den Bäumen hindurch, das Haar zerzaust, Schweiß im Gesicht und Schrammen auf den Armen. »Allerdings sollten wir sofort von hier verschwinden. Dieser verrückte Heiler hat mir das halbe Dorf hinterhergehetzt. Fragen stellen könnt ihr auch später.« Schon hatte sie die Zügel ihrer Stute vom Ast befreit und schwang sich in den Sattel.

Hastig rollte Elainia ihre Matte zusammen, schnürte sie fest und saß ebenfalls auf. Avis nahm währenddessen die schlafende Cataria hoch und hievte sie vor ihr auf Luvira, sodass Elainia sie mit einem Arm halten konnte und mit dem anderen die Zügel umklammerte. Vorsichtshalber ließ sie ihre Magie in die Umgebung entweichen, suchte nach Anzeichen der Verfolger, die Mira erwähnt hatte, und spürte einen stärker werdenden Schwall von Wut, der sich von Westen näherte. Sie wendete ihr Pferd.

»Wir bleiben der Straße erst einmal fern. Dort sind wir zu leicht zu entdecken.«

Mira und Avis, der Roxanas Rappen als Handpferd genommen hatte, nickten. Eilig bahnten sie sich einen Weg durch das kleine Wäldchen und trieben ihre Tiere in einen gleichmäßigen Galopp, sobald sich vor ihnen eine grüne Wiese erstreckte. Sie ritten, bis die Sonne endgültig hinter dem Horizont versank und die ersten Sterne am Himmel aufblitzten.

»Ich glaube, die sind wir los«, keuchte Mira.

»Ich glaube auch«, stimmte Avis zu.

Elainia parierte Luvira durch. Ihr rechter Arm war vollkommen verkrampft, so sehr hatte sie Cataria an sich gedrückt, um zu verhindern, dass diese seitlich herunterglitt. »Pause«, brachte sie hervor. »Ich kann nicht mehr.«

Kapitel 24

Gefangen und verraten

Elainia

»Warum sind die Tore verschlossen?« Mira kniff die Augen zusammen.

»Frag mich was Leichteres«, entgegnete Elainia. Vor wenigen Stunden waren Elandrias Türme am Horizont aufgetaucht. Die goldene Spitze des Palasts glänzte blendend im Sonnenlicht. Je näher sie nun allerdings der Stadtmauer kamen, desto deutlicher wurde, dass die hohen Tore tatsächlich geschlossen waren. Auf dem Wehrgang darüber standen etliche uniformierte Männer und Frauen, ebenso wie davor auf der Straße. Eine Schlange bestehend aus Händlern mit ihren Karren und Kutschen erstreckte sich vor ihnen und rückte in der Mittagshitze nur langsam vorwärts.

»Das ist wirklich seltsam«, murmelte Elainia mehr zu sich selbst als zu ihren Freunden. Sie hatte noch nie erlebt, dass die Tore tagsüber verschlossen wurden. Dazu herrschte ein zu reges Kommen und Gehen. Eine merkwürdige Anspannung lag in der Luft. Im Schritttempo erreichten sie die Ansammlung von Wartenden und zügelten ihre Pferde. Elainia drehte sich im Sattel zu Cataria und Avis um. Die Magierin wirkte, nachdem sie die ganze Nacht und einen halben Tag lang geschlafen hatte, deutlich ausgeruhter und war in der Lage gewesen, die letzten Kilometer allein zu reiten.

»Ich schätze, wir werden warten müssen, bis wir an der Reihe sind.«

Je länger es dauerte, desto unruhiger wurde sie. Ihnen lief verdammt noch mal die Zeit davon. Wenn sie sich nicht verzählt hatte, würde das Gift ihre Schwester in weniger als vierundzwanzig Stunden dahinraffen. Sie beobachtete, wie das Tor sich einmal, zweimal, dreimal öffnete, um Menschen hineinzulassen, die meisten aber von den Soldaten abgewiesen wurden. Elainia spürte den Ärger, der diese Leute umgab, kaum dass sie an ihnen vorbeizogen. Hinzukam der Frust derer, die sich hinter ihnen versammelten, während sie Stück um Stück vorrückten. Die Sonne sank bereits, als sie endlich herangewunken wurden und abstiegen.

»Wenn ihr Elandria betreten wollt, müsst ihr euch ausweisen.« Der Wächter in seiner polierten Uniform klang gelangweilt. Vermutlich hatte er den Satz in den letzten Stunden mehrere dutzend Mal von sich gegeben.

»Ausweisen?«, wiederholte Elainia.

»Ja. Befehl der Königin. Zeigt mir irgendein offizielles Schriftstück mit eurem Namen, das beweist, dass ihr seid, wer ihr vorgebt zu sein. Ihr alle.«

Ihr Blick zuckte zu Mira, Avis und Cataria. Die Magierin stand stocksteif da, ihr Atem ging schwer.

»Ich bin Lady Amanda Larodres' Tochter Elainia. Informiert sie oder holt jemand anderes von der Königinnengarde. Sie kennen mich und werden Euch bestätigen, wer ich bin.«

Der Mann hob wenig beeindruckt die Augenbrauen. »Das ist die beste Antwort, die ich heute bekommen habe. Wenn ihr euch nicht ausweisen könnt, müsst ihr umdrehen.«

»Aber das können wir nicht«, brauste Elainia auf. Ihr Herzschlag hatte sich merklich beschleunigt. Sie wollte nicht vor all diesen Menschen, Zwergen und Feen herumposaunen, wer Cataria war und warum sie unbedingt in die Stadt mussten. So wie der Wachmann aussah, würde er ihr sowieso nicht glauben, sondern sie auslachen.

»Tut mir leid. Befehl ist Befehl. Geht zur Seite und lasst die Nächsten vor.«

Dann eben anders. Sie richtete ihre Magie auf ihn, schaffte es innerhalb weniger Sekunden durch seine Abwehr und wühlte sich durch seine Emotionen. Wenn sie ihn dazu bringen konnte, ein Auge zuzudrücken ...

»Sie versucht ihn zu manipulieren!«, schallte es von oben herab.

Elainia zuckte zusammen, ihre Magie zog sich hastig zurück. Wie hatten sie ...? Bevor sie die Frage zu Ende hatte denken können, blinzelte der Wachmann, schüttelte seine Irritation ab und Ärger kräuselte seine Lippen.

»Festnehmen!«, rief er. »Alle vier.«

Die Verstärkung hinter ihm setzte sich in Bewegung.

»Krähendreck«, zischte Miranda.

Avis' Muskeln spannten sich an, Schwärze leckte am Goldbraun seiner Iriden. Elainia schluckte. Wenn sie sich wehrten und einen Kampf anzettelten, würde der Fluch die Kontrolle übernehmen. Er würde töten. Unschuldige Menschen verletzen. Das durfte sie nicht zulassen.

»Wehrt euch nicht«, stieß sie hervor, bevor sich zwei kräftige Hände um ihre Unterarme schlossen und ihre Handgelenke hinter dem Rücken fixierten. Zu ihrer Erleichterung blieb Avis' Blick klar, als eine Wächterin ihn fesselte und seine Flügel fixierte.

»Öffnet das Tor!«, brüllte der Wortführer die Mauer hinauf.

Minuten später wurden sie in die Stadt geführt. Zwar mit Seilen um die Handgelenke, aber sie waren ihrem Ziel näher als gerade eben noch. Fieberhaft überlegte Elainia, wohin man sie bringen würde. Es gab eigentlich nur zwei Möglichkeiten. Das Gefängnis der Stadtwache oder den Palastkerker.

»Vorwärts«, knurrte der Mann, der ihren Oberarm umklammert hielt, und drängte sie schneller zu gehen. »Und wag es ja nicht, deine Magie zu benutzen.«

»Schon gut«, presste sie hervor und bemühte sich, ihren Zorn hinunterzuschlucken, ehe sie einen neuen Versuch startete. »Ich habe verdammt noch mal die Wahrheit gesagt. Was glaubt Ihr, wird meine Mutter davon halten, wenn Ihr mich wegsperrt? Wenn Ihr Euch nicht einmal ein winziges bisschen darum bemüht, meine Aussage zu überprüfen?«

»Befehl ist Befehl. Und jetzt Ruhe.«

Frustriert biss Elainia die Zähne zusammen. Warum hatte Königin Cierra solche Anweisungen gegeben? Was war während ihrer Abwesenheit vorgefallen? Sie konnte sich die gesamte Situation einfach nicht erklären.

Die Menschen, Zwerge und Feen auf den Straßen starrten ihnen voller Neugier und Abschätzung hinterher. Elainia wünschte sich ein bekanntes Gesicht zu entdecken. Jemanden, der vor den Soldaten für sie bürgen konnte. Doch sie sah weder die weiße Wölfin der Königinnengarde noch einen Händler oder eine ihrer ehemaligen Kameradinnen des Alten Klosters.

Schließlich passierten sie den Rand des Marktplatzes, bogen allerdings nicht in Richtung Hauptquartier der Stadtwache ab. Stattdessen näherten sie sich dem Palast. Hoffnung glomm in Elainia auf. Suchend wanderte ihr Blick über die Zinnen der weißen Mauern, hielt Ausschau nach den Magierinnen ihrer Mutter, doch vergeblich. Wo bei den Seelen der toten Götter war die Königinnengarde? Sie versuchte zu erkennen, wer hinter den Visieren der Torwächter steckte, aber alles, was sie sah, waren ausdruckslose Augen. Kommentarlos wurde ihnen geöffnet und die Soldaten steuerten den Kerkereingang an. Erschrocken musste Elainia feststellen, dass die Zellen, die normalerweise leer gestanden hatten, nun voller Menschen waren.

Leises Schluchzen, wütendes Gemurmel, Ächzen und Stöhnen drang an ihre Ohren. Finger klammerten sich um Eisengitter, verzerrte Gesichter blitzten im Fackelschein auf und über allem schwebte eine schwere Wolke eisiger Furcht, die ihr tief in die Eingeweide fuhr. Hastig verstärkte sie die Blockade um ihre Magie und senkte die Lider. Setzte gezwungenermaßen einen Fuß vor den anderen. Die Männer verfrachteten sie tiefer unter die Erde, bis sie schließlich Zellen erreichten, die leer waren. Immerhin lösten sie ihre Fesseln, ehe sie nach Cataria unsanft durch die Gittertür gestoßen wurde. Mira und Avis wurden eine Zelle weiter untergebracht. Knirschend fiel das Gitter hinter ihnen ins Schloss.

»Wartet!«, rief Elainia dem Mann in einem letzten Versuch hinterher. »Ihr müsst mir zuhören!« Natürlich tat er, als hätte er sie nicht gehört und marschierte ungerührt davon. Seine Schritte verhallten im fackelbeleuchteten Gang des Kerkers.

»Verdammter Mistkerl«, fluchte sie und schlug mit der flachen Hand gegen die Eisenstange.

»Wer bist du, dass du glaubst, diese Wächter würden auf dich hören?« Cataria klang müde.

Aufgebracht wirbelte Elainia zu ihr herum. Die Krähenkönigin hockte mit dem Rücken an der kalten Zellenwand und starrte aus dem Halbdunkel zu ihr hoch.

»Meine Mutter ist die Anführerin der Königinnengarde.«

Daraufhin verengte Cataria die Augen. »Tatsächlich?«

Ruhelos nickte Elainia. »Ich kann mir einfach nicht erklären, was hier vorgeht. Warum Königin Cierra die Stadt abschottet. Irgendetwas ist gewaltig am Schieflaufen. Wir müssen aus dieser Zelle raus, verdammt!«

»Um was geht es eigentlich wirklich, Elainia?«

Die Frage der Krähenkönigin ließ sie innehalten. Es war wohl endgültig Zeit für die ganze Geschichte. Resigniert gab sie es auf, weiter an den Gitterstäben zu rütteln und ließ sich ebenfalls zu Boden gleiten. Sie zog die Knie an den Körper und schlang ihre Arme darum.

»Ich habe Euch nicht die ganze Wahrheit gesagt.« Cataria nickte, als hätte sie geahnt, dass es so war. »Ihr sollt nicht nur meine Schwester heilen. Sie, ihr Verlobter Kronprinz Cassian und König Cain wurden vor etwas mehr als fünf Wochen bei einem Anschlag mit Krampfwurzkrautsamen vergiftet. Gegen das Gift gibt es kein Gegenmittel außer Eure Kombination von Seelen- und Blutberührung. Deswegen musstet Ihr mit uns kommen. Ohne Euch werden sie sterben.«

Cataria schnaubte. »Der Feenjunge war nicht der Einzige mit einem Geheimnis.«

»Als ob Ihr keine hättet. Ihr seid mir ein einziges Rätsel und hüllt Euch in Schweigen, sobald es um Euch und Eure Vergangenheit geht. Warum habt Ihr in dieser Höhle gehaust? Warum habt Ihr Euch vor der Welt versteckt? Was verdammt wurde Euch angetan, dass Ihr von Albträumen geplagt werdet, die so furchtbar sind, dass Ihr Euch mit aller Gewalt wach haltet?«

Die Krähenkönigin überraschte sie mit einer Antwort. »Ich weiß es nicht. Ich weiß nur, ich habe nie freiwillig dort gelebt. Ein magischer Bann hat mich daran gehindert, den Berg zu verlassen. Ich war gefangen, bis ihr gekommen seid. Ich vermute, der Bann war durch die lange Zeit, in der er existiert, schon so schwach, dass er sich durch den Ausbruch meiner Magie aufgelöst hat.«

»Wie lange?«, fragte Elainia behutsam. »Wie lange wart Ihr gefangen?« Noch immer konnte sie die Gefühle der Magierin nicht wahrnehmen, doch sie ahnte, wie aufgewühlt sie sein musste.

»Fünfundzwanzig Jahre.«

»Bei den Seelen der toten Götter.« Sie konnte das Entsetzen nicht aus ihrer Stimme verbannen. Fünfundzwanzig Jahre eingesperrt in einer Höhle mitten im Nirgendwo des Carasgebirges.

»Wie habt Ihr das überlebt?«

»Mithilfe meiner Magie, dem See und den Tieren, die in der Höhle Schutz suchten, denn sie konnten den magischen Bann durchqueren.«

»Aber wenn Ihr eine Gefangene wart, wieso habt Ihr Euch geweigert, mit uns zu kommen? Habt Ihr keine Familie, zu der Ihr zurückwollt? Freunde? Irgendjemanden? Stammt Ihr überhaupt aus Elandria?«

»Du stellst viele Fragen«, murmelte Cataria und rieb sich die Stirn. »Ich wurde in dieser Stadt geboren, habe hier gelebt und hatte eine Familie, eine besondere Freundin, die meine Partnerin hätte werden sollen.« Sie verstummte abrupt, doch Elainia hatte den Schmerz gehört. Er schien sie selbst nach all den Jahren noch zu quälen. Gleichzeitig fragte sie sich, warum sie nie von einer Magierin gehört hatte, die so mächtig war, wenn Cataria doch in Elandria aufgewachsen war. Eine Gabe wie die Seelenberührung konnte nicht lange geheim gehalten werden.

»Ich hatte mit meinem alten Leben abgeschlossen. Euer Auftauchen hat Wunden aufgerissen und Erinnerungen wachgerufen, die ich vergessen wollte. Deswegen die Albträume.«

»Es tut mir leid.« Elainia streckte den Arm aus und legte ihre Hand vorsichtig auf Catarias Unterarm.

Die Krähenkönigin zuckte, ließ die Berührung jedoch zu. »Du erinnerst mich an jemanden, den ich einst sehr geliebt habe«, flüsterte sie nach langen Sekunden der Stille.

»Sobald Ihr die drei geheilt und Avis von seinem Fluch befreit habt, könnt Ihr nach ihr suchen«, entgegnete Elainia mitfühlend.

»Das Gift mag ich vielleicht bekämpfen können, aber den Feenjungen von seinem Fluch zu befreien, liegt nicht in meiner Macht.«

»Was?« Elainia erstarrte. »Was soll das nun wieder heißen? Und warum rückt Ihr jetzt erst damit heraus?«

»Der Kern des Fluchs ist nicht die Seele, wie er glaubt. Es ist das Herz.«

»Hört auf in Rätseln zu sprechen«, fuhr Elainia sie ungehalten an, ehe sie sich besann. Sofern sie Antworten wollte, sollte sie Cataria nicht verärgern. »Bitte.«

»Es stimmt, dass Seelenmagie notwendig ist, um den Fluch zu brechen.«

»Wo liegt dann das Problem?«

»Wenn du mich nicht ständig unterbrechen würdest, könnte ich es dir sagen.« Unterschwellige Schärfe klang in ihrem Tonfall mit.

Elainia presste die Lippen aufeinander.

»Es braucht zusätzlich Gefühlsmagie und die Kraft der echten, reinen Liebe für die verfluchte Person. Deswegen kann ich das nicht tun, verstehst du? Ohne diesen letzten Bestandteil ist all meine Macht nutzlos. Doch du ... du empfindest für den Feenjungen, was nötig ist, um ihm zu helfen.«

»Aber ich bin nicht seelenberührt.«

»Ich weiß.«

Fassungslos raufte Elainia sich die Haare. Hatten sie ein Hindernis beiseitegestemmt, versperrte ihnen ein neues den Weg. Doppelt so hoch und noch schwerer zu überwinden als das vorherige. Und dieses war unmöglich zu bewältigen. Es zerriss ihr das Herz bei dem Gedanken, Avis die schlechten Neuigkeiten überbringen zu müssen, sobald sie all das überstanden hatten. Ihm sagen zu müssen, dass er für immer mit der Dunkelheit würde leben müssen. Mit dem stärker werdenden Drang zu verletzen. Ihre Nase begann verräterisch zu kribbeln. Hastig blinzelte sie gegen die aufsteigenden Tränen an.

»Tut mir leid, Elainia.« Echtes Bedauern schwang in Catarias Stimme mit.

»Das ist nicht Eure Schuld«, presste sie hervor.

»Und doch fühlt es sich an, als wäre es so. Die Feen waren schon immer sehr gerissen, wenn es um Flüche ging, die Schaden anrichten sollten. Sie zu brechen, ist nie einfach.«

»Oder schlicht unmöglich.«

»Ja.«

»Und nun?«, wollte Elainia wissen. »Wie schaffen wir es rechtzeitig aus diesem verfluchten Loch? Ihr verfügt doch über alle vier Berührungen.

Bringt uns hier raus. Sprengt das Schloss oder am besten gleich das gesamte Gitter.«

»Wie weit würden wir damit kommen?«, stellte Cataria eine Gegenfrage. »Die Soldaten würden uns hören und uns abfangen, bevor wir auch nur in die Nähe der Treppe gelangen.«

»Dann kämpfen wir.« Noch im selben Atemzug wurde ihr bewusst, wie dämlich diese Antwort war. Sie konnten nicht kämpfen. Nicht, wenn sie verhindern wollte, dass Avis dem Fluch verfiel. Selbst wenn sie ihn und Mira nicht befreiten, würde es genügen, dass er den Kampflärm hörte und Aufruhr wahrnahm. Er würde Miranda angreifen. Das konnte sie nicht zulassen.

»Du merkst selbst, warum das keine gute Idee ist«, seufzte Cataria.

»Und ihn zu manipulieren? Wenn ich seine Gefühle beeinflusse?«

»Das wird dir nicht gelingen. Der Fluch wird dich daran hindern. Er wird immer resistenter gegen den Einfluss von Magie. Gegen jeglichen Einfluss.«

»Woher wisst Ihr so viel über all das? Ihr wart fünfundzwanzig Jahre lang in einer Höhle gefangen.«

»Ich hatte gute Lehrer. In der Zeit davor.« Cataria lächelte freudlos. »Nur nützt uns dieses Wissen rein gar nichts. Versuch ein wenig zu schlafen, Elainia.«

»Schlafen? Jetzt?« Sie schüttelte den Kopf. »Niemals.« Aber ihr Körper war ein mieser Verräter. Irgendwann wurden ihre Lider so schwer, dass sie für einige Minuten lang die Augen schloss und schließlich wegdämmerte.

Das Geräusch hastig näher kommender Schritte riss sie jedoch wieder aus ihrem unruhigen Schlaf. Ruckartig setzte sie sich auf, richtete ihren Blick auf die Gitterstäbe. Die Fackel an der Wand im Gang flackerte. Eine Gestalt blieb vor ihrer Zelle stehen. Feuerschein erhellte ihre gleichmäßigen, Elainia nur allzu vertrauten Züge.

»Mutter!«

Diese lächelte. »Bin ich froh, dass ich euch gefunden habe. Einer der Wachmänner hat behauptet, jemand hätte sich am Stadttor als meine Tochter ausgegeben. Ich hole euch jetzt hier raus. Wir müssen uns beeilen. Dunia kann die Vergiftung nicht länger hinauszögern. Ist sie das?« Mit dem Kinn deutete sie auf die Krähenkönigin, die sich wachsam aufgerichtet hatte.

»Ja.«

»Dann hast du es tatsächlich geschafft.«

Sie brauchte nicht auszusprechen was. Elainia spürte ihre bodenlose Erleichterung, gemischt mit glühendem Stolz auch so.

Rasch steckte ihre Mutter den Schlüssel ins Schloss und drehte ihn herum. Metall knirschte.

»Kommt«, bat Amanda Cataria freundlich. »Ich bin Lady Amanda Larodres. Anführerin der Königinnengarde. Bitte verzeiht die rüden Umgangsformen im Moment. Es herrscht Ausnahmezustand in der Stadt. Wir kommen nicht hinterher, die Aussagen der verhafteten Menschen zu überprüfen, um sie wieder freizulassen.«

»Das haben wir gemerkt«, entgegnete Elainia trocken, während Cataria sich an ihrer Mutter vorbeischob und den Gang betrat. Nachdem sie auch Miranda und Avis aus ihrer Zelle befreit hatten, führte Amanda sie ans Tageslicht. Es war noch dämmrig, die Sonne verbarg sich hinter den Dächern und ein kühler Morgenwind wehte über den Hof. Elainia schaffte es kaum, Avis anzusehen. Ständig musste sie daran denken, dass sie ihm nicht helfen konnte. Dass sein Fluch unmöglich zu brechen war.

»Ich bringe euch rasch ins Quartier, damit ihr euch den gröbsten Schmutz abwaschen könnt«, informierte ihre Mutter sie.

Elainia nickte dankbar und folgte ihr mit den anderen bis zu den Räumen der Gardistinnen, in denen verschlafene Stille herrschte. Im großen Waschraum stand ein Zuber mit dampfendem Wasser samt Seife bereit, daneben hingen mehrere frische Handtücher. Elainia wusch sich rasch Gesicht, Hände und Arme, band ihre Haare an ihrem Hinterkopf zusammen und ließ die anderen zurück. Sie musste mit ihrer Mutter sprechen. Allein.

»Schon fertig?«, erkundigte Amanda sich, als sie sie bemerkte.

»Ich wollte mit dir reden. Über Roxana.«

Augenblicklich legte sich Trauer über die Miene ihrer Mutter. Ihr Schmerz war beinahe mit Händen greifbar und es brach Elainia das Herz.

»Wie ist es passiert?«, fragte Amanda leise.

»Wir sind in einen Steinschlag geraten. Sie hat mich weggestoßen.«

»Und wurde selbst getroffen.«

Elainia nickte. »Ich habe ihr die Schmerzen genommen. Sie hat nicht gelitten.«

Ihre Mutter wischte sich über die Augen, dennoch rann eine einsame Träne über ihre Wange. »Hat sie … hat sie irgendwas gesagt?«

»Sie hat mich als ihre Nachfolgerin erwählt. Ich musste ihr versprechen, dass ich dir das erzähle. Aber ich kann das nicht annehmen. Ich habe noch nicht einmal die Prüfungen abgelegt. Sie ist meinetwegen gestorben. Es wäre nicht richtig.«

»Elainia, nicht«, fiel ihre Mutter ihr ins Wort. »Du bist mehr als würdig für einen Platz in der Garde. Du hast die Krähenkönigin gefunden. Das ist mehr wert als jede Prüfung.«

Nun stiegen Elainia ebenfalls die Tränen in die Augen. Sie blinzelte hastig.

Amanda strich ihr über die Wange. »Wir reden morgen darüber. Jetzt heilen wir deine Schwester, Cassian und den König.«

»In Ordnung.«

Schweigend warteten sie, bis auch die anderen mit ihrer Wäsche fertig waren. Während Mira, Avis und sie sich hungrig auf den Korb mit frischen Brötchen und Obst stürzten, beobachtete Elainia, wie ihre Mutter Cataria zur Seite nahm.

»Ich denke, meine Tochter hat Euch bereits erklärt, was wir von Euch verlangen.«

Die Krähenkönigin nickte knapp.

»Lasst mich wissen, wenn es etwas gibt, womit wir Euch für Eure Hilfe entlohnen können.«

»Wartet mit Eurem großzügigen Angebot lieber, bis ich getan habe, wofür man mich hergebracht hat.«

Elainia fiel auf, dass Cataria dem Blick ihrer Mutter immer wieder auswich.

»Wie Ihr wollt. Aber esst zumindest ein wenig.«

»Nicht nötig. Ich habe keinen Hunger.«

Ob sie log oder nicht, konnte Elainia nicht spüren, doch sie glaubte Cataria dennoch kein Wort.

»Dann sollten wir gehen.« Ihre Mutter winkte sie heran. »Wundert euch nicht über die neuen Wachen im Schloss. Seit dem Anschlag auf die Königin sind die Herzöge in großer Sorge um Cierras Wohlergehen. Allen voran Rolar Jarnes. Es sind seine Wächter, die uns mit Königin Cierras Zustimmung verstärken.« Ein Hauch von Missmut färbte ihren Tonfall.

Ein weiterer Anschlag. Langsam glaubte Elainia zu verstehen, warum die Stadt abgeschottet worden war. Sie ahnte außerdem, dass ihre Mutter keine große Befürworterin fremder Wachen vor den Türen ihrer Königin war. Einzig und allein die Tatsache, dass die Männer in ihren schweren Uniformen aus Leder und Kettenhemden Herzog Jarnes treu ergeben waren, schien sie davon abzuhalten, gegen den Willen der Königin zu handeln und sie des Palastes zu verweisen.

Als Elainias Mutter kräftig anklopfte und dann die Klinken der hohen Flügeltür herunterdrückte, machten sie zumindest keinerlei Anstalten, sie aufzuhalten.

Königin Cierra schaute auf, sobald Elainia nach ihrer Mutter und der Krähenkönigin die königlichen Gemächer betreten hatte. Mira und Avis folgten. Die Königin wirkte müde. Strähnen ihres blonden Haars hatten sich aus ihrem Knoten am Hinterkopf gelöst, Schatten lagen unter ihren blauen Augen. Ihr Blick glitt über die Gruppe hinweg und blieb an Cataria hängen.

»Wer ist das, Amanda?«, fragte sie mit deutlicher Schärfe in der Stimme.

»Eure Hoheit, meine Tochter und ihre Freunde waren auf ihrer Reise erfolgreich. Sie haben die Magierin gefunden, die Euren Sohn, Euren Ehemann und Lariel heilen kann.«

Cierra runzelte die Stirn. Sekundenlang starrte sie Cataria an, der Elainia nicht ansehen konnte, was sie dachte. Dann nickte sie und erhob sich elegant vom Bett ihres Sohnes.

»Wenn es stimmt, was Amanda sagt, dann helft meiner Familie«, bat sie Cataria und deutete auf die Betten. »Bitte.«

»Natürlich.« Langsam schritt Cataria an Cierra vorbei.

Elainia konnte die Anspannung in der Luft beinahe mit Händen greifen. Sie beobachtete, wie die Magierin zu Cassian trat, ihn für einige Sekunden lang musterte und schließlich die Finger an der Stelle auf seine Brust legte, wo sein Herz schlug. Noch schlug.

Gerade als sich das heilende Leuchten von Catarias Magie aufbaute, weiteten sich die Augen der Königin. Ihre plötzliche Erschrockenheit verwirrte Elainia. Dennoch konnte sie das Gefühl klar und deutlich wahrnehmen.

»Nein, aufhören!«, stieß Cierra hervor. »Sie ist bestimmt bloß eine Hochstaplerin. Verhaftet sie, Amanda, und schafft sie weg.«

»Aber meine Königin –«, begann ihre Mutter irritiert.

»Ihr sollt sie verhaften«, unterbrach Cierra sie eisig.

Elainia bemerkte den Wandel, der in ihrer Königin vorging, noch bevor er sich auf ihrem Gesicht zeigte. Hass kroch über jede ihrer Emotionen hinweg und ließ sie verdorren wie Blüten in brütender Hitze. Die intensive Emotion jagte ihr einen Schauer über den Rücken und ließ ihr die Nackenhaare zu Berge stehen. Rasch zog sie ihre Magie zurück. Was auch immer hier gerade vor sich ging, es war ganz und gar falsch.

»Verzeihung, Eure Hoheit, doch ich verstehe den Grund nicht«, entgegnete ihre Mutter langsam. »Sie ist keine Hochstaplerin. Sie kann das Gift bekämpfen. Sie ist schon dabei.«

»Sie will nicht, dass ich es tue.« Die Worte kamen von Cataria und ließen Elainia den Atem stocken.

Ihre Mutter kniff die Augen zusammen, während der Hass Cierras Maske aus Erschöpfung und Erhabenheit zersplittern ließ wie ein Stein, den man in einen Spiegel warf.

»So ist es«, zischte sie.

Kollektives Luftholen ertönte von Miranda, Avis und Elainias Mutter.

»Schau nicht so entsetzt, Amanda«, spottete die Königin. »Sag bloß, du erkennst sie nicht.«

Erkennen? Elainias Blick glitt zu Cataria, dann zu ihrer Mutter und wieder zurück zur Krähenkönigin. Was sollte das heißen? Bevor jemand den Mund öffnen konnte, erhob Cierra erneut die Stimme. Sie klang nun beinahe sanft.

»Lasst mich euch eine Geschichte erzählen. Eine Geschichte, die vor 1500 Jahren ihren Anfang nahm, als die erste Königin der Familie Orles den Thron von Fandoria bestieg. Seitdem wurde er von Mutter an Tochter weitergegeben, egal ob es sich dabei um die Erstgeborene handelte oder nicht. Bei mehreren Schwestern ging der Thron an die Stärkste unter ihnen. An diejenige mit der größten Macht.« Bedächtig schritt sie vor den Betten auf und ab. Wie eine Lehrerin vor ihren Schülern.

Elainia hatte nicht den leisesten Schimmer, worauf sie hinauswollte.

»Wir alle wissen«, fuhr sie fort, »dass Herrschaftsperioden, in denen ein Sohn den Thron erbte, weil eine Königin keine Töchter gebar, schon immer unter einem schlechten Stern standen. Und wir wissen auch, dass ich nicht als Einzelkind zur Welt kam.« Ihr Blick streifte Cataria, wanderte weiter zu den Gemälden an der Wand. »Meine jüngere Schwester Alaria wurde unglücklicherweise mit stärkerer Magie gesegnet als ich, was sie folglich zur Thronerbin machte. Drei von vier Berührungen entwickelte sie allein während ihrer Kindheit. Drei. Wohingegen ich gerade einmal eine schaffte.« Sie verzog verächtlich das Gesicht. »Also schickten meine Eltern sie ins Alte Kloster, damit sie zusätzlich zu ihrer Ausbildung in Etikette, höfischer Politik, Landespolitik und Diplomatie zusammen mit den Anwärterinnen der Königinnengarde im Reiten, Schwertkampf, Bogenschießen und der Magieanwendung unterrichtet werden konnte. Man überschüttete sie mit Aufmerksamkeit und Liebe. Unsere Bediensteten vergötterten sie, unsere Eltern und unser Volk ebenfalls. Amanda tat es, denn sie freundete sich im Kloster mit meiner Schwester an und bald waren die beiden unzertrennlich.« Sie rümpfte geringschätzig die Nase, griff nach einer Blumenvase, die auf dem Tischchen neben König Cains Bett stand. »Ich wurde übersehen, war unwichtig und untalentiert. Ich war nur die freundliche Schwester, die zufrieden mit ihrem Leben als zweite Tochter hinter der Thronerbin war. Aber das war ich nicht.« Wut trat in Königin Cierras wilden Blick. »Ich habe es gehasst! Ich habe Alaria gehasst. Habe es gehasst, dass ihr scheinbar alles zuflog. Dass sie im Glück schwelgte, während ich im Schatten verkümmerte!« Die Vase zerschellte krachend auf dem Boden.

Elainia zuckte zusammen. Tiefe Bestürzung und ein Anflug von Furcht bildeten einen festen Knoten in ihrer Magengrube.

Achtlos stieg die Königin über Wasser, zerknickte Blumen und Scherben hinweg. »Irgendwann habe ich es nicht mehr ertragen. Meine Schwester musste verschwinden. Also heuerte ich drei Söldner an. Auftragsmörder. Und einen Magier, der mir aus Magie und Schwarzeisen eine tödliche Waffe schuf. Ich wollte Alaria nicht umbringen, nein, schließlich war sie trotz allem meine Schwester, doch sie musste dennoch als tot gelten, damit der Thron an mich übergehen konnte. Also ließ ich die Mörder eine Frau umbringen, die meiner Schwester in Statur und Größe ähnelte. Es handelte sich um eine obdachlose Bettlerin, die man nicht vermissen würde. Der Magier kümmerte sich um den Rest ihrer Erscheinung und verstümmelte ihr Gesicht bis zur Unkenntlichkeit, sodass eine Identifikation unmöglich wurde. Als Amanda und Alaria mal wieder ihr liebstes Gasthaus aufsuchten, um dort einen ausgelassenen Abend zu verbringen, ließ ich meine Männer mitsamt der vorbereiteten Leiche Position beziehen. Der Magier verbarg sie mit Schattenmagie vor neugierigen Blicken, bis sie die Schwarzeisenwaffe entfesselten. Ich habe die Explosion bis in meine Gemächer gehört.« Ein Lächeln umspielte Königin Cierras Mundwinkel, als erheiterte sie die Erinnerung daran, während Elainia wie versteinert dastand und nicht in der Lage war, auch nur einen Muskel zu rühren. Ihre Gedanken allerdings wirbelten wie wild umher.

Den anderen schien es ähnlich zu ergehen. Vor allem ihre Mutter wirkte wie entrückt. Blass und mit zusammengepressten Lippen starrte sie ihre Königin an. Die Frau, der sie jahrelang gedient und gehorcht hatte. Die sie mit ihrem Leben beschützt hatte.

»In den wenigen Sekunden zwischen der Explosion und dem Heraneilen von Schaulustigen, Gardemitgliedern und Heilern tauschten meine Männer die bewusstlose Alaria gegen den toten Frauenkörper aus und verschwanden, ohne Spuren zu hinterlassen, in der Nacht. Von da an galt Alaria Orles, Thronfolgerin und Kronprinzessin von Fandoria, als tot. Ermordet bei einem feigen Anschlag.« Dramatisch hob Cierra die Arme und ließ das Gesagte wirken. Sie schien es zu genießen. Schien sich an dem Entsetzen, das ihre Geschichte auslöste, zu ergötzen.

Elainia ballte wütend die Hände zu Fäusten. Sie wollte schreien, irgendeinen Ton hervorbringen, doch ihre Kehle war wie zugeschnürt.

Ein schmales Lächeln umspielte die Lippen der Königin. »Das gesamte Reich trauerte um die arme Prinzessin und so wurde ich schließlich Thronerbin. Meine verletzte Schwester ließ ich tief ins Carasgebirge bringen. Der Magier sperrte sie in einer Höhle ein und versiegelte diese mit einem Bann, auf dass sie niemals ins Freie gelangen würde. Sie sollte dort verrotten.« Die letzten Worte spuckte Cierra förmlich aus. »Aber wie es aussieht, ist Unkraut einfach nicht tot zu kriegen.« Dicht vor Cataria kam sie zum Stehen und fuhr ihr mit einem Fingernagel über die Wange. »Nicht wahr, Schwesterherz?«

Die Krähenkönigin verzog keine Miene, doch in ihren Augen herrschte ein Durcheinander an Gefühlen.

Elainia schnappte ungläubig nach Luft. Cataria sollte Alaria Orles sein?

»Das ist unmöglich«, wisperte ihre Mutter in die entstandene Stille. Immer wieder schüttelte sie regelrecht verzweifelt den Kopf. »Alaria ist tot. Sie ist tot.«

»Ist es wahr?«, brachte Elainia an Cataria gewandt hervor.

Die Krähenkönigin räusperte sich. »Ich bin in dieser Höhle erwacht und wusste weder, wie ich dort hingekommen war, noch warum oder wer dafür verantwortlich war«, sagte sie langsam. »Meine Wunden heilten mit der Zeit, doch es gelang mir nie, auch nur einen Schritt aus dem Berg hinauszutun, während Vögel, Füchse und Hasen die Höhle sehr wohl betreten und verlassen konnten. Irgendwann entdeckte ich, dass die Höhle tief in den Berg hineinragte und fand einen See voll klarem Trinkwasser. Dort war es nicht ganz so eisig wie in der Nähe des Ausgangs. Tag für Tag hoffte ich, man würde nach mir suchen und mich finden. Nie hätte ich vermutet, dass man mich für tot hielt. Ich habe Tiere getötet, um nicht zu verhungern, ihre Felle genutzt, um nicht zu erfrieren. Je länger niemand kam, umso mehr verlor ich die Hoffnung. Ich habe es nicht verstanden, habe begonnen meine Familie zu verachten, Amanda zu verachten ...« Sie geriet ins Stocken, atmete tief ein und setzte ihre Erzählung fort. »Ich wollte Rache. Bis auch dieser Wunsch angesichts meiner Ausweglosigkeit irgendwann verblasste. Ich war allein. Gefangen. Und bereit an diesem trostlosen Ort zu sterben.« Ihre Stimme erstarb.

Elainia holte bebend Luft. Sie sah die Tränen, die ihrer Mutter über die Wangen rannen, als sie begriff, dass die Frau neben ihr tatsächlich Alaria war, konnte ihren Schmerz fühlen, ihre Fassungslosigkeit, obgleich sie ihre Magie fest hinter ihren Mauern hielt, um nicht von den heftigen Emotionen überwältigt zu werden, die in diesem Zimmer herrschten. Wut, Hass, Bestürzung, Fassungslosigkeit und Trauer.

»In den vielen Jahren habe ich die vierte Berührung der Magie in mir entdeckt«, nahm Alaria den Faden wieder auf. »Froh etwas tun zu können, übte ich mich in dieser neuen Kraft, bis ich in der Lage war, die Seelen von Tieren zu übernehmen. So machte ich die Krähen zu meinen Augen in der Welt außerhalb meines Gefängnisses. Endlich konnte ich sehen, wo ich war, konnte den Wind spüren und fliegen, wohin ich wollte, aber nach Hause habe ich es nie geschafft. Ich legte meinen Namen ab und gab mir einen neuen. Alaria Orles war gestorben, doch Cataria hatte überlebt.« Sie holte tief Luft und machte einen Schritt auf die Königin zu. »Es ist nie meine Absicht gewesen, dich in den Schatten zu stellen, Cierra. Du warst meine Schwester und ich habe dich geliebt. Du hättest mit mir reden können. Wir hätten einen Weg gefunden. Zusammen. Aber du hast dich für die Dunkelheit entschieden.«

»Und ich bereue es nicht. Ganz und gar nicht«, spie Cierra aus, wich zurück und marschierte erneut auf und ab. Die Absätze ihrer Schuhe laut wie Hammerschläge auf dem Marmor. Sie schien wie ihm Wahn, redete und redete und schien nicht aufhören zu können. »Alles lief wunderbar nach Plan. Du warst aus dem Weg geräumt, die drei Attentäter brachte ich eigenhändig um, um Zeugen verschwinden zu lassen, und gab es als Notwehr aus. Den Magier verschonte ich, denn ich wusste, er würde mir noch hilfreich sein. Ich heiratete Cain und er schenkte mir Cassian, den ich bereits im Kindesalter der Herzogstochter Valoria Jarnes versprach. Zwei weitere Male wurde ich schwanger. Und beide Male starben die Babys bereits vor der Geburt. Wieder wurde über mich getuschelt. Über die schwache Königin, die keine Tochter auf die Welt bringen konnte.« Neuer Zorn verzerrte Cierras Gesicht zu einer Fratze.

Elainia spürte, dass da mehr war. Noch mehr, das die Königin innerlich auffraß.

»Schlimmer wurde es, als Cassian auf Lariel Larodres traf, sich in das Gör verliebte und die arrangierte Verlobung mit Valoria auflöste. Sein närrischer Vater unterstützte ihn auch noch dabei und ich ließ es geschehen, um den Schein der liebenden Mutter zu wahren. Wie erwartet wurde Herzog Jarnes unfassbar wütend, dass eine Magierin seiner Tochter die vorteilhafte Ehe weggenommen hatte. Seine Verachtung für Magier war schon immer ausgeprägt, aber das hat seinen Rachedurst geweckt. Er dachte wirklich, er könnte mich umbringen lassen, ohne dass ich es herausfinde.« Sie lachte amüsiert auf.

Das Geräusch jagte Elainia einen eisigen Schauer über den Rücken.

»Also habe ich ihm ein Gegenangebot gemacht. Eines, das er nicht würde ablehnen können. Er könnte König werden und ich hätte einen neuen Gemahl, der mir doch noch eine Tochter schenken könnte. Einzig Cassian, Lariel und Cain standen uns dabei im Weg.«

»Ihr habt Euren eigenen Sohn vergiftet«, brachte Elainia hervor. »Euren Ehemann. Meine Schwester.« Ihr war übel. So übel.

»Schlaues Mädchen.« Cierras Grinsen glich dem einer Hyäne. »So ist es. Es sollte wie ein Attentat aussehen. Ich würde eine Weile die verzweifelte Mutter und starke Königin für ein unruhiges Volk spielen, dann eine gewisse Zeit trauern und schließlich neu heiraten, aber du musstest mir in die Quere kommen.« Nun galt ihr giftiger Blick nicht länger Alaria, sondern Elainia selbst.

Sie musste sich zwingen nicht zur Seite zu schauen, obwohl alles in ihr danach schrie.

»Also schickte ich euch die Attentäter des Herzogs sowie meinen treuen Magier hinterher. Sie sollten diese Krähenkönigin töten, sobald ihr sie gefunden hättet. Kollateralschäden einberechnet. Schließlich ist solch eine Reise immer mit Unfällen und Gefahren verbunden, nicht wahr?«

So viel wurde Elainia bei Königin Cierras Worten klar. So viel ergab nun endlich einen Sinn. Gleichzeitig wuchs in ihr der Zorn, wuchs das Bedürfnis, der Königin ihr überlegenes Lächeln aus dem Gesicht zu wischen. Roxana war gestorben! Sie selbst war dem Tod nur haarscharf von der Klinge gesprungen. Und dennoch konnte sie die Lähmung des Schocks nicht abschütteln, der ihre Glieder betäubte. All das Gesagte drückte sie wie eine Lawine an Steinen nieder. Ihrer Mutter schien es ähnlich zu ergehen, denn sie umklammerte den Griff ihres Schwerts so fest, dass ihre Hand zu zittern begann, während in ihren Augen noch immer Tränen glänzten. Tränen der Wut und Tränen der Trauer.

»Dass es sich bei der Krähenkönigin um meine verfluchte Schwester handelt, darauf hätte ich kommen müssen, auch wenn ich dich eigentlich für tot hielt. Verrottet vor vielen, vielen Jahren. Verhungert oder an deinen Verletzungen krepiert. Fast hätte ich unbeabsichtigt zwei Fliegen mit einer Klappe geschlagen, aber diese Narren haben sich als unfähig erwiesen. Dämliches Gesindel!« Cierra schnaubte wie ein zorniger Drache. Es hätte Elainia nicht gewundert, wenn sie plötzlich Feuer gespuckt hätte.

»Um den Anschein eines Attentäters aufrechtzuerhalten, der es auf die Königsfamilie abgesehen hat und mich noch immer auf seiner Liste hat, habe ich mich während eines Spaziergangs durch die Stadt überfallen und verwunden lassen. Amanda hat daraufhin die Patrouillen in der Stadt und im Schloss verschärft. Niemand durfte mehr unkontrolliert die Stadt betreten. Wer sich nicht ausweisen konnte, musste umkehren oder wurde verhaftet. So seid ihr mir augenscheinlich nun doch in die Falle gegangen und ich kann zu Ende bringen, was ich ursprünglich geplant hatte.« Ein Lächeln zog ihre Mundwinkel in die Höhe.

Ein Lächeln, das Elainia vermutlich demnächst Albträume bescheren würde. Im nächsten Herzschlag erstarb das Grinsen jedoch und macht eiskalter Berechnung Platz. Cierra wirbelte schwungvoll herum, marschierte zum Bett ihres Ehemanns, zog die Schublade des Nachttischs auf und holte etwas daraus hervor. Einen Dolch. Unheilvoll blitzte die dünne Klinge im hereinfallenden Sonnenlicht auf. Was bei den Seelen der toten Götter hatte sie vor? Sie konnte nicht wirklich glauben, allein gegen sie alle vorgehen zu können.

»Cierra, tu das nicht«, bat Alaria, die offenbar begriffen hatte, was ihre entrückte Schwester im Sinn hatte.

Als die Königin dem König die Waffe seelenruhig an den Hals setzte, verstand auch Elainia. Hitze und Kälte pumpten zeitgleich durch ihren Körper, Adrenalin brachte ihr sowieso schon wild pochendes Herz zum Rasen. Ihr Blick klebte an Cierras Hand.

»Niemand von Euch wird mich aufhalten«, zischte sie. »Weder du noch Amanda noch Elainia oder einer ihrer kleinen Freunde.«

»Manipuliere sie«, wisperte Avis von hinten. »Bring sie dazu, den Dolch wegzulegen.«

Dass sie nicht selbst auf die Idee gekommen war. Hastig richtete sie ihre Kräfte auf die Königin, doch sie stieß auf eine Barriere, die zu durchbrechen sie Zeit kosten würde. Zeit, die sie nicht hatten.

»Ihre Abwehr ist zu stark«, hauchte sie verzweifelt. »Ich komme nicht durch.«

»Genug geplaudert.« Cierra strich sich seelenruhig eine Haarsträhne hinters Ohr. Im nächsten Wimpernschlag hatte sie König Cain die Kehle durchgeschnitten.

Elainia keuchte auf, ihre Mutter machte instinktiv einen Schritt nach vorne, die Hand nach Cierra ausgestreckt, den Mund geöffnet. Ihr »Nein!« kam zu spät.

Achtlos wischte die Königin den Dolch am Rock ihres Kleides ab, während sich das Laken unter Cains Hals ebenso tiefrot färbte wie sein Nachthemd. Er röchelte kurz, dann lag er still. Totenstill.

»Wachen!« Auf Cierras Ruf hin flog die Flügeltür krachend auf. Ein Dutzend Wächter des Herzogs stürmten mit gezogenen Schwertern und grimmigen Gesichtern in das Gemach.

»Tötet sie«, befahl die Königin eisig. »Sie alle.«

Kapitel 25

Das letzte Teil

Elainia

Ihnen blieb keine Zeit zum Nachdenken.

»Ich kümmere mich um die Königin.« Ihre Mutter zog in einer fließenden Bewegung ihr Schwert aus der Scheide. »Alaria, du musst solange meine Tochter und den Prinzen heilen. Jetzt! Ihr drei«, ihr Blick heftete sich auf Elainia, Mira und Avis. »Versucht die Soldaten in Schach zu halten. Irgendwie.« Sie wartete nicht auf Zustimmung, sondern wirbelte herum und lief auf Cierra zu, die den Dolch beiseitegeworfen und das Schwert ihres Mannes aus dessen Scheide gezogen hatte. Nun umklammerte sie es mit beiden Händen. Alaria eilte unterdessen zum Bett des Prinzen.

Elainia starrte Avis an. Er wirkte bereits jetzt, als könnte er den Fluch nur mit größter Mühe unterdrücken. Schweißperlen standen auf seiner Stirn, sein gesamter Körper zitterte vor Anspannung.

»Du musst verschwinden«, presste sie hervor, während sie sich gemeinsam mit Mira den Soldaten näherte. Avis folgte ihnen, seine Finger umklammerten die Dolche in seinen Händen.

»Ich lasse euch nicht allein kämpfen«, entgegnete er. »Der Fluch wird die Kontrolle übernehmen, aber vorerst gibt es genügend Gegner, mit denen ich es aufnehmen kann. Wenn ich euch angreife, lasst nicht zu, dass ich euch verletze. Auch falls das bedeutet, mir wehzutun.« Sein Blick fing den ihren ein. »Vielleicht gelingt es dir, zu mir durchzudringen. Wenn nicht und du keinen anderen Ausweg siehst, töte mich.«

Die Ernsthaftigkeit in seinen Augen und der Nachdruck in seiner Stimme ließen Elainia keine andere Wahl, als zu nicken. Doch sie würde ihn niemals umbringen können. Es durfte einfach gar nicht erst so weit kommen.

Bevor er ihr ein Versprechen abringen konnte, dass sie nicht halten würde, stürzten sich die ersten Soldaten auf sie. Dankbar warf Elainia sich in den Kampf. Das war etwas, das sie konnte. Sie steckte all ihren Frust, ihre Wut und Verzweiflung in die gezielten Schläge gegen die Wächter von Herzog Jarnes. Der singende Klang von Metall auf Metall erfüllte sie mit Befriedigung. Sie richtete ihre Konzentration einzig und allein auf das Ziel, Alaria genügend Zeit zu verschaffen, um ihre Schwester und den Prinzen zu heilen.

»Vorsicht, Mira!«, rief sie ihrer Freundin zu. »Duck dich!« Miranda gehorchte augenblicklich. Schon flog Elainias Wurfmesser über sie hinweg und bohrte sich der Soldatin in die Schulter, die auf Mira hatte losgehen wollen. Mit einem Schmerzensschrei stolperte sie rückwärts.

Mira sprang auf die Füße und erledigte sie mit einem Tritt in den Magen und einem Schlag in den Nacken. In dem Moment sah Elainia aus dem Augenwinkel einen Mann, der sich trotz seiner massigen Gestalt erstaunlich flink auf sie zubewegte. Sein Kettenhemd klapperte bei jedem Schritt. Sie wirbelte herum und starrte ihm unbeeindruckt ins bärtige Gesicht. Im nächsten Moment sauste sein Schwert auf sie herab. Ohne viel Anstrengung drehte sie sich zur Seite, tauchte an ihm vorbei und versenkte ein Messer in der ungeschützten Stelle an seinem Hals. Doch sie kam nicht mehr dazu, es herauszuziehen, ließ den Griff los und blockte den Schlag einer anderen Soldatin ab. Die war um einiges geschickter als ihre Kameraden. Lücken in ihrer Abwehr suchte Elainia vergeblich. In einer rasanten Abfolge von Schlägen prallten ihre Klingen aufeinander. Elainias Muskeln begannen zu brennen, Schweiß rann über ihre Schläfen, ihr Atem ging keuchend. Ewig würde sie so nicht durchhalten. Also griff sie nach ihrer Magie, auch wenn es ihr unglaublich viel abverlangte, weiterzukämpfen, die pulsierenden Emotionen all der Menschen in dem Raum fernzuhalten und gleichzeitig die Abwehr der Soldatin zu durchbrechen. Dennoch hörte sie nicht auf. Mit zusammengebissenen Zähnen blockte sie Hieb um Hieb ab, bohrte tiefer und tiefer nach den Gefühlen der Frau vor ihr und trieb einen Keil aus Furcht in sie hinein. Die Soldatin riss die Augen auf, Angst und Panik verzerrten ihr Gesicht. Nun war es Elainia ein Leichtes, sie außer Gefecht zu setzen.

Kaum dass die Frau reglos auf die Erde sackte, verschaffte sie sich schwer atmend einen Überblick, dankbar für die kurze Pause. Der edle Boden des Gemachs war bedeckt mit Blut und leblosen Körpern. Sieben an der Zahl und ständig drängten neue Soldaten durch die Flügeltür nach, wurden aber sofort von Avis angegriffen. Die ausdruckslose Miene, mit der er den Männern und Frauen seine Klingen ins Fleisch rammte, schnürte ihr die Kehle zusammen. Zu wissen, dass Alaria ihm nicht helfen konnte, zu wissen, dass er dem Fluch nicht entrinnen würde, verstärkte ihr Gefühl der Ohnmacht nur umso mehr.

Hastig wandte sie den Blick ab und richtete ihn stattdessen auf ihre Mutter, die noch immer mit Königin Cierra rang. Elainia war bewusst, dass ihre Mutter die Königin niemals töten würde und sich arg zurückhielt, dennoch wirkte sie angestrengt, denn Cierra wehrte sich mit plumpen, aber effektiven Schlägen, die Amanda auf Abstand hielten.

Miras warnender Aufschrei riss sie aus ihrer Verschnaufpause. Sie erfasste die Situation innerhalb eines Herzschlags. Einer der Soldaten hatte es an Avis und ihrer Freundin vorbeigeschafft, in der Hand hielt er eine Armbrust, mit der er auf Alaria zielte, die mit geschlossenen Augen über Lariel gebeugt war und stumm die Lippen bewegte. Der Mann hob den Arm und zielte.

Elainia stürmte los, überwand die wenigen Meter zwischen ihnen innerhalb von Sekundenbruchteilen, stieß sich vom Boden ab und warf sich mit ihrem gesamten Gewicht auf ihn. Der Bolzen löste sich von der Sehne und schoss sirrend durch die Luft. *Zu hoch*, dachte Elainia erleichtert, während sie, den Mann umklammert, zu Boden stürzte. Er grunzte, als ihr Ellenbogen sich in seine Seite bohrte, versuchte nach ihr zu greifen und erwischte ihre Haare. Schmerz zuckte durch ihre Kopfhaut, als er daran zerrte. Um dem Schmerz zu entgehen, folgte sie dem Zug, trat dabei nach ihm und hoffte, irgendeine empfindliche Stelle zu treffen. Dummerweise nützte das nicht viel. Er wälzte sich über sie, sein Gewicht presste sie auf den harten Boden und verhinderte jegliche Gegenwehr. Seine Hand glitt zu ihrer Kehle und drückte zu.

Panik wallte in Elainia hoch, doch sie kämpfte dagegen an, obwohl er ihr den Atem abquetschte. Mit ausgestrecktem Arm tastete sie nach ihrem Schwert, das sie beim Aufprall fallen gelassen hatte. Ihre Finger fassten in irgendetwas Feuchtes, vermutlich Blut. Wo war ihr verfluchtes Schwert? Ihre Lungen verlangten brennend nach Sauerstoff, weiße Lichtpunkte tanzten vor ihren Augen, sein triumphierendes Grinsen verschwamm in einem Gemisch aus Braun-, Weiß- und Schwarztönen. Endlich spürte sie glattes Metall, packte zu und riss ihren Arm hoch. Die Klinge krachte seitlich gegen seinen Kopf. Überrascht brüllte er auf, der Druck auf ihre Kehle wurde schwächer. Noch einmal holte sie aus, konnte die schwere Waffe mit ihrer feuchten Hand aber nicht richtig halten und so traf sie ihn nicht wie beabsichtigt mit der flachen Seite. Blut spritzte, sein qualvoller Schrei hallte in ihren Ohren wider.

Luft. Keuchend rang sie um Atem, hustete. Ihr Herz hämmerte schmerzhaft stark gegen ihre Rippen. Ächzend kroch sie unter dem toten Mann hervor. Schwindel übermannte sie, kaum dass sie es auf die Beine geschafft hatte. Der Raum drehte sich um sie herum, ihre Knie fühlten sich weich an.

»Elainia!« Jemand schlang stützend einen Arm um sie.

»Alles gut«, keuchte sie blinzelnd und wischte sich die Haare aus dem Gesicht.

Sorge glänzte in den Augen ihrer Mutter. »Wirklich?«

Sie nickte.

Amandas Mundwinkel entspannten sich etwas und für ein paar wenige Sekunden konnten sie durchatmen. Trotzdem bemerkte Elainia den Schatten von Königin Cierra, der sich ihnen näherte, sofort. Ihr Aufschrei vermischte sich mit dem ihrer Mutter, als die Klinge der Königin sich durch Stoff und Leder in deren Seite schnitt.

»Du hast verloren, Amanda«, zischte Cierra.

Das wilde Funkeln in ihren blauen Iriden glich nichts, was Elainia jemals gesehen hatte. Und am liebsten wollte sie ihr den Ausdruck des Triumphes vom Gesicht wischen, wollte ihrer Wut ein Ventil bieten, doch sie konnte nicht, denn ihre Mutter klammerte sich an sie, im verzweifelten Versuch, aufrecht stehen zu bleiben.

»Das hättest du nicht tun dürfen.« Alaria hatte sich aufgerichtet und lenkte die Aufmerksamkeit ihrer Schwester auf sich. Eiseskälte schwang in jedem ihrer Worte mit.

»Zu spät, Schwesterherz«, höhnte Cierra. »Ich fürchte, du wirst nicht schnell genug sein, um ihr zu helfen.« Sie hob die blutbefleckte Klinge.

»Das werden wir ja sehen.«

Elainia beobachtete, wie Alaria sich bückte, das Schwert ihrer Mutter aufhob und sich mit steinerner Miene auf Cierra stürzte. Währenddessen ging sie atemlos mit ihrer Mutter auf die Knie, bettete ihren Kopf auf ihrem Schoß. Amanda stöhnte, wollte sich aufsetzen, doch Elainia hielt sie davon ab. Schon jetzt quoll das Blut unaufhörlich aus dem tiefen Stich, den Cierra ihr zugefügt hatte.

»Nicht bewegen«, presste sie hervor. »Bleib liegen.«

»Alaria ...«

»Sie kriegt das hin.« Sie musste.

Abgeschirmt von Mira und Avis, die die letzten Wächter des Herzogs in Schach hielten, starrte Elainia auf den Kampf der beiden Orles-Schwestern. Cierra hieb wie eine Wilde auf Alaria ein. Ihre Bewegungen hatten jegliche Anmut verloren, ihr Gesicht war das einer anderen. Hass, Blutdurst und brennender Zorn verzerrten ihre Züge, die sonst von Freundlichkeit und Sanftmut geprägt worden waren.

»Ich hätte dich damals töten lassen sollen«, fauchte sie.

»Aber du hast es nicht getan.«

»Weil ein schneller Tod zu gut für dich gewesen wäre.« Erneut holte sie aus.

Alaria parierte ihre Schläge präzise. Sie musste das Schwert jedoch mit beiden Händen halten, um gegen Cierras Wucht zu bestehen, und hatte daher keine Möglichkeit, ihre Magie gegen ihre Schwester einzusetzen. Bei jedem krachenden Zusammenschlagen ihrer Klingen zuckte Elainia zusammen. Alarias Miene wurde immer verbissener, ihr Stand unsicherer. Sie war keine Kriegerin. Sie hatte über fünfundzwanzig Jahre in einer Höhle gelebt, war nicht bei Kräften und hatte gerade eine Menge Magie angewandt, um Lariel und Cassian zu heilen. Elainia tastete mit ihren Kräften nach Alaria. Ihre

Abwehr war weiterhin so undurchdringlich wie zuvor. Sie spürte überhaupt nicht, was in der Magierin vorging. Cierras Barriere war nicht minder stark. Mentale Abschirmung schien bei den Schwestern in der Familie zu liegen.

»Weg mit Eurer Mauer!«, rief sie Alaria zu und hoffte, dass diese verstand. Für unendlich lange Sekunden geschah nichts. Doch dann schwand der Widerstand, der Elainias Magie aufhielt. Augenblicklich teilte sie alles an Entschlossenheit, Ehrgeiz und Mut mit Alaria, das sie aufzubringen vermochte. Als die Magierin Cierras neuen Schlag parierte, wankte sie nicht. Im Gegenteil. Mit einem Aufschrei drückte sie Cierras Klinge herum, machte einen Schritt vor und versenkte ihre eigene Waffe in deren Brust. Cierras Schwert fiel scheppernd zu Boden.

»Es tut mir leid, Ci«, presste Alaria hervor und zog die Klinge mit einem kräftigen Ruck aus Cierras Brustkorb.

Die Königin stolperte zurück, die Augen vor Entsetzen und Schmerz weit aufgerissen. Langsam fiel sie auf die Knie, die Hände zu Klauen gekrümmt auf die Brust gedrückt, während der Blutfleck auf ihrem Kleid wuchs und wuchs.

»Sei … verflucht … Alaria«, spuckte sie aus. Ein Blutfaden blieb an ihrem Kinn hängen. »Sei verflucht.« Ihr Blick trübte sich, sie erschlaffte und fiel auf die Seite.

Alaria sank schwer atmend neben Amanda auf die Knie. Sie war blass vor Erschöpfung, in ihren graugrünen Augen stand nichts als Sorge um Elainias Mutter, die mit schmerzverzerrter Miene in Elainias Armen lag, eine Hand auf die blutende Stichwunde gepresst.

»Helft ihr«, flüsterte Elainia hilflos. »Bitte.«

»Das werde ich«, erwiderte Alaria, streckte die Hände aus und hielt sie mit gespreizten Fingern über die Verletzung. Dann schloss sie die Lider. Ihre Magie flackerte, ehe sie sich beruhigte und in sanften Strömen zwischen Amandas Fingern in die Wunde floss. Voller Erleichterung hörte Elainia ihre Mutter seufzen, die Schmerzen wichen aus ihrer Miene, ihr Blick klarte auf. Rasch half sie ihr, sich aufzusetzen.

»Alaria«, hauchte Amanda.

Die Krähenkönigin schlug die Augen auf, blinzelte, drohte zur Seite zu kippen, aber Elainia und ihre Mutter hielten sie davon ab.

»Danke.« Unter flatternden Lidern starrte Alaria zu ihnen hinauf. »Danke, Elainia.«

»Keine Ursache.« Sie schaffte es, sich ein zittriges Lächeln auf die Lippen zu zaubern, ehe sie sich der Stille bewusst wurde, die sich wie eine schwere Decke über das Gemach gesenkt hatte. Ausschließlich durchbrochen von ihrer aller Atemzüge.

Elainia ließ ihren Blick durch den Raum gleiten und entdeckte Mira, die schweißüberströmt an der Wand lehnte. Blut befleckte ihre Kleidung, doch sie schien bis auf oberflächliche Kratzer unversehrt. Anders verhielt es sich mit Avis. Dieser löste sich gerade von seinem letzten Gegner, der mit aufgeschlitzter Kehle am Boden lag und ein einziges Mal gurgelnd Luft holte, ehe er starb. Das vertraute Goldbraun seiner Augen war dunklen Schatten gewichen, die sogar das Weiß um seine Iriden umwölkten. Zum ersten Mal wünschte Elainia von Herzen seine Gefühle manipulieren zu können, doch der Fluch hinderte sie daran. Er war wie eine Barriere aus schwarzem Diamant, die sein Innerstes vor ihren Kräften schützte. Hass und Wut wanden sich schlangengleich um sein Herz, vergifteten seine Gedanken und schwappten wie brodelndes Wasser auf Elainia über. Sie musste ihre Magie zurückziehen, um nicht darin zu ertrinken. Langsam rappelte sie sich auf. Er war ihre letzte Aufgabe. Ihr Schwert fest umklammert, näherte sie sich ihm.

»Kämpf dagegen an«, beschwor sie ihn sanft. »Du bist stärker als dieser Fluch.«

Schwer atmend starrte er sie an. Der Griff um die Klingen in seinen Händen lockerte und verstärkte sich, sein Kiefer mahlte. Keine Handbreit trennte sie nun von ihm. Sie konnte seinen schnellen Atem hören, sah den Schweiß auf seinem Gesicht, das Muskelspiel seiner Arme.

»Hörst du?«, fuhr sie fort. »Du bist stärker. Ich glaube daran.«

Sein Blick flackerte. Die Dunkelheit wogte vor und zurück, unsicher, ob sie sich zurückziehen sollte oder nicht. Sie hob den Arm, wollte ihre Finger auf seine Wange legen, doch in dem Moment wurde die Flügeltür aufgerissen.

Angeführt von Ondina Jarna und Lanara Sharla stürmten Raina und Fria mit gezogenen Schwertern die königlichen Gemächer.

Avis zuckte zusammen, sein Kopf schnellte nach links, er stieß ein Geräusch aus, das kaum etwas Menschliches hatte. Vielmehr klang es wie das Knurren eines Wolfs.

Bevor Elainia reagieren konnte, stieß er sie beiseite. Sie stolperte über ein herumliegendes Schwert, bemühte sich um ihr Gleichgewicht, während sie zuschauen musste, wie Avis auf die Verstärkung der Garde losging. Berserkergleich wirbelte er seine Klingen durch die Luft. Sie musste ihn aufhalten, bevor sie ihn umbrachten, weil sie ihn für den Feind hielten!

»Nicht!«, brüllte sie, als Raina ihren Dolch auf ihn schleudern wollte. Die Waffe zischte durch die Luft, doch Avis wich ihr geschickt aus. Seine Bewegungen waren so schnell, das Elainia ihnen kaum folgen konnte. Sie sah, wie er einen Arm hob und zielte.

»Avis, nein!« Mit aller Kraft, die sie aufbringen konnte, sprang sie auf ihn zu, schlang die Arme um ihn und riss ihn zu Boden. Der Aufprall raubte ihr den Atem, sein Ellenbogen bohrte sich in ihren Magen. Panisch hob sie den Kopf und erkannte, dass sie zu langsam gewesen war. Avis hatte den Dolch geworfen und getroffen. Die Klinge steckte bis zum Schaft in Ondina Jarnas Rücken. Sie musste sich vor Lanara Sharla gedreht haben, um sie zu beschützen, denn Avis hatte zuvor auf die Giftmischerin gezielt.

Mit der Direktorin im Arm fiel ihre einstige Magistra auf die Knie. Ihr Schrei erschütterte Elainia bis ins Mark. Schock, Trauer und Schmerz fluteten explosionsartig das Gemach. Keuchend wehrte sie den Ansturm an Emotionen ab, doch ihre Mauern waren bereits rissig und bröckelten. Sie rollte sich von Avis fort, griff nach einem herumliegenden Schwert, kam taumelnd auf die Beine und blinzelte gegen das Flimmern der Schwäche vor ihren Augen an. Miranda, Alaria und ihre Mutter hatten vor den Betten Stellung bezogen, Fria und Raina schirmten Lanara Sharla und Direktorin Jarna ab.

Avis richtete sich ebenfalls auf. Brennender Zorn und das schreckliche Verlangen zu verletzen, zu töten und zu vernichten, entstellten seine feenhaften Züge. Seine Aufmerksamkeit richtete sich auf Elainia, sein Körper spannte sich an. Sie spürte genau, dass sie sein neues Ziel war. Verzweifelt warf sie Alaria einen flehenden Blick zu. Irgendetwas musste die Magierin tun können. Irgendetwas. Auch wenn sie im Kerker das Gegenteil behauptet hatte.

Doch bevor die Magierin reagieren konnte, war Avis bei Ela angekommen. Metall knirschte auf Metall, als ihre Klingen aufeinanderprallten. Elainias Muskeln erzitterten unter der rohen Gewalt, die von Avis ausging. Der Fluch schien ihn vergessen haben zu lassen, was Schmerzen waren. Was Erschöpfung war. Mit unermüdlicher Brutalität hieb er auf sie ein. Elainia wehrte seine Schläge ab. Zu mehr war sie nicht in der Lage, denn ihre Kräfte verließen sie mit jeder Sekunde, die verstrich. Aus den Augenwinkeln sah sie Alaria mit ihrer Mutter diskutieren. Im nächsten Atemzug traf die breite Seite von Avis' Klinge ihr Handgelenk. Mit einem unterdrückten Schmerzensschrei lockerte sie den Griff um ihr Schwert und die Waffe entglitt ihren Fingern. Stolpernd wich sie zurück, bis sie mit dem Rücken gegen die Wand stieß. Unnachgiebig und hart beendete die Mauer ihre Ausweichversuche.

»Alaria, tut etwas!«, brüllte sie hilflos. »Jetzt!«

Ihre Mutter verließ ihre Position vor den Betten und schlug mit ihren Kurzschwertern gegeneinander. »Finger weg von meiner Tochter!«

Avis wirbelte grollend herum.

Für einen Moment atmete Elainia auf. Dann war Alaria an ihrer Seite.

»Ich weiß nicht, ob es funktionieren wird, ob es überhaupt möglich ist und welchen Preis wir dafür zahlen werden, aber ich werde versuchen meine Seelenberührung zu teilen und auf dich zu übertragen, damit du seinen Fluch brechen kannst.«

»Ich bin bereit.«

»In Ordnung. Gib mir deine Hände.«

Elainias Finger umschlossen Alarias. Ihr Herz hämmerte so wild, als wollte es ihr das Brustbein zertrümmern. Sie zwang sich ihre Konzentration auf die Magierin zu richten. Blendete die Kampfgeräusche aus, die von Avis und ihrer Mutter ausgingen.

Alaria schloss die Augen, ihr Griff verstärkte sich. »Wehre dich nicht gegen die Magie, wenn du sie fühlst«, wisperte sie. »Heiße sie willkommen wie einen neuen Freund.«

Das war einfach gesagt. Sobald Elainia die fremde Präsenz Alarias in sich spürte, schrie alles in ihr danach, sie loszuwerden. Ihr Körper versteifte sich, wollte die Verbindung zwischen ihnen unterbrechen, doch Alaria ließ nicht zu, dass sie floh. Ihre Nägel bohrten sich in ihre Haut, ihr Atem ging schwer.

Die fremde Magie sammelte sich in Elainias Brust. Nistete sich ein wie ein Parasit. Übelkeit erfasste sie und sie kämpfte mühsam ein Würgen nieder, das ihr die Kehle hinaufkroch.

»Hör auf, dich zu wehren«, presste Alaria angestrengt hervor.

»Ich kann nicht.«

»Doch, verdammt. Du musst.«

Sie musste. Alaria hatte recht. Mit aller Willenskraft fuhr sie ihre Mauern herunter, ließ ihre eigene Magie durch ihre Glieder fließen und die fremde Kraft umspielen. Aber anstatt schwächer zu werden, nahm die Übelkeit nur zu. Kalter Schweiß trat ihr auf die Stirn. Ihre eigene Magie kämpfte mit aller Kraft gegen Alarias an, versuchte sie zu verdrängen wie einen Eindringling. Egal, wie sehr sie sich bemühte, die fremde Macht anzunehmen und sich auf sie einzulassen, ihr Körper stieß sie ab. Schwindel erfasste sie, ihre Knie wurden weich. »Es funktioniert nicht«, keuchte sie verzweifelt. »Ihr müsst aufhören.« Diesen Satz sagen zu müssen, bereitete ihr beinahe mehr Qualen als alles andere. Denn er erstickte den kleinen Funken Hoffnung, den Alaria mit dieser Idee in ihr geweckt hatte. Die Hoffnung, Avis doch retten zu können.

Im nächsten Moment verschwand die Verbindung, die sie bis dahin zu Alaria wahrgenommen hatte. Der stetige Fluss an Magie ausgehend durch deren Hände brach ab, die Übelkeit legte sich. Schwer atmend lehnte sie sich gegen die Wand und blinzelte, um die Schwäche abzuschütteln, die ihre Glieder zittern ließ.

»Verzeih mir«, hauchte Alaria. Ihr schönes Gesicht war noch bleicher als zuvor. Sie löste den Griff um Elainias Hände, wankte und ließ sich ebenfalls gegen die Wand sinken.

»Diesen Versuch war es wert.« Elainia wischte sich den Schweiß von der Stirn und richtete ihre Aufmerksamkeit auf Avis.

Als sie seinen Namen rief, unterbrach er den Angriff auf ihre Mutter kurz genug, damit diese ihn entwaffnen und auf die Knie zwingen konnte. Schon wehrte er sich brüllend gegen sie. Fria machte Anstalten, ihr zu Hilfe zu eilen.

»Ich kann ihn nicht lange halten«, keuchte ihre Mutter.

Elainia nickte, ging vor ihm in die Hocke und suchte seinen Blick.

»Sieh mich an«, bat sie so beschwörend wie möglich. »Bitte sieh mich an. Ich habe dir versprochen, dass wir eine Lösung finden werden. Gemeinsam. Und daran halte ich mich.« Seine ruckartige Gegenwehr verebbte, dennoch wich die Anspannung nicht vollständig aus seinen Gliedern. Doch es genügte Elainia. Behutsam legte sie ihre Hände auf seine Wangen, ließ ihre Magie durch ihre Fingerspitzen rinnen und stieß wieder auf die Barriere des Fluchs.

»Komm zu mir zurück«, hauchte sie, beugte sich vor und presste ihre Lippen auf seinen Mund, erinnerte sich an all die Momente, die sie zusammen erlebt hatten. Wie er sie nach Roxanas Tod getröstet hatte. Wie er sie das erste Mal geküsst hatte. Wie ihr Herz zu flattern und ihr Magen zu kribbeln begannen, wenn sie seine Nähe spürte. Wie ihre Magie sich schnurrend wie ein Kätzchen zusammenrollte und sie keine Mauern brauchte, um einmal nur ihre eigenen Emotionen wahrnehmen zu können. Seine Gegenwart war wie Abwesenheit von Chaos. Seine Lippen jedoch blieben in diesem Moment unnachgiebig und fest.

Als sie sich von ihm löste, sah sie in Schwärze und nicht in das vertraute Goldbraun. Tränen sammelten sich in ihren Augen. Sie wollte schreien und fluchen und ihre Hilflosigkeit herausbrüllen, doch ihre Kehle war wie zugeschnürt.

»Tut mir leid«, krächzte sie schließlich. »Es tut mir so leid.« Sie richtete sich auf, sammelte seinen Dolch vom Boden auf, holte aus und schlug den Knauf des Griffes gegen seine Schläfe. Tränen verschleierten ihren Blick, als er im Griff ihrer Mutter zusammensackte wie eine Marionette, der man die Fäden durchgeschnitten hatte.

Kapitel 26

Von Trauer und Liebe

Elainia

Die nächsten Tage verschwammen vollkommen ineinander. Avis war zu seiner und ihrer aller Sicherheit im Verlies eingesperrt worden. Solange er unter dem Einfluss des Fluchs stand, war er nicht zurechnungsfähig. Zwar wütete er nicht mehr wie von Sinnen, doch seine Augen waren noch immer schwarz und seine Bewegungen getrieben von Unruhe und irrationaler Wut. Elainia schaute regelmäßig nach ihm, probierte zu ihm durchzudringen, aber er knurrte sie nur an und schlug gegen die Gitterstäbe. Mit jedem Mal splitterte ihr Herz weiter.

Der Verräter Herzog Rolar Jarnes und seine Komplizen, darunter der Magier, der Cierra jahrzehntelang gedient hatte, sowie der Schwarzeisenattentäter, der für Rolar Jarnes die vielen Magier und Magierinnen der letzten Monate getötet hatte, wurden am Abend des Massakers von ihrer Mutter und einigen anderen Gardistinnen verhaftet. Zwar versuchte der Herzog jegliche Vorwürfe abzustreiten, doch es hatte genügend Zeugen gegeben, die Cierras Geständnis mit angehört hatten. Seitdem schmorten sie ebenfalls in einer Zelle unter dem Palast und schwiegen stoisch wie Steine vor sich hin. Ihn zu befragen, konnte jedoch warten. Es gab andere Dinge, um die sich gekümmert werden musste. Wichtigere Dinge. Ondina Jarnas Beisetzung, die gleichzeitig auch als Zeremonie für Roxana dienen sollte. Die Bestattung König Cains und Königin Cierras. Mochten ihre Taten noch so niederträchtig gewesen sein, sie war trotzdem Cassians Mutter gewesen und er hatte darauf bestanden, sie in der Gruft der Familie Orles beizusetzen. Alaria hatte dem nicht widersprochen. Elainia spürte, dass sie sich ihrem Neffen gegenüber schuldig fühlte. Schließlich war sie es gewesen, die Cierra den Todesstoß versetzt hatte. Das Entsetzen in Cassians Augen, als er mitten in dem Blutbad des Gemachs erwacht und seine Eltern beide tot vorgefunden hatte, würde sie wohl nie vergessen. Ebenso wenig wie Lariels Tränen. Sie hatte Cierra verehrt. Ihre Mutter hatte alle Erklärungen auf den nächsten Tag verschoben, wofür Elainia ihr unendlich dankbar gewesen war. Dennoch hatte es nichts leichter gemacht. Cassian und Lariel zu berichten, was seit dem Abend des Geburtstagsballs vorgefallen war, hatte sich über Stunden hingezogen.

»Ihr seid meine … Ihr seid wirklich die jüngere Schwester meiner Mutter? Die mit sechzehn Jahren bei der tragischen Explosion verunglückt ist?« Cassian klang schrecklich müde.

Alaria nickte. Sie hatte ihre Mauer wieder hochgezogen, doch Elainia las ihr das Unwohlsein von der Nasenspitze ab.

»Bei den Seelen der toten Götter.« Er rieb sich über das Gesicht.

Mitfühlend drückte Lariel seine Hand.

Als er aufsah, straffte er die Schultern. »Es gibt viel, worüber ich nachdenken muss.«

»Natürlich«, erwiderte Elainias Mutter. »Dennoch darfst du dir nicht zu viel Zeit nehmen. Die Herzöge müssen informiert und eingeweiht werden, die Führung Fandorias muss so schnell wie möglich neu geregelt werden, bevor das Volk unruhig wird.«

»Das ist mir bewusst, Amanda. Lasst für morgen Nachmittag den Beraterstab zusammenkommen. Bis dahin werde ich mir über alles Nötige Gedanken gemacht haben.«

»In Ordnung.« Ihre Mutter neigte sacht den Kopf.

»Dann werden wir uns jetzt zurückziehen. Lariel?«

»Ich komme mit dir.«

Kurz darauf war Elainia mit ihrer Mutter und Alaria im Salon allein.

»Woran hast du gedacht, als du über die Führung des Landes gesprochen hast?«, fragte Elainia.

Ihre Mutter sah kurz zu Alaria, dann begegnete sie ihrem Blick.

»Cassian ist zwar Cierras Sohn, aber da sie nie die rechtmäßige Erbin des Throns war, ist er es mit Alarias Auftauchen auch nicht länger.«

Elainia begriff. »Du glaubst, er wird die Krone abtreten?«

Ihre Mutter nickte. »Er muss. Die einzige Möglichkeit für ihn, noch König zu werden, besteht in Alarias Ablehnen.«

»Sprich nicht über mich, als wäre ich nicht anwesend«, fiel Alaria ihr ins Wort.

»Verzeih mir. Das wollte ich nicht.«

Erstaunt bemerkte Elainia, wie die Ungehaltenheit auf Alarias Gesicht bei der sanften Entschuldigung ihrer Mutter verschwand.

»Schon gut.«

»Würdet Ihr Euren alten Platz wieder einnehmen wollen?« Neugierig musterte Elainia die schöne Frau, die sie als Krähenkönigin kennengelernt hatte. Vielleicht würde sie bald Königin von Fandoria sein.

»Ich weiß es nicht. Ich weiß nur, dass ich bleiben werde. Hier an dem Ort, an dem ich geboren wurde. An dem ich glücklich war, bevor meine Schwester mir alles genommen hat.«

***

»Lariel und ich sind uns einig«, erklärte Cassian am nächsten Nachmittag, nachdem Amanda den Bericht über die neusten Ereignisse mit den Herzögen geteilt hatte. Der Nachhall ihrer widersprüchlichen Emotionen aus Unglauben, Fassungslosigkeit, Trauer und Leugnung echote noch immer in Elainia.

Cassian ließ seinen Blick über die kleine Runde schweifen. Der verbliebene Beraterstab, Elainia, ihre Mutter und Alaria hatten sich im Ratssaal des Palastes versammelt, um über die nächsten Schritte zu entscheiden. Denn wie verkündete man einem Volk, dass seine so beliebte Königin eine von Hass und Neid zerfressene Verbrecherin gewesen war, die ihren Ehemann getötet und den Tod ihrer eigenen Schwester vorgetäuscht hatte, um selbst den Thron besteigen zu können?

Lariel nickte und drückte die Hand ihres Verlobten. Cassian richtete seine Aufmerksamkeit auf Alaria.

»Ihr seid die wahre Erbin des Orles-Throns. Wart es schon immer, ehe meine Mutter Euch verbannte und unrechtmäßig Euren Platz einnahm. Wir möchten dieses Unrecht wiedergutmachen und die Krone Euch überlassen. Wenn Ihr sie wollt.« Er tat, was ihre Mutter vorhergesagt hatte. Legte die Krone nieder und bot sie Alaria an.

Gespanntes Schweigen legte sich über die Anwesenden. Elainias Blick glitt zu Alaria, die aufrecht und reglos auf ihrem Stuhl saß. Frei von Blut und Staub, gehüllt in kostbare Kleider und mit gleichmäßig geschnittenem Haar war die Ähnlichkeit zu Cierra unverkennbar. Doch im Gegensatz zu ihrer toten Schwester strahlte sie eine natürliche Autorität aus, die Elainia bereits gespürt hatte, bevor sie gewusst hatte, wer sie wirklich war.

»Du kannst nichts für Cierras Verdorbenheit«, sagte sie schließlich. »Es gibt nichts, was du oder Lariel gutmachen müsstet.«

»Doch.« Cassian nickte energisch. »Also? Werdet Ihr die Krone annehmen?«

Alaria holte tief Luft. »Das werde ich.«

»Erhebt jemand Einwände?«, fragte der Prinz. Als niemand die Stimme erhob, wirkte er erleichtert. Offenbar hatte er mit Widerstand gerechnet. Die Einzige, die Elainia nicht sonderlich zufrieden vorkam, war die Erzherzogin. Allerdings schien sie es nicht zu wagen, Widerworte vorzubringen. Nicht nach allem, was geschehen war.

»Legen wir den Termin für die offizielle Krönung auf den siebten Tag nach den Beisetzungen«, schlug Herzogin Zalaria vor.

Zustimmendes Gemurmel ertönte.

»Und die Hinrichtungen der Verräter?« Herzog Orfnes starrte angewidert auf den leeren Platz von Rolar Jarnes.

»Können warten. Vorher müssen sie verhört und ihre Aussagen aufgezeichnet werden«, antwortete ihre Mutter. »Sobald das geschehen ist, kümmere ich mich um ihre Bestrafung.«

»Seid bloß nicht zimperlich mit ihnen«, brummte der Zwerg. »Der Mistkerl hat den Tod verdient, wenn Ihr mich fragt.«

Die sonst so gutmütige Herzogin Wylidia Durnes nickte bekräftigend. Ihr Blick war hart.

»Nichts anderes wird ihn erwarten«, stimmte Amanda zu. »Er hat Verrat an seinem Land begangen. Ein Verbrechen, für das es nur den Strick gibt.«

»Jawohl.« Xandro Orfnes lehnte sich zufrieden zurück.

»Wann soll ich die Ansprache an das Volk halten?«, wollte Cassian wissen.

»Am besten gleich morgen«, antwortete Herzogin Zalaria. »Wenn wir es noch heute in der Stadt verkünden lassen, stünde dem nichts im Wege.«

»Dann morgen.« Ganz der Prinz, zu dem er erzogen worden war, neigte Cassian den Kopf.

Elainia konnte ihn für seine Ruhe nur bewundern. Sie könnte niemals eine Rede vor unzähligen Menschen halten. Ganz zu schweigen von dem, was er zu sagen haben würde. Sie wusste jetzt schon, dass sie bei der Ansprache nicht dabei sein würde. Zu viele intensive Gefühle, zu viel Trubel.

***

»Ihre Majestät Königin Alaria Orles.« Der Zeremonienmeister klopfte mit seinem Stab auf den Boden.

Gespannte Stille legte sich über den Saal. Und dann wurden die Flügeltüren geöffnet, machten Platz für Cassian und Lariel, die der frisch gekrönten Königin vorausgingen. An deren Seite lief Elainias Mutter. Von der heruntergekommenen Erscheinung, die sie im Carasgebirge vorgefunden hatten, war nun nichts mehr zu sehen. Aufrecht schritt Alaria zwischen den Gästen hindurch, die Schultern gestrafft, den Blick fest nach vorn gerichtet. Auf ihrem Haupt funkelte eine smaragdbesetzte Krone.

Mira, die neben Elainia stand und das Geschehen mit einem Lächeln verfolgte, versetzte ihr einen Knuff mit dem Ellenbogen. Elainia verstand den Hinweis und zwang ihre Mundwinkel in die Höhe. Das Lächeln fühlte sich wie eine Grimasse an. Sie freute sich für Alaria. Das war es nicht. Doch Avis fehlte. Er sollte bei ihnen sein. Neben ihr stehen und diesen Abend gemeinsam mit ihr verbringen. Stattdessen hockte er unter dem Palast in einer Zelle. Eingesperrt wie ein gefährliches Tier, weil der Fluch ihn noch immer fest im Griff hatte. Dazu kamen die trauergetränkten Erinnerungen an die

Bestattungszeremonie von Ondina Jarna und Roxana vor zwei Tagen, die würdevoll und zugleich unglaublich bewegend gewesen war.

»Wie fängt man an, wenn man eigentlich nicht weiß, was man sagen soll?« Alarias klare Stimme riss Elainia aus ihren Gedanken und lenkte ihre Aufmerksamkeit auf das Podest, auf dem die Throne standen.

»Ich bin die ersten sechzehn Jahre meines Lebens darauf vorbereitet worden, eines Tages hier zu stehen, um dem Volk Fandorias die Königin zu sein, die es verdient. Meine Schwester hat dieses Land gut regiert, doch sie hat diesen Platz mit Blut und Verrat erkauft. Nun will ich versuchen ihr gerecht zu werden, um den Frieden und Wohlstand aufrechtzuerhalten, der seit vielen Jahrzehnten in Fandoria Bestand hat. Ich weiß, wie plötzlich all das gekommen ist. Dass einige nicht verstehen können, was passiert ist. Ich selbst habe manchmal das Gefühl zu träumen. Nichtsdestoweniger stehe ich nun vor euch und verspreche, dieses Land und sein Volk zu beschützen. Mit aller Kraft, die ich aufzubringen vermag.«

»Die Magierinnen der Königinnengarde werden dabei an Eurer Seite stehen«, verkündete Amanda. »Der Schwur, den wir Cierra geleistet haben, gilt nun Euch.« Sie sank anmutig auf ein Knie. »Meine Königin.«

»Erhebt Euch, Lady Larodres.« Sie reichte Elainias Mutter die Hand.

Amanda ergriff sie und richtete sich auf. Der Blick, den sie tauschten, dauerte einige Herzschläge lang an und vertrieb einen Teil der harten Anspannung aus Alarias Miene.

Sie räusperte sich. »Und nun lasst uns diesen Abend gemeinsam genießen.«

Wie auf Kommando begann das Musikerquartett zu spielen.

Elainia seufzte leise.

»Gestattest du deinem alten Herrn einen Tanz?«, erkundigte ihr Vater sich, der plötzlich neben ihr auftauchte. »Ich weiß zwar, mit wem du viel lieber tanzen würdest und ich bin sicher kein würdiger Ersatz für ihn, aber wenn ich meine Tochter dadurch von ihrem Kummer ablenken kann, versuche ich es gerne.« Reines Mitgefühl sprach aus seinem Blick.

»Danke, Papa.« Gerührt ergriff sie seine dargebotenen Hände und folgte ihm auf die Tanzfläche. Mira winkte ihr zu, ehe sie sich zu ihrer Mutter und

Tarian ans Buffet gesellte und sofort einen Teller voller süßer Kuchen in die Hand gedrückt bekam.

»Wir werden alles Menschenmögliche tun, um ihm zu helfen«, meinte Zareius nach einigen Minuten, in denen sie sich stumm zur Musik gedreht und Elainia sich alle Mühe gegeben hatte, ihrem Vater nicht allzu oft auf die Zehen zu treten oder über den Saum ihres Kleides zu stolpern.

»Wir?«

»Deine Mutter, Lariel, ich. Irgendeinen Weg werden wir finden.«

»Und wenn es keinen gibt? Alarias Worte waren eindeutig.«

»Vielleicht. Alaria ist eine kluge Frau und ich bin mehr als glücklich, dass sie am Leben und hier ist. Gerade um Amandas willen. Aber ich glaube nicht, dass sie oder ihre Lehrer von damals in den staubigsten und dunkelsten Ecken des Archivs nach Informationen bezüglich Feenflüchen gesucht haben. Erst wenn ich jede einzelne Schriftrolle dort gelesen habe, können wir aufgeben, verstanden, Kleines?«

»Verstanden.« Elainias Nase kribbelte verräterisch, während unendliche Dankbarkeit ihr Herz erfüllte.

»Das wollte ich hören.« Er lächelte liebevoll.

Seiner beständigen Ruhe und Zuversicht hatte Elainia es zu verdanken, dass sie die nächsten Stunden zumindest ein wenig genießen konnte. Bis ihr vom vielen Tanzen und den unbequemen, wenn auch hübschen Schuhen die Füße wehtaten.

Während ihr Vater sich zum Buffet aufmachte, schlängelte sie sich von der Tanzfläche und steuerte das Podest der Throne an. Hier herrschte deutlich weniger Gedränge.

»Amüsierst du dich?« Alaria hatte sich aus einer Traube Gäste gelöst und gesellte sich zu ihr. Sie wirkte deutlich gelöster als bei ihrer Rede. Die Anspannung war aus ihren Zügen gewichen, ihre Augen funkelten voller Zufriedenheit.

»Der Ball ist wundervoll«, umschiffte Elainia ihre Frage und lächelte sie an. Gerade als sie den Mund öffnete, um etwas hinzuzufügen, erregte ein Tumult an der Flügeltür ihrer aller Aufmerksamkeit.

»Was ist da los?« Mit gerunzelter Stirn bahnte Alaria sich ihren Weg durch die Gäste, die neugierig die Hälse reckten. Elainia folgte ihr.

»Hoheit, wir haben uns bemüht ihn aufzuhalten, doch er wollte unbedingt zu Euch«, versuchte eine Gardistin zu erklären. Zwei weitere Frauen hielten einen zerlumpten jungen Mann zwischen sich fest. Eine Fee. Seine Flügel waren das einzig Saubere an ihm.

»Schon gut.« Alaria bedeutete ihnen ihn loszulassen.

Prompt geriet er ins Wanken, hielt sich jedoch aufrecht und strich sich die blonden Haare aus dem Gesicht.

Und in diesem Moment erkannte Elainia ihn. Sie erinnerte sich an die Zeichnung aus Avis' Skizzenheft. Ihr Herz setzte einen Schlag lang aus.

»Sprich«, forderte Alaria Silyan auf, dessen Blick unstet umherzuckte und keinen Fokus zu finden schien. Dennoch öffnete er den Mund.

»Die Dunkelfeen haben uns angegriffen. König Kiovar und Königin Naira sind tot. Es herrscht Krieg. Wir brauchen ... Hilfe. Unschuldige sterben.« Abgehackt kamen die Worte Avis' Adoptivbruder über die Lippen. »Ihr müsst uns helfen.« Er stöhnte auf, sackte auf die Knie, verdrehte die Augen und kippte zur Seite.

Jetzt erst sah Elainia unter all dem Schmutz das Blut auf seiner Kleidung. Es sickerte auf den blanken Boden des Ballsaals. Unheilvoll glänzend und rot schimmernd im Licht der kerzenbestückten Kronleuchter.

ENDE von Band 1

Personenverzeichnis

Die Larodres': Alte, angesehene Magierfamilie
Elainia Larodres: Anwärterin der Königinnengarde, Magierin
Amanda Larodres: Mutter von Elainia und Lariel, Anführerin der Königinnengarde, Magierin
Lariel Larodres: Ältere Schwester von Elainia, Verlobte von Prinz Cassian, Magierin
Zareius Larodres: Vater von Elainia und Lariel, Bibliothekar an der Universitätsbibliothek von Elandria, Mensch

Die Orles': Königsfamilie von Fandoria seit 1500 Jahren
Wappen: Weiße Wölfin in einem silbernen Kranz aus Bronzeweidenzweigen
Cassian Orles: Kronprinz von Fandoria, Verlobter von Lariel, Wandler
Cierra Orles: Königin von Fandoria, Mutter von Cassian, Magierin
Cain Orles: König von Fandoria, Vater von Cassian, Wandler
Alaria Orles: Jüngere Schwester von Cierra, Tante von Cassian, Magierin

Weitere Personen:
Avis Landro: Fee aus dem lichten Feenvolk
Silyan Aven: Feenprinz des lichten Feenvolks
Kiovar Aven: König des lichten Feenvolks, Vater von Silyan
Naira Aven: Königin des lichten Feenvolks, Mutter von Silyan
Miranda Durna: Beste Freundin von Elainia, Wandlerin
Fara Durna: Mutter von Miranda, Bäckerin in Elandria, Mensch
Tarian Obran: Bäcker, angestellt bei Fara, Mensch
Roxana Fardres: Stellvertreterin von Amanda in der Königinnengarde, Magierin

Cataria: Krähenkönigin, Magierin
Dunia Gira: Palastheilerin, Magierin
Kyria Horan: Freundin von Elainia, Magierin
Ondina Jarna: Direktorin des Alten Klosters, ehemalige Mentorin von Amanda, Magierin
Sinara Ean: Magistra für Historie und Mystik am Alten Kloster, Zwergin
Lanara Sharla: Magistra für Giftlehre am Alten Kloster, Mensch
Roh Darkla: Magistra für Nah- und Waffenkampf am Alten Kloster, Magierin

Beraterstab der königlichen Familie:
Cresendia Korrnes: Erzherzogin von Elandria (Provinz Alrath), Fee
Rolar Jarnes: Herzog von Roram (Provinz Urlath), Mensch
Wylidia Durnes: Herzogin von Tras (Provinz Durnas), Wandlerin
Xandro Orfnes: Herzog von Minaras (Provinz Kyranth), Zwerg
Zalaria Wahnes: Herzogin von Caras (Provinz Askalas), Mensch

Danksagung

Wie lange habe ich das Verfassen dieser Danksagung vor mich hergeschoben? Bis zur letzten Sekunde. Ganz genau. Warum, weiß ich selbst nicht richtig. Vielleicht, weil ich einfach nicht wusste, wie ich anfangen soll.

Beginnen wir von vorne. Lily und Pia, mit euch beiden hat diese verrückte Reise angefangen und ich könnte euch nicht dankbarer sein. Vor allem, wenn man die ganze Zeit denkt, man muss es allein schaffen, aber das ist nicht wahr. Ohne euch säße ich wohl nicht hier und würde diese Zeilen tippen.

Tausend Dank Yvonne für deine Geduld, unsere Telefonate und die vielen, vielen Kleinigkeiten, auf die du mich während des Lektorats aufmerksam gemacht hast. Ich werde in Zukunft wahrscheinlich dreimal überlegen, ehe ich Wörter wie noch, auch und immer verwende ;)

Justi, danke für deine unendliche Begeisterung beim Testlesen, deine vielen Ideen, unser gemeinsames Brainstorming und dafür, dass du dich beinahe mehr darüber gefreut hast, dass diese Geschichte ein Zuhause beim wundervollen Impress Verlag gefunden hat, als ich. Was eigentlich so gut wie unmöglich war #bestebuchpatentante.

In dem Zusammenhang geht ein ganz großes Dankeschön raus an meine zwei anderen großartigen Testleserinnen. Leni und Denise, fühlt euch gedrückt. Euer Feedback war Gold wert.

Was auch Gold wert war und weiterhin sein wird, ist die App, die mein Bruder mir zum Tracken meines Schreibfortschritts programmiert hat. Kompakt vor Augen zu haben, wie die Geschichte wächst, hat mich unglaublich motiviert. Danke, Flori.

Danke Mama, danke Papa, dass ihr mich immer unterstützt und es ertragt, wenn ich (teils sicherlich unnötig) gestresst durchs Haus fege, um meine To-do-Liste abzuarbeiten und dabei alles zu 150 % erledigen will.

Wen ich auf keinen Fall vergessen darf, seid ihr da draußen. Meine wundervolle Bookstagram-Community, die sich so sehr mit mir auf dieses Buch gefreut hat. Und ihr Leser und Leserinnen, die sich mit Elainia, Avis und Mira auf die Suche nach der Krähenkönigin begeben habt. Noch ist die Geschichte nicht abgeschlossen, aber die Hälfte des Wegs habt ihr geschafft. Danke, dass ihr eure Zeit in Fandoria verbracht habt.

Impress
Die Macht der Gefühle

Wir produzieren nachhaltig
- Klimaneutrales Produkt
- Papiere aus nachhaltigen und kontrollierten Quellen
- Hergestellt in Europa

FSC
www.fsc.org
MIX
Papier aus verantwortungsvollen Quellen
FSC® C083411

Impress
Ein Imprint der Carlsen Verlag GmbH
November 2022

Lektorat: Yvonne Lübben
Umschlagbild: shutterstock.com / @ Atstock Productions / @ tomertu / @ leolintang / @ nadtytok / @ RandomizeTH / @ Gringoann / @ korkeng / @ Aleksandra Vinogradova
Umschlaggestaltung: Giessel Design
ISBN 978-3-551-30484-1
www.impressbooks.de